ESTAÇÃO POLAR

Matthew Reilly

ESTAÇÃO POLAR

Tradução de
ALVES CALADO

EDITORA RECORD
RIO DE JANEIRO • SÃO PAULO

2005

CIP-Brasil. Catalogação-na-fonte
Sindicato Nacional dos Editores de Livros, RJ.

Reilly, Matthew
R286e Estação polar / Matthew Reilly; tradução Alves Calado. – Rio de Janeiro: Record, 2005.

Tradução de: Ice station
ISBN 85-01-07087-4

1. Conspirações – Ficção. 2. Contatos extraterrestres – Ficção. 3. Ficção inglesa. I. Alves Calado, Ivanir, 1953- . II. Título.

CDD – 823
05-2818 CDU – 821.111-3

Título original em inglês
ICE STATION

Impresso no Brasil

ISBN 85-01-07087-4

PEDIDOS PELO REEMBOLSO POSTAL
Caixa Postal 23.052
Rio de Janeiro, RJ – 20922-970

Para Natalie

AGRADECIMENTOS

Agradeço especialmente a Natalie Freer — a pessoa mais genuína e generosa que conheço. A Stephen Reilly, meu irmão, bom amigo e leal defensor, mesmo a milhares de quilômetros de distância. A mamãe, pelos comentários sobre o texto, a meu pai, pelas lamentáveis sugestões de título, e aos dois pelo amor e pelo apoio. E, por fim, obrigado a todo mundo da Pan (em particular às minhas editoras Cate Paterson e Madonna Duffy, primeiro por terem "descoberto" e segundo por suportarem todas as minhas idéias malucas). A todos vocês, jamais subestimem o poder do seu encorajamento.

SUDESTE DA ANTÁRTIDA

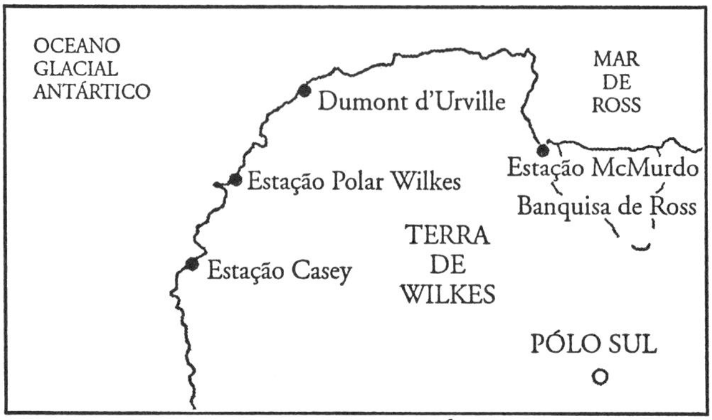

BANQUISA ANTÁRTICA

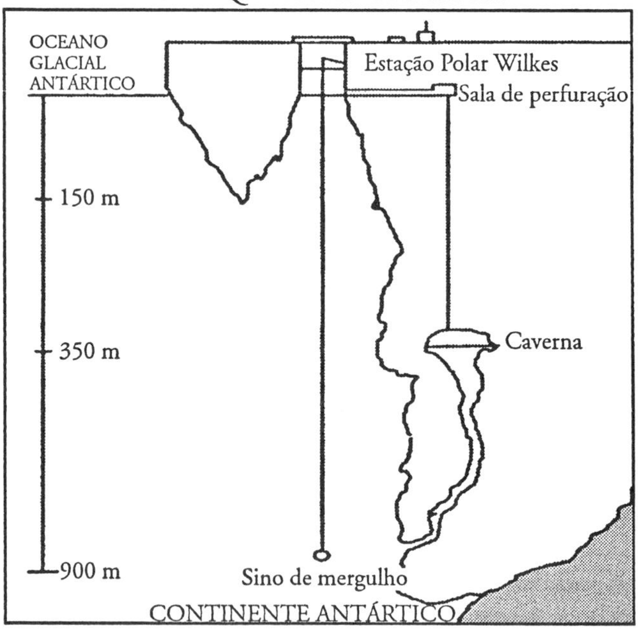

ESTAÇÃO POLAR WILKES
TERRA DE WILKES, ANTÁRTIDA

Deque A

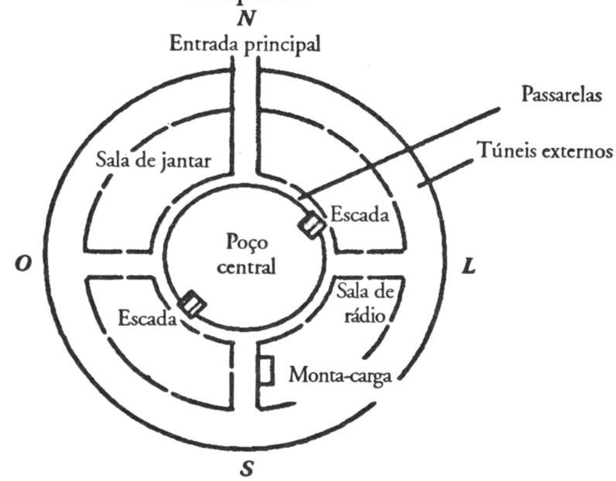

Deque B

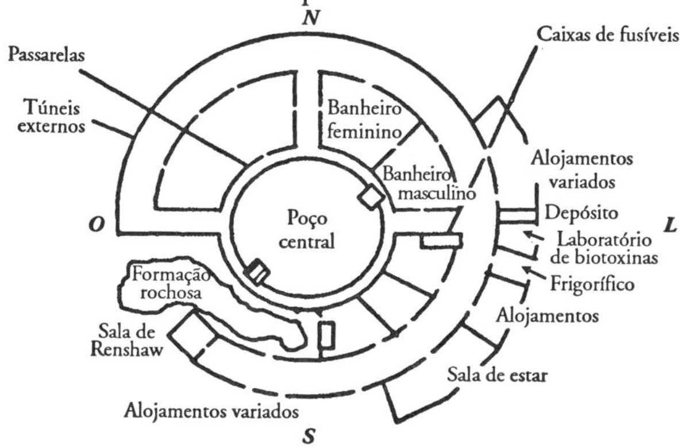

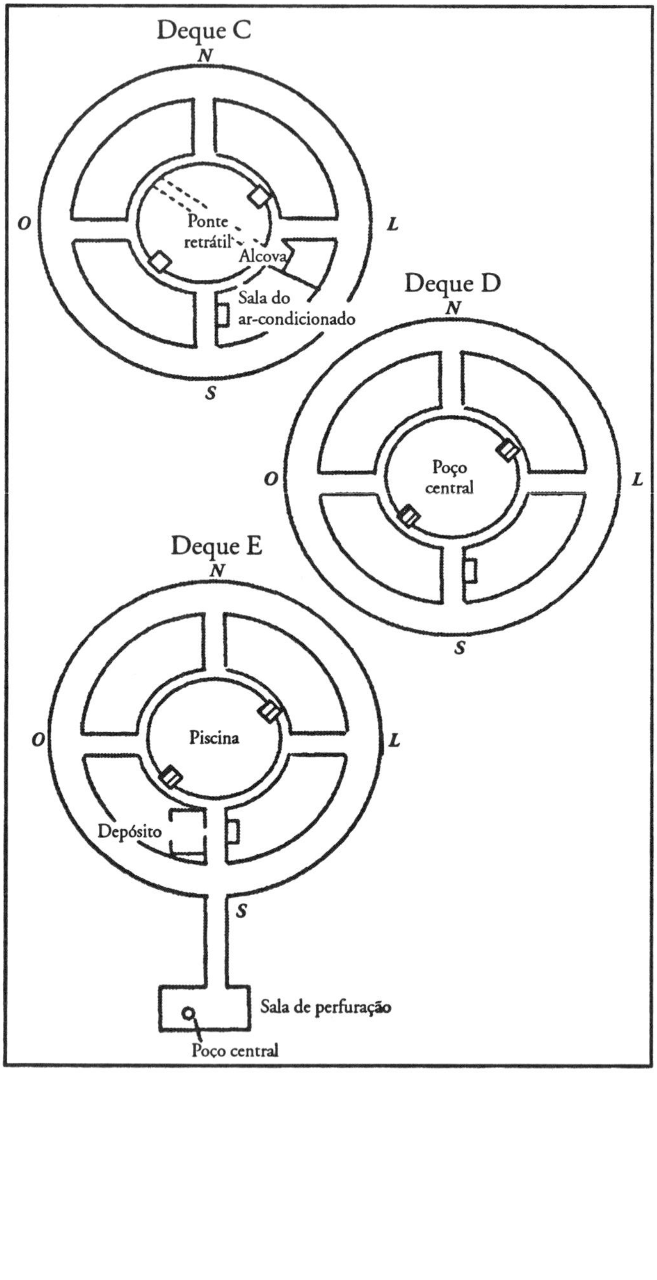

Deque C
N
O
L
S
Ponte retrátil
Alcova
Sala do ar-condicionado
Deque D
N
O
L
S
Poço central
Deque E
N
O
L
S
Piscina
Depósito
Sala de perfuração
Poço central

INTRODUÇÃO

De: Kendrick, Jonathan
Palestras de Cambridge: Antártida —
O continente vivo
(Palestra feita no Trinity College, 17 de março de 1995)

"Imaginem, se puderem, um continente que durante um quarto do ano dobra de tamanho. Um continente em movimento constante, movimento *impossível de ser detectado* pelo olho humano, mas mesmo assim devastador.

Imaginem-se olhando do céu para essa vasta massa coberta de neve. Vocês veriam as assinaturas do movimento: as gigantescas ondas das geleiras curvando-se ao redor de montanhas, caindo por encostas como cachoeiras capturadas em filme fotográfico.

Esta é a "inércia espantosa" da qual falou Eugene Linden. E se nós, como Linden, imaginarmos que estamos olhando essa imagem através de *fotografias com salto temporal*, tiradas no decorrer de milhares de anos, veremos esse movimento.

Trinta centímetros de movimento por ano não parecem grande coisa em tempo real, mas no salto temporal as geleiras se transformam em rios de gelo, gelo que se move com uma graça fluida e um poder espantoso.

Espantoso?, ouço vocês zombarem. *Trinta centímetros por ano? Que dano isso poderia causar*?

Um monte de danos para os seus dólares pagos em impostos, diria eu. Vocês sabiam que o governo britânico teve de substituir a Estação Halley em quatro ocasiões diferentes? Vejam bem, como muitas outras estações de pesquisa antártica, a Estação Halley é construída no subsolo, enterrada no gelo, mas meros trinta centímetros de variação por ano racham as paredes e empenam drasticamente os tetos.

O ponto aqui é que as paredes da Estação Halley estão sob muita pressão, *muita* pressão. Todo aquele gelo, afastando-se do pólo, movendo-se inexoravelmente para o mar, *quer* chegar ao mar — para ver o mundo, vocês poderiam dizer, *como um iceberg* — e não vai deixar uma coisa tão insignificante quanto uma *estação de pesquisa* ficar no caminho!

Mas, afinal de contas, em termos comparativos, a Grã-Bretanha se saiu bastante bem no quesito movimento dramático do gelo.

Considere quando, em 1986, a banquisa Filchner lançou um *iceberg* do tamanho de Luxemburgo no mar de Weddel. Treze *mil* quilômetros quadrados de gelo se libertaram do continente... levando com eles a base argentina abandonada, a Belgrano I, e a estação de verão soviética, a Druzhnaya. Parece que os soviéticos tinham planejado usar a Druzhnaya naquele verão. Acabaram passando os três meses seguintes procurando a base desaparecida entre os três enormes *icebergs* que tinham se formado a partir do movimento original do gelo! E acharam. Por fim.

Os Estados Unidos tiveram menos sorte ainda. Nos anos sessenta *todas as suas cinco* estações de pesquisa "Little America" flutuaram para o mar em *icebergs*.

Senhoras e senhores, a mensagem em tudo isso é bastante simples. O que *parece* ser estéril pode não ser. O que *parece* ser uma vastidão vazia talvez não seja. O que *parece* ser sem vida talvez não seja.

Não. Porque quando olharem para a Antártida, *não se enganem*. Não estão olhando uma rocha coberta de gelo. Estão olhando um continente vivo, *que respira*."

De: Goldridge, William
Watergate
(Nova York, Wylie, 1980)

"CAPÍTULO 6: O PENTÁGONO

... Porém aquilo sobre o qual a literatura silencia de modo estranho é o forte laço forjado por Richard Nixon com seus assessores militares, mais notavelmente um coronel da força aérea chamado Otto Niemeyer..." [p. 80]

"... Mas depois de Watergate ninguém tem muita certeza do que aconteceu com Niemeyer. Era o elemento de ligação entre Nixon e os chefes do estado-maior, seu informante interno. Tendo ascendido ao cargo de coronel quando Nixon renunciou, Niemeyer havia desfrutado do que poucas pessoas poderiam reivindicar: o ouvido de Richard Nixon.

Entretanto, o que *é* surpreendente é que depois da renúncia de Nixon, em 1974 não se encontra grande coisa nos livros oficiais sobre Otto Niemeyer. Permaneceu no estado-maior durante os governos Ford e Carter, um ator silencioso, discreto, até 1979, quando abruptamente seu cargo ficou vago.

Nenhuma explicação foi dada pela administração Carter para o afastamento de Niemeyer. Ele não era casado; alguns sugeriam que fosse homossexual. Morava na academia militar em Arlington, sozinho. Poucas pessoas afirmavam abertamente ser suas amigas. Viajava com freqüência, muitas vezes para "destinos desconhecidos", e seus colegas de trabalho não se preocuparam com sua ausência do Pentágono por alguns dias em dezembro de 1979.

O problema é que Otto Niemeyer nunca voltou..." [p. 86]

PRÓLOGO

Terra de Wilkes, Antártida
13 de junho

Fazia três horas desde que tinham perdido contato de rádio com os dois mergulhadores.

Não houvera nada de errado com a descida, apesar de ser tão fundo. Price e Davis eram os mergulhadores mais experientes da estação e tinham conversado casualmente pelo interfone durante todo o caminho para baixo.

Depois de parar na metade para ajustar a pressão, tinham continuado até novecentos metros, onde haviam deixado o sino de mergulho e começado a subida em diagonal para a estreita caverna com paredes de gelo.

A temperatura da água permanecera estável em 1,9° Celsius. Até dois anos atrás os mergulhos na Antártida eram restritos pelo frio às excursões extremamente curtas e, cientificamente falando, tremendamente insatisfatórias, de dez minutos de duração. Mas, com as novas roupas termoelétricas feitas pela marinha, agora os mergulhadores na Antártida podiam manter temperaturas confortáveis para o corpo durante pelo menos três horas nas águas quase geladas do continente.

Os dois mergulhadores haviam estabelecido uma conversa constante pelo interfone enquanto subiam pelo íngreme túnel de gelo subaquático, descrevendo a textura rachada e áspera do gelo, comentando sobre a cor azul-celeste, intensa e quase angelical.

E, abruptamente, a conversa parou.

Tinham visto a superfície.

Os dois mergulhadores olharam por baixo, para a superfície da água.

Estava escuro, a água calma. Uma calma pouco natural. Nenhuma ondulação rompia o plano vítreo, liso. Nadaram para cima.

De repente ouviram um barulho.

Os dois mergulhadores pararam.

A princípio foi apenas um assobio simples, fantasmagórico, ecoando pela água clara e gélida. Canção de baleia, pensaram.

Possibilidade: assassinas. Recentemente um cardume de baleias assassinas fora visto espreitando perto da estação. Duas delas — dois machos jovens — tinham adquirido o hábito de vir à tona para respirar dentro da piscina na base da Estação Polar Wilkes.

Porém, mais provavelmente era uma azul, cantando para chamar um companheiro, talvez a oito ou dez quilômetros longe da costa. Esse era o problema com o canto das baleias. A água era um condutor tão fantástico que nunca dava para dizer se a baleia estava a um ou a dez quilômetros de distância.

Tranqüilizados, os dois mergulhadores continuaram para cima.

Então o primeiro assobio foi respondido.

De repente, cerca de uma dúzia de assobios semelhantes começaram a soar pelo denso plano aquático, engolfando os dois mergulhadores. Eram mais altos do que o primeiro.

Mais próximos.

Os dois mergulhadores giraram em todas as direções, pairando na água límpida e azulada, procurando a fonte do ruído. Um deles soltou do ombro o arpão, engatilhou-o e, de repente, os assobios agudos se transformaram em dolorosos gemidos e latidos.

E de repente veio um *uuump!* alto, e os dois mergulhadores saltaram para cima a tempo de ver a superfície vítrea se romper em milhares de ondulações quando alguma coisa grande mergulhou, vinda de cima.

O enorme sino de mergulho rompeu a superfície, espirrando água e fazendo barulho.

Benjamin K. Austin caminhava à beira d'água rosnando ordens, com uma roupa de mergulho térmica, preta, esticada no peito largo como um barril. Austin era um biólogo marinho de Stanford. Também era o chefe da Estação Polar Wilkes.

— Tudo bem! Segure aí! — gritou Austin ao jovem técnico que cuidava dos controles do guincho no deque C. — Certo, senhoras e senhores, não temos tempo a perder. Entrem.

Um depois do outro, seis figuras com trajes de mergulho se reuniram à beira da piscina e mergulharam na água gelada. Alguns segundos depois, subiram dentro do grande sino de mergulho, em forma de cúpula, que agora estava semi-submerso no centro da piscina.

Austin estava parado à beira da grande piscina redonda que formava a base da Estação Polar Wilkes. Com cinco andares de profundidade, a Wilkes era uma remota estação costeira de pesquisa, um gigantesco cilindro subterrâneo que fora literalmente escavado na banquisa de gelo. Uma série de estreitas passarelas e escadas abraçavam a circunferência do cilindro vertical, criando um vasto poço circular no meio da estação. Portas saíam de cada uma das passarelas — *para* o gelo — criando os cinco diferentes andares da estação. Como tantos outros antes deles, os moradores da Wilkes tinham descoberto há muito que o melhor modo de suportar o duro clima do pólo era viver embaixo dele.

Austin pôs o equipamento de mergulho nos ombros, repassando pela centésima vez a equação no cérebro.

Três horas desde que a conexão por rádio com os mergulhadores fora cortada. Antes disso, uma hora de subida livre pelo túnel de gelo. E uma hora de descida com o sino de mergulho...

No sino de mergulho estariam respirando "ar livre" — o suprimento de heliox do sino de mergulho — de modo que isso não contava. Só quando saíam do sino de mergulho e começavam a usar o ar dos tanques o relógio começava a correr.

Quatro horas, então.

Os dois mergulhadores estariam vivendo há quatro horas com o ar dos tanques.

O problema é que os tanques só continham três horas de ar.

E para Austin isso significava um delicado ato de equilíbrio.

As últimas palavras que ele e os outros tinham ouvido dos dois mergulhadores — antes que o sinal de rádio fosse abruptamente interrompido pela estática — fora uma conversa ansiosa sobre estranhos assobios.

Por um lado os assobios podiam ter sido qualquer coisa: azuis, minkes ou qualquer outro tipo de baleia inofensiva. E o corte do sinal de rádio podia facilmente ser resultado de interferência causada por quase meio quilômetro de gelo e água. Para Austin, os dois podiam ter dado a volta imediatamente e começado a viagem de uma hora de retorno para o sino de mergulho. Puxá-lo prematuramente seria deixá-los presos no fundo, sem tempo e sem ar.

Por outro lado, se os mergulhadores tivessem encontrado encrenca — baleias assassinas, focas-leopardo —, naturalmente Austin iria querer puxar o sino de mergulho o mais rapidamente possível e mandar os outros para ajudar.

No fim decidiu que qualquer ajuda que pudesse enviar — após erguer o sino de mergulho e mandá-lo de volta para baixo — chegaria tarde demais. Para que Price e Davis sobrevivessem, a melhor aposta seria deixar o sino lá embaixo.

Isso ocorrera três horas antes — e era o máximo de tempo que Austin estivera disposto a lhes dar. Por isso havia puxado o sino de mergulho e agora uma segunda equipe se preparava para descer...

— Ei.

Austin se virou. Sarah Hensleigh, uma das paleontólogas, chegou ao seu lado.

Austin gostava de Hensleigh. Ela era inteligente, mas ao mesmo tempo prática e durona; não tinha medo de sujar as mãos. Para ele foi surpresa descobrir que Sarah era mãe. Sua filha de doze anos, Kirsty, tinha vindo para a estação na semana anterior, de visita.

— O que é? — perguntou Austin.

— A antena superior está sofrendo um bocado. O sinal não entra. E também parece que vai haver uma explosão solar.

— Ah, merda...

— Para garantir, mandei Abby escanear todas as freqüências militares, mas eu não teria muitas esperanças.

— Como está lá fora?

— Bastante ruim. Ondas de vinte e quatro metros batendo nos penhascos e um vento de cem nós na superfície. Se tivermos baixas, não conseguiremos tirá-las daqui sozinhos.

Austin se virou para olhar o sino de mergulho.

— E Renshaw?

— Ainda está trancado no quarto dele. — Hensleigh ergueu os olhos nervosamente para o deque B.

— Não podemos esperar mais — disse Austin. — Temos de descer.

Hensleigh apenas o olhou.

— Ben... — começou ela.

— Nem pense nisso, Sarah. — Austin começou a se afastar dela, em direção à beira d'água. — Preciso de você aqui em cima. Sua filha também. Consiga mandar o sinal para fora. Vamos pegar os outros.

— *Chegando a novecentos metros* — estalou a voz de Austin nos alto-falantes da parede. Sarah Hensleigh estava sentada na sala de rádio da Estação Wilkes, com as luzes apagadas.

— Entendido, *Mawson* — disse ela ao microfone à sua frente.

— *Parece não haver nenhuma atividade lá fora, Controle. A barra está limpa. Certo, senhoras e senhores, vamos parar o guincho. Preparar para sair do sino de mergulho.*

Quase um quilômetro abaixo do nível do mar o sino de mergulho estremeceu e parou.

Dentro, Austin apertou o botão do interfone.

— Controle, confirme: vinte e uma horas e trinta e dois minutos, por favor.

Os sete mergulhadores dentro do espaço apertado do *Douglas Mawson* se entreolharam, tensos.

A voz de Hensleigh veio pelo alto-falante:

— *Entendido, Mawson. Hora confirmada, 21:32.*

— Controle, registre que estamos passando para o suprimento de ar individual às vinte e uma e trinta e dois.

— *Registrado.*

Os sete mergulhadores estenderam as mãos para as pesadas máscaras de rosto inteiro, tiraram-nas dos ganchos e as prenderam nos encaixes circulares sobre as clavículas, nas roupas de mergulho.

— Controle, estamos saindo do sino de mergulho.

Austin se adiantou, parando um instante para olhar o poço de água negra que batia suavemente na borda do sino de mergulho. Depois saiu do deque e pulou na escuridão.

— Mergulhadores. Hora: 22:20, tempo de mergulho: 48 minutos. Informem — disse Hensleigh ao microfone.

Dentro da sala de rádio, atrás de Sarah, estava sentada Abby Sinclair, a meteorologista residente da estação. Nas últimas duas horas Abby estivera cuidando do rádio por satélite, tentando sem sucesso entrar em contato com alguma freqüência externa.

O interfone estalou. A voz de Austin respondeu:

— *Controle, ainda estamos subindo pelo túnel de gelo. Até agora, nada.*

— Entendido, mergulhadores — disse Hensleigh. — Mantenham-nos informados.

Atrás dela, Abby apertou de novo seu botão para falar.

— Chamando todas as freqüências, aqui é a estação quatro-zero-nove, repito, aqui é a estação quatro-zero-nove requisitando auxílio imediato. Temos duas baixas, possivelmente fatais, e precisamos de apoio imediato. Por favor, respondam. — Abby soltou o botão e falou consigo mesma: — Alguém, qualquer pessoa.

O túnel de gelo começou a se alargar.

Enquanto subiam lentamente, Austin e os outros mergulhadores começaram a notar vários buracos estranhos nas paredes de cada lado do túnel subaquático.

Cada buraco era perfeitamente redondo, com pelo menos três metros de diâmetro. E todos ficavam numa inclinação, de modo que *desciam* para o túnel de gelo. Um mergulhador apontou sua lanterna para um dos buracos, revelando apenas a escuridão impenetrável, completamente negra.

De repente, a voz de Austin chegou aos interfones dos outros.

— *Certo, pessoal, fiquem firmes. Acho que estou vendo a superfície.*

Dentro da sala de rádio, Sarah Hensleigh se inclinou à frente na cadeira, escutando a voz de Austin pelo interfone.

— *A superfície parece calma. Nenhum sinal de Price ou Davis.*

Hensleigh e Abby trocaram um olhar. Hensleigh apertou o botão de seu interfone.

— Mergulhadores. Aqui é o Controle. E os ruídos que eles mencionaram? Estão ouvindo alguma coisa? Alguma canção de baleia?

— *Por enquanto, nada, Controle. Espere aí, estou chegando à superfície.*

O capacete de Austin rompeu a superfície lisa.

Enquanto a água gelada escorria do vidro diante do rosto, Austin começou a ver lentamente onde estava. Boiava no meio de um poço amplo, situado numa das extremidades de uma colossal caverna subterrânea.

Lentamente, Austin fez um círculo completo, observando uma depois da outra as paredes totalmente verticais que cercavam cada lado da caverna.

E então viu a última parede.

Seu queixo caiu.

— *Controle, vocês não vão acreditar* — a voz perplexa de Austin veio pelo interfone.

— O que é, Ben? — perguntou Hensleigh ao microfone.

— *Estou olhando uma espécie de caverna. As paredes são de gelo vertical, provavelmente resultado de algum tipo de atividade sísmica. A área da caverna é desconhecida, mas parece que se estende por algumas centenas de metros no gelo.*

— Hã-hã.

— *Há... bem... há outra coisa aqui embaixo, Sarah.*

Hensleigh olhou para Abby e franziu a testa. Apertou o botão do interfone.

— O que é, Ben?

— *Sarah...* — Houve uma pausa longa. — *Sarah, acho que estou olhando para uma nave espacial.*

Estava meio enterrada na parede de gelo, atrás.

Austin ficou olhando, como num transe.

Completamente preta, tinha uma envergadura de pouco menos de trinta metros. Duas esguias barbatanas dorsais erguiam-se altas acima da traseira da nave. Mas ambas estavam completamente engastadas na parede de gelo — dois borrões sombreados presos dentro da parede clara e congelada. Apoiava-se em três estruturas de pouso com aparência forte, e parecia magnífica — a aerodinâmica extremamente esguia, exsudando um sentimento de força crua que era quase tangível...

Houve um *plaft* alto vindo de trás, e Austin girou.

Viu os outros mergulhadores boiando na água, olhando para a espaçonave. Mas para além deles havia ondulações se expandindo, aparentemente os restos de algum objeto que havia caído na água...

— O que foi aquilo? — perguntou Austin. — Hanson?

— Ben, não sei o que foi, mas alguma coisa acabou de passar pelo meu...

Austin ficou olhando quando, sem aviso, Hanson foi puxado para baixo d'água.

— Hanson!

E então houve outro grito. Harry Cox.

Austin se virou bem a tempo de ver as costas lisas de um grande animal subir acima da superfície e acertar com uma tremenda velocidade o peito de Cox, empurrando-o para debaixo d'água.

Austin começou a nadar freneticamente para a beira. Enquanto nadava, sua cabeça mergulhou abaixo da superfície e de repente sua audição foi agredida por uma cacofonia de sons — assobios altos, agudos, e latidos roucos, desesperados.

Na próxima vez em que sua cabeça chegou à superfície ele captou um vislumbre das paredes ao redor do lago. Viu grandes buracos no gelo, logo acima da superfície. Eram exatamente iguais aos que tinha visto antes no túnel de gelo.

Então Austin viu alguma coisa sair de um dos buracos.

— Santo Deus — ofegou.

Gritos horrendos explodiram no interfone.

Na sala de rádio da estação polar, Hensleigh olhou em silêncio perplexo para o painel que piscava à sua frente. Ao lado, Abby estava com a mão na boca. Gritos terríveis chegavam dos alto-falantes na parede.

— *Raymonds!*

— *Ele sumiu!*

— Ah, merda, não...

— *Meu Deus, as paredes! Eles estão saindo da porra das paredes!*

E, de repente, a voz de Austin:

— *Saiam da água! Saiam da água agora!*

Mais um grito. Depois outro.

Sarah Hensleigh agarrou o microfone.

— Ben! Ben! Fale!

A voz de Austin estalou no interfone. Estava falando depressa, entre respirações curtas e ofegantes.

— *Sarah, merda, eu... não estou vendo mais ninguém. Não posso... eles todos... eles todos se foram...* — Uma pausa, e depois: — *Ah, meu Deus... Sarah! Peça ajuda! Chame qualquer coisa que pu...*

E então um som de vidro se espatifando atravessou o interfone e a voz de Benjamin Austin sumiu.

Abby estava com o rádio, gritando histérica ao microfone:

— Pelo amor de Deus, alguém responda! Aqui é a estação 409, repito, aqui é a estação quatro-zero-nove. Acabamos de sofrer sérias baixas numa caverna subterrânea e pedimos ajuda imediata. Alguém está ouvindo? Alguém, por favor, responda. Nossos mergulhadores... ah, meu Deus... nossos mergulhadores disseram que viram algum tipo de espaçonave nessa caverna, e agora, agora perdemos o contato com eles! A última notícia que tivemos é que estavam sob ataque, sob ataque na água...

A Estação Polar Wilkes não recebeu resposta ao sinal de socorro.

Apesar de ele ter sido captado por pelo menos três diferentes instalações de rádio.

PRIMEIRA INCURSÃO

16 de junho, 06:30

O *hovercraft* disparava através da planície de gelo.

Era pintado de branco, algo incomum. A maioria dos veículos na Antártida são pintados de laranja forte, para facilitar a visibilidade. E corria pela vastidão de neve com uma urgência surpreendente. Ninguém jamais tem pressa na Antártida.

Dentro do *hovercraft* branco em alta velocidade, o tenente Shane Schofield espiava pelas janelas de fibra de vidro reforçadas. A cerca de cem metros a estibordo podia ver um segundo *hovercraft* — também branco — chicoteando pela paisagem plana e gélida.

Com 32 anos, Schofield era jovem para estar no comando de uma Unidade de Reconhecimento. Mas tinha uma experiência que não combinava com a idade. Com 1,77m era magro e musculoso, o rosto bonito e marcado, e cabelos pretos cortados curtos. No momento o cabelo preto era coberto por um capacete de kevlar camuflado. Uma gola rulê se projetava de baixo das ombreiras, cobrindo o pescoço. Ajustado nas dobras da blusa de gola rulê estava uma leve placa de kevlar. Proteção contra atiradores.

Corria o boato de que Shane Schofield tinha olhos azuis profundos, mas era um boato jamais confirmado. Na verdade era um folclore na ilha Parris — o lendário campo de treinamento para o corpo de fuzileiros navais dos Estados Unidos — que ninguém abaixo do posto de general já vira os olhos de Schofield. Ele sempre os mantinha escondidos atrás de óculos de lentes prateadas, reflexivas, anticlarão.

Seu codinome fazia aumentar o mistério, já que era de conhecimento comum que o próprio general-de-brigada Norman W. McLean tinha dado o apelido operacional de Schofield — um apelido que muitos presumiam ter a ver com os olhos escondidos do jovem tenente.

— *Vento Um, está escutando?*

Schofield pegou o rádio.

— Vento Dois, aqui é Vento Um. O que é?

— *Senhor...* — a voz profunda do sargento Buck Riley, o "Book", foi subitamente cortada por um jorro de estática. Nas últimas 24 horas, as condições ionosféricas na Antártida continental haviam se deteriorado rapidamente. A força total da explosão solar havia chegado, atrapalhando todo o espectro eletromagnético e limitando o contato por rádio a curtas transmissões por UHF. O contato entre os *hovercrafts* separados por cem metros era difícil. O contato com a Estação Polar Wilkes — seu destino — era impossível.

A estática diminuiu e a voz de Riley soou de novo pelo alto-falante.

— *Senhor, lembra-se daquele contato móvel que captamos há cerca de uma hora?*

— Hã-hã.

Na última hora o Vento Dois vinha captando emissões de equipamento eletrônico a bordo de um veículo em movimento, vindo da direção oposta, descendo pelo litoral em direção à estação francesa de pesquisa, a Dumont d'Urville.

— O que é que tem?

— *Senhor, não consigo mais encontrar.*

Schofield olhou para o rádio.

— Tem certeza?

— *Não temos qualquer leitura. Ou eles desligaram tudo ou simplesmente desapareceram.*

Schofield franziu a testa, pensativo, depois olhou de novo para o apertado compartimento atrás dele. Sentados ali, dois de cada lado, estavam quatro fuzileiros, todos vestidos com uniformes para a neve. No colo tinham capacetes brancos de kevlar. Coletes à prova de bala, branco-acinzentados, cobriam seus peitos. Havia um fuzil automático branco-acinzentado ao lado de cada um.

Fazia dois dias desde que o pedido de socorro da Estação Polar Wilkes fora captado pelo navio de desembarque *Shreveport*, da marinha dos Estados Unidos, ancorado em Sydney. Por sorte, apenas uma semana antes fora decidido que o *Shreveport* — um navio de ação rápida usado para transportar unidades de reconhecimento dos fuzileiros navais — ficaria em Sydney para alguns reparos urgentes, enquanto o resto de seu grupo voltava a Pearl Harbor. Sendo assim, uma hora depois do recebimento do pedido de socorro feito por Abby Sinclair, o *Shreveport* — agora consertado e pronto para zarpar — estava no oceano, levando um esquadrão de fuzileiros para o sul, em direção ao mar de Ross.

Agora Schofield e sua unidade estavam se aproximando da Estação Polar Wilkes, vindos da Estação McMurdo, uma instalação maior de pesquisa americana, a cerca de 1.500 quilômetros da Wilkes. A McMurdo se situava à beira do mar de Ross e mantinha uma equipe de 104 pessoas durante todo o ano. Apesar do duradouro estigma associado à desastrosa experiência da marinha americana com energia nuclear ali em 1972, ela permanecia como o portão dos EUA para o pólo Sul.

A Wilkes, por outro lado, era uma das estações mais remotas da Antártida. A 950 quilômetros do vizinho mais próximo, era um pequeno posto avançado americano, situado bem no topo da banquisa no litoral, não muito longe da Língua de Icebergs Dalton. Pelo lado de terra era limitada por 150 quilômetros de planícies geladas varridas pelo vento e, no lado do mar, por gigantescos penhascos de noventa metros de altura golpeados o ano inteiro por ondas de vinte metros.

O acesso pelo ar estava fora de questão. Era o início do inverno, e uma nevasca de trinta graus abaixo de zero vinha golpeando o acampamento há três semanas. Deveria durar mais quatro. Num tempo assim os rotores expostos dos helicópteros e os motores dos jatos congelariam no meio do ar.

E o acesso pelo mar significava enfrentar os penhascos. A marinha dos EUA tinha uma palavra para uma missão dessas: *suicídio.*

Com isso, restava o acesso por terra. Usando *hovercrafts.* A Unidade de Reconhecimento da Marinha, composta por doze homens, faria a viagem de onze horas da McMurdo à Wilkes em dois *hovercrafts* militares, com ventiladores encapsulados.

Schofield pensou de novo no sinal em movimento. Num mapa, as estações McMurdo, d'Urville e Wilkes formavam uma espécie de triângulo isósceles. A d'Urville e a Wilkes no litoral, formando a base do triângulo. A McMurdo — mais no interior, na borda da enorme baía formada pelo mar de Ross — era o vértice.

O sinal que o Vento Dois havia captado voltando ao longo da costa em direção à Dumont d'Urville estivera mantendo uma velocidade constante de cerca de 65 quilômetros por hora. A essa velocidade era provavelmente um *hovercraft* convencional. Talvez os franceses na d'Urville tivessem captado o pedido de socorro da Wilkes, mandado ajuda, e agora estivessem voltando.

Schofield apertou de novo o botão do rádio.

— Book, quando foi a última vez que você escutou o sinal?

O rádio estalou.

— *O sinal parou há oito minutos. Contato por telêmetro. Idêntico ao anterior em termos de assinatura eletrônica. Direção consistente com vetor anterior. Era o mesmo sinal, senhor, e até oito minutos atrás estava bem onde deveria estar.*

Nesse tempo — com ventos uivantes de oitenta nós que lançavam a neve tão rápida a ponto de ela cair horizontalmente — o radar era inútil. Ao mesmo tempo em que a explosão solar na ionosfera atrapalhava as comunicações pelo rádio, o sistema de baixa pressão no solo interferia nos radares.

Preparados para essa eventualidade, cada *hovercraft* era equipado com unidades no teto chamadas telêmetros. Montados numa torre giratória, cada telêmetro rodava para trás e para a frente num lento arco de 180 graus emitindo um constante facho focal de alta potência conhecido como "agulha". Diferentemente do radar, cujo alcance em linha reta sempre fora limitado pela curvatura da terra, as agulhas podem se agarrar à superfície da terra e se curvar sobre o horizonte por pelo menos mais oitenta quilômetros. Assim que qualquer objeto "vivo" — qualquer objeto com propriedades químicas, animais ou eletrônicas — atravessar o caminho de uma agulha, ele é registrado. Ou, como gostava de dizer o operador do telêmetro da unidade, o soldado José "Santa" Cruz, se ferver, respirar ou soltar bipes, o telêmetro pega o escroto.

Schofield apertou o botão do rádio.

— Book, o ponto onde o sinal desapareceu. A que distância está?

— *A uns cento e cinqüenta quilômetros daqui, senhor* — respondeu a voz de Riley.

Schofield olhou para a vastidão ininterrupta de branco que se estendia em todas as direções até o horizonte.

Por fim, falou:

— Certo. Vá verificar.

— *Positivo* — respondeu Riley imediatamente. Schofield tinha muito tempo para Book Riley. Os dois eram amigos há vários anos. Sólido e em boa forma, Riley tinha cara de boxeador — nariz achatado que fora quebrado vezes sem conta, olhos fundos e sobrancelhas grossas e pretas. Era popular na unidade — sério quando era preciso, mas relaxado e divertido quando não havia pressão. Fora o segundo-sargento responsável por Schofield quando este era um jovem e estúpido segundo-tenente. Depois, quando Schofield recebeu o comando de uma unidade de reconhecimento, Book — então com quarenta anos, um segundo-sargento tremendamente respeitado que podia ter escolhido qualquer função no corpo de fuzileiros — tinha ficado com ele.

— Vamos continuar até a Wilkes — disse Schofield. — Descubra o que aconteceu com o sinal, depois encontre-se conosco na estação.

— *Entendido.*

— Daqui a duas horas. Não se atrase. E ajuste o arco do telêmetro para a traseira. Se houver alguém atrás de nós, quero saber.

— *Sim, senhor.*

— Ah, mais uma coisa, Book.

— *O que é?*

— Seja legal com os outros garotos, certo?

— *Sim, senhor.*

— Um desligando — disse Schofield.

— *Vento Dois desligando.*

E com isso o segundo *hovercraft* se afastou para a direita e disparou pela nevasca.

Uma hora depois, a linha costeira surgiu e, através de um poderoso binóculo de campo, Schofield viu a Estação Polar Wilkes pela primeira vez.

Da superfície praticamente não se parecia com uma "estação" — era mais como um conjunto de variadas estruturas em cúpula meio enterradas na neve.

No meio do complexo ficava o prédio principal. Era pouco mais do que uma enorme cúpula redonda montada numa ampla base quadrada. Acima da superfície toda a estrutura tinha cerca de trinta metros de largura, mas não poderia ter mais de três metros de altura.

Em cima de um dos prédios menores ao redor da cúpula principal havia os restos de uma antena de rádio. A metade superior da antena estava dobrada para baixo, e dois cabos esticados eram a única coisa que sustentava a metade inferior de pé. Crostas de gelo pendiam de tudo. A única luz era um fraco brilho esbranquiçado vindo de dentro da cúpula principal.

Schofield ordenou que o *hovercraft* parasse a oitocentos metros da estação. Nem bem ele parou, a porta do lado de bombordo se abriu deslizando e os seis fuzileiros saltaram da saia inflada do *hovercraft* e pousaram com sons abafados na neve compacta.

Enquanto corriam pelo terreno podiam ouvir, acima do rugido do vento, o estrondo das ondas contra os penhascos do outro lado da estação.

— Senhores, vocês sabem o que fazer — foi tudo que Schofield disse ao microfone do capacete enquanto corria.

Envolvido no cobertor da nevasca, o esquadrão vestido de branco se espalhou indo para o complexo da estação.

Buck Riley viu o buraco no gelo antes de ver o *hovercraft* acidentado nele.

A fenda parecia uma cicatriz na paisagem — um rombo fundo, em forma de crescente, com uns quarenta metros de largura.

O *hovercraft* de Riley parou a uns cem metros da borda do enorme precipício. Os seis fuzileiros saíram, desceram lentamente até o chão e andaram cautelosos pela neve, em direção à borda da fenda.

O soldado de primeira classe Robert Simmons "Ricochete" era o alpinista do grupo, por isso prenderam o equipamento de rapel nele primeiro. Era jovem, com apenas 23 anos, e, como a maioria dos homens de sua idade, reagia aos elogios. Tinha estufado de orgulho quando uma vez escutou seu tenente dizer a outro comandante de pelotão que ele era bom a ponto de poder escalar o interior do prédio do Capitólio sem corda. O apelido era outra história, uma brincadeira bem-humorada feita por sua unidade, em referência à taxa de sucesso pouco impressionante com as mulheres.

Assim que a corda foi presa ao seu arnês, Simmons se deitou de barriga para baixo e começou a se arrastar para a frente, através da neve, em direção à borda da cicatriz.

Chegou à beira e espiou para o buraco.

— *Ah, merda...*

Dez metros atrás dele, Buck Riley falou ao microfone do capacete:

— Qual é a história, Ricochete?

— *Eles estão aqui, senhor* — a voz de Simmons era quase resignada. — *Veículo convencional. Tem alguma coisa escrita em francês no lado. Gelo fino espalhado por tudo que é canto, embaixo. Parece que tentaram atravessar uma ponte de neve que não agüentou.*

Em seguida, se virou para encarar Riley, com o rosto sério, a voz minúscula na freqüência de rádio de curto alcance.

— *E, senhor, eles estão bem fodidos.*

O *hovercraft* estava a uns doze metros abaixo da superfície, com o nariz redondo amassado para dentro devido ao impacto, todas as janelas despedaçadas ou rachadas como teias de aranha distorcidas. Uma fina camada de neve já embarcara na tarefa de apagar da história o veículo acidentado.

Dois ocupantes do *hovercraft* haviam sido catapultados pelo impacto *através* do pára-brisa dianteiro. Ambos estavam grudados à parede dianteira da fenda, com o pescoço dobrado para trás em ângulos obscenos, o corpo repousando em poças de sangue congelado.

Simmons Ricochete olhou a cena medonha.

Havia outros corpos dentro do *hovercraft*. Dava para ver as sombras dentro, e podia ver manchas de sangue em forma de estrela na parte de dentro das janelas quebradas do *hovercraft*.

— *Ricochete?* — A voz de Riley veio pelo alto-falante do capacete. — *Tem alguém vivo lá embaixo?*

— Parece que não, senhor.

— *Faça um infravermelho* — instruiu Riley. — *Temos vinte minutos antes de botar* o *pé na estrada, e eu não queria ir embora e descobrir mais tarde que havia algum sobrevivente aí embaixo.*

Ricochete baixou seu visor infravermelho. Ele pendia da testa do capacete, cobrindo os dois olhos como uma viseira de piloto de caça.

Agora via o *hovercraft* acidentado através de uma película de imagens azuis eletrônicas. Todo o local do acidente era mostrado numa silhueta azul sobre preto. Nem mesmo o motor luzia amarelo, a cor dos objetos com um mínimo de calor.

Porém, mais importante, não havia manchas de laranja ou amarelo *dentro* da imagem do veículo. Qualquer corpo que ainda estivesse dentro do *hovercraft* estava totalmente gelado. Todo mundo a bordo estava morto, com certeza. Ricochete começou a falar:

— Senhor, a leitura infravermelha é nega...

O chão cedeu abaixo dele.

Não houve aviso. Nenhum estalo no gelo. Nenhum sentimento de que ele estivesse enfraquecendo.

Simmons Ricochete caiu como uma pedra na fenda.

Aconteceu tão depressa que Buck Riley quase não viu. Num segundo estava espiando Ricochete olhar pela borda da fenda. No segundo seguinte Ricochete simplesmente desapareceu.

A corda preta resvalou pela borda, atrás de Ricochete, desenrolando-se rapidamente, saltando sobre a beirada.

— Segurem firme! — gritou Riley para os dois fuzileiros que ancoravam a corda. Eles se firmaram, esperando o baque.

A corda continuou a correr pela borda até que *paf!*, ficou instantaneamente retesada.

Riley andou cautelosamente para a direita, longe da borda da fenda, mas suficientemente perto para olhar dentro.

Viu o *hovercraft* acidentado no fundo do buraco e os dois corpos ensangüentados e fraturados junto à parede diante do veículo. E viu Ricochete pendurado na corda, sessenta centímetros acima da porta de estibordo do *hovercraft*, escancarada.

— Você está bem? — perguntou Riley pelo microfone.

— *Nunca duvidei disso nem por um segundo, senhor.*

— Segure-se. Vamos levantar você num minuto.

— *Claro.*

Dentro da fenda, Ricochete balançava estupidamente acima do *hovercraft* destruído. De onde estava podia ver através da porta de estibordo, aberta.

— Ah, *meu Deus...* — ofegou.

Schofield bateu com força na grande porta de madeira.

A porta ficava na base quadrada que sustentava a cúpula principal da Estação Polar Wilkes, na parte inferior de uma rampa estreita que descia dois metros e meio no gelo.

Schofield bateu de novo com o punho.

Estava deitado no parapeito da estrutura da base, estendendo a mão *acima* da porta, para bater nela.

A dez metros de distância, deitado de barriga na neve no topo da rampa, com as pernas abertas, estava o sargento de artilharia Scott Kaplan, o "Cobra". Seu fuzil de assalto M-16E apontava para a porta fechada.

Houve um *estalo* súbito, e Schofield prendeu o fôlego quando uma risca de luz se esticou pela neve atrás dele e a porta da estação começou a se abrir lentamente.

Uma figura saiu para a rampa de neve abaixo de Schofield. Era um homem. Embrulhado numas sete camadas de roupas. Desarmado.

De repente o homem ficou tenso, presumivelmente ao ver Cobra deitado diante dele com o M-16 apontado direto para o seu nariz.

— *Fique aí parado* — disse Schofield de cima e atrás do homem. — Fuzileiros dos Estados Unidos.

O homem continuou imóvel.

— *Unidade dois dentro. Seguro* — sussurrou uma voz de mulher no fone de ouvido de Schofield.

— *Unidade Três. Dentro e seguro.*

— Certo. Estamos entrando pela porta da frente.

Schofield deslizou de seu poleiro, pousou perto do homem na rampa de neve e começou a revistá-lo.

Cobra desceu a rampa até eles, o fuzil apontado para a porta.

Schofield disse ao homem:

— Você é americano? Qual é o seu nome?

O homem falou:

— *Non. Je suis français.*

E depois, em inglês:

— Meu nome é Luc.

Há uma tendência entre os observadores acadêmicos para ver a Antártida como o último território neutro da terra. Pelo que se diz, na Antártida não há locais tradicionais ou sagrados pelos quais lutar, nem fronteiras históricas a serem contestadas. O que resta é uma espécie de *terra communis*, uma terra que pertence à comunidade.

De fato, por virtude do Tratado Antártico, desde 1961 o continente foi dividido no que parece um enorme gráfico de torta, com cada país participante do tratado recebendo uma fatia. Alguns setores se sobrepõem, como os administrados pelo Chile, a Argentina e o Reino Unido. Outros cobrem trechos de terra de uma vastidão monumental — a Austrália administra um setor da torta que cobre quase um quarto da massa de terra da Antártida. Há até mesmo um setor — que cobre o mar de Amundsen e a terra de Byrd — que não pertence a ninguém.

A impressão geral é de uma massa de terra realmente internacional. Mas essa impressão é equivocada e simplista.

Os defensores da "Antártida politicamente neutra" deixam de perceber a contínua animosidade entre a Argentina e a Grã-Bretanha com relação às suas reivindicações no continente; ou a recusa peremptória de *todos* os signatários do Tratado Antártico em votar a Resolução de 1985 da ONU, que dedicaria a massa de terra antártica em benefício de *toda* a comunidade internacional; ou a misteriosa conspiração de silêncio entre as nações signatárias do tratado que se seguiu a um pouco conhecido relatório do Greenpeace, de 1995, que acusava o governo francês de realizar explosões nucleares secretas no subsolo perto do litoral da terra de Vitória.

Porém, mais importante, esses defensores também deixam de reconhecer que uma terra sem fronteiras claramente definidas não tem como enfrentar incursões estrangeiras.

As estações de pesquisa freqüentemente estão separadas por centenas de quilômetros. Algumas vezes essas estações descobrem itens de imenso valor — urânio, plutônio, ouro. Não é impossível que um estado estrangeiro, desesperado por recursos, mande uma força de invasão se apropriar dessa descoberta antes que o resto do mundo sequer saiba de sua existência.

Tal incidente — pelo menos que se soubesse — jamais havia acontecido na Antártida.

Sempre há uma primeira vez, pensou Schofield, enquanto era guiado para dentro da Estação Polar Wilkes pelo francês chamado Luc.

Schofield ouvira uma gravação do pedido de socorro feito por Abby Sinclair, ouviu-a falar da descoberta de uma espaçonave enterrada sob o gelo abaixo da Estação Polar Wilkes. Se os cientistas da Wilkes tivessem mesmo descoberto uma espaçonave extraterrestre, isso definitivamente seria algo em que outros grupos estariam interessados. Se teriam ou não coragem para mandar uma equipe de ataque para pegá-la era outra coisa.

De qualquer modo, ele se sentiu bastante inquieto ao ser recebido à porta de uma estação de pesquisa *americana* por um *francês*, e enquanto andava pelo escuro túnel de paredes de gelo atrás de Luc, Schofield se pegou apertando sua pistola automática com um pouco mais de força.

Os dois saíram do túnel escuro para um espaço amplo, aberto e bem iluminado. Schofield se viu numa fina passarela de metal que dava para um amplo precipício cilíndrico.

A Estação Polar Wilkes se abria diante dele, uma gigantesca estrutura subterrânea. Passarelas estreitas e pretas rodeavam a circunferência do cilindro subterrâneo, envolvendo o amplo fosso central. Na base do enorme cilindro, Schofield viu uma piscina circular, no meio da qual estava o sino de mergulho da estação.

— Por aqui — disse Luc, guiando Schofield para a direita. — Estão todos na sala de jantar.

Enquanto chegava à sala de jantar precedido por Luc, Schofield se sentiu como um adulto entrando numa sala de aula de jardim de infância: um estranho que, pelo simples tamanho e pela postura, não se encaixava.

O grupo de cinco sobreviventes sentava-se em círculo ao redor da mesa. Os homens estavam barbados, as mulheres desarrumadas. Todos pareciam exaustos. Levantaram a cabeça, cautelosos, quando Schofield entrou.

Havia mais dois homens na sala, de pé atrás da mesa. Diferentemente das pessoas sentadas, esses dois, como Luc, pareciam alertas, limpos e revigorados. Um deles segurava uma bandeja com bebidas quentes. Imobilizou-se no meio do passo ao ver Schofield entrando.

Cientistas franceses da d'Urville, pensou Schofield. Vindos em resposta ao pedido de socorro.

Provavelmente.

A princípio ninguém disse nada.

Todo mundo na sala simplesmente olhou para Schofield, observando seu capacete e os óculos prateados, anticlarão; o colete à prova de balas e o uniforme para neve; a submetralhadora MP-5 pendurada no ombro; a 44 automática na mão.

Cobra veio atrás de Schofield, e todos os olhos giraram para ele: roupa semelhante, armas semelhantes. Um clone.

— Tudo bem — disse Luc gentilmente aos outros. — São fuzileiros. Vieram resgatar vocês.

Uma das mulheres ofegou.

— Ah, meu Deus — disse ela e começou a chorar. — Ah, graças a *Deus.*

Sotaque americano, notou Schofield. A mulher empurrou a cadeira para trás e veio até ele, as lágrimas escorrendo pelas bochechas.

— Eu sabia que vocês viriam. Sabia que vocês viriam.

Ela agarrou a ombreira de Schofield e começou a soluçar em seu peito. Schofield não demonstrou emoção. Segurou a pistola afastada dela, como fora treinado para fazer.

— Tudo bem, senhora — foi só o que disse, enquanto a levava até uma cadeira próxima. — Tudo certo. Agora vocês estão bem.

Assim que a mulher se sentou, ele se virou para os outros.

— Senhoras e senhores. Somos a Unidade de Reconhecimento Dezesseis do Corpo de Fuzileiros Navais dos Estados Unidos. Meu nome é tenente Shane Schofield, e este é o sargento Scott Kaplan. Estamos aqui em resposta ao seu pedido de socorro. Temos instruções para manter essa estação em segurança e garantir que nenhum de vocês sofra qualquer dano.

Um dos homens à mesa soltou um suspiro de alívio.

Schofield prosseguiu:

— Então, para que não tenham ilusões, direi agora que somos uma unidade de *reconhecimento. Não* vamos retirar vocês daqui. Somos uma unidade de frente. Viajamos rápido e com pouco peso. Nossa tarefa é chegar aqui depressa e garantir que todos estejam bem. Se houver uma emergência, vamos retirá-los, caso contrário nossas ordens são para garantir a segurança desta estação e esperar que uma equipe de retirada chegue.

Schofield se virou para encarar Luc e os outros dois homens parados atrás da mesa.

— Bom, presumo que os senhores sejam da d'Urville. Correto?

O homem com a bandeja engoliu em seco, olhos arregalados.

— Sim — disse Luc. — Isso mesmo. Ouvimos a mensagem pelo rádio e viemos assim que pudemos. — Para ajudar.

Enquanto Luc falava, uma voz de mulher estalou no fone de ouvido de Schofield.

— *Unidade dois, varredura limpa.*

— *Unidade três. Achamos três... não, na verdade quatro contatos na sala de perfuração. Estamos subindo agora.*

Schofield assentiu para Luc.

— Seus nomes?

— Sou o professor Luc Champion. Este é o professor Jean-Pierre Cuvier e, segurando a bandeja, ali está o dr. Henri Rae.

Schofield assentiu lentamente, prestando atenção aos nomes, comparando-os com uma lista que vira no *Shreveport* há dois dias. Era uma lista dos nomes de todos os cientistas franceses estacionados na d'Urville. *Champion, Cuvier* e *Rae* estavam na lista.

Houve uma batida na porta e Schofield se virou.

O sargento Morgan Lee "Montana" estava parado à porta da sala de jantar. Montana era um homem pequeno, atarracado, e aos 46 anos era o membro mais velho da unidade. Tinha nariz de buldogue e rosto abrutalhado, gasto pelo tempo. Dez metros atrás estava seu parceiro, o cabo Oliver Todd "Hollywood". Alto, negro e magro, Hollywood tinha 21 anos.

E entre os dois fuzileiros estavam os frutos de sua varredura.

Uma mulher.

Um homem.

Uma menina.

E uma foca.

— Eles chegaram há umas quatro horas — disse Sarah Hensleigh.

Schofield e Hensleigh estavam parados no deque A, na passarela que dava para o resto da estação.

Como Hensleigh já havia explicado, a Estação Polar Wilkes era essencialmente um grande cilindro vertical que tinha sido furado na banquisa de gelo. Mergulhava por cinco andares até o nível do mar.

Presas a intervalos regulares nas paredes do cilindro havia passarelas de metal que percorriam a circunferência do cilindro. Cada passarela se ligava à de cima por uma escada íngreme e estreita, de modo que toda a estrutura se parecia com uma espécie de saída de incêndio.

Ramificando-se de cada passarela, para fora e *penetrando* nas paredes de gelo, havia uma série de túneis que formavam os diferentes níveis da estação. Cada nível era composto de cinco túneis retos que se ramificavam do poço central até encontrar um túnel externo, curvo, que fazia um círculo amplo *em volta* do poço central. Os quatro túneis retos seguiam aproximadamente as quatro direções da bússola, de modo que eram simplesmente chamados de norte, sul, leste e oeste.

Cada passarela/nível da Estação Polar Wilkes era designada por letras, de A a E — o deque A era o mais alto, e o deque E era a ampla plataforma de metal que rodeava a enorme piscina na base da estrutura subterrânea. No deque C, o andar do meio, uma estreita ponte retrátil podia se estender atravessando o poço central da estação.

— Quantos? — perguntou Schofield.

— A princípio eram cinco — disse Sarah. — Quatro ficaram aqui conosco e o quinto levou os outros de volta à d'Urville no *hovercraft* deles.

— Você os conhece?

— Conheço Luc e Henri, que acho que molhou as calças quando viu vocês entrando. E sei *quem é* o quarto, Jacques Latissier.

Depois de Montana ter levado Hensleigh para a sala de jantar alguns minutos antes, não demorou muito até Schofield deduzir que ela era a pessoa com quem deveria falar sobre os acontecimentos da semana anterior na Estação Polar Wilkes.

Enquanto todos os outros se mostravam arrasados ou exaustos, Sarah parecia contida e controlada. De fato, Montana e Hollywood disseram que a haviam encontrado enquanto mostrava a um dos cientistas franceses a sala de perfuração no deque E. O nome do cientista era Jacques Latissier — um homem alto com barba preta e grossa — e também estava na lista mental de Schofield.

Sarah Hensleigh olhou para o poço central da estação, imersa em pensamentos. Schofield observou-a. Era uma mulher atraente, de uns 35 anos, com olhos castanho-escuros, cabelos pretos indo até os ombros e malares altos e arqueados. Schofield notou que ela usava um medalhão de prata pendurado ao pescoço.

Nesse momento, a garotinha saiu na passarela. Schofield achou que ela devia ter uns dez anos. Tinha cabelos louros curtos, nariz pequeno e usava óculos grossos que pendiam desajeitados sobre as bochechas. Parecia quase cômica no enorme casaco cor-de-rosa — com um gorro forrado de lã, terrivelmente grande, que se dobrava sobre o rosto.

E atrás da garotinha, bamboleando na passarela de metal, veio a foca.

— E quem é essa? — perguntou Schofield.

— Minha filha, Kirsty — respondeu Sarah, pondo a mão no ombro da menina. — Kirsty, este é o tenente Schofield.

— Olá — disse Schofield.

Kirsty Hensleigh só ficou ali parada um momento, olhando Schofield, observando seu colete à prova de balas, o capacete e as armas.

— Óculos maneiros — disse por fim.

— Hein? Ah, é — respondeu Schofield, tocando seus óculos prateados anticlarão. Combinados com o uniforme para neve e o colete branco-cinzento, ele sabia que os óculos de lentes espelhadas faziam-no parecer particularmente gélido. Uma criança *gostaria* disso. Schofield não tirou os óculos.

— É, acho que eles são maneiros. Quantos anos você tem?

— Doze, quase treze.

— É?

— Sou meio baixinha para minha idade — acrescentou Kirsty em tom casual.

— Eu também — disse Schofield assentindo.

Ele olhou para a foca que veio bamboleando e farejou seu nariz.

— E seu amigo aí? Qual é o nome dele?

— *Ela é* menina, e o nome dela é Wendy.

Schofield baixou a mão e deixou a foca cheirá-la. O animal não era muito grande, mais ou menos do tamanho de um cachorro de porte médio, e usava uma bela coleira vermelha.

— Wendy. Que tipo de foca ela é? — perguntou Schofield, enquanto começava a fazer carinho na cabeça do bicho.

— *Arctocephalus gazella* — disse Kirsty. — Foca peluda da Artártida.

Wendy começou a girar a cabeça em volta da mão de Schofield, obrigando-o a fazer carinho atrás da orelha. Ele fez isso, e, de repente, Wendy tombou no chão e rolou de costas.

— Ela quer que você faça cócegas na barriga — disse Kirsty, sorrindo. — Ela gosta disso.

Wendy ficou deitada de costas na passarela, as nadadeiras abertas, esperando ser acariciada. Schofield se abaixou e deu-lhe uma rápida coçada na barriga.

— Você acaba de ganhar uma amiga para o resto da vida — disse Sarah Hensleigh, observando Schofield atentamente.

— Fantástico — respondeu ele, ficando de pé.

— Eu não sabia que os fuzileiros podiam ser tão amigáveis — disse Sarah de repente, pegando Schofield ligeiramente desprevenido.

— Nem todos somos insensíveis.

— Não quando há uma coisa aqui que vocês querem.

O comentário fez Schofield parar e olhar Sarah por um longo segundo. Claramente ela não era idiota.

Schofield assentiu lentamente, aceitando a crítica.

— Senhora, se não se importa, se pudermos voltar ao que estávamos discutindo antes: a senhora conhece dois deles e *sabe quem é* um deles, certo?

— Isso mesmo.

— Que tal o quarto, Cuvier?

— Nunca me encontrei com ele.

Schofield prosseguiu:

— E quantos eles levaram de volta à d'Urville?

— Só podiam colocar cinco pessoas no *hovercraft*, por isso um dos deles levou cinco dos nossos.

— Deixando os outros quatro aqui.

— Isso mesmo.

Schofield assentiu consigo mesmo. Depois olhou para Hensleigh.

— Há mais umas coisas das quais precisamos falar. O que vocês encontraram no gelo, por exemplo. E o *incidente*... com Renshaw.

Sarah entendeu o que ele estava dizendo. Era melhor discutir esses assuntos longe de uma criança de doze anos.

Ela assentiu.

— Sem problema.

Schofield olhou para a estação polar ao redor: para a piscina no fundo, as passarelas grudadas à parede do cilindro, os túneis que desapareciam no gelo. Havia algo naquilo tudo que não estava bem certo, algo que ele não conseguia identificar.

E então percebeu, enquanto se virava para Sarah.

— Faça eu parar se essa for uma pergunta idiota, mas se toda esta estação é escavada na banquisa de gelo e as paredes são feitas de gelo, por que elas não derretem? Sem dúvida vocês devem gerar um bocado de calor com as máquinas e coisa e tal. As paredes não deveriam estar pingando constantemente?

— Não é uma pergunta idiota. De fato é uma pergunta muito boa. Quando chegamos aqui pela primeira vez descobrimos que o calor da máquina de perfuração de núcleos estava fazendo com que algumas paredes de gelo derretessem. Por isso instalamos um sistema de resfriamento no deque C. Funciona com um termostato que mantém a temperatura a um grau Celsius negativo, não importando quanto calor a gente produza. O engraçado é que, como a superfície lá fora é de quase trinta abaixo, o sistema de *resfriamento* na verdade *esquenta* o ar aqui. Nós adoramos.

— Muito inteligente — disse Schofield enquanto olhava a estação ao redor.

Seu olhar parou na sala de jantar. Luc Champion e os outros três cientistas franceses estavam ali, sentados à mesa com os moradores da Wilkes. Schofield ficou olhando-os, imerso em pensamentos.

— Vocês vão levar a gente para casa? — perguntou Kirsty de repente, atrás dele.

Por um longo momento, Schofield continuou olhando os quatro cientistas franceses na sala de jantar. Depois se virou para a menina.

— Por enquanto, não. Outras pessoas virão logo, para levá-los para casa. Só estou aqui para cuidar de vocês até lá.

Schofield e Hensleigh andavam rapidamente pelo largo túnel de gelo. Montana e Hollywood vinham logo atrás.

Estavam no deque B, a principal área de habitação. O túnel de gelo fazia uma curva ampla. Havia portas dos dois lados: quartos, uma sala comunitária e vários laboratórios e locais de estudos. Schofield não pôde deixar de notar uma porta específica que tinha um símbolo de três círculos significando perigo biológico. Uma placa retangular abaixo do símbolo dizia: LABORATÓRIO DE BIOTOXINAS.

— Disseram alguma coisa sobre isso quando chegamos à McMurdo — disse Schofield. — Que Renshaw afirmou que tinha feito a coisa porque havia um cara roubando sua pesquisa. Algo do tipo.

— Isso mesmo — respondeu Hensleigh, andando depressa. Em seguida, olhou para Schofield. — É só um negócio maluco.

Chegaram ao fim do túnel, diante de uma porta engastada no gelo. Estava fechada e tinha uma pesada travessa de madeira cruzando-a.

— James Renshaw — murmurou Schofield. — Não foi ele que achou a espaçonave?

— É, mas há muito mais do que isso.

Depois de chegar à estação McMurdo Schofield recebera um breve relato sobre a Estação Polar Wilkes. Pensando bem, a estação não parecia nada especial. Continha os acadêmicos de sempre: biólogos marinhos estudando a fauna oceânica; paleontólogos estudando fósseis presos no gelo; geólogos procurando depósitos minerais e geofísicos, como James Renshaw, que faziam escavações profundas no gelo procurando traços de monóxido de carbono e outros gases aprisionados há milhares de anos.

O que havia tornado a Estação Polar Wilkes uma coisa especial era que dois dias *antes* do pedido de socorro de Abby Sinclair, *outro* sinal de alta prioridade fora enviado da estação. Esse sinal anterior, mandado à McMurdo, fora um pedido formal para o envio de um esquadrão de polícia militar à Wilkes.

Ainda que os detalhes fossem superficiais, parecia que um dos cientistas da Wilkes havia matado um dos colegas.

Schofield olhou para a porta trancada no fim do túnel de gelo e balançou a cabeça. Realmente não tinha tempo para isso. Suas ordens eram muito específicas:

Proteger a estação. Investigar a espaçonave. Verificar sua existência. E então guardá-la contra todos os outros grupos até a chegada de reforços.

Schofield lembrou-se de estar sentado na sala de reuniões a bordo do *Shreveport*, ouvindo a voz do subsecretário de Defesa pelo alto-falante:

"Outros grupos quase que certamente captaram aquele pedido de socorro, tenente. Se realmente houver um veículo extraterrestre lá embaixo há boa chance de que um desses países tente se apossar dele. O governo dos Estados Unidos gostaria de evitar essa situação, tenente. Seu objetivo é a proteção da espaçonave. Todas as outras considerações são secundárias. *Queremos aquela nave.*"

Nenhuma vez a segurança dos cientistas americanos na estação fora mencionada, fato que não passara despercebido a Schofield. Obviamente, também não passara despercebido a Sarah Hensleigh.

Todas as outras considerações são secundárias.

De qualquer modo, pensou Schofield, ele não podia se dar ao luxo de mandar mergulhadores para investigar a espaçonave enquanto houvesse a possibilidade de um dos moradores da Wilkes representar uma fonte de problemas.

— Certo — disse ele, olhando para a porta, mas dirigindo-se a Hensleigh. — Vinte e cinco palavras ou menos. Qual é a história dele?

— Renshaw é geofísico de Stanford, está estudando núcleos de gelo para seu doutorado. Bernie Olson é... *era*... seu supervisor. O trabalho de Renshaw com núcleos de gelo era revolucionário. Ele estava escavando núcleos mais fundo do que qualquer pessoa, às vezes chegando a quase um quilômetro abaixo da superfície.

Schofield sabia vagamente sobre a pesquisa de núcleos de gelo. Implicava escavar um buraco circular de cerca de trinta centímetros na camada de gelo e puxar um cilindro de gelo conhecido como núcleo. Cativas no núcleo havia bolhas de gases que tinham existido no ar há milhares de anos.

— De qualquer modo — continuou Sarah —, há duas semanas Renshaw teve um enorme sucesso. Sua broca devia ter acertado numa camada de gelo em elevação, gelo pré-histórico que fora deslocado por um terremoto em algum momento no passado e empurrado para a superfície. De repente, Renshaw estava estudando bolhas de gases de até trezentos *milhões* de anos. Era a descoberta de uma vida. Ali estava a chance de estudar uma atmosfera que ninguém havia conhecido. Ver como era a atmosfera *antes* dos dinossauros. — Sarah Hensleigh deu de ombros. — Para um acadêmico, algo assim é como o pote de ouro no fim do arco-íris. Só no circuito de palestras vale uma fortuna.

— Só que depois ficou melhor.

— Há alguns dias, Renshaw ajustou ligeiramente o vetor de escavação, o ângulo em que a gente fura o gelo, e a quatrocentos e cinqüenta metros, no meio de uma seção de gelo com quatrocentos milhões de anos, acertou em metal.

Sarah fez uma pausa, deixando o que tinha dito se assentar na mente do outro. Schofield ficou quieto.

— Nós mandamos o sino de mergulho, fizemos alguns testes de ressonância na banquisa e descobrimos que havia uma espécie de *caverna* no local onde esse pedaço de metal pré-histórico deveria estar. Outros testes mostraram que havia um túnel *subindo* até essa caverna, vindo de uma profundidade de novecentos metros. Foi então que mandamos os mergulhadores, e foi então que Austin viu a espaçonave. E foi então que todos os mergulhadores desapareceram.

— E o que tudo isso tem a ver com a morte de Bernard Olson?

— Olson era orientador de Renshaw. Vivia espiando por cima do ombro de Renshaw enquanto ele fazia essas descobertas espantosas. Renshaw começou a ficar paranóico. Começou a dizer que Bernie estava roubando sua pesquisa. Que Bernie estava usando *suas* descobertas para escrever um artigo rápido e puxar o tapete de Renshaw. Veja bem, Bernie tinha conexões com as publicações científicas, conhecia alguns editores. Poderia publicar um artigo em menos de um mês. Renshaw, como um estudante de doutorado desconhecido, quase certamente demoraria mais. Ele achou que Bernie estava tentando roubar seu pote de ouro. E quando descobriu *metal* na caverna e viu que Bernie ia incluir *isso* também em seu artigo, Renshaw pirou de vez.

— E *matou* o outro?

— Matou. Na noite de quarta-feira passada. Renshaw simplesmente foi até o quarto de Bernie e começou a gritar com ele. Todos ouvimos. Renshaw estava com raiva e frustrado, mas tínhamos ouvido esse tipo de coisa antes, por isso não ligamos muito. Mas dessa vez ele o matou.

— Como? — Schofield continuou olhando para a porta fechada.

— Ele... — Sarah hesitou. — Ele enfiou uma agulha hipodérmica no pescoço de Bernie e injetou o conteúdo.

— O que havia na seringa?

— Líquido de limpeza industrial.

— Que beleza! — Schofield assentiu para a porta. — Ele está aí?

— Ele se trancou depois do acontecimento. Levou comida para uma semana e disse que se algum de nós tentasse entrar, nos mataria também. Estava maluco. Então, uma noite, na véspera de mandarmos os mergulhadores para investigar a caverna, nos juntamos e trancamos a porta por fora. Ben Austin prendeu uns suportes na parede de cada lado da porta e pusemos a tranca. Então Austin usou uma pistola de rebites para lacrar a porta.

— Ele ainda está vivo?

— Está. Não dá para ouvi-lo agora, o que significa que provavelmente está dormindo. Mas, quando acordar, acredite, você saberá.

— Certo. — Schofield examinou as bordas da porta, viu os rebites prendendo-a ao portal. — Seu amigo fez um bom trabalho com a porta. — Em seguida se virou. — Se ele está trancado aí dentro, para mim está bom, *se* você tem certeza de que não há outro modo de sair desse quarto.

— Esta é a única entrada.

— É, mas há algum outro modo de sair do quarto? Ele poderia cavar uma saída pelas paredes ou pelo teto?

— Os tetos e os pisos são forrados de aço, por isso ele não pode cavar. E o quarto dele fica no fim do corredor, de modo que não há nenhum cômodo de cada lado, as paredes são de gelo sólido. — Sarah Hensleigh deu um sorriso torto para Schofield. — Acho que não há como sair daí.

— Então podemos deixá-lo. — Schofield começou a voltar pelo túnel. — Temos outras coisas com que nos preocupar. A primeira é descobrir o que aconteceu com os mergulhadores naquela caverna lá embaixo.

O sol brilhava forte sobre Washington. O Capitólio praticamente luzia branco de encontro ao céu magnífico.

Num luxuoso canto acarpetado de vermelho do prédio do Capitólio, uma reunião foi interrompida para um recesso. Pastas foram fechadas. Cadeiras foram puxadas para trás. Alguns delegados tiraram seus óculos de leitura e esfregaram os olhos. Assim que o recesso foi anunciado, pequenos agrupamentos de assessores correram imediatamente para o lado dos chefes, com celulares, pastas e faxes.

— *O que* eles estão querendo? — perguntou o deputado federal George Holmes a seu assessor, enquanto olhava a delegação francesa (todos os doze) sair da sala de negociação. — É a quarta vez que pedem um recesso hoje.

Holmes observou o *chef de mission* francês — um sujeito pomposo e esnobe chamado Pierre Dufresne — sair da sala à frente de seu grupo. Holmes balançou a cabeça, espantado.

George Holmes era um diplomata, tinha sido durante toda a vida. Estava com 55 anos, era baixo e, mesmo odiando admitir, estava um pouco acima do peso.

Tinha rosto redondo e uma ferradura de cabelos grisalhos e usava óculos grossos, com armação de osso, que faziam seus olhos castanhos parecerem maiores do que eram.

Levantou-se, esticou as pernas e olhou a enorme sala de reuniões. Uma gigantesca mesa circular ficava no centro, com dezesseis confortáveis poltronas de couro colocadas a intervalos regulares ao redor da circunferência.

A ocasião era a reafirmação de uma aliança.

As alianças internacionais não são exatamente os acontecimentos amigáveis mostrados pelos noticiários de TV. Quando os presidentes e primeiros-ministros saem da Casa Branca e se apertam as mãos para as câmeras debaixo das bandeiras cruzadas, estão negando o trato, a quebra de promessa, as picuinhas e a briga ferrenha que acontece em salas não muito diferentes desta em que George Holmes estava. Os sorrisos e os apertos de mão são apenas o glacê de bolos negociados, muito complexos, feitos por diplomatas profissionais como Holmes.

As alianças internacionais nada têm a ver com amizade. Têm a ver com *vantagens*. Se a amizade trouxer vantagem, a amizade será desejável. Se a amizade não trouxer vantagem, talvez apenas as relações civilizadas possam ser tudo que é necessário. A *amizade* internacional — em termos de ajuda, aliança e alinhamento comercial externos — pode ser um negócio muito caro. No qual não se entra casualmente.

E esse era o motivo para George Holmes estar em Washington nesse luminoso dia de verão. Ele era um negociador. Mais do que isso, era um negociador hábil nas gentilezas e sutilezas do intercâmbio diplomático.

E precisaria de todas as suas habilidades nesse intercâmbio diplomático, porque esta não era uma reafirmação de aliança comum.

Era uma reafirmação daquela que poderia ser a aliança mais importante do século XX.

A Organização do Tratado do Atlântico Norte.

Otan.

— Phil, você sabia que nos últimos quarenta anos o único objetivo da política externa francesa tem sido destruir a hegemonia dos Estados Unidos sobre o mundo ocidental? — perguntou Holmes enquanto esperava que a delegação francesa retornasse à sala de reuniões.

Seu assessor, um jovem de 25 anos formado em direito em Harvard, chamado Philip Munro, hesitou antes de responder. Não tinha certeza se era uma pergunta retórica. Holmes girou a poltrona e encarou Munro através dos óculos grossos.

— Ah, não, senhor, não sabia.

Holmes assentiu, pensativo.

— Eles nos vêem como idiotas grosseiros e sem sofisticação. Caipiras tomadores de cerveja que, através de algum acidente da história, conseguiram colocar as mãos nas armas mais poderosas do mundo e, a partir disso, tornaram-se seu líder. Os franceses se ressentem disso. Diabos, eles nem mesmo são mais membros integrais da Otan porque acham que ela perpetua a influência dos EUA sobre a Europa.

Holmes soltou um risinho. Lembrou-se de quando, em 1966, a França se retirou do comando militar integrado da Otan porque não queria que as armas nucleares francesas fossem colocadas sob o comando da Otan — e, portanto, sob o controle dos Estados Unidos. Nessa época o presidente francês, Charles de Gaulle, tinha dito peremptoriamente que a Otan era "uma organização americana". Agora a França simplesmente mantinha um assento no Conselho do Atlântico Norte, da Otan, para ficar de olho nas coisas.

— Conheço algumas pessoas que concordariam com eles — disse Munro. — Acadêmicos, economistas. Pessoas que diriam que é *exatamente* isso que a Otan é programada para fazer. Perpetuar nossa influência sobre a Europa.

Holmes sorriu. Munro era valioso. Com formação universitária e liberal ardoroso, era do tipo "vamos ter um debate filosófico durante o café". Do tipo que argumenta por um mundo melhor quando não tem absolutamente nenhuma experiência nisso. Holmes não se incomodava. De fato, achava Munro revigorante.

— Mas o que *você* acha, Phil?

Munro ficou quieto por alguns segundos. Depois falou:

— A Otan torna os países europeus econômica e tecnologicamente dependentes dos Estados Unidos para a defesa. Até mesmo países altamente desenvolvidos como a França e a Inglaterra sabem que, se quiserem os melhores sistemas de armas, terão de nos procurar. E isso os deixa com duas opções: bater à nossa porta com o chapéu na mão ou entrar para a Otan. E pelo que sei, os Estados Unidos não venderam nenhum sistema de mísseis *Patriot* para um país que não pertença à Otan. De modo que, sim, acho que a Otan perpetua nossa influência sobre a Europa.

— Não é uma análise ruim, Phil. Mas deixe-me dizer uma coisa: o negócio vai muito mais longe do que isso, muito mais. Na verdade, vai tão longe a ponto de a Casa Branca afirmar que a segurança nacional dos Estados Unidos *depende* dessa influência. Queremos manter a influência sobre a Europa, Phil, econômica e em especial tecnologicamente. A França, por outro lado, gostaria de que perdêssemos essa influência. E nos últimos dez anos os sucessivos governos franceses vêm perseguindo ativamente uma política de minar a influência americana na Europa.

— Por exemplo? — perguntou Munro.

— Você sabia que foi a *França* a força impulsionadora por trás do estabelecimento da União Européia?

— Bem, não. Achei que fosse...

— Você sabia que foi a *França* a força impulsionadora por trás do estabelecimento de um Tratado de Defesa Européia?

Pausa.

— Não.

— Sabia que é a *França* que subsidia a Agência Espacial Européia de modo que esta possa cobrar preços muito mais baratos do que os da NASA para colocar satélites comerciais em órbita?

— Não, não sabia disso.

Holmes se virou na cadeira e encarou Munro.

— Filho, nos últimos dez anos a França vem tentando unir a Europa como jamais antes, e vendê-la ao resto do mundo. Chamam isso de orgulho regional. Nós chamamos de tentativa de dizer às nações européias que elas não precisam mais dos Estados Unidos.

— A Europa não *precisa* mais dos Estados Unidos? — perguntou Munro rapidamente. Era uma pergunta carregada.

Holmes deu um sorriso torto para o auxiliar.

— Até que a Europa possa se igualar a nós, arma por arma, sim, ela precisa de nós. O que mais frustra a França é nossa tecnologia de defesa. Eles não podem se igualar a ela. Estamos muito à frente. Isso os deixa *furiosos*. E enquanto estivermos à frente, eles sabem que não têm opção além de nos seguir. *Mas* — Holmes levantou um dedo — assim que puserem as mãos em alguma coisa *nova*, assim que desenvolverem algo que supere nossa tecnologia, aí as coisas podem ficar diferentes. Não estamos mais em 1966. As coisas mudaram. O mundo mudou. Se a França saísse da Otan agora, acho que metade das outras nações européias que estão na organização sairiam junto...

Nesse momento, a porta da sala de reuniões se abriu e a delegação francesa, liderada por Pierre Dufresne, voltou.

Enquanto os delegados franceses retornavam aos seus assentos, Holmes se inclinou para perto de Munro.

— Mas o que mais me preocupa é que os franceses podem estar mais perto dessa nova tecnologia do que nós pensamos. Olhe para eles hoje. Já fizeram *quatro* recessos nesta reunião. Quatro. Sabe o que isso significa?

— O quê?

— Que estão embromando. Esticando a reunião. Você só embroma assim quando está esperando alguma informação. Por isso ficam fazendo recessos, para conversar com o pessoal da inteligência deles e ficar a par do que está acontecendo. E, pelo jeito, o que quer que seja, pode significar a diferença entre a continuação da Otan e sua destruição completa.

A cabeça lisa e preta rompeu a superfície sem qualquer som. Era uma cabeça sinistra, com dois olhos escuros e sem vida de cada lado de um focinho brilhante e arrebitado.

Alguns instantes depois, uma segunda cabeça, idêntica, apareceu ao lado da primeira, e os dois animais observaram curiosamente a atividade no deque E.

As duas baleias-assassinas na piscina da Estação Polar Wilkes eram espécimes bem pequenos, apesar de cada uma pesar quase cinco toneladas. Da ponta à cauda, cada uma tinha pelo menos quatro metros e meio.

Tendo avaliado e desconsiderado a atividade que acontecia no deque ao redor — onde o tenente Schofield ajudava dois mergulhadores a vestir o equipamento — as duas baleias-assassinas começaram a circular a piscina, deslizando de encontro ao sino de mergulho que estava semi-submerso no centro.

Seus movimentos pareciam estranhos, quase coordenados. Quando uma assassina olhava para um lado, a outra olhava na direção oposta. Era quase como se estivessem procurando alguma coisa, procurando alguma coisa específica...

— Elas estão procurando Wendy — disse Kirsty, olhando da passarela do deque C para as duas baleias. Sua voz saiu chapada, fria, com uma aspereza incomum para uma menina de doze anos.

Fazia quase duas horas desde que Schofield e sua equipe haviam chegado à Wilkes, e agora Schofield estava no deque E, preparando-se para mandar dois de seus homens no *Douglas Mawson* para descobrir o que havia acontecido com Austin e os outros.

Fascinada, Kirsty estivera olhando Schofield e os dois mergulhadores do deque C quando viu as duas baleias-assassinas chegando à superfície.

Ao seu lado, parados no deque C para trabalhar nos controles do guincho, estavam dois fuzileiros.

Kirsty gostava desses dois. Diferentemente de alguns dos mais velhos que tinham simplesmente grunhido quando ela disse olá, esses eram jovens e amigáveis. Um deles, Kirsty ficou feliz em notar, era mulher.

A cabo Elizabeth Gant era compacta, em ótima forma, e segurava sua MP-5 como se fosse uma extensão da mão direita. Escondida atrás do capacete e dos óculos prateados anticlarão havia uma atraente mulher de 26 anos. Seu apelido, "Gata", era um elogio dado pelos colegas admiradores, do sexo masculino. Libby Gant olhava para as duas baleias-assassinas deslizando lentamente pela piscina.

— Elas estão procurando Wendy? — perguntou olhando para a pequena foca de pêlo preto na passarela ao seu lado. Wendy recuou nervosa da beira da plataforma, aparentemente tentando não ser vista pelas duas baleias que circulavam na piscina doze metros abaixo.

— Elas não gostam muito de Wendy — disse Kirsty.

— Por quê?

— Elas são jovens. São *machos* jovens. Não gostam de ninguém. É como se tivessem de provar alguma coisa, que são maiores e mais fortes do que os outros animais. Típicos *garotos*. A maioria das baleias-assassinas por aqui come filhotes de comedoras de caranguejo, mas essas duas viram Wendy nadando na piscina há alguns dias e desde então voltam sempre.

— O que é uma comedora de caranguejo? — perguntou Todd Hollywood, perto dos controles do guincho.

— É outro tipo de foca — disse Kirsty. — Uma foca grande e gorda. As assassinas comem elas numas três mordidas.

— Elas *comem* focas? — perguntou Hollywood, genuinamente surpreso.

— É.

— Nossa! — Mal tendo se formado no segundo grau, Hollywood não podia dizer exatamente que amava os livros ou os estudos. A escola tinha sido um tempo ruim. Ele havia entrado para os fuzileiros duas semanas depois de se formar e achava essa a melhor decisão que já tomara.

Olhou para Kirsty, avaliando seu tamanho e idade.

— Como é que você sabe isso tudo?

Kirsty deu de ombros, sem graça.

— Eu leio um bocado.

— Ah.

Ao lado de Hollywood, Gant começou a rir baixinho.

— De que você está rindo? — perguntou Hollywood.

— De você — disse Libby Gant, sorrindo. — Eu só estava pensando no quanto você lê.

Hollywood inclinou a cabeça.

— Eu leio.

— Claro que sim.

— Eu leio.

— Quadrinhos não contam, Hollywood.

— Eu não leio só revistas em quadrinhos.

— Ah, é, eu esqueci de sua valiosa assinatura da *Hustler*.

Kirsty soltou um risinho.

Hollywood notou e franziu a testa.

— Ha-ha. É, bem, pelo menos *sei* que não vou ser professor universitário, por isso não tento ser uma coisa que não sou. — Ele ergueu as sobrancelhas para Gant. — E você, *Dorothy*, já tentou ser alguma coisa que não é?

Libby Gant baixou os óculos ligeiramente, revelando olhos azul-celestes. Deu um olhar triste para Hollywood.

— Burra que nem uma pedra, Hollywood. Que nem uma pedra.

Gant recolocou os óculos e se virou para olhar as baleias na piscina.

Kirsty ficou confusa. Quando fora apresentada a Gant mais cedo, tinham lhe dito que seu nome de verdade era Libby e que o apelido era "Gata". Depois de alguns instantes, perguntou inocentemente:

— Por que ele chamou você de Dorothy?

Gant não respondeu. Só ficou olhando para a piscina e balançou a cabeça.

Kirsty se virou para olhar Hollywood. Ele lhe deu um sorriso enigmático e encolheu os ombros.

— Todo mundo sabe que Dorothy gostava mais do espantalho do que dos outros.

Ele sorriu como se isso explicasse tudo, e voltou ao trabalho. Kirsty não entendeu.

Gant simplesmente se encostou no corrimão, olhando as baleias-assassinas, decididamente ignorando Hollywood. As duas baleias ainda examinavam a estação, procurando Wendy. Por um instante uma delas pareceu ver Gant e parou. Inclinou a cabeça para o lado e simplesmente olhou para ela.

— Ela pode me ver lá de baixo? — perguntou Gant, olhando para Kirsty. — Eu achava que as baleias enxergavam mal fora da água.

— Para o tamanho, as baleias-assassinas têm olhos maiores do que a maioria das outras. Por isso a visão delas fora da água é melhor. — Kirsty olhou para Gant. — Você sabe sobre elas?

— *Eu* leio um bocado — respondeu Gant, lançando um olhar de lado para Hollywood antes de se virar de novo para olhar as baleias.

As duas baleias-assassinas continuavam a circular silenciosamente a piscina. Deslizando pela água imóvel, pareciam pacientes, calmas. Contentes em se demorar até que a presa surgisse. No deque da piscina Gant viu Schofield e os dois fuzileiros vigiando as baleias que circulavam de modo sinistro.

— Como elas entram aqui? — perguntou Gant a Kirsty. — O que elas fazem, nadam por baixo da banquisa?

Kirsty assentiu.

— Isso mesmo. Esta estação só fica a cem metros do oceano, e a banquisa não é muito funda daquele lado, talvez uns cento e cinqüenta metros. As baleias simplesmente nadam por baixo da plataforma de gelo e emergem aqui, dentro da estação.

Gant olhou para as duas baleias do lado mais distante da piscina. Pareciam calmas, frias, como dois crocodilos famintos procurando a próxima refeição.

Depois de terminarem o exame, as duas baleias-assassinas começaram a submergir lentamente. Num instante haviam sumido, substituídas por dois conjuntos de ondulações. Seus olhos tinham permanecido abertos durante toda a descida.

— Bem, isso foi rápido — disse Gant.

Seu olhar se afastou da piscina agora vazia para a plataforma de mergulho ao lado. Viu Montana sair do túnel sul com alguns tanques de ar pendurados no ombro. Sarah Hensleigh lhes dissera que havia um pequeno elevador para material no túnel sul — um "monta-carga" — que eles podiam usar para levar o equipamento de mergulho até o deque E. Montana o havia usado agora mesmo.

O olhar de Gant foi até o outro lado da plataforma, onde viu Schofield parado de cabeça baixa, com uma das mãos junto ao ouvido, como se estivesse escutando alguma coisa no interfone do capacete. E, subitamente, ele estava indo para a escada mais próxima, ao mesmo tempo em que falava ao microfone.

Gant ficou olhando quando Schofield parou na base da escada do outro lado da estação e se virou para espiá-la diretamente. Sua voz estalou no alto-falante do capacete dela.

— *Gata. Hollywood. Deque A. Agora.*

Enquanto se apressava em direção à escada mais próxima, Gant falou ao microfone do capacete:

— O que é, senhor?

A voz de Schofield estava séria.

— *Alguma coisa acionou o alarme lá em cima. Cobra está lá. Disse que é um* hovercraft *francês.*

Kaplan Cobra mirou cuidadosamente o *hovercraft*.

As letras na lateral do veículo brilhavam num verde luminoso em sua mira de visão noturna. Dizia: "DUMONT D'URVILLE — 02".

Kaplan estava deitado na neve, nos limites do complexo da estação, firmando-se contra o vento e a neve, seguindo o *hovercraft* recém-chegado através da mira de seu fuzil de precisão Barrett M82A1A.

O sargento de artilharia Scott Kaplan, o "Cobra", tinha 45 anos, era alto, com olhos escuros e sérios. Como a maioria dos outros fuzileiros da unidade de Schofield, Kaplan tinha feito alterações pessoais no uniforme. Uma gasta tatuagem de uma cobra de aparência temível, com as presas abertas, tinha sido pintada na ombreira. Por baixo da imagem da cobra havia as palavras: "BEIJE ISSO".

Soldado de carreira, Kaplan estava no corpo de fuzileiros há 27 anos, tempo em que havia ascendido ao posto mágico de sargento de artilharia, o posto mais alto que um fuzileiro de carreira pode alcançar ao mesmo tempo em que mantém as mãos sujas. De fato, ainda que outras promoções fossem possíveis, Cobra tinha decidido permanecer como sargento de artilharia para continuar como membro superior de uma Unidade de Reconhecimento do Corpo de Fuzileiros.

Os membros das unidades de reconhecimento não se importam muito com discussões sobre patente. Fazer parte de uma Unidade de Reconhecimento dos Fuzileiros dá privilégios que nem mesmo alguns oficiais podem reivindicar. Não é raro, por exemplo, um general de quatro estrelas consultar um membro superior de uma unidade de reconhecimento em questões relativas a técnicas de combate e armamentos. De fato, o próprio Cobra fora procurado em várias ocasiões assim. E, além disso, como a maioria dos que eram selecionados para o reconhecimento eram sargentos e cabos, a patente não era uma questão importante. Eles faziam parte das unidades de reconhecimento, a *elite* do Corpo de Fuzileiros dos Estados Unidos. Essa era a patente que bastava.

Com a chegada da unidade à Estação Polar Wilkes, Cobra fora encarregado de colocar o alarme a *laser* no lado da estação voltado para a terra, a uns duzentos metros de distância. O alarme não era muito diferente das unidades de telemetria dos *hovercrafts*. Era meramente uma série de caixas através das quais direcionava-se um minúsculo facho de *laser* invisível. Quando alguma coisa atravessava o facho, era acionada uma luz vermelha piscante na guarda do antebraço de Kaplan.

Há alguns instantes, uma coisa havia atravessado o facho.

De seu posto no deque A, Kaplan tinha imediatamente se comunicado pelo rádio com Schofield que, sensatamente, ordenara uma verificação visual. Afinal de contas poderia ser apenas Buck Riley e sua equipe, retornando da verificação daquele sinal que havia desaparecido. Schofield tinha determinado duas horas para ele aparecer, e já fazia quase esse tempo desde que a equipe de Schofield chegara à estação. Buck Riley e sua equipe deveriam chegar a qualquer minuto.

Só que não era Buck Riley.

— *Onde está, Cobra?* — perguntou a voz de Schofield no interfone do capacete de Cobra.

— Canto sudeste. Passando agora pelo círculo externo de construções. — Cobra ficou olhando enquanto o *hovercraft* atravessava lentamente o complexo da estação, abrindo caminho cuidadosamente entre as pequenas estruturas cobertas de neve.

— Onde você está? — perguntou Cobra enquanto se levantava, pegava seu fuzil e começava a correr de volta pela neve, em direção à cúpula principal.

— *Na entrada principal* — disse a voz de Schofield. — *Atrás da porta da frente. Preciso de que você assuma uma posição de cobertura atrás.*

— Já estou indo.

Com a neve que caía, a visibilidade era limitada, por isso o *hovercraft* seguia lentamente através do complexo. Kaplan corria paralelo a ele, a cem metros de distância. O veículo parou do lado de fora da cúpula principal da estação. Estava começando a se abaixar lentamente do colchão de ar quando Cobra se jogou no chão a uns quarenta metros de distância e começou a ajustar o fuzil de precisão.

Tinha acabado de pôr os olhos na mira telescópica quando a porta do *hovercraft* se abriu e quatro figuras saíram na tempestade de neve.

— Boa noite — disse Schofield com um sorriso torto.

Os quatro cientistas franceses ficaram parados junto à porta da estação, perplexos. Estavam em dois pares, cada par carregando uma grande caixa branca.

À frente deles estava Schofield com sua MP-5 segura casualmente ao lado do corpo. Atrás de Schofield estavam Hollywood e Montana, com as MP-5 levantadas na altura do ombro e os olhos espiando direto por sobre o cano das armas. Armas apontadas diretamente para os novos visitantes.

— Por que não entram? — disse Schofield.

— Os outros estão em segurança na d'Urville — disse o líder deste novo grupo, sentando-se à mesa na sala de jantar, junto com seus colegas franceses. Como os outros, havia acabado de passar por uma revista completa.

Tinha rosto magro, com olhos fundos e malares salientes. Dissera chamar-se Jean Petard, e Schofield reconheceu o nome a partir de sua lista. Também se lembrou da curta biografia que aparecera sob o nome. Dizia que Petard era geólogo e estudava depósitos de gás natural na plataforma continental. Os nomes dos outros três franceses também estavam na lista.

Os quatro outros cientistas franceses também estavam na sala de jantar — Champion, Latissier, Cuvier e Rae. Agora os outros residentes da Wilkes estavam em seus alojamentos. Schofield ordenara que permanecessem lá até que ele e seu esquadrão tivessem verificado os ocupantes desse *hovercraft* recém-chegado. Montana e o cabo Augustine Lau "Samurai", o sexto e último membro da equipe de Schofield, montavam guarda junto à porta.

— Voltamos correndo assim que pudemos — acrescentou Jean Petard. — Trouxemos comida fresca e alguns cobertores a bateria, para a viagem de volta.

Schofield olhou para Libby Gant. Ela estava parada junto à parede mais distante da sala de jantar, examinando as duas caixas brancas que os franceses tinham trazido.

— Obrigado — disse Schofield, virando-se de novo para Petard. — Obrigado por tudo que fizeram. Só chegamos aqui várias horas depois de vocês, e as pessoas disseram como vocês foram bons para elas. Agradecemos seus esforços.

— Mas é claro — disse Petard em inglês fluente. — Devemos ajudar os vizinhos. — E deu um sorriso torto. — Nunca se sabe quando a gente também vai precisar de auxílio.

— É mesmo.

Nesse momento, a voz de Cobra estalou no fone de ouvido de Schofield.

— *Tenente, temos outro contato atravessando o alarme.*

Schofield franziu a testa. Agora as coisas estavam começando a acontecer um pouco depressa demais. De quatro cientistas franceses ele podia cuidar. Com mais quatro, os franceses estavam começando a demonstrar um pouco de interesse demais na Estação Polar Wilkes. Mas agora, se houvesse mais deles...

— *Espere, tenente, está tudo bem. É um dos nossos. É o* hovercraft *de Riley.*

Schofield soltou um suspiro de alívio, que esperou não ter sido visto por ninguém, e saiu da sala.

Perto da parede da sala de jantar, Libby Gant estava examinando as duas grandes caixas que os cientistas franceses tinham trazido. Empurrou para o lado alguns cobertores e um pouco de pão fresco. Também havia carne enlatada no fundo da caixa. Presuntada, presunto, esse tipo de coisa. Tudo em latas do tipo que tem uma chave presa no lado, que a gente usa para tirar a tampa.

Gant empurrou algumas latas para o lado e estava procurando algo mais quando de repente uma das latas atraiu seu olhar.

Havia alguma coisa errada nela.

Era um pouco maior do que as outras, que eram de tamanho médio, e tinha uma forma ligeiramente triangular. A princípio Gant não soube o que a atraiu naquela lata em especial. Só que alguma coisa não parecia certa.

E então percebeu.

O lacre da lata havia sido rompido.

Parecia que a tampa tinha sido aberta e depois posta *de volta* no lugar. Era quase invisível. Só uma fina linha preta em volta da borda. Se você estivesse olhando apenas superficialmente, quase que certamente deixaria de ver.

Gant se virou para olhar Schofield, mas ele havia saído da sala. Ela ergueu rapidamente o olhar para os cientistas franceses e, ao fazê-lo, viu Petard trocar um olhar rápido com o sujeito chamado Latissier.

Schofield encontrou Buck Riley na entrada principal. Os dois pararam na passarela do deque A, a uns dez metros da sala de estar.

— Como foi? — perguntou Schofield.

— Nada bom.

— O que quer dizer?

— Aquele sinal que perdemos era um *hovercraft*. Com identificação francesa. Da d'Urville. Tinha caído numa fenda.

Schofield ergueu os olhos para Riley.

— Caiu numa fenda? — Schofield olhou rapidamente de volta para os franceses na sala de jantar. Há apenas alguns instantes, Jean Petard tinha dito que o outro *hovercraft* havia chegado em *segurança* à d'Urville.

— O que aconteceu? — perguntou Schofield. — Gelo fino?

— Não. Foi o que pensamos a princípio. Mas Ricochete olhou de perto.

Schofield se virou de novo.

— E?

Riley o olhou sério.

— Havia cinco cadáveres naquele *hovercraft*, senhor. E todos tinham levado tiros na nuca.

A voz de Gant explodiu no fone de ouvido de Schofield.

— *Senhor, aqui é Gata. Há algo errado. As latas de comida foram adulteradas.*

Schofield girou e viu Libby Gant saindo da sala de jantar. Estava andando rapidamente para ele, segurando algum tipo de lata de comida, tirando a tampa.

Atrás dela, Schofield viu Petard, na sala de jantar, levantar-se olhando Gant, e depois fitando o próprio Schofield.

Foi então que seus olhares se encontraram.

Foi apenas por um instante, mas era só o que os dois necessitavam. Nesse instante, houve um clarão de entendimento.

Gant atravessou a linha de visão entre Schofield e Petard. Ela havia aberto a lata e estava tirando alguma coisa de dentro. O objeto que tirou era pequeno e preto, e parecia um pequeno crucifixo. A única diferença era que a trave mais curta, horizontal do objeto era curvada num semicírculo.

Os olhos de Schofield se arregalaram quando viu aquilo. Ele abriu a boca para gritar, mas era tarde demais.

Na sala de jantar, Petard mergulhou para as duas caixas brancas, no momento em que Latissier — que não fora revistado, já que estava na estação quando os fuzileiros tinham chegado — abriu seu casaco revelando um pequeno fuzil de assalto francês FA-MAS. Ao mesmo tempo, o que se chamava Cuvier tirou as duas mãos dos bolsos revelando dois modelos da mesma arma que agora estava na mão de Gant. Cuvier disparou imediatamente uma delas contra Gant, e Schofield a viu girar para trás com o impacto, enquanto caía no chão.

Tiros ensurdecedores explodiram em meio ao silêncio enquanto Latissier apertava o gatilho de seu fuzil de assalto e cobria a sala de jantar com um cobertor de disparos. Seu arco de tiros cortou o ar como uma foice e praticamente rasgou Augustine Lau ao meio.

Latissier não parou de atirar durante dez segundos, e a rajada fez com que todas as outras pessoas se jogassem no chão.

A Estação Polar Wilkes tinha se transformado num campo de batalha.

E tudo virou um inferno.

SEGUNDA INCURSÃO

16 de junho, 09:30

— Aqui é o Espantalho! Aqui é o Espantalho! — gritou Schofield ao microfone de seu capacete enquanto se enfiava num portal em meio à cacofonia de tiros. — Conto oito hostis! Repito, oito elementos hostis! Acho que são seis militares e dois civis. Os civis provavelmente estão escondendo armas para serem usadas pelos comandos. Fuzileiros, não demonstrem preconceito!

Pedaços de gelo choviam à sua volta enquanto o jorro de balas disparadas por Latissier se chocava contra a parede acima.

Foi a visão da balestra que havia feito isso.

Cada unidade de elite militar do mundo tem sua arma característica. Para os SEALs da marinha dos Estados Unidos, especialistas em combate próximo com o inimigo, é a espingarda Ruger calibre 12. Para o Serviço Aéreo Especial Britânico — o famoso SAS — as cargas de nitrogênio são a arma característica. Para as Unidades de Reconhecimento dos Fuzileiros Navais dos Estados Unidos — a elite dos fuzileiros — é o Maghook Armalite MH-12, um arpéu que também contém um ímã de alta potência para adesão a superfícies metálicas.

Mas só uma força de elite é conhecida por usar balestras.

O Premier Régiment Parachutiste d'Infanterie de Marine, a unidade de comando francesa — o primeiro regimento de fuzileiros pára-quedistas. É o equivalente francês da SAS ou dos SEALs.

O que quer dizer que não é uma força regular como, por exemplo, os fuzileiros. Está um passo acima. É uma unidade *ofensiva*, uma equipe de ataque, uma força de elite disfarçada, que existe apenas por um motivo: entrar primeiro — entrar rápido — e matar tudo à vista.

E foi por isso que, quando viu Gant levantar a pequena balestra de dentro da lata de comida, Schofield soube que esses homens não eram cientistas da d'Urville. Eram soldados. Soldados de elite.

Inteligentemente, eles haviam previsto que ele saberia o nome de todos os cientistas da d'Urville, por isso tinham se apropriado dos nomes. Para aumentar a ilusão, também haviam trazido junto dois cientistas *de verdade* da estação de pesquisas francesa — Luc Champion e Henri Rae — pessoas que os moradores da Wilkes conheceriam pessoalmente.

O toque final era provavelmente o melhor de todos: tinham deixado Luc Champion, um dos civis, assumir a frente quando os fuzileiros chegaram à Estação Polar Wilkes, aumentando a ilusão de que todos eram meramente cientistas, seguindo a liderança de seu superior.

O fato de os franceses terem retirado cinco residentes da Estação Polar Wilkes — civis inocentes — num *hovercraft* sob a pretensão de estarem sendo levados de volta à segurança e depois *executá-los* no meio das planícies nevadas deixou Schofield furioso. Num canto distanciado da mente ele conjurou a imagem de como a cena deveria ter sido — os cientistas americanos, homens e mulheres, chorando, implorando, pedindo pela vida enquanto os soldados franceses se moviam entre eles, apontando as pistolas para suas cabeças e explodindo o cérebro dentro do *hovercraft*.

O fato de pelo menos dois cientistas franceses — Champion e Rae — terem concordado com os comandos franceses deixou Schofield ainda mais furioso. Que promessas teriam recebido para fazer parte do assassinato de acadêmicos inocentes?

A resposta, infelizmente, era simples.

Receberiam a primeira oportunidade de estudar a espaçonave quando os franceses pusessem as mãos nela.

Vozes frenéticas gritavam no fone de ouvido de Schofield.

— *...devolver fogo!*

— *...limpo!*

— *...Samurai caiu! A Gata caiu!*

— *...não consigo acertar uma porra de um tiro...*

Schofield olhou por trás do portal e viu Gant deitada de costas na passarela, a meio caminho entre a sala de jantar e a passagem da entrada principal. Não estava se mexendo.

Seu olhar foi até Augustine Lau, esparramado na passarela junto à porta da sala de jantar. Os olhos de Lau estavam arregalados, o rosto coberto de sangue, sangue que espirrou de sua barriga quando a rajada de Latissier o acertara praticamente à queima-roupa.

Não longe de Schofield, no túnel que levava à entrada principal da estação, Buck Riley se inclinou e devolveu o fogo com sua MP-5, abafando o minúsculo *ra-ta-ta* da FA-MAS francesa com o som profundo, perfurante, da MP-5 de fabricação alemã. Perto dele Hollywood fazia o mesmo.

Schofield girou para olhar Montana, abaixado na entrada do túnel oeste.

— Montana. Você está bem?

Quando Latissier tinha aberto fogo há alguns instantes, Montana e Lau eram os mais próximos dele, parados à porta da sala de jantar. Quando a arma de Latissier começou a disparar, Montana fora suficientemente rápido para se esconder no portal. Lau não.

E enquanto Lau fazia o que os soldados de infantaria chamam de "*dança macabra*" sob o peso brutal dos disparos de Latissier, Montana havia se arrastado pela passarela até o ponto de segurança mais próximo, o túnel oeste.

Schofield viu Montana falar ao microfone de seu capacete a cinco metros de distância.

— *Ouvi, Espantalho. Estou meio abalado, mas bem.*

— Bom.

Mais balas se chocavam contra o gelo acima da cabeça de Schofield. Este se abaixou dentro da passagem. Depois espiou junto ao portal. Mas dessa vez, ao fazer isso, ouviu um estranho assobio.

Com um *tump* agudo, uma seta de dez centímetros se cravou no gelo a apenas cinco centímetros do seu olho direito.

Schofield levantou os olhos e viu Petard na sala de jantar, com a balestra erguida. Nem bem Petard havia disparado a balestra, Luc Champion jogou uma submetralhadora de cano curto para ele e Petard voltou à batalha com uma rápida saraivada.

Com a cabeça junto ao portal, Schofield olhou rapidamente de novo para Gant. Ela ainda estava deitada imóvel na passarela, na metade do caminho entre a sala de jantar e o túnel da entrada principal.

E de repente o braço dela se mexeu.

Devia ser algum tipo de reflexo enquanto recuperava a consciência lentamente.

Schofield viu isso na mesma hora e falou ao microfone do capacete:

— Aqui é o Espantalho, aqui é o Espantalho. Gata ainda está viva. Repito, Gata ainda está viva. Mas está no espaço aberto. Preciso de cobertura para ir pegá-la. Confirmar.

Vozes vieram como numa lista de chamada.

— *Hollywood, confirmado!*

— *Ricochete, confirmado!*

— *Montana, confirmado!*

— *Book, confirmado!* — disse Buck Riley. — *Está liberado, Espantalho. Vá!*

— Então certo, *agora!* — gritou Schofield enquanto saía da cobertura e corria para a passarela.

Ao seu redor, num perfeito sincronismo, os fuzileiros saíram de suas posições de cobertura e abriram fogo em direção à sala de jantar. O ruído era ensurdecedor. As paredes de gelo da sala de jantar explodiram em milhares de feridas. A força combinada do ataque obrigou Latissier e Petard a interromper o fogo por um momento e mergulhar em busca de cobertura.

Na passarela, Schofield se ajoelhou perto de Gant.

Olhou para a cabeça dela. A seta da balestra de Cuvier tinha se alojado na guarda do capacete de kevlar, e um fino fio de sangue escorria da testa para a lateral do nariz de Gant.

Ao ver o sangue, Schofield se inclinou mais perto e viu que a força da balestra fora tamanha que a seta havia penetrado no capacete de Gant. Uns dois centímetros da seta haviam *atravessado* o kevlar, de modo que agora sua ponta prateada e brilhante estava bem na frente da testa de Gant.

O capacete havia mantido a seta afastada do crânio por milímetros.

Nem mesmo isso. A ponta afiada como navalha tinha furado a pele, tirando sangue.

— Vamos — disse Schofield, mesmo não tendo certeza de que Gant podia ouvi-lo. O fogo de cobertura dos fuzileiros continuava ao redor enquanto Schofield arrastava Gant de volta pela passarela, em direção à passagem da entrada principal.

De repente, vindo de lugar nenhum, um dos comandos franceses surgiu de trás de um buraco na parede da sala de jantar, com o fuzil levantado.

Ainda arrastando Gant, Schofield levantou a pistola rapidamente, apontou através da mira e fez dois disparos rápidos. Se o som das FA-MAS era minúsculo, e a MP-5 parecia fazer ruídos de perfuração, a pistola automática Colt "Águia do Deserto" de Schofield soava como um canhão. A cabeça do comando francês explodiu num jorro de vermelho quando os dois tiros acertaram seu nariz. A cabeça dele saltou para trás com força — duas vezes — e ele caiu instantaneamente para fora das vistas.

— *Saia daí, Espantalho! Anda!* — gritou a voz de Riley no fone de ouvido de Schofield.

— Estou quase chegando! — gritou Schofield acima do som dos tiros.

De repente, outra voz chegou pelo interfone.

Era calma, cínica. Não havia tiros junto dela.

— *Fuzileiros, aqui é Cobra. Ainda estou em meu posto do lado de fora. Informo que tenho visual de mais seis hostis saindo do segundo* hovercraft *francês. Repito, estou vendo mais seis homens armados desembarcando do* hovercraft *francês e se aproximando da entrada principal da estação.*

Um tiro súbito e ensurdecedor soou no interfone. O fuzil de precisão de Cobra.

— *Fuzileiros, aqui é Cobra. Correção: mais cinco hostis se aproximando da entrada principal da estação.*

Schofield olhou de volta para o túnel que levava à entrada principal, atrás dele. Era para onde estava indo com Gant. Riley e Hollywood estavam lá agora mesmo, disparando contra a sala de jantar. Ao lado deles o sargento Mitch Healy, o "Homem-rato", estava fazendo o mesmo.

E de repente, sem aviso, o peito de Healy explodiu. Tinha levado um tiro por trás, de uma arma de alta potência.

Healy se sacudiu violentamente enquanto um jorro de sangue espirrava de suas costelas. A força do impacto e a convulsão nervosa seguinte fez suas costas se dobrarem para a frente num ângulo obsceno, e Schofield ouviu um estalo enjoativo quando a coluna do jovem soldado se partiu.

Num nanossegundo, Riley e Hollywood estavam fora da passagem. Enquanto disparavam para o túnel atrás, contra algum inimigo invisível, eles recuaram depressa para a escada mais próxima que descia para o deque B.

Infelizmente, como tinham acabado de chegar à estação, os seis fuzileiros que tinham ido com Riley investigar o *hovercraft* acidentado estavam reunidos perto da entrada principal quando a luta começara. O que significava que agora se encontravam *entre* duas forças hostis: uma na sala de jantar e outra vindo pela entrada principal atrás deles.

Schofield viu isso.

— Book! Desça! Desça! Leve seu pessoal para o deque B!

— *Já estou indo, Espantalho.*

Schofield e Gant estavam em situação ainda pior.

Apanhado na passarela entre a sala de jantar e a passagem para a entrada principal, não tinham para onde ir, nem portas onde se esconder, nem túneis onde se enfiar. Apenas uma passarela de metal com um metro de largura, limitada de um lado por uma parede de gelo e do outro por uma queda de vinte metros.

E a qualquer segundo a segunda equipe francesa estaria chegando pela passagem da entrada principal, e Schofield e Gant seriam a primeira coisa a ser vista.

Um naco de gelo explodiu perto da cabeça de Schofield e ele girou. Petard estava outra vez de pé na sala de jantar. Disparando rápido com o fuzil de assalto, Schofield apontou sua Águia do Deserto para a sala de jantar e disparou seis tiros rápidos contra Petard.

Olhou para a entrada principal, atrás.

Dez segundos, no máximo.

— Merda — falou alto, olhando Gant frouxa em seus braços. — Merda.

Olhou por cima do corrimão da passarela e viu a piscina de água lá no fundo da estação. Não podia ser mais de dezoito ou vinte e um metros. Eles poderiam sobreviver à queda.

De jeito nenhum.

Schofield olhou para a passarela onde estava, e depois para a parede de gelo atrás.

Melhor.

— *Espantalho, é melhor sair daí!* — Era Montana. Agora ele estava na passarela, no lado sul da estação. De onde se encontrava podia ver o túnel da entrada principal, do lado norte. O que quer que tenha visto, não era bom.

— Estou tentando, estou tentando — disse Schofield.

Schofield disparou mais duas vezes contra Petard na sala de jantar, antes de pôr a pistola no coldre.

Então levou a mão rapidamente acima do ombro e tirou seu Maghook do coldre às costas. O Armalite MH-12 parece um antiquado fuzil-metralhadora. Tem dois pontos para segurar, um cabo normal com gatilho e um à frente, para apoio, sob o cano. Com efeito, o Maghook é uma arma de fogo, um lançador compacto que dispara um arpéu do cano a uma velocidade tremenda.

Aos pés de Schofield, Gant começou a gemer.

Schofield apontou seu lançador para a parede de gelo e disparou. Um *uump* alto, metálico, soou quando o arpéu saltou do cano e bateu contra a parede de gelo. O gancho explodiu *através* da parede, entrando na sala de jantar. Assim que chegou do outro lado suas "garras" se abriram.

— *Espantalho! Saia daí!*

Schofield se virou no momento em que Gant, grogue, ficou de pé ao lado dele.

— Agarre meus ombros — disse a ela.

— O q... hein?

— Não importa. Só fique firme — disse Schofield enquanto passava os braços dela por cima de seus ombros. Os dois estavam perto, nariz contra nariz. Em qualquer outra circunstância pareceria um abraço íntimo, dois amantes em vias de se beijar — mas não agora. Segurando Gant com força, Schofield girou e encostou o traseiro no corrimão.

Olhou para o túnel da entrada principal e viu sombras se movendo rapidamente nas paredes de gelo. Tiros começaram a ser cuspidos do túnel.

— Fique firme — disse a Gant.

E então, com as duas mãos segurando o lançador atrás das costas de Gant — e com os braços dela enrolados em seu pescoço com força —, Schofield jogou o peso para trás e os dois tombaram por cima do corrimão e caíram no espaço.

Nem bem Schofield e Gant caíram, o corrimão foi acertado por uma torrente de balas. Uma brilhante cascata de fagulhas branco-alaranjadas, resultantes dos impactos, explodiu acima de suas cabeças enquanto se afastavam da passarela.

Schofield e Gant caíram.

O cabo do Maghook deslizou acima deles. Passaram chicoteando pelo deque B, por Riley e Hollywood, que giraram diante da visão inesperada de um par de corpos passando por eles.

Então Schofield apertou um botão preto no suporte dianteiro do lançador e um mecanismo de trava dentro do cano apertou o cabo que ia se desenrolando.

Schofield e Gant pararam com um repelão súbito, logo abaixo do deque B, e o cabo do Maghook começou a fazê-los balançar na direção da passarela. Giraram rápido, por cima da passarela do deque C, e caíram no piso de metal.

Assim que seus pés bateram na passarela, Schofield apertou duas vezes o gatilho do lançador. Ao fazer isso, lá no deque A, as garras do arpéu reagiram se fechando imediatamente com um *snic* agudo, e o gancho foi sugado de volta pelo buraco que tinha criado na parede da sala de jantar. O arpéu caiu no poço central da estação, enrolando-se de volta na câmara. Em alguns segundos estava de volta nas mãos de Schofield, e ele e Gant correram para dentro do portal mais próximo.

— *Granada!*

Riley e Hollywood saíram correndo do túnel norte do deque B e viraram rapidamente a esquina.

No momento em que passaram da esquina, uma enorme explosão sacudiu o túnel de gelo atrás deles. Nos calcanhares da explosão vieram a onda de choque e...

Riley e Hollywood se abaixaram atrás da esquina enquanto um jorro de objetos parecidos com dardos passavam por eles numa velocidade fenomenal e se cravavam na parede oposta do túnel.

Os dois fuzileiros se entreolharam, perplexos.

Uma carga de fragmentação.

Uma carga de fragmentação é basicamente uma granada convencional que foi cheia com milhares de minúsculos pedaços de metal — minúsculos pedaços de metal *afiados e retorcidos*, destinados a serem o mais difícil possível de extrair do corpo humano. Quando detona, a carga lança uma onda desses fragmentos letais em todas as direções.

— Eu *sempre* falei isso — disse Riley mal-humorado, enquanto ejetava o pente e colocava um novo em sua MP-5. — *Sempre* falei: nunca confie na porra de um francês. Eles têm alguma coisa. Talvez seja aqueles olhos pequenos. Esses escrotos deveriam ser nossos aliados.

— Porra de franceses — concordou Hollywood pensativamente, enquanto espiava pela esquina com um dos olhos.

Seu queixo caiu.

— Ah, *merda*...

— O quê? — Riley girou bem a tempo de ver uma segunda granada quicar na esquina do corredor e parar a um metro e meio deles.

Um metro e meio.

Num espaço aberto.

Não havia para onde ir. Não podiam se abrigar. Não podiam correr pelo corredor e se livrar a tem...

Riley se lançou à frente. Em direção à granada. Deslizou pelo corredor gelado, os pés na frente, estilo carrinho no futebol. Quando estava perto, deu um chute forte e mandou a granada de volta pelo túnel norte, em direção ao poço central.

Enquanto Riley chutava a granada, Hollywood saltava à frente, agarrava-o pelas omoplatas e o puxava de volta para trás da esquina.

A granada detonou.

Outra explosão ensurdecedora.

Uma nova onda de aparas de metal voou pelo corredor, passou chicoteando por Riley e Hollywood e golpeou a parede do outro lado.

Hollywood se virou e olhou para Riley.

— Puta que o pariu, cara, isso é uma porra de uma catástrofe.

Riley já estava de pé.

— Venha, não vamos ficar aqui.

Olhou para o outro lado do túnel norte e viu Ricochete aparecer no canto oposto. Com ele estavam o cabo Georgio Lane "Pernas" e a sargento Gena Newman "Mãe". Deviam ter contornado o lado oeste do deque B.

— Certo, todo mundo, escute — disse Riley. — Pelo que vejo, isso agora é uma operação dividida. Se nos juntarmos e formos acuados, vamos virar umas porras de bolinhos de morango. Temos de nos separar. Ricochete, Pernas, Mãe, voltem para o oeste, rodeiem pelo outro túnel. Hollywood e eu vamos para o leste. Assim que descobrirmos onde eles estão e o que podemos fazer com nossa posição, poderemos deduzir como nos reagrupar com os outros e ferrar esses escrotos. Tudo bem para vocês?

Não houve objeções. Ricochete e os outros se levantaram rapidamente e seguiram pelo túnel de gelo oposto.

Riley e Hollywood começaram a correr para o leste, seguindo a curva do túnel externo.

Enquanto corria, Riley falou:

— Bom, o que é isso? Deque B, certo. Tudo bem. O que há no deque B?

— Eu não... — Hollywood se interrompeu quando viraram a curva do túnel e viram o que estava adiante.

Os dois pararam instantaneamente e sentiram o sangue gelar.

Schofield disparou para cima, pelo poço central da Estação Polar Wilkes, com sua Águia do Deserto.

Ele e Gant estavam no deque C, dentro de uma sala que se abria para a passarela central. Schofield parou junto à porta, com a arma na mão, olhando para o outro lado do poço central, em direção ao deque A.

Atrás dele, dentro da tal sala, Gant estava agachada, sacudindo a cabeça para afastar a tontura. Havia tirado o capacete, revelando o cabelo curto e louro-branco como neve.

Gant olhou curiosa para o capacete, para a seta alojada. Balançou a cabeça e recolocou o capacete, com seta e tudo. Também colocou os óculos anticlarão, escondendo boa parte da fina linha de sangue seco que escorria da testa até o queixo. Depois pegou decididamente sua MP-5 e se juntou a Schofield junto à porta.

— Você está bem? — perguntou Schofield por cima do ombro, enquanto apontava a pistola para o deque A.

— Estou. Perdi alguma coisa?

— Você viu a parte em que aquele punhado de franceses escrotos se fingindo de cientistas decidiram sacar as armas contra nós? — Schofield disparou outra rajada.

— É, eu peguei essa parte.

— E a parte em que descobrimos que nossos novos amigos tinham mais seis caras escondidos no *hovercraft* deles?

— Não, isso aí eu perdi.

— Bem essa... — ele disparou outra rajada — ...é a história até o momento.

Gant olhou para Schofield. Atrás daqueles óculos prateados e opacos havia um indivíduo seriamente puto da vida.

De fato, Schofield não estava realmente com raiva dos soldados franceses em si. Claro, a princípio ficara chateado consigo mesmo por não ter percebido que os "cientistas" franceses eram na verdade soldados. Mas, afinal de contas eles *tinham* chegado à Wilkes primeiro, e haviam trazido dois cientistas genuínos, uma trama bem inteligente que bastara para afastar o faro de Schofield e sua equipe.

Mas o que realmente o deixava com raiva era que tinha perdido a iniciativa nessa batalha.

Os franceses haviam apanhado Schofield e sua equipe desprevenidos, tinham-nos pegado de surpresa, e agora *eles* ditavam os termos da luta. Era isso que realmente deixava Schofield puto da vida.

Tentou desesperadamente lutar contra a raiva. Não podia se permitir ficar com raiva. Não podia *se dar ao luxo* de sentir-se assim.

Sempre que se pegava começando a ficar com raiva ou perturbado, lembrava-se de um seminário em Londres no fim de 1966, dado por um lendário comandante inglês, o general-de-brigada Trevor J. Barnaby.

Homem corpulento, com olhos escuros penetrantes, cabeça totalmente raspada e severo cavanhaque preto, Trevor Barnaby era chefe do SAS — desde 1979 — e considerado o mais brilhante tático de linha de frente do mundo. Sua capacidade estratégica para pequenas forças de incursão era extraordinária. Quando era executada pela melhor unidade militar de elite do mundo, o SAS, era invencível. Ele era o orgulho do serviço militar britânico, e jamais havia fracassado numa missão.

Em novembro de 1996, como parte do "acordo de compartilhamento de conhecimento" entre os EUA e o Reino Unido, decidiu-se que Barnaby daria um seminário de dois dias sobre guerra de incursão secreta para os militares americanos mais promissores. Em troca, os EUA instruiriam as unidades de artilharia britânicas no uso das baterias móveis de mísseis *Patriot II*. Um dos oficiais escolhidos para participar do seminário de Trevor Barnaby foi o tenente Shane M. Schofield, do Corpo de Fuzileiros Navais dos EUA.

Barnaby tinha um estilo de palestra petulante, duro, que agradou a Schofield — uma saraivada de perguntas e respostas rápidas que seguiam numa progressão simples e lógica.

— Em qualquer situação de combate — dissera Barnaby —, seja uma guerra mundial ou um impasse entre duas unidades, a primeira pergunta que você sempre se faz é: *qual é o objetivo de seu oponente?* O que ele quer? A não ser que saiba a resposta para essa pergunta, você jamais poderá fazer a segunda pergunta: *como ele vai conseguir isso?*

"E vou dizer agora mesmo, senhoras e senhores, a segunda pergunta é muitíssimo mais importante para vocês do que a primeira. Por quê? Porque o que ele quer não tem importância em termos de estratégia. O que ele quer é um objetivo, só isso. A disseminação mundial do comunismo. Uma posição estratégica em território estrangeiro. A arca da aliança. *Quem se importa*? Saber disso não significa nada em si. *Como ele planeja consegui-lo*, por outro lado, significa tudo. Porque essa é a ação. E a ação pode ser impedida.

"Então, assim que tiverem respondido à segunda pergunta, vocês podem prosseguir para a pergunta número três: *o que você vai fazer para impedi-lo?*"

Quando falava sobre comando e liderança, Barnaby enfatizava repetidamente a necessidade de raciocínio frio. Um comandante irado, agindo sob a influência da raiva ou da frustração, quase certamente levará sua unidade a ser morta.

"Como líderes", dissera Barnaby "vocês simplesmente não podem *se dar ao luxo* de ficar com raiva ou perturbados."

Reconhecendo que nenhum oficial comandante era imune à raiva ou à frustração, Barnaby oferecera sua análise tática de três passos como um modo de se afastar desses sentimentos.

"Sempre que vocês se sentirem sucumbindo a sentimentos de raiva, façam essa análise de três passos. Afastem a mente da raiva e levem-na de volta ao serviço. Logo vão se esquecer do que os enfureceu e começarão a fazer aquilo pelo qual são pagos."

E enquanto estava ali parado junto à porta, no deque C, no mundo frio e coberto de gelo da Estação Polar Wilkes, Shane Schofield quase podia ouvir Trevor Barnaby falando dentro de sua cabeça.

Certo, então.

Qual é o objetivo deles?

Querem a espaçonave.

Como vão conseguir isso?

Vão matar todo mundo aqui, pegar a espaçonave e, de algum modo, tirá-la do continente antes que alguém ao menos saiba que ela existia.

Certo. Mas havia um problema com essa análise. O que era...?

Schofield pensou um momento. E então percebeu.

Os franceses tinham chegado depressa.

Tão depressa, na verdade, que haviam chegado à Wilkes *antes* que os EUA pudessem colocar uma equipe ali. O que significava que estavam perto da Wilkes quando o pedido de socorro fora feito.

Schofield parou.

Havia soldados franceses na d'Urville quando Abby Sinclair fez o pedido de socorro.

Mas o pedido de socorro jamais poderia ter sido previsto. Era uma emergência, uma ocorrência súbita.

E *esse* era o problema com sua análise.

Uma imagem começou a se formar na mente de Schofield: *eles tinham visto uma oportunidade e decidido aproveitá-la...*

Os franceses estavam com seus comandos na Dumont d'Urville, provavelmente fazendo algum tipo de exercício. Guerra no Ártico, ou algo do tipo.

E então o pedido de socorro da Wilkes fora captado. E de repente os franceses deviam ter percebido que estavam com uma de suas unidades militares de elite a menos de mil quilômetros da descoberta de uma espaçonave extraterrestre.

Os ganhos possíveis eram óbvios: avanços tecnológicos a partir do sistema de propulsão, a construção do casco externa. Talvez até mesmo armas.

Era uma oportunidade boa demais para deixar passar.

E a beleza do plano era que, se os franceses realmente conseguissem retirar a espaçonave da Estação Polar Wilkes, será que o governo americano poderia realisticamente ir chorando à ONU ou ao governo francês e dizer que a França havia roubado uma *espaçonave alienígena* dos americanos? Não se pode reclamar quando algo que você não deveria possuir lhe é roubado.

Mas os comandos franceses enfrentavam dois problemas.

Primeiro: os cientistas americanos na Wilkes. Eles teriam de ser eliminados. Não poderia haver testemunhas.

O segundo problema era pior: era quase certo que os Estados Unidos mandassem uma unidade protetora de reconhecimento à Wilkes. De modo que o relógio estava correndo. De fato os franceses tinham percebido que, com toda a probabilidade, tropas americanas chegariam à Wilkes antes que eles pudessem retirar a espaçonave do continente.

O que significaria uma batalha com armas de fogo.

Mas os franceses estavam ali por acaso. Não tinham tido tempo nem recursos para preparar um ataque com força total contra a Wilkes. Eram uma pequena força enfrentando a probabilidade de que os EUA chegariam ao local com uma força maior do que a deles, antes que pudessem escapar com a espaçonave.

Eles precisavam de um plano.

Por isso tinham bancado cientistas, vizinhos preocupados. Presumivelmente com a intenção de ganhar a confiança dos fuzileiros e depois matá-los enquanto estivessem desprevenidos. Era uma boa estratégia para uma equipe improvisada e de menor força.

O que deixava mais uma pergunta: *como iriam tirar a espaçonave da Antártida?*

Schofield decidiu que essa pergunta poderia esperar. Melhor encarar a batalha imediata. Por isso perguntou de novo:

Qual é o objetivo deles?

Eliminar a gente e os cientistas aqui da Wilkes.

Como vão conseguir isso?

Não sei.

Como você conseguiria isso?

Schofield pensou. *Provavelmente tentaria juntar todos nós num só lugar. Seria muito mais eficiente do que tentar revistar toda a estação e pegar uma...*

— Granada! — gritou Gant.

Schofield foi lançado de volta ao presente ao ver uma pequena granada preta voar por cima do corrimão do deque A e vir num arco em sua direção. Seis granadas semelhantes estavam voando do deque A e entrando nos três túneis de gelo que se ramificavam no deque B.

— Mova-se! — disse Schofield rapidamente a Gant enquanto passava de novo pelo portal e fechava a porta.

Ele e Gant foram para o lado mais distante da sala, pouco antes de ouvirem a granada ricochetear do lado de fora da grossa porta de madeira.

Clanc, clanc.

E então a granada explodiu. Lascas brancas saltaram do lado de dentro da porta enquanto as pontas de uma centena de lascas de metal serrilhado apareciam instantaneamente em seu lugar.

Schofield olhou, pasmo.

A porta inteira, do chão ao teto, estava coberta de minúsculas projeções. O que fora uma superfície lisa de madeira parecia algum tipo de sinistro instrumento de tortura medieval. Estava coberta de pedaços de metal pontudos e afiados, que quase conseguiram atravessar a madeira grossa.

Outras explosões semelhantes ressoaram no andar acima de Schofield e Gant. Os dois olharam para cima.

O deque B, pensou Schofield.

Eu provavelmente tentaria juntar todos nós num só lugar.

— Ah, não — disse Schofield em voz alta.

— O que é?

Mas Schofield não respondeu. Em vez disso, abriu rapidamente a porta destruída e olhou para o poço central da estação.

Imediatamente uma bala se chocou no portal coberto de gelo ao lado de sua cabeça. Mas isso não o impediu de vê-los.

No deque A, cinco comandos franceses estavam de pé, lançando uma barreira de fogo sufocante por toda a estação.

Era fogo de cobertura.

Cobertura para os outros cinco comandos que naquele momento estavam descendo do deque A para o B. Era uma corrida curta e controlada e, num segundo, os cinco comandos estavam na passarela do deque B, com as armas erguidas e indo para os túneis.

Enquanto os via, Schofield teve uma percepção enjoativa. A maioria de seus fuzileiros estava no deque B, tendo se retirado para lá depois que a segunda equipe de franceses surgira pela entrada principal da estação.

E havia outra coisa.

O deque B era a principal área residencial da Estação Polar Wilkes. E o próprio Schofield tinha mandado os cientistas americanos de volta aos seus alojamentos enquanto ele e sua equipe iam receber o recém-chegado *hovercraft* francês.

Schofield olhou horrorizado para o deque B.

Os franceses tinham colocado todos eles num lugar só.

No deque B o mundo ficou subitamente louco.

Nem bem tinham virado a curva no túnel de gelo, Riley e Hollywood foram confrontados pelos rostos apavorados dos moradores da Estação Polar Wilkes.

No instante em que os viu, Riley lembrou-se de súbito do que era o deque B.

A área residencial.

De repente, uma saraivada de tiros de submetralhadora acertou a parede de gelo atrás dele.

Ao mesmo tempo, a voz de Schofield veio pelo interfone do capacete de Riley.

— *Todas as unidades, aqui é o Espantalho. Tenho um visual de cinco elementos hostis chegando agora à passarela do deque B. Repito, cinco elementos hostis. Fuzileiros, se estiverem no deque B, prestem atenção.*

A mente de Riley entrou em velocidade máxima. Rapidamente tentou se lembrar da planta do deque B.

A primeira coisa que lembrou foi que o desenho do deque B era ligeiramente diferente dos outros andares da Wilkes. Todos os outros andares eram compostos de quatro túneis retos que se ramificavam do poço central até encontrar o túnel externo circular. Mas devido a uma anômala formação rochosa enterrada no gelo ao redor, o deque B não tinha um túnel sul.

Tinha apenas três túneis retos, o que significava que o túnel circular externo não formava um círculo completo como em todos os outros andares. O resultado era um beco sem saída no ponto mais ao sul do círculo externo. Riley se lembrou de ter visto o beco sem saída antes: ele abrigava o quarto em que James Renshaw estava preso.

Mas, nesse momento, Riley e Hollywood se viram no túnel externo, apanhados na curva entre o túnel leste e o túnel norte. Junto a eles estavam os cientistas da Wilkes, que obviamente tinham ouvido alguma coisa acontecendo lá fora, mas não ousaram se aventurar além das vizinhanças imediatas de seus quartos. Dentre os rostos apavorados à sua frente Riley viu uma menininha.

Meu Deus.

— Pegue a parte de trás — ordenou Riley a Hollywood, querendo dizer a parte do túnel externo que levava em direção ao túnel norte.

O próprio Riley começou a passar pelo grupo de cientistas para assumir posição à vista do túnel leste.

— Senhoras e senhores! Por favor, voltem para seus quartos!

— O que está acontecendo? — perguntou um dos homens, com raiva.

— Seus amigos lá em cima não eram de fato seus amigos. Agora há uma equipe de pára-quedistas franceses dentro da estação, e vão matá-los se os virem. Agora, *por favor, voltem* aos seus *quartos.*

— *Book! Granada!* — ecoou a voz de Hollywood no corredor.

Riley girou e viu Hollywood vindo a toda pela curva do corredor em sua direção. Também vislumbrou uma granada de fragmentação ricocheteando no túnel, seis metros atrás dele.

— Ah, porra. — Riley se virou instantaneamente, procurando cobertura na direção oposta; no túnel leste, a dez metros de distância.

Foi então que viu mais duas granadas rolando para fora do túnel leste e parando encostadas na parede do túnel externo.

— Ah, *porra mesmo!* — Os olhos de Riley se arregalaram. Agora havia granadas de fragmentação dos dois lados do túnel.

— Entrem! *Agora!* — gritou para os cientistas, enquanto começava a abrir a porta mais próxima. — Voltem para os quartos *agora!*

Os cientistas demoraram um segundo para perceber o que Riley estava dizendo, mas, quando perceberam, mergulharam imediatamente para as portas.

Riley se lançou na porta mais próxima e olhou de volta, para ver o que Hollywood estava fazendo. O jovem cabo corria a toda pelo túnel curvo, vindo em sua direção.

E de repente escorregou. E caiu.

Hollywood caiu esparramado — desajeitadamente, de cabeça — no piso gelado do túnel.

Riley ficou olhando impotente enquanto Hollywood começava a se levantar, frenético, olhando ansioso de volta para a granada de fragmentação no túnel atrás dele.

Talvez restassem dois segundos.

E, num instante, Riley sentiu seu estômago dando um nó.

Hollywood não ia conseguir.

Bem na frente de Hollywood — na única porta em que ele poderia entrar a tempo — dois cientistas estavam tentando desesperadamente entrar no mesmo cômodo. Um empurrava as costas do outro, tentando fazer com que entrasse.

Buck Riley ficou olhando horrorizado quando Hollywood fitou os dois cientistas e viu que não tinha chance de entrar naquele quarto. Então Hollywood girou para olhar a granada de fragmentação a dez metros no corredor curvo, atrás dele.

Um último giro desesperado e os olhos de Hollywood encontraram os de Riley. Olhos brancos de medo. Olhos de alguém que sabe que vai morrer.

Não tinha para onde ir. Absolutamente.

E então, com uma intensidade tremenda, as três granadas — uma vinda do túnel norte, duas do leste — liberaram sua fúria e Riley se abaixou atrás de seu portal e viu milhares de lascas de metal brilhante passar por ele a toda velocidade, nas duas direções.

Outra explosão sacudiu o lado de fora da grossa porta de madeira e uma nova onda de lascas de metal se chocou contra ela.

Schofield e Gant estavam nos fundos da sala no deque C, abrigando-se atrás de uma mesa de alumínio virada.

— Fuzileiros, informem — disse Schofield.

Vozes chegaram pelo interfone, com tiros soando ao fundo.

— *Aqui é Ricochete! Estou com Pernas e Mãe! Estamos sob fogo pesado no quadrante norte-oeste do deque B!*

Um jorro de estática subitamente atravessou o fone de ouvido de Schofield.

— *...é Book ...wood tombou. Estou no... quadrante...* — A voz de Book foi interrompida abruptamente com o desaparecimento do sinal.

— *Aqui é Montana. Santa Cruz está comigo. Continuamos no deque A, mas estamos encurralados no chão.*

— *Tenente, aqui é o Cobra. Estou do lado de fora, chegando à entrada principal agora.*

Não houve notícia de Hollywood. E Mitch Healy e Samurai Lau já estavam mortos. Schofield fez as contas. Se todos os três estivessem mortos, restavam apenas nove fuzileiros.

Pensou nos franceses. Eles haviam começado com doze homens, além dos dois cientistas civis. Cobra dissera antes que havia matado um do lado de fora, e o próprio Schofield apagara outro lá em cima. Isso significava que os franceses estavam reduzidos a dez homens — além dos dois civis, onde quer que estivessem.

Os pensamentos de Schofield voltaram ao presente. Olhou a grande porta de madeira coberta com dezenas de pontas prateadas.

Virou-se para Gant.

— Não podemos ficar aqui.

— Eu meio que já havia pensado nisso — respondeu Gant na bucha.

Schofield girou para olhá-la, confuso com a resposta. Gant não disse nada. Só apontou por cima do ombro dele.

Schofield girou e, pela primeira vez, realmente *olhou* a sala em volta.

Parecia uma espécie de sala de caldeira. Tubos pretos anodizados cobriam o teto. Dois enormes cilindros brancos — deitados de lado, um em cima do outro — ocupavam toda a parede direita da sala. Cada cilindro tinha uns três metros e meio de comprimento e cerca de um e oitenta de altura.

E no meio de cada cilindro havia um grande adesivo vermelho, em forma de losango. No adesivo havia a imagem de uma única chama e, em grandes letras grossas, as palavras:

PERIGO
PROPELENTE INFLAMÁVEL
L-5
ALTAMENTE INFLAMÁVEL

Schofield olhou os enormes cilindros brancos. Pareciam estar ligados a um computador sobre uma mesa no canto de trás da sala. O computador estava ligado, mas no momento aparecia apenas um protetor de tela da *Sports Illustrated* mostrando uma loura peituda com um biquíni impossivelmente pequeno deitada de modo provocador em alguma praia tropical.

Schofield atravessou a sala rapidamente e parou na frente do computador. A mulher sensual na tela fez beicinho para ele.

— Talvez mais tarde — disse ele para a tela enquanto apertava uma tecla. O protetor de tela desapareceu instantaneamente.

Foi substituído por um diagrama colorido dos cinco andares da Estação Polar Wilkes. Cinco círculos enchiam a tela — três à esquerda, dois à direita — cada um mostrando o poço interno da estação rodeado por um círculo externo, maior. O círculo externo era ligado ao poço central por quatro túneis retos.

As salas ficavam tanto *entre* o túnel externo e o poço interno, quanto *do lado de fora* do túnel externo. Diferentes cômodos eram pintados com cores diferentes. Uma tabela de cores no lado da tela explicava que cada cor indicava uma temperatura diferente. As temperaturas iam de –5,4° a –1,2° Celsius.

— É o sistema de ar condicionado — disse Gant, assumindo posição ao lado da porta. — L-5 significa que usa clorofluocarbonos como propelente. Deve ser bem antigo.

— Por que será que isso não me surpreende? — disse Schofield enquanto ia até a porta e pegava a maçaneta.

Abriu uma fresta na porta...

... bem a tempo de ver um objeto preto, do tamanho de uma bola de beisebol, vir disparado na sua direção.

Um comprido dedo de fumaça branca traçava uma linha pelo ar atrás do objeto, revelando sua fonte: Petard no deque A, com um fuzil de assalto FA-MAS equipado com um lançador de granada de 40mm.

Schofield se abaixou no instante em que a granada propelida a gás passou pela abertura estreita na porta acima de sua cabeça, subiu ligeiramente e bateu na parede de trás da sala de ar condicionado.

— *Saia! Agora!* — gritou ele.

Gant não precisava que lhe dissessem. Já estava saindo pela porta, com a MP-5 levantada e disparando.

Schofield mergulhou pela porta atrás dela no instante em que a sala de ar condicionado explodia. A pesada porta cheia de lascas de metal quase foi arrancada das dobradiças enquanto a onda de choque a lançava para trás como um graveto. A porta girou num arco de 180 graus antes de bater na parede de gelo sobre a passarela, ao lado de Schofield. Em seguida, uma enorme bola de fogo saiu pela porta e passou por Schofield em direção ao espaço aberto no centro da Estação Polar Wilkes.

— Espantalho! Informe! — gritou Gant enquanto disparava para o deque A de mais adiante na passarela.

Schofield saltou de pé e lançou uma curta rajada com sua MP-5, apontando para onde tinha visto Petard alguns instantes atrás.

Gant e Schofield correram pela passarela do deque C — no espaço aberto —, Schofield com a arma apontada para a esquerda, Gant para a direita. Compridas línguas de chamas amarelas saltavam do cano de suas

MP-5. O fogo devolvido pelos franceses arrebentava as paredes de gelo em volta dos dois.

Schofield viu uma pequena alcova na parede a uns dez metros à frente.

— Gata! *Ali!*

— Saquei!

Schofield e Gant se lançaram na pequena alcova no instante em que uma segunda explosão, mais poderosa, estrondeava na sala de ar condicionado.

No segundo em que a escutou, Schofield soube que essa detonação era diferente da primeira. Não era como o estouro curto, contido, de uma granada. Tinha mais ressonância, mais substância. Era o som de alguma coisa grande explodindo...

Era o som de um dos cilindros do ar condicionado explodindo.

As paredes da sala do ar condicionado racharam imediatamente sob o peso da explosão enorme. Como uma rolha saindo de uma garrafa de champanhe, um pedaço de tubo preto voou da sala de ar condicionado e partiu numa velocidade fenomenal pelo espaço de trinta metros no meio da estação, alojando-se na parede de gelo do outro lado.

Schofield se grudou à parede da alcova enquanto uma chuva de balas se chocava contra o gelo perto dele. Olhou em volta.

Era apenas uma pequena reentrância na parede, aparentemente projetada com o único objetivo de abrigar o controle do enorme guincho que levantava e baixava o sino de mergulho da estação. O console em si, pelo que Schofield viu, era pouco mais do que uma série de alavancas, mostradores e botões arrumados num painel.

À frente do console ficava uma cadeira anormalmente grande, feita de chapa de aço. No mesmo instante, Schofield a reconheceu como um assento ejetor de um caça F-14. As marcas pretas de descarga embaixo do lançador do assento e a grande mossa no apoio de cabeça, de aço, disseram a Schofield que esse assento ejetor, numa outra vida, fora usado com seu objetivo específico. Alguém na Wilkes havia montado habilmente o assento num apoio giratório e depois aparafusado tudo no chão, transformando duzentos quilos de lixo militar num móvel resistente.

De súbito, uma nova tempestade de fogo automático trovejou do canto noroeste do deque A, e Gant pulou no assento ejetor e se abaixou sob o apoio de cabeça, enrolando-se numa bola até ficar totalmente protegida pelo encosto forrado de aço do grande assento.

O tiroteio demorou dez segundos inteiros e sacudiu as costas do assento ejetor. Gant apertou a cabeça contra o apoio, mantendo os olhos abrigados das balas que ricocheteavam.

Mas, ao fazer isso, algum movimento atraiu seu olhar.

Era à esquerda. À esquerda *embaixo*.

Na piscina na base da estação. *Sob* a superfície. Uma forma brilhante, preta e branca, incrivelmente gigantesca, deslizando lenta e sinistramente sob a superfície. Devia estar mais fundo do que parecia, porque a alta barbatana dorsal não estava rompendo a superfície.

À primeira forma escura juntou-se uma segunda, depois uma terceira e uma quarta. A primeira devia ter pelo menos doze metros. As outras eram menores.

Fêmeas, pensou Gant. Tinha lido uma vez que, para cada macho, em geral havia oito ou nove fêmeas.

A água estava agitada, e isso só servia para fazer com que as silhuetas pretas e brancas parecessem mais sinistras. O líder virou de lado e Gant captou um vislumbre lateral da barriga branca, da boca escancarada e das duas fileiras terríveis de dentes. E de repente a imagem estava completa.

Foi então que Gant viu os dois jovens, nadando atrás do enorme líder. Eram as duas baleias-assassinas que tinha visto antes da batalha com os franceses, as que procuravam Wendy.

Agora estavam de volta... *e tinham trazido o resto do bando.*

O cardume de baleias-assassinas começou a circular na piscina na base da Estação Polar Wilkes, e enquanto se encolhia atrás do apoio de cabeça do assento ejetor, Gant sentiu um novo pavor se arrastando pela coluna.

Hollywood não teve a menor chance.

As lascas de metal da granada de fragmentação tinham chovido sobre ele com intensidade terrível — pela frente e por trás.

Book só pôde olhar impotente enquanto o jovem parceiro — no chão, de joelhos — punha a mão débil no rosto e depois caía sob o peso da tempestade de fragmentos de metal.

O cientista que estivera tentando empurrar o colega para dentro da porta próxima também não fora suficientemente rápido. Como Hollywood, agora estava irreconhecível. A onda de lascas de metal o havia cortado no ato. E ainda que o colete de Hollywood tivesse sido eficaz em proteger seu peito e os ombros da explosão, o cientista não tivera tanta sorte. Todo o seu corpo — sem qualquer tipo de proteção — era uma hedionda massa sangrenta.

Nenhum tecido exposto poderia ter sobrevivido a tal bombardeio. Nenhum sobrevivera. A tempestade de lascas havia rasgado cada centímetro de pele exposta no corpo dos dois homens.

E por um momento, um breve momento, Buck Riley não pôde fazer nada além de olhar o corpo arrebentado de seu amigo caído.

Do outro lado do deque B, Ricochete corria pelo túnel externo, com a arma levantada.

Lane Pernas e Mãe Newman corriam atrás, disparando desesperadamente para as três sombras que os perseguiam pelo túnel.

Pernas era um cabo de 31 anos, de pele cor de azeitona, queixo quadrado, italiano tanto na aparência quanto nos modos. Mãe era a segunda mulher da unidade de Schofield — e não poderia ser mais diferente de Libby Gant.

Gant tinha 26 anos, era compacta e tinha cabelos curtos, louros e lisos. Já Mãe tinha 34 anos, 1,87m e cabeça totalmente raspada. Pesava quase noventa quilos. Seu apelido, "Mãe", não significava "figura materna". Era um diminutivo de "filha-da-mãe".

Mãe falou ao microfone de seu capacete:

— Espantalho. Quem fala é a sua mãe. Estamos sob fogo pesado no deque B. Repito. Estamos sob fogo pesado no deque B. Temos soldados inimigos atrás e granadas de fragmentação pra tudo que é canto. Estamos chegando ao túnel oeste e vamos para o poço central. Se você, ou alguém aí, tiver visual do túnel, a gente adoraria ficar sabendo.

A voz de Schofield veio pelos fones dos capacetes.

— *Mãe. Aqui é o Espantalho. Tenho visual do poço central. Não há elementos hostis na passarela agora. Vimos cinco no seu andar antes, mas todos estão nos túneis agora.*

"Também posso confirmar mais cinco hostis no deque A, e pelo menos um deles tem um lançador de granadas de 40mm. Se tiverem de sair nas passarelas, vamos cobrir vocês de baixo. Montana, Santa Cruz? Estão aí?

— *Estamos* — disse a voz de Montana.

— *Ainda no deque A?*

— *Positivo.*

— *Ainda estão encurralados?*

— *Estamos trabalhando nisso.*

— *Continuem o que estão fazendo. Atraiam o fogo deles. Vamos ter três dos nossos saindo em espaço aberto no deque B nuns dez segundos.*

— *Sem problema, Espantalho.*

— Obrigada, Espantalho — disse Mãe. — Agora estamos indo para o túnel oeste. Chegando ao poço central.

Na alcova no deque C, Schofield ligou de novo o microfone do capacete.

— Book! Book! Responda!

Não houve resposta.

— Meu Deus, Book. Onde você está?

Dentro do banheiro feminino no deque B, Sarah Hensleigh girou ao ouvir o som de uma porta sendo chutada.

Por um momento aterrorizante, achou que os soldados franceses estavam invadindo o banheiro. O som tinha vindo do cômodo ao lado, o banheiro feminino.

Os franceses estavam no cômodo ao lado!

Com Sarah, dentro do banheiro feminino, estavam Kirsty, Abby Sinclair e um geólogo chamado Warren Conlon. Quando Buck Riley ordenou que voltassem para os quartos, os quatro tinham partido imediatamente para ali. Haviam acabado de entrar, com Conlon conseguindo se espremer e fechar a porta uma fração de segundo antes que as granadas de fragmentação explodissem no túnel ao lado.

O banheiro feminino se situava entre o túnel externo e o poço central, no canto nordeste do deque B. Tinha três portas: uma dando no túnel norte, uma no túnel externo e uma dando no banheiro masculino ao lado.

Mais sons ecoaram no banheiro masculino.

Sons de soldados franceses chutando portas de cubículos, procurando qualquer um que tentasse se esconder ali.

Sarah empurrou Kirsty para a porta que levava ao túnel norte.

— Venha, querida, não pare.

Sarah olhou por cima do ombro.

Atrás da fileira de seis chuveiros podia ver a parte superior da porta que levava ao banheiro masculino.

Ainda estava fechada.

Os soldados franceses viriam por ali a qualquer segundo.

Sarah chegou à porta que dava no túnel norte e segurou a maçaneta.

Hesitou. Não havia como saber o que estaria do outro lado.

— *Sarah!* O que você está *fazendo? Anda!* — disse Warren Conlon num sussurro desesperado. Alto e magro, era um homem tímido, nervoso na melhor das hipóteses. Agora estava positivamente aterrorizado.

— Certo, certo — disse Sarah. E começou a virar a maçaneta.

Houve uma pancada alta quando a porta do banheiro masculino subitamente se abriu atrás deles.

— *Anda!* — gritou Conlon.

Sarah abriu a porta e correu pelo túnel norte, puxando Kirsty.

Não tinha dado mais do que alguns passos quando parou...

...e se pegou olhando nos olhos de um homem com uma arma apontada para sua cabeça.

O homem inclinou a cabeça de lado e balançou-a.

— Meu Deus. — Ele baixou a arma. — Tudo bem, tudo bem — disse Buck Riley enquanto corria até Sarah e Kirsty. — Vocês quase me mataram de medo, mas tudo bem.

Abby Sinclair e Warren Conlon se juntaram a eles no túnel, fechando a porta depois de passar.

— Eles estão lá dentro? — perguntou Riley, inclinando a cabeça para o banheiro feminino.

— Estão — disse Sarah.

— E os outros estão bem? — perguntou Warren Conlon estupidamente.

— Não creio que vão sair logo dos quartos — disse Riley enquanto examinava o túnel atrás. Tiros de armas automáticas ecoavam no túnel externo. Enquanto Riley olhava para trás, Sarah notou um fino fio de sangue escorrendo de um grande corte na orelha direita dele. O próprio Riley não parecia notar. O fone de ouvido daquele lado tinha uma lasca de metal encravada.

— Talvez tenhamos um pequeno problema — disse Riley enquanto seus olhos examinavam o túnel em volta. — Perdi contato com o resto da minha equipe. Meu equipamento de rádio foi acertado por fragmentos que ricochetearam, por isso estou fora do ar. Não posso ouvir os outros e eles não podem me ouvir.

Riley girou e olhou para o outro lado, por cima da cabeça de Sarah, na direção do fim do túnel que levava às passarelas e do enorme poço no centro da estação.

— Venham comigo — foi tudo o que disse enquanto passava por Sarah e ia na frente, em direção ao poço central da Estação Polar Wilkes.

— Book! — sussurrou Schofield ao microfone do capacete, enquanto mantinha os olhos fixos no túnel oeste do deque B.— *Book*! Onde você está? Droga.

— Nada do Book? — perguntou Gant.

— Ainda não.

Ele e Gant ainda estavam agachados na alcova do deque C, no lado leste da estação. Esperavam tensos que Ricochete, Mãe e Pernas saíssem do túnel externo do deque B.

Ricochete emergiu primeiro. Rápido mas cauteloso, olhando pela mira da arma, girando a MP-5 num rápido arco de 180 graus, procurando qualquer sinal de encrenca.

Assim que viu Ricochete emergir, Schofield abriu fogo imediatamente contra o deque A, forçando quem estivesse lá em cima a buscar cobertura. Cinco segundos depois, Gant fez o mesmo.

Schofield recuou de volta para trás da parede da alcova, para recarregar a arma. Ao fazer isso, viu Gant disparar três rajadas rápidas.

Foi então que viu uma coisa estranha acontecer.

A língua de fogo amarelo que tinha saído do cano da arma de Gant subitamente saltou para a frente dois metros. Foi por apenas um segundo, mas pareceu incrível. Por um curto instante, a compacta submetralhadora MP-5 de Gant tinha parecido um lança-chamas.

Schofield ficou momentaneamente confuso. *Que diabos tinha causado aquilo?* E de repente soube, e girou e olhou para...

De repente, Gant gritou:

— Estou sem balas!

E Schofield voltou ao presente. No mesmo instante, abriu fogo contra a passarela do deque A enquanto ela recarregava.

Ao mesmo tempo em que lançava um fogo supressor contra o deque A, Schofield viu Pernas e Mãe correndo pela passarela do deque B atrás de Ricochete. Estavam disparando com tudo para o túnel de onde tinham vindo.

Pernas ficou sem balas. Schofield olhou enquanto ele ejetava o pente, deixando-o cair na passarela, e depois pegava um novo. Nem bem tinha-o colocado na parte de baixo da arma, Pernas foi acertado no pescoço por algum opositor invisível dentro do túnel oeste.

Balançou para trás, perdendo o equilíbrio por um segundo, antes de virar a arma para o inimigo e soltar uma longa rajada capaz de acordar os mortos. Em 2,2 segundos, trinta balas foram gastas e aquele pente também estava vazio. Mãe o agarrou e o puxou para a passarela, longe do túnel.

Agora ferido e pingando sangue, Pernas começou a tentar colocar um pente novo. O pente escorregou nos dedos ensangüentados e caiu por cima do corrimão, despencando quinze metros até bater na piscina no fundo da estação. Nesse ponto Pernas avaliou as perdas, jogou a MP-5 longe, puxou sua Colt 45. Dali em diante era fogo simples.

Schofield e Gant continuaram a varrer o deque superior com tiros. Gant havia observado quando o pente de Pernas caiu na piscina; tinha visto uma das baleias-assassinas subir para ver o que caíra em seu domínio.

Mãe ficou sem balas. Ejetou o pente vazio e rapidamente pôs outro.

Schofield ficou olhando ansioso os três — Mãe, Ricochete e Pernas — seguirem pela passarela entre os túneis oeste e norte do deque B, indo para o túnel norte.

Estavam quase lá quando subitamente Buck Riley saiu do túnel norte rebocando quatro civis.

Bem na frente de Mãe, Ricochete e Pernas!

Schofield viu e ficou de queixo caído.

— Ah, *meu Deus* — ofegou.

Era um desastre. Agora *quatro* dos seus estavam no espaço aberto, com quatro civis inocentes! E a qualquer segundo os franceses apareceriam para estraçalhá-los.

— Book! Book! — gritou Schofield ao microfone. — Saia daí! *Saia da passar...*

E então a coisa aconteceu, e o horror de Schofield foi completo.

Numa sincronização perfeita, cinco comandos franceses irromperam na passarela do deque B.

Três vindos do túnel norte. Dois do leste.

Abriram fogo sem a menor hesitação.

O que aconteceu em seguida foi rápido demais para Schofield compreender.

Os cinco comandos franceses no deque B tinham acabado de fazer uma perfeita manobra em pinça. Tinham expulsado Mãe, Ricochete e Pernas para a passarela e agora iam finalizar disparando dos dois flancos contra eles.

O surgimento de Buck Riley e dos quatro civis era uma bonificação extra. Obviamente não era esperada — quando apareceram na passarela, os cinco soldados franceses estavam com as armas firmemente apontadas para Mãe, Ricochete e Pernas.

Mas jamais tiveram chance de virar o fogo para Riley e os civis.

Os três comandos franceses que tinham emergido do túnel *oeste* dispararam primeiro. Línguas de fogo de um branco incandescente saltaram dos canos de suas armas.

À queima-roupa, Pernas, Mãe e Ricochete foram acertados. Mãe na perna, Ricochete no ombro. Pernas pegou o pior — dois tiros na cabeça, quatro no peito —, todo seu corpo se tornando uma trêmula explosão de sangue. Estava morto antes de bater no chão.

Mas foi só isso que Schofield viu.

Porque então a coisa aconteceu.

Schofield ficou olhando pasmo quando, no momento exato em que os comandos franceses no lado oeste da estação disparavam seus fuzis, duas enormes línguas de fogo saltaram nas duas direções, de onde eles estavam.

Pareciam cometas gêmeos. Duas bolas de fogo com dois metros de altura que dispararam pela circunferência da passarela do deque B, deixando atrás uma parede de chamas.

Toda a passarela do deque B desapareceu num instante, enquanto a espetacular cortina de chamas disparava de cada ponto da estrutura de metal, escondendo todo mundo que estivera no deque.

Por um segundo inteiro, Schofield só pôde ficar olhando. Tudo tinha acontecido depressa demais. Era como se alguém tivesse feito uma trilha de gasolina na passarela do deque B e depois acendido um fósforo.

Então a ficha caiu e Schofield girou imediatamente para olhar...

...a sala do ar condicionado.

E nesse instante tudo subitamente fez sentido.

Os cilindros do ar condicionado tinham sido substancialmente danificados pela detonação da granada-foguete alguns minutos atrás. Furados, começaram imediatamente a liberar o estoque de clorofluocarbonos.

Clorofluocarbonos *altamente inflamáveis.*

Foi isso que tinha acontecido quando Schofield viu a chama de dois metros jorrando do cano da submetralhadora de Gant há alguns instantes. Era um aviso do que viria. Mas naquela hora os CFCs ainda não tinham enchido a estação. Daí a chama pequena, de dois metros.

Mas agora... agora a quantidade de gás inflamável na atmosfera da estação havia se multiplicado consideravelmente. Tanto que quando os franceses abriram fogo contra os fuzileiros no deque B, todo o deque havia irrompido em chamas.

Os olhos de Schofield se arregalaram.

Os cilindros do ar condicionado ainda estavam liberando CFC. Logo toda a estação estaria contaminada com o inflamável...

O horror dessa percepção golpeou Schofield com força.

Só era necessária uma pequena fagulha, uma chama — ou um tiro — e a estação inteira entraria em combustão.

Rebites começaram a saltar do deque B.

Havia pontos de fogo por toda a passarela. Gritos agonizantes ecoavam no espaço aberto da estação enquanto soldados e civis se retorciam com os corpos incendiados.

Parecia uma cena do próprio inferno.

Os três soldados franceses no lado oeste da estação — os que tinham aberto fogo contra Mãe, Ricochete e Pernas — tinham sido os primeiros a se incendiar, já que o ar gasoso em volta deles havia se acendido com as línguas de fogo incandescentes jorradas dos canos de suas armas.

As duas bolas de fogo haviam disparado imediatamente do cano das metralhadoras. Uma havia saltado para a frente enquanto a outra se virava e corria, com toda a fúria, *de volta* para o rosto deles.

Agora dois daqueles soldados franceses estavam caídos no chão, gritando. O terceiro se chocava freneticamente contra a parede de gelo próxima, numa tentativa de apagar o fogo do uniforme.

Mãe e Ricochete também estavam pegando fogo. Ao lado deles, Pernas já estava morto. Seu corpo imóvel estava caído na passarela enquanto era lentamente devorado por chamas alaranjadas.

Perto do túnel norte, Buck Riley tentava apagar as chamas da calça de Abby Sinclair rolando-a sobre a passarela de metal. Ao lado deles, Sarah Hensleigh batia freneticamente as chamas que tinham irrompido nas costas do grosso casaco de Kirsty. Warren Conlon apenas gritava. Seu cabelo estava em chamas.

E então, de repente, veio um som enjoativo. O som sinistro e dilacerante de aço se dobrando.

Riley ergueu a cabeça e parou o que estava fazendo.

— Ah, não — gemeu ele.

Schofield também levantou a cabeça ao ouvir o som.

Examinou a passarela acima e viu uma série de suportes de aço triangulares que a prendiam à parede de gelo.

Lentamente, quase imperceptivelmente, esses suportes começaram a se soltar da parede.

Sob o calor intenso do incêndio no deque B, os compridos rebites que prendiam os suportes à parede estavam começando a se aquecer. *Estavam derretendo o gelo em volta,* e agora começavam a escorregar para fora da parede.

Os rebites começaram a se expandir — *tuac! tuac! tuac!* — e numa rápida sucessão começaram a abrir os chanfros gelados dos suportes de aço e cair na passarela embaixo.

Os rebites faziam barulho quando batiam na passarela do deque C.

Um.

E dois. E três.

E cinco. E dez.

Havia rebites em toda parte, chovendo sobre a passarela do deque C. E, de súbito, um novo som preencheu a Estação Polar Wilkes.

O guincho inconfundível, agudo, de metal se dilacerando.

— Ah, *merda* — disse Schofield. — Vai cair.

O deque B despencou. De repente. Sem aviso.

Toda a passarela — todo o círculo em chamas — simplesmente caiu, tombando com um tremor súbito, levando todo mundo que ainda estava em cima.

Algumas partes da passarela conseguiram ficar presas às paredes de gelo. A queda delas terminou abruptamente. Ficaram apontando para baixo num ângulo de 45 graus.

Os outros trechos simplesmente escorregaram das paredes de gelo e caíram no poço central.

Quase todo mundo que estivera no deque B caiu com os trechos da passarela que desmoronara — onze pessoas no total.

Um bolo de civis, soldados e três partes da passarela metálica mergulharam pelo poço central da Estação Polar Wilkes.

Caíram quinze metros.

E bateram.

Com violência.

Na água.

Na piscina do fundo da estação.

Sarah Hensleigh mergulhou.

Um jorro de bolhas passou por seu rosto e de repente o mundo ficou silencioso.

Frio. Um frio absoluto, implacável, golpeou todos os seus sentidos ao mesmo tempo. Era tão frio que doía.

E de repente ouviu barulhos.

Barulhos que rompiam o fantasmagórico silêncio subaquático — uma série de *uumps* abafados na água ao redor. Era o som dos outros caindo na piscina com ela.

Lentamente, a cortina de bolhas diante de seu rosto começou a se dispersar e Sarah começou a perceber uma quantidade de formas muito grandes movendo-se suavemente na água em volta.

Formas grandes, *pretas*.

Pareciam deslizar sem esforço através da água silenciosa e gélida — cada uma de tamanho apavorante; grande e larga como um carro. Naquele momento um jorro de branco atravessou o campo de visão de Sarah e de repente uma boca enorme, cheia de dentes afiados como navalhas, abriu-se diante de seus olhos.

O puro medo atravessou seu corpo.

Baleias-assassinas.

De repente, Sarah rompeu a superfície. Engoliu o ar. Agora o frio da água não significava nada. Uma depois da outra, gigantescas barbatanas dorsais pretas começaram a surgir acima da superfície agitada da piscina.

Antes mesmo que Sarah pudesse se orientar e ver em que parte da piscina estava, algo irrompeu da água ao seu lado e ela girou.

Não era uma baleia-assassina.

Era Abby.

Sarah sentiu o coração começando a bater de novo. Um segundo depois, Warren Conlon também surgiu ao seu lado.

Sarah girou na água. Os cinco soldados franceses que os haviam atacado no deque B estavam espalhados na piscina. Três fuzileiros também se encontravam na piscina. Um deles, Sarah notou, flutuava de rosto para baixo.

Um grito ecoou pelo poço central da estação.

Um grito agudo.

O grito de uma menina.

A cabeça de Sarah se virou rapidamente e ela olhou para cima. Lá, bem no alto, pendurada por uma das mãos no corrimão tombado da passarela do deque B, estava Kirsty. O fuzileiro que estivera com eles quando a passarela desmoronou se encontrava deitado de rosto para baixo na plataforma quebrada, estendendo a mão desesperadamente, tentando agarrar a de Kirsty.

Nesse momento, enquanto olhava para Kirsty, Sarah sentiu o peso enorme de uma baleia atravessando a água entre ela e Conlon. O animal enorme roçou de encontro à sua perna.

E subitamente Sarah ouviu um grito.

Tinha vindo do outro lado da piscina, e ela girou a tempo de ver um dos comandos franceses — com o rosto queimado e cheio de bolhas — nadando frenético para a beira da piscina, com os gemidos de pânico interrompidos apenas por respirações curtas e desesperadas.

Era o único movimento em toda a piscina. Ninguém mais tinha ousado se mexer.

Quase imediatamente uma altíssima barbatana dorsal apareceu ao lado do nadador desesperado. Depois de um segundo ela diminuiu a velocidade e afundou de modo sinistro abaixo da superfície, atrás dele.

O resultado foi tão violento quanto súbito.

Com um *crac* hediondo, o corpo do comando francês se dobrou subitamente para trás na água. Ele se virou e abriu a boca para gritar, mas nada saiu. Seus olhos simplesmente se arregalaram. Devia ter visto que a baleia tinha esmagado toda a parte inferior de seu corpo com a mordida, e agora o segurava firmemente com as mandíbulas poderosas.

O segundo puxão da baleia foi ainda mais poderoso do que o primeiro. Ela puxou o francês para baixo com tamanha força que a cabeça do sujeito se virou para trás bruscamente e bateu com força na água enquanto ele afundava e desaparecia para sempre.

Sarah Hensleigh ofegou.

— Ah, meu Deus...

A parte da passarela onde Buck Riley se encontrava ainda estava presa à parede de gelo. Pendia para baixo num ângulo inclinado, acima do poço central.

Os três cientistas — Riley não sabia o nome deles — tinham sido lentos demais. O súbito colapso da passarela havia apanhado os três de surpresa. Lentos demais para se segurar, tinham caído pelo poço.

Os reflexos de Riley foram bem mais rápidos. Quando a passarela despencou sob seus pés, ele havia se deitado e imediatamente agarrado a grade do piso com os dedos.

A garotinha também foi rápida.

Assim que o piso despencou, ela havia caído na passarela e imediatamente começou a escorregar para a borda.

Seus pés tinham passado pela borda primeiro, seguidos rapidamente pela cintura e depois o peito. No instante em que a cabeça passou pelo corrimão, ela estendeu uma das mãos, desesperada, e milagrosamente o segurou.

O corrimão ficou firme por um segundo, mas, enfraquecido pela força da explosão do gás, de repente se dobrou, soltou-se e girou por cima da borda da passarela, de modo que agora estava *de cabeça para baixo* sobre o poço.

E assim a garotinha estava ali, presa com uma das mãos e gritando, agarrada ao corrimão que ficou de cabeça para baixo, quinze metros acima da piscina infestada de baleias-assassinas.

— Não olhe para baixo! — gritou Riley enquanto tentava agarrar a mão dela. Já tinha visto as baleias-assassinas lá embaixo, tinha acabado de ver uma delas pegar o comando francês. Não queria que a menininha as visse.

Ela estava chorando, soluçando.

— Não deixe eu cair!

— Não vou deixar — disse Riley, deitado de barriga para baixo e esticando-se ao máximo possível, tentando agarrar o pulso dela. Pequenos pontos de incêndio isolados queimavam nos restos da passarela ao redor.

Sua mão estava a uns trinta centímetros da mão da menina quando viu os olhos dela girando para os lados freneticamente.

— Qual é o seu nome? — perguntou Riley de súbito, tentando distraí-la.

— Minha *mão* está quente — gemeu ela.

Riley olhou para o corrimão. A uns cinco metros à esquerda uma pequena chama lambia o ponto onde o corrimão tombado se juntava à passarela.

— Sei que está quente, querida. Sei que está. Continue se segurando. Como é mesmo o seu nome?

— Kirsty.

— Oi, Kirsty. Meu nome é Buck, mas você pode me chamar de Book, como todo mundo.

— Por que eles chamam você assim?

Riley lançou um olhar de lado para o fogo que lambia o corrimão.

Nada bom.

Sob o calor intenso da explosão, a tinta preta do corrimão tinha se partido em flocos secos, como papel. Se o fogo entrasse em contato com esses flocos, todo o corrimão iria se incendiar.

Riley continuou tentando agarrar a mão de Kirsty, esticando-se cada vez mais. Quinze centímetros. Estava quase lá.

— Você sempre... — Riley ofegou, com um meio riso — ...faz tantas perguntas assim? — Ele fez uma careta enquanto se esticava. — Se... — ofegou — ...realmente quer saber... — ofegou de novo — é por que uma vez... — ofegou — ...um dos meus amigos descobriu que estou escrevendo um livro.

— Hã-hã... — Os olhos de Kirsty começaram a se agitar de novo.

— Kirsty, escute, querida. Quero que você fique me olhando agora. Bem para mim.

— Certo.

Então ela olhou para baixo.

Riley xingou.

Ricochete estivera a menos de três metros do comando francês quando este foi puxado para baixo. A pura violência da morte do francês quase o havia matado de medo.

Agora toda a piscina estava silenciosa.

Ricochete boiava, olhando desesperado em volta. A água estava gelada e o ferimento de bala no ombro ardia, mas agora ele nem notava essas coisas.

Mãe estava se mantendo à tona perto dele, com o rosto atento. Esperando com uma antecipação tensa. O corpo de Pernas flutuava de rosto para baixo na água, ao lado dela, com um halo de sangue espalhando-se lentamente da cabeça, misturando-se à água límpida e azul.

Os outros quatro comandos franceses também estavam na água. Ignoravam Ricochete e Mãe, completamente, esquecidos da batalha, pelo menos por enquanto.

Por fim, Ricochete viu os cientistas — duas mulheres e um homem.

Dez pessoas no total estavam na água, e nenhuma delas se mexia.

Nenhuma delas *ousava* se mexer.

Todas tinham visto o comando francês afundar instantes atrás.

A lição: *se você não se mexer talvez elas não o peguem.*

Ricochete prendeu o fôlego quando três sombras enormes deslizaram lentamente pela água embaixo.

Ouviu um estalo súbito, e se virou para ver Mãe segurando sua MP-5 acima da superfície.

Meu Deus, pensou Ricochete. Se houvesse alguém no mundo com peito para atacar uma baleia-assassina com uma arma *tinha* de ser a Mãe.

Mais silêncio.

Não se mexa...

E de repente veio um rugido incrível quando uma das baleias rompeu a superfície vindo de baixo, bem ao lado de Mãe.

Levantou metade do corpo enorme fora d'água, virou-se de lado no ar e depois mergulhou contra o corpo sem vida de Pernas. Houve uma série de estalos enjoativos quando ela pegou o cadáver na boca e cravou os dentes com força, quebrando praticamente cada osso. E então a cabeça da baleia afundou e sua cauda apareceu, e em seguida desapareceu, restando apenas a água borbulhante.

E o corpo de Pernas sumiu.

Ricochete simplesmente ficou onde estava, boiando boquiaberto. E então, lentamente, percebeu.

Pernas não estivera se mexendo.

Uma compreensão não-verbal se espalhou instantaneamente entre as nove pessoas que restavam na piscina.

As assassinas não se importavam se elas estivessem se movendo ou não...

As nove pessoas na piscina se moveram como uma só, irrompendo em frenéticos movimentos de natação enquanto as baleias-assassinas subiam à superfície abaixo delas e começavam seu frenesi de alimentação.

No que restava do deque B, Book Riley xingou de novo.

Quando Kirsty viu a piscina, quando viu as enormes formas pretas e brancas lá dentro, seu queixo começou a tremer. Então, quando viu a primeira assassina saltar para fora d'água e mastigar o corpo de Pernas, começou a respirar descontroladamente.

— *AhmeuDeus, ahmeuDeus* — soluçou.

Riley começou a se apressar. Baixou rapidamente a parte superior do corpo pela borda da passarela virada, de modo que agora estava praticamente pendurado de cabeça para baixo, estendendo a mão direita, livre, para Kirsty.

As mãos dos dois estavam separadas apenas por centímetros.

Quase estava segurando-a.

E então, de repente, ouviu um *uuuch* baixo, vindo de algum lugar à esquerda.

A cabeça de Riley girou rapidamente.

— *Não...*

O ponto de fogo havia incendiado os flocos de tinta no corrimão. A reação foi instantânea. Uma pequena chama laranja começou a correr pelo corrimão, devorando os flocos secos de tinta e deixando uma minúscula trilha de gelo.

Os olhos de Riley se arregalaram.

A trilha de fogo disparava por todo o corrimão.

Direto para a mão de Kirsty!

Kirsty ainda estava olhando as baleias-assassinas na piscina. Ela girou a cabeça na direção de Riley e num instante o olhar dos dois se encontrou, e Riley viu o terror absoluto nos olhos dela.

Riley se esticou ao máximo que podia, toda a parte superior do corpo pendurada de cabeça para baixo, para fora da passarela virada, num esforço desesperado de agarrar a mão dela.

A chama laranja disparou pelo corrimão preto, deixando um rastro de fogo.

A mão de Riley estava a menos de três centímetros da de Kirsty.

Ele se esticou de novo e sentiu as pontas dos dedos roçando no dorso da mão dela.

Mais um centímetro. Só mais um centímetro.

— *Sr. Book! Não me deixe cair!*

E de repente a linha de fogo laranja atravessou o campo de visão de Riley e ele gritou frustrado.

— *Não!*

A cauda de fogo disparou pelo corrimão diante dele, bem por baixo da mão de Kirsty.

Riley ficou olhando num horror desamparado enquanto a garotinha guinchava de dor e fez a única coisa que seu corpo sabia fazer, quando entrava em contato com o fogo.

Soltou-se.

Kirsty caiu rápido.

Mas quando ela fez isso Buck Riley se soltou da passarela acima e mergulhou atrás. Caiu um metro — com um dos braços apontado para baixo e o outro para cima. A de baixo agarrou o capuz forrado de lã do casaco cor-de-rosa de Kirsty, enquanto a mão de cima agarrava o corrimão em chamas.

Os dois corpos se sacudiram, parando subitamente, e Riley deu um apavorante giro de 180 graus que quase arrancou seu braço do ombro. Agora estava de cabeça para cima, segurando o mesmo corrimão em chamas que, há apenas alguns segundos, tinha feito Kirsty cair.

E estranhamente, apesar do calor dilacerante que atravessava a luva de couro, conseguiu um sorriso aliviado.

— Peguei você, neném — ofegou, quase gargalhando. — Peguei.

Kirsty ficou pendurada abaixo dele, os braços abertos desajeitadamente, sustentada apenas pelo capuz do casaco.

— Certo — disse Riley consigo mesmo —, como diabos vamos sair dessa...

Houve um estalo súbito e Kirsty tombou abruptamente. Tinha caído apenas alguns centímetros, e por um instante Riley não pôde entender o que havia acontecido.

Então viu.

Seus olhos focalizaram o ponto em que o casaco cor-de-rosa se juntava ao capuz forrado de lã.

Os olhos de Riley se arregalaram.

O capuz não fazia parte do casaco.

Era um daqueles capuzes removíveis que podiam ser presos à gola do casaco sempre que o dono quisesse. Só estava preso ao casaco de Kirsty por seis botões de pressão.

O estalo que ele tinha ouvido era o som de um desses botões *se soltando*.

Começou a ficar enjoado.

— Ah, isso não é justo. Não é justo, porra — falou.

Pop!

Outro botão se soltou.

Kirsty caiu mais dois centímetros.

Riley estava perdido. Não sabia o que fazer. Não havia nada que *pudesse* fazer. Já estava pendurado no ponto mais baixo do corrimão, de modo que não podia baixar-se ainda mais. E Kirsty estava pendurada na sua outra mão, de modo que ele não podia se *esticar* mais ainda.

Pop! Pop!

Mais dois botões se soltaram. Kirsty gritou horrorizada enquanto caía de novo e em seguida, parou com um repelão.

O capuz cor-de-rosa começou a se esticar. Agora apenas dois botões o prendiam ao casaco.

Riley pensou em balançar Kirsty na direção da passarela do deque C abaixo, a uns quatro metros de distância. Mas logo afastou o pensamento. Agora o capuz tinha apenas uma tênue ligação com o casaco. Qualquer movimento certamente soltaria os dois últimos botões.

— *Droga!* — gritou Riley. — Ninguém pode me *ajudar!*

— Espere aí! — gritou outra voz vinda de perto. — Estou indo!

Riley virou a cabeça e viu Schofield do outro lado da passarela do deque C, dentro de uma pequena alcova. Perto dele estava Gata. Schofield parecia estar orientando-a para ir até a escada mais próxima e descer para o deque da piscina enquanto ele cuidava de Riley e Kirsty.

Pop!

Um dos dois últimos botões se abriu e Riley voltou a atenção de novo para Kirsty. Fazendo uma careta, segurou com força, olhando para ela. A menina estava completamente apavorada. Tinha os olhos vermelhos, cheios de lágrimas. Ela o encarou e falou por entre fungadas lacrimosas:

— *Não quero morrer. Ah, meu Deus, não quero morrer.*

Restava um botão.

O capuz estava totalmente esticado, retesando-se com o peso de Kirsty.

Não ia agüentar...

Um segundo antes de acontecer, Buck Riley sentiu o peso da menina puxar o capuz e falou baixinho:

— Desculpe.

Com um *pop* súbito o último botão se abriu e Riley viu, impotente, Kirsty cair para longe dele, numa espécie de câmera lenta de pesadelo. Os olhos arregalados o encaravam diretamente enquanto ela caía, com o rosto que era a imagem do puro terror indizível. Aqueles olhos arregalados ficaram cada vez menores, e Buck Riley sentiu um enjôo no estômago ao ver a menina bater na piscina gelada, quinze metros abaixo.

A piscina na base da Estação Polar Wilkes havia se transformado num matadouro. Da alcova no deque C, Shane Schofield olhava para baixo, horrorizado.

O sangue havia turvado a água de tal modo que quase metade da enorme piscina era apenas uma névoa marrom. Até mesmo as enormes baleias-assassinas desapareciam quando nadavam pelos trechos sujos.

Schofield examinava a cena.

De um dos lados da piscina estavam os franceses. Tinham sofrido o pior. Já haviam perdido dois homens para as baleias.

Do outro lado da piscina estavam os dois fuzileiros restantes — Ricochete e Mãe — e os três cientistas da Wilkes, que tinham estado com Book quando o deque B cedeu. Todos os cinco nadavam desesperadamente para o deque de metal que rodeava a piscina.

Foi nesse ponto que Schofield viu a minúscula figura cor-de-rosa de Kirsty cair, espadanando água. Ela bateu de costas e afundou imediatamente. Seu grito agudo a havia acompanhado por toda a queda.

Schofield girou para olhar Buck Riley pendurado no corrimão do deque B.

Seus olhares se encontraram por um instante. Book parecia arrasado, perdido, exausto. Os olhos dele diziam tudo. Não podia fazer mais nada. Tinha feito todo o possível.

Schofield não.

Franziu os lábios e examinou a situação.

Kirsty estava do lado mais distante da piscina, do outro lado do sino de mergulho, no espaço aberto. Todos os outros estavam perto das bordas, tentando sair. Em seus esforços para escapar, nenhum a vira cair na piscina.

Enquanto olhava para a água, Schofield pôde escutar a voz de Montana pelo interfone, gritando para Cobra e Santa Cruz em sua batalha sem armas de fogo com os soldados franceses que ainda estavam no deque A.

— *Faça com que eles continuem rodando para o sul...*

— *...também não podem usar as armas deles...*

Schofield girou onde estava, procurando algo que pudesse usar.

Ainda estava na alcova, sozinho. Há alguns instantes tinha mandado Gant descer ao deque da piscina, enquanto pretendia ir ajudar Book Riley. Mas antes mesmo de ter a chance de chegar lá, a menina havia caído. E agora ela estava na piscina.

Schofield viu a quantidade de botões no console atrás dele, viu algumas palavras embaixo de uma alavanca: SINO DE MERGULHO — GUINCHO.

Não, isso não servia.

Mas então viu outro grande botão retangular, onde estava escrita uma única palavra: PONTE.

Olhou o botão um momento, perplexo. E então se lembrou. A ponte retrátil. Esse devia ser o botão de controle da ponte retrátil da qual Hensley tinha falado antes, a ponte que se estendia do deque C, atravessando o espaço aberto no centro da estação.

Sem qualquer pensamento, Schofield apertou o botão retangular e imediatamente ouviu um ruído alto, chacoalhante, em algum lugar abaixo dos seus pés.

Um motor em algum ponto na parede ao seu lado começou a zumbir subitamente e Schofield viu uma plataforma estreita e alongada começando a se estender por cima do enorme espaço aberto no meio da estação.

Do lado oposto do poço viu outra plataforma idêntica começando a se estender saindo de baixo da passarela. Presumivelmente as duas plataformas se encontrariam no meio e formariam uma ponte que atravessava toda a largura da estação.

Não perdeu tempo. Correu pela ponte que se projetava pelo centro da estação. Ela se estendia bem depressa, num movimento telescópico, com pequenos trechos brotando dos maiores, e suficientemente rápido para ficar à frente dele enquanto corria. Não era muito larga, apenas uns sessenta centímetros, e não tinha corrimão.

Schofield correu pela ponte que se esticava à frente. E no momento em que sua plataforma estava para se juntar à que vinha do outro lado, ele respirou fundo, aumentou a velocidade e pulou diagonalmente.

Riley olhou espantado enquanto Schofield voava por cima do enorme sino de mergulho, indo num arco em direção à piscina gelada.

Ele caiu depressa. Mas nesse tempo fez uma coisa estranha. Levantou a mão direita e tirou alguma coisa de trás do ombro.

Quando bateu na água, seus pés entraram primeiro — com as duas pernas abertas para não afundar muito — enquanto as duas mãos seguravam o objeto que tinha apanhado nas costas.

Kirsty se virou instintivamente quando a água ao seu lado explodiu.

A princípio achou que era uma baleia-assassina vindo de baixo para pegá-la, mas quando a água caiu de novo sobre ela e conseguiu enxergar outra vez, só viu um homem boiando na água ao seu lado.

Era um dos fuzileiros. Na verdade era o que ela havia conhecido antes, o legal, o líder. O que usava os óculos espelhados, maneiros. Tentou lembrar o nome dele. Seinfeld, pensou, ou algo assim.

— Você está bem? — perguntou ele.

Ela assentiu idiotamente.

Os óculos prateados estavam tortos sobre o nariz, deslocados pela queda na água. Ele os tirou rapidamente e, por um breve segundo, Kirsty viu seus olhos e ficou boquiaberta.

De súbito, uma das baleias passou rapidamente por eles e Kirsty não se importou mais com os olhos de Schofield.

A gigantesca barbatana dorsal passou diante dos dois e lentamente, muito lentamente, afundou na água até que a ponta mergulhou abaixo da superfície e desapareceu.

Kirsty começou a ofegar depressa.

Ao lado Schofield começou imediatamente a olhar para a água embaixo. Os dois estavam boiando numa das partes da piscina que ainda não fora contaminada com sangue. A água abaixo deles era cristalina.

Kirsty acompanhou seu olhar, para baixo...

... bem a tempo de ver a boca escancarada da baleia-assassina subindo em direção aos seus pés!

Gritou como uma alma penada, mas ao seu lado Schofield permaneceu calmo. Rapidamente baixou o Maghook abaixo da superfície e, por um meio segundo aterrorizante, *esperou* até a baleia estar bem perto...

E então disparou.

O arpéu, com sua grossa cabeça magnética, saiu trovejando da câmara dentro d'água e bateu contra o focinho da baleia-assassina, fazendo a criatura enorme parar imediatamente.

Uma pressão de 280 quilos por centímetro quadrado havia lançado o arpéu. Schofield não tinha certeza se era realmente o bastante para atordoar uma baleia-assassina adulta, de sete toneladas. Diabos, a baleia provavelmente só estava chocada porque alguma coisa tinha ousado contra-atacar.

Schofield apertou duas vezes rapidamente o gatilho do lançador e o cabo do arpéu começou a se enrolar no mesmo instante.

Virou-se para encarar Kirsty de novo.

— Ainda está inteira? Com todos os dedos dos pés e das mãos?

Kirsty apenas o encarou, viu aqueles olhos de novo e assentiu, atordoada.

— Então venha — disse Schofield enquanto a puxava pela água.

Sarah Hensleigh chegou à beira da piscina e saiu para o deque o mais rápido que pôde. Virou-se e viu Conlon e Abby espadanando na água, em sua direção.

— Depressa! — gritou ela. — *Depressa!*

Abby chegou primeiro. Sarah agarrou sua mão e a puxou para o deque.

Conlon ainda estava a dois metros de distância, nadando com toda a força.

— *Anda*, Warren!

Conlon nadava alucinado.

Faltava um metro.

Ele olhou em desespero para Sarah e ela se ajoelhou na beira do deque.

Chegou. Bateu na borda metálica como um nadador olímpico batendo na parede no fim de uma prova. Levantou a mão, agarrou a de Sarah. Ela começava a puxar Conlon para o deque quando subitamente a água atrás dele se dividiu e uma das baleias irrompeu. A grande baleia abriu a boca e envolveu o corpo de Conlon dos pés ao peito.

Conlon ficou de olhos arregalados enquanto a assassina cravava os dentes em seu peito e Sarah tentava desesperadamente segurar a mão dele, mas a baleia era forte demais. Quando tombou de novo na água, puxou com tanta força o corpo de Conlon que Sarah sentiu as unhas do cientista aterrorizado arranharem sua pele e tirar sangue. De súbito, a mão dele se soltou da sua e ela caiu no deque, olhando horrorizada Warren Conlon desaparecer sob a água bem diante de seus olhos. A poucos metros de distância, Mãe e Ricochete também se aproximavam do deque.

Ricochete nadava com força enquanto Mãe se virava na água e disparava com sua MP-5 embaixo da superfície. Uma das primeiras coisas ensinadas na ilha Parris, o lendário campo de treino do Corpo de Fuzileiros da Marinha dos Estados Unidos, é a resistência que a água oferece aos tiros. De fato, uma bala mediana perde quase toda a velocidade em menos de dois metros de água. Depois disso, ela simplesmente pára e afunda.

Mas essas leis da física não estavam incomodando Mãe agora. Ela simplesmente esperava até as baleias chegarem perto e disparava. As balas pareciam penetrar a parte externa da pele, mas não aparentavam causar muito dano. Mãe disparava e acertava, e as assassinas se afastavam momentaneamente. Mas sempre voltavam incólumes, impossíveis de serem detidas.

Ricochete bateu no deque e já ia subir quando se virou e viu Mãe atrás.

Ela estava olhando para a esquerda, com o braço balançando repetidamente enquanto disparava contra alguma coisa sob a água. E de repente a arma parou de se balançar e Mãe ficou confusa. A arma não estava atirando mais.

Munição congelada.

Ricochete ficou olhando enquanto Mãe sacudia sua MP-5, enojada, como se desse modo pudesse fazê-la funcionar de novo.

Foi então que Ricochete viu uma sinistra forma escura subindo abaixo da superfície, aproximando-se silenciosamente de Mãe pela direita.

— Mãe! À direita!

Mãe o ouviu, girou instantaneamente e viu a baleia-assassina vindo de baixo. Com a arma agora inútil, simplesmente girou na água, levantou as pernas rapidamente e a baleia passou por ela, errando seus pés por centímetros.

Mas então, no momento em que Ricochete achava que a baleia deixara Mãe escapar, o animal mudou de direção abruptamente, rompeu a superfície da água e envolveu com as mandíbulas a mão de Mãe que empunhava a arma.

Mãe gritou de dor e soltou sua MP-5, livrando a mão no instante em que a baleia mordia a arma.

Um rasgo vermelho apareceu instantaneamente acima do seu pulso. O sangue cobriu todo o antebraço.

Mas a mão continuava no lugar de sempre.

Mãe não se importou. Agora sem arma, simplesmente nadou feito louca para a beira d'água.

Ricochete subiu no deque, virou-se e começou a gritar:

— *Anda, Mãe! Depressa, neném!*

Mãe nadava.

Ricochete se ajoelhou na beira do deque.

Sombras pretas deslizavam para um lado e para outro atrás de Mãe, que nadava freneticamente.

Formas pretas em toda parte. Muitas.

E então, de súbito, Ricochete percebeu.

Mãe não chegaria ao deque a tempo.

E então, como se tivesse captado a dica, uma enorme silhueta negra apareceu na água atrás das pernas frenéticas de Mãe.

Aproximou-se devagar, através da água translúcida, e Ricochete viu uma fenda cor-de-rosa aparecer na enorme boca preta e branca.

Estava se abrindo.

Dentes apareceram, e Ricochete sentiu o sangue gelar.

Através da água cristalina viu a forma preta se erguer lentamente atrás de Mãe, ultrapassar suas pernas e permitir que elas batessem dentro da boca escancarada.

E então, com um terrível sentimento de destino, as enormes mandíbulas da baleia se fecharam lentamente ao redor dos joelhos de Mãe.

O choque que Mãe sentiu foi de uma ferocidade incrível. Ricochete ficou olhando horrorizado enquanto a baleia-assassina a puxava para baixo. A água ao redor começou a espumar e borbulhar, e o sangue se espalhou, porém Mãe lutava ferozmente, infernalmente.

De repente ela rompeu a superfície, e a baleia também. De algum modo, durante a batalha subaquática, Mãe tinha conseguido soltar uma das pernas das mandíbulas da baleia, porque agora estava usando-a para chutar o focinho do grande animal.

— Sua filha-da-puta! — gritou ela. — Vou matar você, porra! — Mas a baleia a estava segurando por uma das pernas e não iria soltar.

Abruptamente, Mãe saltou para a frente na água, levantando um jorro de ondas brancas à frente. A baleia a estava empurrando na direção de Ricochete e do deque.

E então — *clang!* — Mãe bateu com força na borda do deque e, espantosamente, conseguiu se agarrar à grade de metal.

— Vou *matar você*, porra! Sua *filha-da-puta!* — gritou ela com os dentes trincados.

Ricochete saltou à frente e agarrou a mão de Mãe enquanto ela se prendia com força ao deque e lutava com a baleia-assassina num cabo-de-guerra feito por seu próprio corpo.

Então Ricochete viu Mãe sacar sua poderosa pistola automática Colt e apontar para a cabeça da baleia-assassina.

— Ah, porra... — disse Ricochete.

— Quer comer uma coisinha, neném? — perguntou Mãe à baleia. — Coma *isso*.

E disparou.

Uma pequena explosão de luz amarela saltou do cano da arma de Mãe quando o fogo da pistola incendiou o ar cheio de gás em volta. Ela e Ricochete foram lançados cinco metros para trás, pela onda de choque.

A baleia não teve tanta sorte. Assim que a bala entrou em seu cérebro, ela se convulsionou violentamente para trás, dobrando-se para cima. Então simplesmente caiu frouxa na água, em meio a uma nuvem de seu próprio sangue e seu prêmio final — obtido numa fração de segundo antes de morrer — foi um pedaço da perna esquerda de Mãe. Do joelho esquerdo para baixo.

Schofield e Kirsty ainda estavam no meio da piscina, apanhados entre o sino de mergulho no centro e o deque a sete metros e meio de distância.

Com as costas apertadas um contra o outro, ambos olhavam temerosos ao redor. A água em volta estava numa imobilidade sinistra. Quieta. Calma.

— Moço — disse Kirsty, com pouco mais do que um sussurro. Seu queixo estava tremendo numa combinação de medo e frio.

— O que é? — Schofield manteve os olhos fixos na água em volta.

— Estou apavorada.

— Apavorada? — disse Schofield, não exatamente escondendo seu próprio medo muito bem. — Eu achava que as crianças de hoje em dia não tinham medo de nada. Não existe esse tipo de coisa no Sea World...

Nesse momento uma das baleias-assassinas saltou da água bem na frente de Schofield. Ergueu-se e fez um arco para baixo, indo *direto* para ele e Kirsty!

— Mergulhe! — gritou Schofield ao ver as duas fileiras de dentes serrilhados escancaradas à sua frente.

Ele prendeu o fôlego e mergulhou, puxando Kirsty.

Subitamente, o mundo ficou silencioso enquanto a imensa barriga da baleia trovejava por cima deles numa velocidade incrível. Ela roçou com força no topo do capacete de Schofield ao voltar à água logo acima da cabeça dos dois.

Schofield e Kirsty irromperam outra vez na superfície, ofegando.

O fuzileiro olhou rapidamente para a esquerda: viu Ricochete e Mãe no deque. Olhou para a direita: viu Sarah e Abby, também em segurança no deque, afastando-se rapidamente da borda.

Girou: viu outro francês ser puxado para baixo. Os dois comandos franceses que restavam estavam chegando à beira da piscina. Tiveram de nadar mais do que todo mundo, já que haviam caído mais perto do meio da piscina.

Bem-feito, pensou Schofield.

Olhou para cima e imediatamente viu a ponte retrátil que atravessava toda a estação na altura do deque C.

Nesse momento, houve uma explosão ensurdecedora na alcova da passarela do deque C, e uma língua de fogo incrivelmente grande atravessou todo o poço central da estação.

Schofield soube imediatamente o que havia acontecido: os soldados franceses no deque A, impossibilitados de usar as armas, agora jogavam granadas no poço. Bem pensado. Uma granada detonando naquela atmosfera inflamável causaria o dobro de danos. O primeiro alvo, notou Schofield, fora a alcova onde ele e Gant haviam se escondido antes.

De repente, alguma coisa emergiu da bola de fogo que havia consumido a alcova.

Era grande e cinza, quadrada, e veio girando pelo poço central. Caía rápido, cortando o ar, com o peso imenso puxando-a para baixo. Com um estrondo gigantesco, o assento ejetor de duzentos quilos, que ficava na frente do console da alcova no deque C, se chocou contra o deque que rodeava a piscina no fundo da estação. Pesava tanto e caiu com tanta força que amassou o grosso deque de metal.

Apesar do caos ao redor, Shane Schofield ficou de olho na ponte retrátil três andares acima. Avaliou a distância.

Nove metros. No máximo dez e meio.

Não perdeu tempo, levantou seu Maghook, apertou com o polegar um interruptor marcado com um "M" — e viu a luz vermelha na ponta do arpéu se ativar —, apontou e disparou.

O arpéu saltou no ar. Mas dessa vez as garras não se abriram. Dessa vez estava ajustado para o ímã.

A grossa cabeça magnética do Maghook bateu contra a parte de baixo da ponte de aço retrátil e ficou ali grudada.

Schofield fez um rápido cálculo mental.

— Merda — foi tudo o que disse quando terminou.

Então entregou o lançador a Kirsty e disse:

— Duas palavras, querida: *não solte.*

Ela segurou o lançador com as duas mãos e olhou para Schofield, perplexa.

Schofield lhe deu um sorriso tranqüilizador.

— Só segure firme.

Então apertou com firmeza um pequeno botão preto no cabo do Maghook.

De repente, Kirsty voou para fora d'água enquanto o cabo do Maghook se enrolava, puxando-a para cima como se fosse uma espécie de estranha vara de pesca.

Ela era leve, por isso o Maghook teve pouca dificuldade para puxá-la em direção à ponte. Schofield sabia que teria sido consideravelmente mais lento se seu peso também estivesse...

Uma baleia-assassina saltou da água atrás de Kirsty.

Schofield ficou boquiaberto ao ver a baleia enorme levantar todo o corpo fora d'água, como o próprio diabo saindo do inferno. Viu-a subindo na direção da menina, girando o corpo.

E de repente Kirsty parou com um tremor.

A baleia continuava subindo.

Kirsty gritou de surpresa, levantou os olhos e viu que tinha batido no lado inferior da ponte.

Ela não podia subir mais!

A baleia escancarou a boca ao chegar ao ponto máximo do salto...

Kirsty segurou o Maghook com o máximo de força possível e rapidamente encolheu as pernas junto ao peito, no momento em que os dentes da baleia se fechavam com um *crunch* ruidoso, juntando-se a apenas trinta centímetros abaixo de seu corpo.

Kirsty ficou olhando a enorme baleia preta e branca cair embaixo dela, diminuindo de tamanho até desaparecer de novo na piscina. O animal devia ter pelo menos nove metros de comprimento, e havia tirado o corpo inteiro da ág...

De repente, uma mão apareceu diante do rosto de Kirsty e ela quase teve um ataque cardíaco, quase soltou o Maghook.

— Tudo bem — disse uma voz. — Sou eu.

Kirsty levantou a cabeça e se pegou olhando para os olhos amigáveis do fuzileiro que conhecia como sr. Book. Segurou a mão dele e ele a puxou para a ponte retrátil.

Ela estava ofegando, quase chorando. Buck Riley segurou-a, olhou-a espantado. Depois de um segundo, Kirsty enfiou a mão no bolso e pegou uma bombinha plástica para a asma.

Sugou duas vezes e recuperou o fôlego. Quando finalmente pôde falar, olhou para Riley, balançou a cabeça e disse:

— Definitivamente, não tem *disso* no Sea World.

Schofield ainda estava na piscina. Duas baleias circulavam sinistramente ao redor dele. Schofield notou que essas duas pareciam menores do que as outras. Talvez fossem jovens.

Inclinou a cabeça para cima e gritou:

— Book! Preciso do meu Maghook!

Na ponte, Riley se deitou imediatamente de barriga e se inclinou sobre a borda da estreita plataforma de metal. Levou a mão embaixo da plataforma e tentou desativar o ímã do arpéu de Schofield.

— Preciso dele *agora*, Book! — A voz de Schofield subiu pelo poço da estação.

— Estou tentando! Estou tentando!

— Tente *mais rápido*!

Riley esticou o braço por baixo da plataforma, tentou chegar ao interruptor marcado com um "M" no cabo, que ativava e desativava o poderoso ímã do Maghook.

Mas quando fez isso, aconteceu uma coisa estranha.

Por um breve segundo, Riley poderia ter jurado que ouviu Kirsty falando com alguém na ponte acima dele.

— Ajude o mergulhador, Wendy. *Ajude o mergulhador.*

Riley piscou. Devia estar ouvindo coisas.

Na piscina Schofield achou que tudo estava acabado. As duas assassinas de cada lado estavam se aproximando enquanto circulavam, fechando qualquer possível rota de fuga.

De repente, uma delas pareceu interromper o círculo e girar. Schofield engoliu em seco. *Ela vinha para a matança.*

A baleia girou num arco lento e amplo até apontar direto para Schofield. O corpo estava apenas uns trinta centímetros abaixo da superfície, e a alta barbatana dorsal cortava facilmente as águas da piscina. Movia-se a uma velocidade tão imensa que criava uma onda de proa diante da cabeça preta e branca, submersa.

A onda de proa disparava pela água, numa rota de colisão com Shane Schofield.

Schofield olhou em volta. Desta vez não tinha para onde ir, nenhuma arma que pudesse usar.

Por puro desespero sacou sua pistola Águia do Deserto e a ergueu acima da água.

Se era para ser, pensou, *então era para ser.*

A baleia vinha em sua direção.

E, de repente, um objeto parecendo um míssil preto mergulhou na água bem na frente do rosto de Schofield, bem *entre* ele e a baleia-assassina.

O que quer que fosse, era tão esguio que entrou na água praticamente sem causar marola, e assim que estava dentro, disparou para longe dele a uma velocidade fenomenal.

As duas assassinas viram aquilo instantaneamente e de imediato perderam o interesse por Schofield. Mesmo a que vinha em sua direção há apenas alguns segundos alterou abruptamente o caminho e correu em busca dessa nova presa.

Schofield ficou pasmo. O que tinha sido? Quase parecera... uma espécie de foca.

E então, milagrosamente, um Maghook caiu na água bem diante dele.

Schofield pegou-o antes que afundasse, e imediatamente olhou para cima. Na ponte viu Book Riley deitado de barriga, com um dos braços esticado embaixo da estrutura.

Schofield olhou para o Maghook e de repente sentiu uma vida nova.

Nesse momento, uma pequena cabeça pontuda e fina saltou da água bem à sua frente e ele tombou para trás, surpreso.

Era Wendy. A pequena foca peluda de Kirsty.

Sua bela coleira vermelha brilhava molhada, e os olhos pretos e suaves o encaravam diretamente. Se fosse possível, Schofield poderia ter jurado que a pequena foca estava *sorrindo* — divertindo-se tremendamente nadando na piscina, escapando das menos ágeis baleias-assassinas.

Então percebeu. Wendy devia ser o objeto que havia mergulhado na piscina entre ele e a baleia que atacava.

De repente a cabeça de Wendy girou para a esquerda.

Tinha ouvido alguma coisa, sentido alguma coisa.

Então deu o que pareceu um último cumprimento alegre para Schofield antes de mergulhar de novo e disparar pela piscina.

Nadava depressa. Acelerando logo abaixo da superfície como um minúsculo torpedo preto. Cortando à esquerda, desviando-se para a direita e depois desaparecendo subitamente num mergulho vertical. Nem bem Wendy havia se movido e três barbatanas dorsais pretas surgiram atrás dela e imediatamente a perseguiram, antes de desaparecer sob a superfície, numa perseguição acalorada.

Schofield aproveitou a oportunidade e nadou para a borda mais próxima. Estava a um metro do deque quando um movimento súbito da água o fez balançar, e ele rolou quando o corpo gigantesco de uma das assassinas passou por perto numa velocidade assustadora. Schofield se retesou de imediato, preparando-se para outra luta, mas a baleia simplesmente passou em busca da esquiva Wendy.

Schofield respirou de novo, nadou e agarrou o deque. Saiu da água e viu o assento de ejeção caído de lado e amassado. Virou-se e examinou o caos ao redor.

Sarah e Abby haviam saído da água há muito tempo e agora seguiam rapidamente pelos túneis do deque E. Não longe deles estavam Ricochete e Mãe. Ricochete se ajoelhava junto de Mãe. Parecia estar pressionando algum tipo de ferimento na perna de Mãe.

Do outro lado da piscina, Schofield viu os dois comandos franceses sobreviventes, também em segurança fora d'água. Encharcados, estavam acabando de se levantar no deque. Um deles viu Schofield e começou a sacar sua balestra.

Nesse instante, um movimento súbito atraiu o olhar de Schofield, e ele se virou e viu uma forma familiar e preta atravessando a piscina.

Wendy.

Três formas maiores, pretas e brancas, disparavam pela água atrás. As assassinas em perseguição.

Wendy nadava a uma velocidade tremenda, logo abaixo da superfície. Suas nadadeiras ocasionalmente batiam para trás com um movimento poderoso e depois ficavam firmes dos lados para que o corpo permanecesse o mais hidrodinâmico possível. Parecia uma bala disparando pela piscina, alternadamente aparecendo e desaparecendo nas nuvens vermelhas que manchavam a água gelada.

Ia para o deque, para a parte do deque onde estavam os dois comandos franceses. E não estava diminuindo a velocidade.

De fato, Schofield achou que ela estava *acelerando* enquanto ia para o deque, com os três espectros pretos e brancos correndo pela água atrás.

Então Schofield viu espantado quando, a um metro do deque, Wendy subitamente se lançou para fora da água. Foi um salto liso e gracioso. Ela pousou facilmente de barriga e deslizou uns três metros. Passou direto pelos dois franceses perplexos que estavam parados.

Mas não ficou aí. Nem bem havia parado de deslizar, apoiou-se nas nadadeiras da frente e galopou o mais rápido possível, para longe da borda.

Por um instante fugaz, Schofield imaginou por que ela faria isso. Sem dúvida, assim que estava fora da água, ficaria livre das baleias.

E então descobriu por que Wendy fez aquilo.

Como um demônio erguendo-se das profundezas, uma das baleias saltou fora da água e lançou seu corpo enorme no deque, pousando sobre a grade metálica com um estrondo feroz. A baleia gigantesca deslizou pelo deque, impulsionada pela inércia. Rolou suavemente de lado enquanto se movia, de modo que as mandíbulas se abriram verticalmente, e então, quase com uma graça sem esforço, pegou um dos franceses e o mordeu com força.

O movimento deslizante do grande animal terminou e ela parou bruscamente, com o soldado francês preso nas mandíbulas — gritando feito louco, com sangue saindo pela boca. Então a baleia começou a arrastar desajeitadamente o corpo enorme, recuando pelo deque. Depois de alguns instantes, chegou à borda e caiu de novo na água, levando o francês que gritava.

Wendy sabia. Não se está realmente livre das assassinas enquanto não se estiver *bem longe* da beira d'água.

As seis pessoas no deque entenderam imediatamente.

Ir para longe da borda.

Schofield viu Gant se juntar a Ricochete do outro lado da piscina. Viu-os pegar Mãe rapidamente pelos ombros e começar a arrastá-la para longe da borda. Ao fazer isso Schofield vislumbrou rapidamente a parte inferior do corpo de Mãe. A metade de baixo de uma de suas pernas estava faltando.

Nesse momento veio um *uuump!* súbito e alto por detrás de Schofield, e ele sentiu o deque estremecer violentamente. Girou no mesmo instante, olhou para a piscina e viu o rosto sorridente de uma das baleias-assassinas deslizando pelo deque em sua direção!

A baleia deslizava rápido.

Schofield ainda estava de joelhos.

A baleia rolou de lado e escancarou a boca.

Schofield mergulhou para longe da criatura enorme, viu o assento ejetor no deque, a pouco mais de um metro atrás dele. Se pudesse chegar lá e saltar por cima, estaria seguro. Pulou de quatro pelo convés em direção ao grande assento.

A baleia continuava vindo. Rápido.

Schofield agarrou o deque, engatinhando o mais rápido que podia. Não era o bastante. Não ia conseguir. Não poderia passar a tempo por cima do assento ejetor.

Viu água espirrar à sua volta no deque. Espirros provocados pela baleia que vinha.

Estava *bem atrás dele!*

A adrenalina jorrou e ele mergulhou à frente. Sabia que não conseguiria passar por cima do assento, por isso se chocou, de costas, contra ele.

Agora estava virado para a piscina, "sentado" no assento ejetor caído de lado. Olhou para cima e a baleia cobriu todo o seu campo de visão.

Estava bem em cima dele! A menos de um metro. Vinha com tudo.

Não havia chance de diminuir a velocidade.

Não havia chance de não pegá-lo.

E Shane Schofield fechou os olhos enquanto as mandíbulas da baleia-assassina baixaram em volta de sua cabeça.

Houve um *clang!* súbito e fantasmagórico, um ruído mais alto do que qualquer coisa que Schofield já ouvira.

Tinha esperado sentir dor — dor aguda, súbita, incandescente — quando os dentes da baleia se cravassem na sua cabeça. Mas, estranhamente, não sentiu.

Perplexo, abriu os olhos...

... e viu duas fileiras compridas de dentes afiados como navalha estendendo-se até longe, no escuro. Entre as duas longas fileiras de dentes havia uma língua obscenamente gorda, cor-de-rosa.

O cérebro de Schofield demorou um segundo para juntar tudo.

Sua cabeça estava dentro da boca da baleia-assassina!

Mas por algum motivo — algum motivo insondável, incrível — ele continuava vivo.

Foi então que Schofield olhou para cima e viu que sua cabeça estava rodeada, de três lados, pelo encosto de aço do assento ejetor.

A mordida feroz da baleia-assassina tinha acertado com tudo o encosto dos dois lados da cabeça de Schofield. Mas o suporte de aço conseguira agüentar a força incrível da mordida — tinha segurado os grandes dentes da baleia a apenas alguns milímetros das suas orelhas. Agora duas mossas no encosto se projetavam para dentro, de cada lado de sua cabeça. Uma delas — afiada e serrilhada — tinha arrancado uma minúscula gota de sangue da orelha esquerda de Schofield.

Ele não podia ver mais nada. Toda a parte superior de seu corpo, do peito à cabeça, estava completamente coberta pela boca da baleia-assassina.

De repente, o assento ejetor se sacudiu embaixo dele.

Arrastou-se com ruído no deque metálico, e Schofield caiu de novo no assento quando a estrutura inteira se sacudiu para a frente.

O movimento parou de súbito, quase assim que havia começado, e Schofield se sacudiu e parou. De repente percebeu o que estava acontecendo.

A baleia o estava arrastando de volta à piscina.

O assento ejetor se sacudiu de novo e Schofield o sentiu se arrastar mais um metro pelo deque.

Em sua mente dava para visualizar os movimentos da baleia. Provavelmente ela estava se arrastando para trás — como a outra havia feito com o francês — ondulando o corpo enorme pelo deque enquanto puxava o assento ejetor de duzentos quilos em direção à borda.

O assento ejetor se moveu de novo, e Schofield sentiu um súbito jorro de ar quente no rosto.

Tinha vindo de dentro da baleia.

Não dava para acreditar. A baleia-assassina estava bufando, respirando com força enquanto segurava o prêmio muito pesado nas mandíbulas e o arrastava para a água! Schofield se retorceu no banco enquanto outro jorro de ar quente acertava seu rosto e o assento se sacudia de novo.

Seus pés ainda estavam se projetando da base do assento ejetor, pelo lado da boca aberta da baleia. Se ao menos pudesse se retorcer por ali, pensou, talvez conseguisse sair da cadeira — e da boca do animal — antes que chegasse à água.

Moveu-se lenta e cautelosamente, escorregando pelo assento ejetor, não querendo alertar a baleia quanto ao seu plano.

De repente, o assento se sacudiu de lado. Soltou um guincho hediondo, escorregando pelo deque metálico. Schofield agarrou depressa os apoios de braço para não cair para a frente, nos dentes do grande animal.

Abaixou-se ainda mais. Agora sua cintura estava fora da cadeira e os olhos nivelados com os dentes afiados e pontudos da baleia. O animal grunhiu enquanto puxava a pesada cadeira de aço.

Lentamente, Schofield se abaixou mais alguns centímetros para fora do assento.

E então encontrou um problema.

Agora estava sentado tão baixo no assento ejetor que não conseguia mais segurar os apoios dos braços. Precisava de alguma coisa em que se firmar, algo para se empurrar para fora da cadeira. Olhou desesperadamente em volta, procurando algo.

Nada.

Não havia absolutamente nada em que se segurar.

E então seu olhar pousou nos dentes da baleia.

Não acredito, pensou Schofield enquanto levantava as duas mãos e segurava dois dos enormes dentes brancos da baleia-assassina.

De repente, o assento ejetor se sacudiu e escorregou de novo, e Schofield o sentiu se levantando ligeiramente do deque. Teve um súbito pensamento horrorizado.

Ela chegou à beira do deque.

E agora está tombando por cima.

Puta merda.

Agarrou com força os dentes da baleia e se empurrou com força para longe deles, soltando-se do assento ejetor. Deslizou para fora, pelo lado da boca da baleia, e caiu desajeitado no deque, bem a tempo de ver a traseira do bicho mergulhar de volta na piscina. Quando a cauda afundou, o corpo da baleia se inclinou para cima, sua cabeça se ergueu, levantando todo o assento ejetor para fora do deque. Então, o enorme corpo preto e branco da baleia começou a deslizar para dentro d'água, e o grande predador levou seu prêmio para uma sepultura aquática.

Em segundos Schofield estava de pé, movendo-se rapidamente pelo deque em direção a Ricochete, Gant e Mãe.

Enquanto corria, falou ao microfone do capacete:

— Montana, aqui é Espantalho. Informe.

— *Ainda no deque A, Espantalho. Cobra e Santa Cruz estão aqui comigo.*

— Tem quantos aí?

— *Conto cinco militares e dois civis* — disse a voz de Montana. — *Mas dois dos militares acabaram de correr para uma escada e desceram um andar. O quê? Ah, porra...*

A conexão foi cortada. Schofield ouviu barulho de luta.

— Montana...

De repente, um comando francês surgiu no deque, à frente de Schofield.

Era o último dos cinco soldados que tinham caído na piscina, o único a sair vivo. Parecia a morte requentada — pingando, com uma careta e louco como o inferno. Olhou furioso para Schofield e levantou sua balestra.

Sem perder o pique, Schofield sacou uma faca de uma bainha presa ao joelho e a atirou num movimento por baixo. A faca assobiou pelo ar e se cravou no peito do francês. Ele caiu instantaneamente. A coisa toda demorou dois segundos. Schofield não parou de andar. Passou por cima do corpo caído, recuperou a faca e a balestra do comando francês morto e continuou andando.

Falou de novo ao microfone do capacete:

— Montana, repito, você está bem?

— *Ouvindo, Espantalho. Estou bem. Revisão na contagem anterior: são quatro militares e dois civis. Ponha um sapo morto na minha conta.*

— Ponha um na minha também.

Schofield chegou à entrada do túnel sul, onde achou Gant e Ricochete. Estavam arrastando Mãe para o túnel.

Schofield viu imediatamente a perna de Mãe. Um pedaço de osso serrilhado se projetava de onde deveria estar o joelho esquerdo.

— Ponham-na em algum lugar seguro, parem com o sangramento e lhe dêem uma injeção de metadona — disse Schofield rapidamente.

— Saquei — disse Gant, olhando-o. Em seguida parou de súbito.

Os óculos anticlarão de Schofield tinham sido perdidos na água durante a batalha com as baleias-assassinas, e Gant viu seus olhos pela primeira vez.

Duas cicatrizes verticais e proeminentes atravessavam os dois olhos. Eram impossíveis de não ver, medonhas. Cada cicatriz se estendia numa linha perfeitamente reta, indo da sobrancelha até o malar, marcando as pálpebras no meio.

Gant se encolheu ao vê-las e se arrependeu imediatamente. Esperava que Schofield não tivesse notado.

— Como está se sentindo, Mãe? — perguntou Schofield enquanto arrastavam Mãe para o túnel.

— Nada que um beijo de um homem bonito como você não conserte — rosnou Mãe entre os dentes trincados. Apesar da dor, ela também viu as cicatrizes de Schofield.

— Talvez depois — disse Schofield ao ver uma porta na parede do túnel adiante deles. — Ali — falou a Gant e Ricochete.

Eles abriram a porta e arrastaram Mãe para dentro, os quatro pingando. Estavam em algum tipo de depósito. Ricochete começou a trabalhar imediatamente na perna de Mãe.

Schofield falou ao microfone:

— Fuzileiros, chamada.

Nomes vieram pelo fone de ouvido enquanto cada fuzileiro se identificava.

Montana, Cobra e Santa Cruz. Todos no deque A.

Ricochete e Gant no deque E. Eles se anunciaram formalmente pelos interfones mesmo estando ao lado de Schofield, para que os outros ouvissem suas vozes e soubessem que ainda estavam vivos. Até Mãe disse o nome, só para constar.

Não houve notícia de Book, Hollywood, Pernas, Samurai e Homem-rato.

— Certo, todo mundo, ouçam — disse Schofield. — Pela minha contagem só restam quatro desses escrotos, além dos dois civis que eles trouxeram para me sacanear. Isso já foi longe demais. Está na hora de pôr um fim. Temos vantagem numérica, sete contra quatro. Vamos usá-la. Quero uma revista nessa instalação inteira, de cima a baixo. Quero esses escrotos encurralados para a gente acabar com eles sem perder mais ninguém. Certo, é assim que vai acontecer. Eu quero...

De súbito, veio um som oco de cima, e Schofield olhou imediatamente para o alto.

Houve um longo silêncio.

Schofield viu uma linha de luzes fluorescentes aparafusadas ao teto em cima. Elas se estendiam a intervalos regulares pelo túnel sul, à sua direita.

E então, nesse momento, enquanto Schofield olhava, todas as luzes fluorescentes do túnel se apagaram.

O mundo luzia num verde incandescente.

Visão noturna.

Com os olhos marcados pelas cicatrizes mascarados pelos óculos de visão noturna, Shane Schofield subiu uma das escadas entre o deque E e o D. Andava devagar e cautelosamente, deliberadamente. Lembrava-se de Book dizendo uma vez que usar óculos de visão noturna era como usar um binóculo de pouca potência preso à cabeça — você vê uma coisa e tenta pegá-la, mas descobre que ela está bem mais perto do que você acha, e acaba derrubando-a.

Toda a estação estava sob um cobertor de escuridão.

E silêncio.

Silêncio frio, fantasmagórico.

Com a estação cheia do propelente inflamável dos cilindros do ar condicionado, haviam cessado todos os tiros. Os ruídos ocasionais de movimento e o sussurro estranho de alguém falando num microfone de capacete era tudo que podia ser ouvido na escuridão de breu.

Schofield examinou a estação iluminada de verde através dos óculos de visão noturna.

A batalha tinha entrado numa nova fase.

De algum modo, um dos comandos franceses devia ter conseguido achar a caixa de fusíveis e desligar todas as luzes. Era um ardil desesperado, mas mesmo assim era bom.

Há muito tempo a escuridão tem sido aliada das forças numericamente inferiores. Nem mesmo o advento da tecnologia de luz ambiente — óculos e miras de visão noturna — diminuiu a opinião tática generalizada sobre as vantagens de uma pequena operação feita no escuro. É uma máxima simples da guerra, em terra, no mar ou no ar: ninguém gosta de lutar no escuro.

— Fuzileiros, fiquem alerta. Atenção para ofuscantes — sussurrou Schofield ao microfone. Um dos grandes perigos da luta com visão noturna é o uso de granadas de atordoamento, ou "ofuscantes" — granadas que emitem um súbito clarão ofuscante destinado a desorientar temporariamente o inimigo. Como os óculos de visão noturna *amplificam* qualquer fonte de luz, se alguém vir com óculos de visão noturna uma ofuscante ser detonada, a cegueira não será temporária. Será permanente.

Schofield espiou pelo poço central da estação. Nenhuma luz entrava de fora da enorme cúpula de vidro opaco sobre o amplo poço central. Era junho — início do inverno na Antártida. Lá fora seria crepúsculo pelos próximos três meses.

Escuridão. Escuridão total.

Schofield sentiu o peso de Gant na escada atrás dele. Estavam subindo pelo poço.

Assim que as luzes haviam se apagado, Schofield ordenou imediatamente que sua equipe "passasse ao verde". Depois delineou seu plano.

Não adiantava ficar na defensiva num ambiente escuro. Tinham de se manter no ataque. *Tinham.* A equipe que venceria a batalha seria a que aproveitasse mais a escuridão, e o melhor modo de fazer isso era ficar na ofensiva. Assim, o plano de Schofield era simples.

Manter os franceses em fuga.

Eles estavam em inferioridade numérica. Apenas *quatro* dos doze comandos franceses originais continuavam vivos. E Montana tinha dito que dois daqueles quatro haviam acabado de sair do deque A. Por isso eles estavam divididos em dois grupos de dois.

Mas, mais importante, estavam fugindo.

A equipe de Schofield, por outro lado, também estava dividida, mas de modo muito mais vantajoso.

Schofield tinha três fuzileiros no deque A — Montana, Cobra e Santa Cruz — e mais três no deque E — Gant, Ricochete e ele próprio.

Se os fuzileiros no deque A pudessem expulsar o resto dos comandos franceses para baixo, logo esses soldados dariam de cara com os fuzileiros vindo dos deques inferiores. E então os fuzileiros — uma força em número superior, atacando de dois flancos — acabariam com eles.

Mas Schofield não queria se empolgar, não queria se adiantar, porque essa não seria uma batalha comum.

A luta seria diferente.

Porque na atmosfera altamente inflamável e gasosa da estação nenhum dos dois lados podia usar armas de fogo.

Essa seria uma luta a moda antiga, de perto.

Um combate *corpo-a-corpo.*

Na escuridão quase total.

Em outras palavras, uma briga de faca no escuro.

Mas enquanto pensava, Schofield viu subitamente um problema em seu plano.

Os franceses possuíam balestras.

Schofield tinha olhado a balestra que havia retirado do comando francês no deque E. Como não criava qualquer tipo de fagulha, uma balestra podia ser disparada em segurança na atmosfera gasosa da estação. Schofield tentou pensar em seu treinamento com armas na Escola Básica em Quantico, tentou se lembrar das estatísticas vitais de uma balestra de mão. Lembrou-se de que o alcance de precisão de uma balestra pequena não era grande, mais ou menos a mesma de um revólver de seis tiros convencional, cerca de seis metros.

Seis metros.

Droga, pensou Schofield. As facas seriam inúteis se os franceses tivessem uma zona de segurança de seis metros ao redor. Sem arma correspondente para atirar projéteis, os fuzileiros não teriam chance. O negócio é que eles não *possuíam* uma arma assim. Pelo menos nada que pudessem usar em segurança naquele ambiente inflamável, gasoso.

E então lhe ocorreu.

Talvez tivessem.

Saiu no deque D com seu Maghook seguro na frente do corpo, à altura do ombro, pronto para disparar. Na outra mão tinha a balestra do francês morto.

Ainda que não fosse projetado exatamente para ter precisão, o lançador do Maghook Armalite MH-12 tem a capacidade de atirar seu arpéu magnético a distâncias consideráveis — mais de trinta metros.

Inicialmente o Maghook MH-12 se destinava ao uso em guerra urbana e operações antiterrorismo — seu principal objetivo era fornecer um cabo e um arpéu que pudessem ser usados para escalar as laterais dos prédios ou proporcionar linhas ao longo das quais as unidades antiterrorismo pudessem deslizar e fazer entradas rápidas.

Sendo assim, o pequeno lançador do Maghook precisava ter potência para atirar o gancho a grandes alturas. A resposta era um sistema de lançamento hidráulico de alta tecnologia que proporcionava quatrocentas libras por polegada quadrada de empuxo vertical. Pelo modo como Schofield via, se disparasse seu Maghook contra um soldado inimigo a uma distância de seis metros, quatrocentas libras por polegada quadrada de empuxo tinham de ter alguma chance de acertar.

E de fato, como havia descoberto na piscina antes, de perto, *debaixo d'água* um Maghook tinha a capacidade de atordoar até mesmo uma baleia-assassina de sete toneladas. Disparado contra um homem de noventa quilos a uma distância semelhante, *acima* da água, provavelmente racharia o crânio dele.

Assim armados, os fuzileiros estavam confiantes em que poderiam enfrentar as balestras dos comandos franceses.

De modo que o plano era ir em frente.

Montana, Cobra e Santa Cruz desceriam pela estação a partir do deque A, forçando os franceses para baixo, enquanto Schofield, Gant e Ricochete subiriam a partir do deque E. Com sorte iriam se encontrar no meio do caminho e o resto se escreveria por si.

Schofield e Gant haviam partido imediatamente.

Ricochete iria se juntar a eles assim que tivesse estancado o sangramento da perna de Mãe e conectasse o equipo intravenoso com metadona.

Os três fuzileiros no deque A começaram o ataque.

Moviam-se rapidamente, usando uma formação de três homens conhecida no manual como "pular carniça". Um fuzileiro se adiantava à frente dos companheiros e disparava seu Maghook. Então, enquanto enrolava o cabo para recarregar, um segundo fuzileiro iria para a frente dele — "pulando carniça" — e dispararia seu Maghook contra o inimigo. Quando o terceiro se adiantasse e disparasse, o primeiro estava pronto para disparar de novo, e o ciclo continuava.

Os dois soldados franceses no deque A reagiram como deveriam — recuaram afastando-se da onda de poderosos disparos dos Maghooks. Correram para as escadas, descendo o poço.

Mas enquanto recebia os relatos de Montana sobre o movimento dos franceses, Schofield notou algo estranho nas manobras evasivas.

Eles estavam se movendo depressa demais.

No recuo descendo pelo poço, os quatro soldados franceses tinham evitado completamente a passarela destruída do deque B e continuado direto para o C.

Moviam-se com fluidez, numa rápida formação de cobertura dois-por-dois — os dois homens da frente cobrindo o flanco dianteiro, os dois de trás cobrindo os perseguidores, com um espaço de cerca de dez metros entre os pares.

Antes Montana havia informado que os quatro comandos franceses estavam usando óculos de visão noturna. Tinham vindo preparados.

Continuaram a descer rapidamente pelo poço.

Schofield tinha esperado que eles perdessem tempo nos túneis, tentando adotar uma posição defensiva. Mas os soldados franceses pareciam ter outras idéias. Entraram rapidamente nos túneis do deque C apenas pelo tempo suficiente para que os fuzileiros que os perseguiam dos andares superiores se juntassem a eles. E de repente apareceram de novo na passarela e foram para a escada que levava ao deque D.

Nesse momento, Schofield se lembrou de algo que Trevor Barnaby tinha falado uma vez sobre estratégia.

A boa estratégia é como mágica. Faça seu inimigo olhar para uma das mãos enquanto você está fazendo algo com a outra.

— *Eles estão indo para a escada sudoeste* — disse a voz de Montana no fone de ouvido de Schofield. — *Espantalho, você está aí embaixo?*

Schofield se adiantou pela passarela do deque D, com o mundo verde diante dos olhos.

— Estamos indo.

Ele e Gant se aproximaram do canto sudoeste do deque D e viram a escada que levava ao C.

Schofield falou ao microfone:

— Ricochete, onde você está?

— *Já estou terminando, senhor* — respondeu a voz de Ricochete no depósito do deque E.

— *Flanqueando pelo leste, sargento* — disse a voz de José "Santa" Cruz pelo interfone.

A voz de Montana:

— *Mantenha-os vindo, Cruz. Depois mande-os para o Espantalho.*

No deque D, Schofield e Gant chegaram à escada. Agacharam-se e apontaram as armas para o alto. Ouviram botas ressoando com força na passarela de metal acima, e o estalo nítido de uma balestra disparando.

— *Eles estão chegando à escada* — disse a voz de Santa Cruz.

Mais passos na grade de metal.

A qualquer segundo, agora...

A qualquer segundo...

E de repente, *clanc, clunc.*

Que diabo...

— *Fuzileiros! Olhos fechados! Ofuscante no chão!* — gritou de repente a voz de Santa Cruz.

Schofield apertou imediatamente os olhos no instante em que ouviu a granada de atordoamento ricochetear no deque de metal acima.

A granada explodiu — como um *flash* de máquina fotográfica — e por um breve instante toda a Estação Polar Wilkes ficou branca.

Schofield ia abrir os olhos quando, de repente, veio outro ruído da direita. Parecia alguém abrindo um zíper muito, muito depressa.

Girou para a direita, abriu os olhos e seu mundo verde tombou de lado. Seus olhos examinaram o poço vazio, mas não viu nada.

— *Ah, merda*! — disse Cruz. — *Senhor! Um deles pulou por cima do corrimão!*

O *zip* que Schofield tinha ouvido fez sentido subitamente. Era o som de alguém descendo de rapel pelo poço central.

Schofield se imobilizou por uma fração de segundo.

Aquele movimento não era nem um pouco defensivo.

Era um movimento coordenado, planejado, um movimento de *ataque.*

Os franceses não estavam fugindo.

Estavam seguindo um plano próprio.

Fazendo o inimigo olhar para uma das mãos enquanto executava algo com a outra...

Como um jogador de xadrez apanhado em xeque um segundo antes de fazer sua jogada mortal, Schofield sentiu a mente girar.

O que eles estavam tramando?

Qual era o plano deles?

No fim, não teve tempo de pensar, porque nem bem ouviu a mensagem de Santa Cruz e uma saraivada de setas se grudou à parede de gelo ao redor. Schofield se abaixou, girou e viu Gant mergulhar no chão atrás dele, em seguida girou de volta, e antes de saber o que estava acontecendo uma figura deslizou pela escada diante dele e Schofield se viu cara a cara com o francês que conhecia como Jacques Latissier.

Ricochete estava agachado perto de Mãe no depósito do deque E. Mãe tinha veias duras e, para tornar a coisa ainda mais difícil, Ricochete estava usando seus óculos de visão noturna enquanto tentava enfiar a agulha no braço dela. Tinha errado a veia nas quatro primeiras tentativas, e só agora havia conseguido fazer com que o soro corresse para o braço de Mãe.

Depois de terminar de ajustar o equipo, Ricochete se levantou e ia deixar Mãe quando, estranhamente, ouviu passos soando baixo, correndo pelo túnel do lado de fora do depósito escuro.

Imobilizou-se.

Prestou atenção.

O som dos passos foi diminuindo enquanto corriam pelo túnel sul, do lado de fora.

Ricochete se adiantou, segurou a maçaneta e a girou lentamente. A porta se abriu e Ricochete espiou para o túnel com os óculos de visão noturna.

Olhou para a esquerda e viu a piscina. Pequenas ondas batiam nas laterais do deque.

Olhou para a direita e viu um túnel comprido e reto estendendo-se para a escuridão. Reconheceu-o imediatamente como o túnel sul do deque E, que dava na sala de perfuração.

Como era o nível mais baixo da estação polar, o deque E abrigava a sala de perfuração — a sala de onde os cientistas perfuravam o gelo para obter os núcleos. Assim, para maximizar a profundidade em que poderiam perfurar, a sala fora construída o mais *dentro* do gelo possível — ao sul da estação, onde o gelo era mais fundo. A sala se ligava ao complexo principal através de um túnel comprido e estreito que se estendia por pelo menos quarenta metros.

Ricochete ouviu os passos baixos desaparecerem no comprido túnel à direita.

Depois de uma curta pausa, levantou seu Maghook e se aventurou no túnel, atrás deles.

Schofield disparou seu Maghook contra Latissier.

O francês se abaixou rápido e o gancho trovejou por cima dele, voando através da escada atrás. O arpéu se enrolou num dos degraus e ficou preso.

Schofield jogou o Maghook longe e levantou sua balestra ao mesmo tempo em que Latissier mirava com a dele.

Os dois dispararam ao mesmo tempo.

As setas assobiaram passando uma pela outra no meio do caminho.

A seta de Latissier bateu na ombreira blindada de Schofield. A seta de Schofield se cravou na mão de Latissier enquanto o francês grandalhão cobria o rosto com o antebraço. Ele rugiu de dor ao mesmo tempo em que começava freneticamente a recarregar a balestra com a mão boa.

Schofield olhou rapidamente para a sua balestra.

As balestras francesas tinham cinco prendedores de borracha dos lados, onde eram mantidas setas a mais para carregamento rápido. A balestra de Schofield tinha cinco prendedores vazios.

O comando de quem ele a havia tirado devia ter usado todas as setas, menos uma. Agora não restava nenhuma.

Schofield não hesitou.

Deu cinco passos rápidos para a frente e se jogou contra Latissier. Chocou-se contra o francês, e os dois se esparramaram na passarela atrás da escada.

Gant ainda estava deitada de rosto para baixo na passarela, a uns cinco metros de distância, quando viu Schofield se chocar contra Latissier. Saltou de pé e já ia ajudar quando, de repente, outro comando francês deslizou pela escada diante dela e, através de um par de óculos de visão noturna, a encarou direto.

Ricochete seguia lentamente pelo túnel comprido e estreito.

Havia uma porta no fim. A porta da sala de perfuração. Estava entreaberta.

Prestou atenção enquanto se aproximava. Ouviu sons baixos, arrastados, dentro da sala. Quem quer que tivesse passado pelo depósito estava agora na sala de perfuração, fazendo alguma coisa.

Ouviu o homem falar baixo em algum tipo de microfone. Ele disse:

— *Le piège est tendu.*

Ricochete se imobilizou.

Era um dos comandos franceses.

Ricochete se encostou na parede ao lado da porta e — ainda usando os óculos de visão noturna — espiou lentamente junto ao portal.

Era como olhar através de uma câmera de vídeo. Primeiro viu o portal, viu-o deslizar para a esquerda de sua tela verde. Depois viu a sala aberta.

E viu o homem — também usando óculos de visão noturna — parado na frente, com uma balestra apontada diretamente para o seu rosto.

Mesmo com o comando francês à sua frente usando óculos de visão noturna, Gant pôde ver que era o que chamavam de Cuvier.

Jean-Pierre Cuvier. O que lhe dera um disparo de balestra na cabeça quando tudo começou. Mesmo agora podia ver a ponta daquela mesma seta se projetando para fora do capacete. O sacana pareceu sorrir ao perceber que estava diante da americana em quem havia atirado antes.

Num borrão verde, ele ergueu a balestra e disparou.

Gant estava a uns seis metros de distância e viu a seta mergulhar no ar enquanto atravessava a distância entre os dois. Saltou de lado rapidamente, com a mão da arma balançando atrás, e de súbito — *plaf!* — sentiu essa mão balançar bruscamente quando a seta se cravou em seu Maghook e o jogou longe.

E, antes que ela soubesse, Cuvier estava à sua frente, segurando uma faca Bowie. Veio depressa, com a faca de caça, de lâmina comprida, fazendo um arco na direção de sua garganta.

Houve um *zing* súbito e metálico quando a lâmina de Cuvier parou bruscamente.

Gant havia aparado o golpe com sua própria faca.

Os dois soldados se separaram e começaram a circular um ao redor do outro, cautelosos. Cuvier estava com a faca em posição baixa. Gant usava a sua por cima, em estilo SEAL. Os dois ainda usavam os óculos de visão noturna.

De repente, Cuvier deu uma estocada e Gant afastou a lâmina dele. Mas o francês tinha braços mais compridos, e, quando se separaram de novo, ele estendeu a mão para os óculos de Gant e os deslocou da cabeça.

Por um momento aterrorizante, Gant não viu nada.

Só escuridão.

Escuridão total.

Nessa escuridão, sem os óculos, ela estava *cega*.

Sentiu a passarela embaixo dos pés vibrar. Cuvier estava atacando de novo. Ainda cega, abaixou-se instintivamente, sem saber se era o movimento certo ou não.

Era o movimento certo.

Ouviu o sibilo da faca de Cuvier cortando a escuridão acima de seu capacete.

Gant deu uma cambalhota no escuro, sobre a passarela, afastando-se de Cuvier. Rapidamente saltou de pé e apertou um botão na lateral do capacete, e imediatamente o visor infravermelho se encaixou diante dos olhos.

Não era visão noturna, mas era quase tão boa quanto.

Agora via a passarela em volta como uma imagem eletrônica, azul sobre preto.

A passarela e a escada apareciam como silhuetas azuis — corpos frios e sem vida. Para além da escada azul, viu duas figuras multicoloridas rolando pela passarela — Schofield e Latissier, ainda lutando desesperadamente.

Virou-se, e na passarela à frente viu uma brilhante bolha em forma de homem, vermelha, verde e amarela, movendo-se rapidamente na sua direção.

Era Cuvier.

Ou pelo menos uma representação gráfica dos padrões de calor no corpo de Cuvier.

Ele girou a faca. Gant aparou o golpe com a sua e depois soltou um poderoso chute lateral contra o plexo solar do francês. O chute acertou e Cuvier caiu, mas ao fazer isso estendeu a mão e conseguiu segurar o braço de Gant que estava com a faca, e puxá-la também para a passarela.

Os dois bateram no chão juntos.

Gant caiu em cima de Cuvier, rolou para longe e bateu com as costas na parede de gelo em volta da passarela. Estendeu a mão para se firmar e tocou em alguma coisa no chão.

O Mag...

E de repente a bolha colorida que era Cuvier saltou em seu campo de visão.

Cuvier tinha se jogado contra ela e estava com a faca encostada em sua garganta. Gant levantou os braços para se defender, largando a faca para poder segurar a mão de Cuvier com as suas duas.

Com toda a força manteve a faca de Cuvier à distância, a centímetros da garganta.

Mas ele era muito forte.

A faca chegou mais perto.

O rosto de Cuvier estava bem à frente do de Gant, e através do visor infravermelho ela via para além das feições do sujeito — viu a imagem macabra de seu crânio e dos dentes, rodeados por cores pulsantes. Era como se estivesse sendo atacada por um esqueleto demente.

E ele estava perto, tão perto que Gant sentiu os óculos de visão noturna do sujeito roçarem em seu capacete.

Os óculos.

Sem sequer pensar, Gant de repente soltou uma das mãos da mão de Cuvier, estendeu-a e arrancou com força os óculos de visão noturna.

Cuvier gritou. Gant jogou os óculos por cima da borda da passarela.

Agora Cuvier é que estava cego.

Mas continuou a lutar.

O comando francês tentou desesperadamente cravar a faca na garganta de Gant, mas de repente ela mudou o peso e deslizou por baixo dele, de modo que agora seu capacete estava nivelado com os olhos dele.

— Você se lembra de que me deu isso? — disse Gant, vendo a silhueta azul da seta se projetando da testa do capacete. — Agora vai ter de volta.

E lançou a cabeça para a frente.

A seta penetrou no olho direito de Cuvier e ele soltou um grito hediondo, inumano, e Gant sentiu um jorro súbito de sangue quente explodir sobre seu rosto.

Chutou Cuvier para longe e viu — com o visor infravermelho — uma fonte computadorizada de líquido amarelo-vermelho espirrando do olho direito dele.

Cuvier gritava enquanto caía para trás, agarrando a órbita sangrenta.

Gant havia arrancado o olho dele, mas o sujeito ainda não estava morto. Começou a se sacudir feito louco, tentando acertá-la apesar da cegueira total.

Gant pegou o Maghook na passarela ao lado e apontou para a cabeça sangrenta do francês. Ele estava se movendo aleatoriamente, mas agora Gant tinha todo o tempo de que precisava.

Apontou com cuidado para a cabeça da bolha multicolorida e cheia de gemidos que representava um homem.

E disparou.

O Maghook acertou o francês bem no rosto, e uma fração de segundo antes de ele cair na passarela Gant ouviu o crânio de Cuvier se partir em dois.

Ao mesmo tempo em que Gant lutava com Cuvier, Schofield e Latissier rolavam pela passarela.

Enquanto lutavam, Schofield escutava ruídos em toda parte. Vozes falavam freneticamente em seu fone do capacete.

— *Eles estão rodando para o outro lado!...*

— *...indo para a outra escada!*

Passos ressoaram na passarela acima.

Uma balestra foi disparada em algum lugar perto.

Schofield escutou um estalo súbito quando Latissier conseguiu colocar outra seta em sua balestra. Schofield deu rapidamente uma cotovelada no rosto do francês, por baixo de seus óculos de visão noturna, partindo o nariz. Sangue espirrou em toda parte, sobre o braço de Schofield, em cima das lentes dos óculos de Latissier.

O francês grunhiu de dor enquanto empurrava Schofield para longe, em direção à borda da passarela. Os dois se separaram e Latissier — ainda deitado na passarela, meio cego pelas manchas de sangue nos óculos de visão noturna — levantou furioso sua balestra em direção à cabeça de Schofield.

Schofield estava na beira da passarela, encostado no corrimão. Pensou depressa.

Agarrou a mão de Latissier que empunhava a arma, enquanto ela vinha em sua direção, e num movimento muito súbito rolou *pela borda da passarela!*

Latissier jamais esperaria isso.

Schofield continuou segurando a mão de Latissier enquanto caía e, pendurado nela, girou para o deque vazio embaixo. Como um gato, pousou de pé, levantou imediatamente a balestra de Latissier para a parte de baixo da passarela do deque D, e puxou o gatilho.

Latissier estava deitado de rosto para baixo na passarela — com o braço esticado desajeitadamente pela borda — quando a balestra foi disparada. À queima-roupa, a seta disparou através de uma abertura na grade de aço, penetrou nos óculos de visão noturna de Latissier e se alojou no meio da testa do francês.

Lá embaixo, na sala de perfuração, Ricochete estava diante do comando francês que segurava uma balestra.

O francês pensou estar com vantagem, pensou que Ricochete já estava praticamente morto. Só esqueceu uma coisa.

Os óculos de visão noturna são terríveis para a visão periférica.

Ele estava *perto demais.*

E por isso não viu o Maghook que Ricochete segurava na altura do quadril.

Ricochete disparou. O Maghook saltou do lançador e se chocou contra o peito do francês a uma distância de um metro. Houve uma série de estalos instantâneos enquanto as costelas do comando francês se dobravam sobre o coração. Ele estava morto antes de bater no piso.

Ricochete respirou fundo, suspirou aliviado e olhou para a sala de perfuração à sua frente.

Viu o que o francês estivera fazendo e seu queixo caiu. E então se lembrou do que ele dissera antes.

Le piège est tendu.

Então Ricochete olhou de novo para a sala.

E sorriu.

— *Túnel sul* — disse a voz de Montana no fone do capacete de Schofield.

Schofield estava agora no deque E, depois de pular lá embaixo com a ajuda do braço de Latissier. Olhou para o outro lado da piscina e viu uma figura preta entrar correndo no túnel sul. Era o último comando francês — sem contar o que havia descido de rapel pelo fosso, antes.

— Estou vendo — disse Schofield, partindo na perseguição.

— *Senhor, aqui é Ricochete* — a voz de Ricochete chegou subitamente. — *O senhor disse túnel sul?*

— Isso mesmo.

— *Deixe que ele venha* — instruiu Ricochete com firmeza. — *E venha atrás dele.*

Schofield franziu a testa.

— Do que está falando, Ricochete?

— *Só venha atrás dele, senhor.* — Agora Ricochete estava sussurrando. — *Ele quer que o senhor venha.*

Schofield parou um momento.

Depois falou:

— Você sabe alguma coisa que não sei, cabo?

— *Isso mesmo, senhor.*

Montana, Cobra e Gant se juntaram a Schofield no deque E, na entrada do túnel sul. Todos tinham ouvido Ricochete pelos interfones dos capacetes.

Schofield olhou para eles e falou ao microfone:

— Certo, Ricochete, você é que manda.

Schofield, Montana, Cobra e Gant seguiram cautelosamente pelo comprido túnel sul do deque E, viram a silhueta do último soldado francês desaparecer atrás dele, uma sombra na escuridão verde.

Ricochete estava certo. O soldado se movia devagar. Era quase como se *quisesse* que o vissem entrar na sala de perfuração.

Schofield e os outros seguiram pelo túnel. Estavam a uns dez metros da porta da sala de perfuração quando subitamente uma mão se estendeu das sombras e segurou Schofield pelo ombro. Schofield girou instantaneamente e viu Ricochete emergir de um armário preso à parede. Parecia haver outro corpo no armário atrás de Ricochete. Ricochete apertou o dedo contra os lábios e guiou Schofield e os outros pelo túnel, em direção à porta da sala de perfuração.

— É uma armadilha — murmurou Ricochete quando chegaram à porta.

Ricochete empurrou a porta. Ela estalou alto enquanto se abria.

A porta se escancarou e os fuzileiros viram o último francês parado no lado mais distante da sala de perfuração.

Era Jean Petard. Ele os encarou, desanimado. Fora apanhado num beco sem saída e sabia disso. Estava preso.

— Eu... me rendo — disse humildemente.

Schofield apenas encarou Petard. Depois se virou para Ricochete e os outros, como se pedisse conselho.

A seguir entrou na sala de perfuração.

Petard pareceu sorrir, aliviado.

Nesse momento, Ricochete enfiou subitamente o braço na frente do peito de Schofield, impedindo-o de prosseguir. Ricochete jamais havia afastado o olhar de Petard.

Petard franziu a testa.

Ricochete o encarou e disse:

— *Le piège est tendu.*

Petard inclinou a cabeça, surpreso.

— A armadilha está pronta — disse Ricochete em inglês.

E então, de repente, Petard virou a cabeça e olhou para outra coisa, algo no piso diante dele, e seu sorriso perdeu a graça. Ergueu os olhos para Ricochete, horrorizado.

Ricochete sabia o que Petard tinha visto.

Tinha visto cinco palavras em francês, e assim que as viu, Petard soube que a luta estava acabada.

As cinco palavras eram: BRAQUEZ CE CÔTÉ SUR L'ENNEMI.

Ricochete deu um passo adiante e Petard gritou:

— *Não!*

Mas era tarde demais. Ricochete pisou no fio esticado diante da porta e duas minas côncavas na sala de perfuração explodiram com toda sua força aterrorizante.

TERCEIRA INCURSÃO

16 de junho, 11:30

A auto-estrada se esticava pelo deserto.

Uma tira fina e ininterrupta de preto em cima do piso marrom-dourado da paisagem do Novo México. Nenhuma nuvem aparecia no céu.

Um carro solitário disparava pela auto-estrada.

Pete Cameron dirigia, suando no calor. O ar-condicionado de seu Toyota 1977 havia muito desistira de lutar pela vida, e agora o carro era pouco mais do que um forno sobre rodas. Provavelmente estava dez graus mais quente dentro do que lá fora.

Cameron era repórter do *The Washington Post*, já fazia três anos. Antes disso fizera nome escrevendo matérias para o respeitado jornal investigativo *Mother Jones*.

Cameron havia se dado bem no *Mother Jones*. O jornal tem um objetivo prioritário: revelar relatórios mentirosos do governo. Disfarces. E em grande parte tivera sucesso nesse objetivo. Pete Cameron adorava isso, prosperava com isso. Em seu último ano no *Mother Jones* tinha ganhado um prêmio por um artigo sobre a perda de cinco ogivas nucleares de um bombardeiro invisível B-2 acidentado. O bombardeiro tinha caído no oceano Atlântico perto da costa do Brasil, e o governo dos EUA emitiu um comunicado dizendo que todas as cinco ogivas haviam sido recuperadas, em segurança e intactas. Cameron havia investigado a história, questionado os métodos usados para achar as ogivas desaparecidas.

Logo a verdade veio à tona. A missão de resgate não tivera a ver com a recuperação das ogivas. Era para recuperar todas as evidências do *bombardeiro*. As ogivas nucleares eram uma prioridade secundária, e jamais foram achadas.

Foi esse artigo e o prêmio que atraíram a atenção do *Washington Post* para Cameron. O jornal lhe ofereceu um emprego e ele o agarrou com as duas mãos.

Cameron tinha trinta anos e era alto, alto de verdade — um metro e noventa e três. Tinha cabelos castanho-areia, revoltos, e usava óculos de aro de metal. Seu carro parecia ter sido acertado por uma bomba — latas de Coca vazias espalhadas no chão, misturadas com embalagens de hambúrgueres; blocos de escrever, canetas e pedaços de papel enfiados em cada compartimento. Um bloco de Post-it estava no cinzeiro. Os que tinham sido usados estavam grudados no painel.

Cameron seguia pelo deserto.

O celular tocou. Era sua esposa, Alison.

Pete e Alison Cameron eram uma espécie de celebridade na comunidade jornalística de Washington, os famosos — ou infames — marido e mulher que trabalhavam no *Washington Post*. Quando Pete Cameron chegou ao *Post* vindo do *Mother Jones*, três anos antes, foi colocado para trabalhar com uma jovem repórter chamada Alison Greenberg. A química entre eles chamejou imediatamente. Foi uma coisa elétrica. Numa semana estavam na cama juntos. Em doze meses estavam casados. Ainda não tinham filhos, mas vinham trabalhando nisso.

— Já chegou? — disse a voz de Alison pelo viva-voz. Alison tinha 29 anos e cabelos castanho-avermelhados que iam até os ombros, enormes olhos azul-celeste e um sorriso enorme que fazia seu rosto luzir. Pete o adorava. Alison não era de uma beleza convencional, mas era capaz de parar o tráfego com aquele sorriso. No momento, estava trabalhando na redação do jornal em Washington.

— Estou quase lá — respondeu Pete Cameron.

Estava a caminho de um observatório no meio do deserto do Novo México. Um técnico do Instituto SETI havia ligado para o jornal naquele mesmo dia, dizendo ter detectado conversas numa antiga rede de espionagem por satélite.

Não era nada de novo. O Instituto de Busca por Inteligência Extraterrestre, ou SETI, captava coisas o tempo todo. Suas antenas eram muito poderosas e extraordinariamente sensíveis. Não era incomum que um técnico do SETI, em busca de transmissões extraterrestres, "cruzasse fachos" com algum satélite de espionagem desgarrado e captasse algumas palavras embaralhadas de uma transmissão militar restrita.

Essas captações eram rotuladas, absurdamente, como "avistamentos do SETI" pelos repórteres do *Washington Post*. Em geral não davam em nada — eram apenas incompreensíveis transmissões de apenas uma palavra — mas a teoria era que, talvez, um dia, uma daquelas mensagens emboladas fosse o ponto de partida para uma matéria. O tipo de matéria que terminava com a palavra Pulitzer.

— Bem — disse Alison —, ligue assim que tiver terminado no instituto. — E, numa voz sensual: — Tenho uma *queda* por avistamentos do SETI.

Cameron sorriu.

— Muito provocadora. Você atende em domicílio?

— Nunca se sabe a sorte que você vai ter na cidade grande.

— Sabe — disse Cameron —, em alguns estados isso poderia ser considerado assédio sexual.

— Querido, ser casada com você *é* assédio sexual.

Cameron deu uma gargalhada.

— Ligo quando tiver terminado — falou antes de desligar.

Uma hora depois, o Toyota de Cameron entrou no estacionamento empoeirado do Instituto SETI. Havia mais três carros ali.

Um atarracado prédio de dois andares se erguia ao lado do estacionamento, aninhado à sombra de um radiotelescópio de cem metros de altura. Cameron contou 27 outras parabólicas idênticas estendendo-se pelo deserto.

Dentro, Cameron foi recebido por um homenzinho com cara de estudioso, usando jaleco branco e crachá de plástico. O sujeito disse que seu nome era Emmet Somerville e que ele é que havia captado o sinal.

Somerville guiou Cameron escada abaixo até uma grande sala subterrânea. Cameron seguiu em silêncio enquanto passavam por um labirinto de equipamentos eletrônicos de rádio. Dois enormes supercomputadores Cray XMP ocupavam toda a parede da enorme sala subterrânea.

Somerville falou enquanto andava:

— Captei por volta das duas e meia desta madrugada. Foi em inglês, por isso soube que não podia ser alienígena.

— Bem pensado — disse Cameron, na bucha.

— Mas o sotaque era definitivamente americano e, considerando o comentário, liguei imediatamente para o Pentágono. — Ele se virou para olhar Cameron enquanto andava. — Nós temos uma linha direta.

Falou isso com orgulho de *nerd*: o governo acha que somos tão importantes que nos deram uma linha direta. Cameron achou que o número que Somerville tinha era provavelmente do escritório de RP do Pentágono, um número que o SETI poderia achar procurando pelo Departamento de Defesa no catálogo telefônico. Cameron o tinha na memória do celular.

— De qualquer modo — disse Somerville —, quando disseram que não era uma das transmissões deles, achei que não teria problema se ligasse para vocês do jornal.

— Nós agradecemos.

Os dois chegaram a um console de canto. Consistia em duas telas montadas acima de um teclado. Ao lado das telas havia um gravador de rolo, de alta qualidade.

— Quer ouvir? — perguntou Somerville, com o dedo sobre o botão do PLAY no gravador.

— Manda ver.

Emmet Somerville apertou o botão. Os rolos começaram a girar.

A princípio Cameron não escutou nada, depois ouviu estática. Olhou cheio de expectativa para Emmet, o *nerd*.

— Está vindo — disse Somerville.

Houve mais um jorro de estática e então, de repente, vozes.

— *...entendido: um-três-quatro-seis-dois-cinco...*

— *...contato perdido por causa de perturbação ionosférica...*

— *...equipe de frente...*

— *...Espantalho...*

— *...menos sessenta e seis ponto cinco...*

— *...mancha solar atrapalhou o rádio...*

— *...cento e quinze, vinte minutos, doze segundos leste...*

— *...como...* — estática — *... chegar lá então...*

— *...equipe secundária a caminho...*

Pete Cameron fechou os olhos lentamente. Era outra bobagem. Apenas mais algaravias militares indecifráveis.

A transmissão terminou. Cameron se virou e viu que Somerville o estava olhando ansioso. Sem dúvida o técnico do SETI queria que alguma coisa resultasse de sua descoberta. Ele era um ninguém. Pior, um ninguém no meio de lugar nenhum. Um cara que provavelmente só queria ver seu nome no *Washington Post* em algum lugar que não fosse o obituário. Cameron sentiu pena dele. Suspirou.

— Poderia tocar de novo, por favor? — falou, puxando o bloco com relutância.

Somerville praticamente pulou para o botão de rebobinar.

A fita tocou de novo, e Cameron tomou notas diligentemente.

Era irônico, pensou Schofield, que Petard, o último comando francês, fosse morto por uma de suas próprias armas. Especialmente uma arma que a França obtivera dos Estados Unidos através da aliança na Otan.

A mina M18A1 é mais conhecida no mundo como "Claymore". É constituída por uma placa de porcelana contendo centenas de bilhas engastadas em seiscentos gramas de explosivo plástico C-4. De fato, a Claymore é uma granada de fragmentação *direcionável.* Se alguém ficar ao lado dela, não será machucado com a explosão. Se for apanhado na frente, será despedaçado.

Mas a característica mais conhecida da Claymore é a instrução simples no rótulo, que encontramos gravada na parte dianteira da mina. Diz: ESTE LADO PARA O INIMIGO.

Ou, em francês: BRAQUEZ CE CÔTÈ SUR L'ENEMI.

Se você se pegar vendo essas palavras, vai saber que está olhando para o lado errado de uma Claymore.

As duas Claymores que estavam na sala de perfuração tinham sido fundamentais no último plano dos comandos franceses para vencer os fuzileiros. Depois de tudo terminar, Schofield remontou esse plano.

Eles haviam mandado alguém à sala de perfuração, à frente dos outros. Assim que chegou, essa pessoa havia montado as duas Claymores viradas para a porta. Então as Claymores seriam ligadas a um fio para acioná-las.

Em seguida, os outros comandos franceses fingiriam recuar para a sala de perfuração, *deliberadamente* deixando os fuzileiros irem atrás.

Claro, os fuzileiros saberiam que a sala de perfuração era um beco sem saída, por isso *pensariam* que os franceses, em sua tentativa desesperada de fugir, tinham corrido para uma armadilha.

A rendição seria inevitável.

Mas quando os fuzileiros entrassem na sala de perfuração para prender os franceses, pisariam no fio e disparariam as duas Claymores. Os fuzileiros seriam estraçalhados.

Era um plano audacioso. Um plano que teria mudado o rumo da batalha.

E era inteligente. Transformavam uma retirada total — diabos, *uma rendição total* — num contra-ataque decisivo.

Mas Petard e os franceses *não* tinham contado com que um dos soldados americanos pudesse chegar enquanto eles estivessem preparando a armadilha.

Schofield sentiu orgulho de Ricochete. Sentiu orgulho de como o jovem soldado havia cuidado da situação.

Em vez de estourar o plano francês e continuar com uma previsível luta corpo-a-corpo, Ricochete havia friamente *permitido* que os franceses acreditassem que seu plano ainda estava de pé.

Mas tinha mudado uma coisa.

Tinha virado as Claymores.

Foi isso que Petard viu quando Ricochete falou com ele na sala de perfuração. Viu as palavras arrepiantes.

ESTE LADO PARA O INIMIGO.

Apontando para ele.

Ricochete o havia enganado.

E quando Ricochete se adiantasse esbarrando no fio, essa seria a última coisa que Petard veria.

A batalha, finalmente, estava acabada.

Uma hora depois todos os corpos, franceses e americanos, tinham sido encontrados e contabilizados. Pelo menos os que *puderam* ser encontrados.

Os franceses tinham perdido quatro homens para as baleias-assassinas, os americanos, um. Oito outros comandos franceses e mais dois fuzileiros americanos — Hollywood e Homem-rato — tinham sido encontrados em vários locais na estação polar. Todos foram confirmados como mortos.

Além disso, os americanos tinham dois feridos, ambos seriamente. Mãe, que perdera uma das pernas para a baleia-assassina e, surpreendentemente,

Augustine Lau "Samurai", o primeiro fuzileiro a ser derrubado pelos franceses.

Mãe estava muito melhor do que Samurai. Como seu ferimento era localizado — confinado à extremidade inferior da perna esquerda — ainda estava consciente. De fato ainda tinha movimento completo nos outros membros. O fluxo de sangue do ferimento fora estancado e a metadona cuidava da dor. O único inimigo que restava era o choque. Assim foi decidido que Mãe permaneceria no depósito do deque E, sob supervisão constante. Movê-la poderia provocar o choque.

Samurai, por outro lado, estava muito pior, em coma auto-induzido, já que a barriga fora estraçalhada pelo fogo de metralhadora de Latissier no início da batalha.

O corpo do jovem fuzileiro tinha reagido ao trauma súbito do único modo que conhecia — havia se fechado. Quando o encontraram vivo, Schofield ficou maravilhado com a capacidade de o corpo humano cuidar de si mesmo diante de uma crise tão extrema. Nenhuma quantidade de metadona ou morfina poderia aplacar a dor de tantos ferimentos a bala. Assim o corpo de Samurai fizera o melhor possível: simplesmente desligou o aparato sensorial e agora esperava ajuda externa.

O problema era se Schofield podia proporcionar essa ajuda externa ou não.

Qualquer coisa maior do que um conhecimento médico básico é raro numa unidade de frente de batalha. A coisa mais próxima de um médico que essas equipes possuem é um paramédico, geralmente um cabo de nível subalterno. Lane Pernas tinha sido o paramédico de Schofield, e agora estava mais do que morto.

Schofield andou rapidamente pela passarela do deque A. Tinha acabado de subir do deque E, onde havia verificado Mãe, e agora usava um novo par de óculos prateados, anticlarão, dados por ela. Disse que em sua condição não precisaria mais deles.

Schofield enfiou a cabeça na sala de jantar.

— O que acha, Ricochete? — falou.

Dentro da sala de jantar, Ricochete estava trabalhando febrilmente com o corpo inanimado de Samurai. O corpo estava deitado de costas numa mesa no centro do cômodo. Sangue pingava pelas bordas da mesa, formando uma poça vermelha no piso de ladrilhos frios.

Ricochete levantou a cabeça e balançou-a, desesperado.

— Não consigo conter a perda de sangue. Há muito dano interno. A barriga inteira foi arrebentada.

Ricochete enxugou a testa. Uma mancha de sangue apareceu sob os olhos. Olhou intensamente para Schofield.

— Isso está fora do meu nível, senhor. Ele precisa de alguém que saiba o que está fazendo. Precisa de um médico.

Schofield olhou para o corpo de Samurai durante alguns segundos.

— Faça o que puder — disse e saiu da sala.

— Certo, pessoal, escutem — disse Schofield. — Não temos muito tempo, por isso vou ser breve.

Os seis fuzileiros que restavam em condições estavam reunidos em volta da piscina do deque E, num círculo com Schofield no meio.

A voz de Schofield ecoava pelo poço da estação vazia.

— Essa estação está obviamente mais quente do que a gente pensava. Acho que, se os franceses estavam dispostos a se arriscar para tomá-la, outros também farão isso. E quem quer que sejam esses outros, neste momento tiveram algum tempo para pensar e preparar um ataque em escala total. Não tenham dúvida, se mais alguém decidir atacar esta estação, certamente estará mais bem preparado e mais armado do que esses escrotos franceses que acabamos de exterminar. Alguma opinião?

— Concordo — disse Buck Riley.

— Eu também — completou Cobra. Book Riley e Kaplan Cobra eram os dois homens de maior patente na unidade. O fato de ambos concordarem com a avaliação de Schofield significava bastante.

— Certo, então — continuou Schofield. — O que quero que aconteça agora é o seguinte. Montana...

— Sim, senhor.

— Quero que vá lá para cima e posicione nossos dois *hovercrafts* para que os telêmetros apontem para fora, de modo a cobrir toda a chegada por terra até esta estação. Quero cobertura máxima, sem vazios. Sensores a *laser* não vão mais funcionar, daqui em diante vamos usar os telêmetros. Assim que alguém chegar a oitenta quilômetros da estação quero ficar sabendo.

— Entendi — respondeu Montana.

— E enquanto estiver lá em cima veja se consegue fazer o rádio funcionar e entre em contato com a McMurdo. Descubra quando os reforços estarão vindo. Eles já deveriam ter chegado.

— Está feito — E Montana saiu rapidamente.

— Santa Cruz... — disse Schofield, virando-se.

— Sim, senhor.

— Verifique se há apagadores. Quero toda essa instalação varrida de cima a baixo, em busca de qualquer tipo de apagador ou temporizador. Não dá para saber que surpresinhas nossos amigos franceses deixaram para trás.

— Sim, senhor — respondeu Santa Cruz. Em seguida, saiu do círculo e foi para a escada mais próxima.

— Cobra...

— Senhor.

— O guincho que controla o sino de mergulho. O painel de controle fica no deque C, na alcova. O painel foi danificado por uma granada durante a luta. Preciso daquele controle funcionando de novo. Você pode cuidar disso?

— Sim, senhor. — Cobra também saiu do círculo.

Quando Cobra havia saído, restavam apenas Riley e Gant no deque.

Schofield se virou para eles.

— Book. Gata. Quero que vocês dois façam a preparação completa do equipamento de mergulho. Três mergulhadores, compressão de mergulho para quatro horas, equipamento de baixa audibilidade, e mais alguns para depois.

— Mistura de ar? — perguntou Riley.

— Hélio-oxigênio saturado. Noventa e oito por dois.

Riley e Gant ficaram momentaneamente em silêncio. Uma mistura de ar comprimido de 98% de hélio e 2% de oxigênio era coisa muito rara. A quantidade de oxigênio quase negligenciável indicava um mergulho para um ambiente de pressão muito alta.

Schofield entregou a Gant um punhado de cápsulas azuis. Eram cápsulas N-67D antinitrogênio, desenvolvidas pela marinha para usar em missões de mergulho profundo. Eram afetuosamente conhecidas pelos mergulhadores militares como "as pílulas".

Retardando a dissolução do nitrogênio na corrente sangüínea durante um mergulho profundo, as pílulas impediam a doença da descompressão. Como as pílulas neutralizavam a atividade do nitrogênio na corrente sangüínea, os mergulhadores da marinha e do corpo de fuzileiros podiam *descer* tão rápido quanto quisessem sem medo de narcose por nitrogênio, e *subir* sem a necessidade de fazer longas paradas para descompressão. As pílulas haviam revolucionado o mergulho militar em profundidade.

— Planejando um mergulho profundo, senhor? — perguntou Gant, erguendo o olhar das pílulas azuis na mão.

Schofield olhou-a, sério.

— Quero descobrir o que há naquela caverna.

Schofield andava rapidamente pelo túnel circular externo do deque B, imerso em pensamentos.

Agora as coisas estavam indo depressa.

O ataque francês contra a Wilkes tinha-lhe ensinado muita coisa. A Estação Polar Wilkes — ou mais exatamente, o que estava enterrado *embaixo* da Estação Polar Wilkes — agora era uma coisa pela qual valia oficialmente matar.

Mas foram as implicações desse conhecimento que causaram arrepios em Schofield. Se a França estava disposta a lançar um ataque improvisado para obter a coisa que estava lá embaixo na caverna, era altamente provável que outros países estivessem dispostos ao mesmo.

Mas havia um fator adicional, sobre outros possíveis ataques à Wilkes, que causavam preocupação especial a Schofield: se alguém fosse lançar um ataque contra a Wilkes, teria de fazer isso *logo* — antes que uma força americana significativa chegasse à estação.

As próximas horas seriam muito tensas.

Seria uma corrida para ver quem chegava primeiro.

Os reforços americanos ou uma força inimiga totalmente equipada.

Schofield tentou não pensar nisso. Havia muita coisa a fazer e uma questão, em especial, exigia sua atenção primeiro.

Depois da batalha com os franceses, os cientistas da Wilkes que restaram — eram cinco, três homens e duas mulheres — tinham se recolhido para seus alojamentos no deque B. Schofield estava indo para lá agora. Esperava encontrar entre os cientistas um médico que pudesse ajudar Samurai.

Continuou andando pelo túnel curvo. Suas roupas ainda estavam molhadas, mas ele não se importava. Como todos os outros fuzileiros de sua unidade, estava usando um traje de mergulho térmico por baixo do uniforme. Era um equipamento praticamente padrão para as unidades de reconhecimento que trabalhassem em condições árticas. Esses trajes eram mais quentes do que ceroulas e não ficavam pesados caso se molhassem. E *ao usar* um traje de mergulho térmico em vez de *carregá-lo*, um fuzileiro diminuía a carga a transportar, algo muito importante para uma unidade de resposta rápida.

Nesse momento, uma porta à direita de Schofield se abriu e uma nuvem de vapor saiu para o corredor. Um esguio objeto preto deslizou para fora da névoa e veio para o corredor, na frente de Schofield.

Wendy.

Estava pingando água. Olhou para Schofield com um riso pateta, de foca.

Kirsty saiu do vapor. Era o banheiro. Ela viu Schofield instantaneamente e sorriu.

— Oi — disse Kirsty. Ela estava usando roupas secas e tinha o cabelo revolto, úmido. Schofield achou que Kirsty devia ter tomado o banho mais quente da vida.

— Olá.

— Wendy adora o banheiro — disse Kirsty, assentindo para a foca. — Gosta de ficar escorregando no vapor.

Schofield conteve um riso e olhou para a pequena foca preta aos seus pés. Era bonita, muito bonita. E tinha salvado sua vida. Os olhos castanhos do bicho brilhavam de inteligência.

Schofield olhou para Kirsty.

— E como *você* está se sentindo?

— Quente, agora.

Schofield assentiu. Pela aparência, Kirsty parecia ter se saído bem do sofrimento na piscina. As crianças eram boas nisso, eram resistentes. Schofield se perguntou de que tipo de terapia um adulto iria precisar depois de cair numa piscina com ferozes baleias-assassinas.

Deu um bocado de crédito a Buck Riley. Riley estivera no deque C quando Kirsty foi lançada para lá, presa ao Maghook de Schofield, e pelo resto da batalha manteve Kirsty ao lado, em segurança.

— Bom. Você é uma garota forte, sabia? Devia entrar para os fuzileiros.

Kirsty riu de orelha a orelha. Schofield assentiu, olhando para o túnel.

— Está indo na mesma direção que eu?

— Estou — disse ela, acompanhando-o enquanto ele seguia pelo túnel. Wendy foi bamboleando atrás.

— Aonde você vai? — perguntou Kirsty.

— Estou procurando sua mãe.

— Ah — respondeu Kirsty, meio baixo.

Era uma reação estranha, e, através de seus óculos espelhados, Schofield lançou um olhar de lado para Kirsty. Ela simplesmente ficou olhando para o chão enquanto andava. Schofield imaginou o que isso significaria.

Houve um silêncio incômodo enquanto Schofield procurava algo para dizer.

— Então, quantos anos mesmo você disse que tem? Doze, não é?

— Hã-hã.

— Está... o quê, na sétima série?

— Hã-hã.

— Sétima série. — Schofield não tinha a mínima idéia do que diria agora, por isso simplesmente falou: — Acho que então você deve começar a pensar numa profissão.

Kirsty pareceu se animar com a pergunta. Olhou para Schofield enquanto andavam.

— É — falou séria, como se nos últimos tempos os pensamentos na profissão estivessem pesando muito em sua mente de doze anos.

— Então, o que você quer ser quando crescer?

— Professora. Como meu pai.

— Seu pai dá aula de quê?

— De geologia, numa grande faculdade em Boston. Harvard — acrescentou cheia de importância.

— E você quer dar aula de quê?

— Matemática.

— *Matemática?*

— Sou boa em matemática — disse Kirsty, dando de ombros sem graça, embaraçada e orgulhosa ao mesmo tempo.

— Meu pai me ajudava com o dever de casa — continuou ela. — Dizia que eu era muito melhor em matemática do que a maioria das outras crianças da minha idade, por isso algumas vezes me ensinava coisas que as outras crianças não sabiam. Coisas interessantes, coisas que eu só iria aprender no segundo grau. E algumas vezes ele ensinava coisas que nem ensinam na escola.

— É? — perguntou Schofield, genuinamente interessado. — Que tipo de coisas?

— Ah, você sabe. Polinômios. Seqüências de números. Um pouco de cálculo.

— Cálculo. Seqüências de números — repetiu Schofield, espantado.

— Você sabe, tipo números triangulares e números de Fibonacci. Esse tipo de coisa.

Schofield balançou a cabeça, atônito. Era impressionante. Muito impressionante. Kirsty Hensleigh, doze anos e um tanto pequena para a idade, aparentemente era uma jovem muito inteligente. Schofield olhou-a de novo. Ela parecia andar na ponta dos pés, como se pisasse em molas a cada passo. Parecia uma criança comum.

— A gente fazia um monte de coisas juntos — disse Kirsty. — *Softball*, caminhadas, uma vez ele me levou para mergulhar com equipamento, mesmo eu não tendo feito o curso.

— Pelo jeito como você está falando, parece que seu pai não faz mais esse tipo de coisa, não é?

Houve um silêncio curto. Depois ela falou baixinho:

— Não faz.

— O que aconteceu? — perguntou Schofield gentilmente. Estava esperando uma história sobre pais brigando e divórcio. Isso parecia acontecer um bocado ultimamente.

— Meu pai morreu num acidente de carro ano passado — disse ela em tom inexpressivo.

— Sinto muito.

A menina inclinou a cabeça para o lado.

— Tudo bem — falou e em seguida voltou a andar.

Chegaram a uma porta afundada no túnel e Schofield parou na frente.

— Bem, é aqui que eu fico.

— Eu também.

Schofield abriu a porta e deixou Kirsty e Wendy entrarem na frente. Em seguida foi atrás.

Era algum tipo de sala comunitária. Horrendos sofás laranja, um aparelho de som, uma TV, um aparelho de videocassete. Schofield achou que ali eles só assistiam a vídeos pela televisão.

Sarah Hensleigh e Abby Sinclair estavam num dos sofás laranja. Agora também usavam roupas secas. Os outros cientistas da Wilkes — três homens chamados Llewellyn, Harris e Robinson — também estavam ali. Depois de ter visto o que as granadas de fragmentação fizeram com Hollywood e um dos seus colegas, tinham passado o resto da batalha entocados em seus quartos. Agora pareciam cansados e cautelosos, com medo.

Kirsty foi sentar-se no sofá ao lado de Sarah Hensleigh. Ficou em silêncio e não disse nada à mãe. Schofield se lembrou da primeira vez em que tinha visto Sarah e Kirsty juntas — antes que os franceses chegassem à Wilkes. Na hora Kirsty também não dissera muita coisa. Schofield não tinha notado qualquer tensão entre elas, mas agora notava. Afastou isso da mente enquanto ia até Sarah.

— Alguém aqui é médico? — perguntou.

Sarah balançou a cabeça.

— Não. Não, Ken Wishart era o único médico da estação. Mas ele... — Ela parou.

— Mas ele o quê?

— Ele estava a bordo do *hovercraft* que *deveria* ter ido para a d'Urville.

Schofield fechou os olhos, de novo imaginando o destino dos cinco cientistas que estavam a bordo do *hovercraft* condenado.

Uma voz estalou no fone de seu capacete.

— *Espantalho, aqui é Montana.*

— O que é?

— *Coloquei os telêmetros apontando para o perímetro, como o senhor queria. Quer vir verificar?*

— Sim. Estarei aí em um minuto. Onde você está?

— *Canto sudoeste.*

— Espere por mim. Você teve alguma sorte no contato com a McMurdo?

— *Ainda não. Há uma puta tempestade de interferência em todas as freqüências. Não consigo nada.*

— Continue tentando. Câmbio e desligo.

Schofield se virou e já ia sair da sala comunitária quando alguém lhe deu um tapinha no ombro. Virou-se. Era Sarah Hensleigh. Ela estava sorrindo.

— Acabei de lembrar — disse ela. — Há um médico na estação, afinal de contas.

Depois do fim da batalha os fuzileiros tinham encontrado os dois cientistas franceses, Luc Champion e Henri Rae, encolhidos num armário da sala de jantar no deque A.

Não tinham oferecido qualquer resistência. De fato, enquanto eram arrastados sem cerimônia para fora dos armários, para enfrentar os vencedores, o horror em seus rostos dizia tudo. Tinham apoiado o lado errado na luta. Os homens que eles haviam enganado eram agora seus captores. O preço da traição seria alto.

Os dois tinham sido levados ao deque E, onde foram algemados a um poste, em plena vista. A equipe de Schofield tinha trabalho a fazer, e ele não queria desperdiçar nenhum homem guardando os cientistas franceses. Ao algemá-los num poste, em espaço aberto, os fuzileiros no deque E poderiam trabalhar ao mesmo tempo em que ficavam de olho nos dois.

Schofield saiu na passarela do deque B. Já ia falar ao microfone do capacete quando Sarah Hensleigh saiu na passarela, atrás dele.

— Tenho uma coisa para perguntar — disse ela. — Uma coisa que não podia perguntar lá na sala comunitária.

Schofield levantou a mão e falou ao microfone:

— Ricochete. Aqui é Espantalho. Como está o Samurai?

A voz de Ricochete respondeu no fone de ouvido:

— *Consegui parar o sangramento por enquanto, senhor, mas ele ainda está muito mal.*

— Estável?

— *O mais estável que pude deixá-lo.*

— Certo, escute. Quero que você vá ao deque E e pegue aquele cientista francês chamado Champion, Luc Champion. — Schofield olhou para Sarah enquanto falava. — Acabo de ser informado de que nosso bom amigo, *monsieur* Champion, é médico.

— *Sim, senhor* — disse Ricochete, ansioso. Pareceu sentir alívio porque alguém mais qualificado poderia cuidar de Samurai. Mas então pareceu se conter. — *Ah, senhor...*

— O que é?

— Podemos confiar nele?

— Não — disse Schofield com firmeza, enquanto começava a subir a escada para o deque A. Sinalizou para Sarah ir atrás. — Nem um pouco. Ricochete, só diga a ele que, se Samurai morrer, ele morre também.

— *Saquei.*

Schofield chegou ao topo da escada e pisou na passarela do deque A. Ajudou Sarah a vir atrás. Quase imediatamente, viu Ricochete sair da porta da sala de jantar, não muito longe, e correr para a escada do lado oposto. Ia descer ao deque E para pegar Champion.

Schofield e Sarah foram para a entrada principal da estação. Enquanto andavam pela passarela, ele olhou para baixo e pensou em seu pessoal.

Estava espalhado por toda parte.

Montana lá fora. Riley e Gant no deque E, preparando o equipamento para o mergulho até a caverna. Cobra estava bem no meio, na alcova do deque C, consertando os controles do guincho. E Santa Cruz não estava à vista, já que fazia uma busca a possíveis bombas deixadas pelos franceses.

Meu Deus, pensou Schofield, eles estavam totalmente espalhados.

O fone de ouvido do capacete de Schofield estalou. Era Santa Cruz.

— O que é, soldado? — perguntou Schofield.

— *Senhor, fiz uma busca na estação e não achei qualquer sinal de algum apagador.*

— Não? — Schofield franziu a testa. — Nenhum?

— *Nada, senhor. Imagino que não esperavam que as coisas acontecessem tão depressa, por isso não tiveram chance de preparar nada.*

Schofield pensou nisso.

Provavelmente Cruz estava certo. Sem dúvida o plano da equipe francesa fora interrompido pela chegada de Buck Riley à estação e sua descoberta acidental do que realmente acontecera com o *hovercraft* francês acidentado. O plano dos comandos franceses tinha sido ganhar a confiança dos americanos e depois atirar neles pelas costas. Como essa parte não dera certo, não era surpresa que eles não tivessem podido colocar qualquer apagador.

— *Mas achei uma coisa, senhor* — disse Santa Cruz.

— O que é?

— *Achei um rádio.*

— Um rádio? — Não era uma descoberta espantosa.

— *Senhor, não é um rádio comum. Parece um transmissor portátil de VLF.*

Isso atraiu a atenção de Schofield. Um VLF, ou transmissor de freqüência muito baixa, é um instrumento raro. Tem alcance de freqüência entre 3 e 30kHz, o que, em termos reais, significa um comprimento de onda incrivelmente longo. É tão longo — ou, no jargão do rádio, tão "pesado" — que o sinal de rádio viaja como um sinal de terra, que segue a curvatura da superfície terrestre.

Até muito recentemente, os sinais viajando a freqüências tão baixas exigiam transmissores de enorme potência, que, claro, eram muito grandes e desajeitados. Assim não costumavam ser usados por forças terrestres. Mas desenvolvimentos recentes na tecnologia haviam resultado em transmissores de VLF pesados, mas mesmo assim portáteis. Tinham a aparência e o peso aproximados de uma mochila comum.

O fato de os franceses terem trazido um transmissor desses para a Wilkes incomodou Schofield. Na verdade só havia um uso para os sinais de rádio de VLF, e era...

Não, isso é ridículo, pensou Schofield. Eles *não podem ter feito isso.*

— Cruz, onde você achou o rádio?

— *Na sala de perfuração.*

— Você está lá agora?

— *Sim, senhor.*

— Traga-o para o deque da piscina. Vou descer depois de verificar o Montana lá fora.

— *Sim, senhor.*

Schofield desligou seu interfone. Ele e Sarah chegaram ao corredor da entrada.

— O que são apagadores? — perguntou Sarah.

— O quê? Ah. — Só agora Schofield se lembrou de que Sarah não era soldado. Respirou fundo. — "Apagador" é o termo usado para descrever um instrumento explosivo colocado num campo de batalha por uma força incursionária disfarçada, para ser usado caso a missão fracasse. Na maioria das vezes, o apagador é acionado por um temporizador comum.

— Certo, espere um minuto. Vá com calma.

Schofield suspirou e diminuiu o ritmo.

— Pequenas unidades de ataque, como esses franceses que conhecemos esta noite, em geral acabam lutando em lugares onde não deveriam estar. Como... provavelmente haveria um incidente internacional se fosse provado que soldados franceses estiveram numa estação de pesquisa dos Estados Unidos tentando matar todo mundo, certo?

— É...

— Bem, não há garantia de que essas unidades de ataque terão *sucesso* ao conseguir o que queriam, há? Quero dizer, eles podem dar de cara com um grupo de *hombres* da pesada como nós e acabar mortos.

Schofield pegou um casaco num gancho na parede e começou a vesti-lo.

— De qualquer modo — continuou —, hoje em dia quase todas as equipes de elite, o regimento de pára-quedistas franceses, o SAS, os SEALs da marinha, quase todas têm planos de contingência para o caso de fracassarem nas missões. Nós chamamos esses planos de contingência de "apagadores" porque é exatamente isso que eles se destinam a fazer: *apagar* a existência de toda essa equipe. Fazer parecer que a equipe nunca esteve ali. Algumas vezes são chamados de pílulas de cianureto, porque se algum inimigo for apanhado o apagador agirá, em última instância, como sua pílula do suicídio.

— Então você está falando de explosivos.

— Estou falando de explosivos especiais. Na maioria das vezes os apagadores são explosivos à base de cloro ou detonadores líquidos de alta temperatura. São destinados a apagar rostos, vaporizar corpos, destruir uniformes e crachás. São projetados para fazer parecer que você nunca esteve naquele lugar. Na verdade os apagadores são um fenômeno relativamente recente. Ninguém tinha ouvido falar neles até alguns anos atrás quando uma equipe alemã de sabotagem foi apanhada num silo de míssil subterrâneo em Montana. Eles foram acuados, por isso puxaram o pino de três granadas de cloro líquido. Depois de aquelas coisas terem explodido, não restou *nada*. Nem soldados. Nem silo. Achamos que os alemães estavam lá para desabilitar alguns mísseis balísticos nucleares que nós dissemos que não existiam.

— Uma unidade alemã de sabotagem. Em Montana — disse Sarah, incrédula. — Corrija se estou errada, mas a Alemanha não é supostamente nossa aliada?

— A França não é supostamente nossa aliada? — respondeu Schofield levantando as sobrancelhas. — Isso acontece. Mais freqüentemente do que a gente pensa. Ataques de países supostamente "amigos". No Pentágono até há um nome para isso, eles chamam de "Operações Cássio", por causa de Cássio, o traidor na peça *Júlio César*.

— Eles têm uma *expressão* para isso?

Schofield vestiu o casaco, dando de ombros.

— Veja a coisa do seguinte modo. Os Estados Unidos eram uma de duas superpotências. Quando havia duas superpotências havia um equilíbrio, um impasse. O que uma fazia, a outra compensava. Mas agora os soviéticos são história e os Estados Unidos são a única superpotência verdadeira que restou no mundo. Temos mais dinheiro para *gastar* em armas do que qualquer outra nação. Outros países faliriam se tentassem acompanhar nossos gastos com defesa. Os soviéticos faliram. Há muitos países por aí, alguns dos quais nós chamamos de amigos, que acham os Estados Unidos grandes demais, poderosos demais, países que adorariam ver os Estados Unidos caírem. E alguns desses países, França, Alemanha, e em menor nível a Grã-Bretanha, não têm medo de nos dar umas cutucadas.

— Eu nunca soube disso.

— Não são muitas as pessoas que sabem. Mas é um dos principais motivos para minha unidade ter sido mandada a esta estação. Para defendê-la contra qualquer dos nossos "aliados" que possa decidir dominá-la.

Schofield apertou o casaco no corpo e segurou a maçaneta da porta que levava para fora.

— Você disse que queria me perguntar uma coisa. Pode conversar enquanto anda?

— Ah, é, acho que sim — disse Sarah enquanto pegava rapidamente um casaco num dos ganchos.

— Então vamos.

No deque E, Libby Gant estava verificando a calibração de um medidor de profundidade.

Ela e Riley estavam no perímetro externo do deque que rodeava a piscina. Fazia uns bons 45 minutos desde que tinham visto uma baleia-assassina, mas não estavam se arriscando. Ficaram bem longe da beira d'água.

Gant e Riley estavam verificando o equipamento da unidade, preparando o mergulho que seria feito com auxílio do sino da estação.

Estavam sozinhos no deque E, e trabalhavam em silêncio. De vez em quando Riley ia até o depósito no túnel sul e verificava Mãe.

Gant pôs no chão o medidor de profundidade que estava segurando e pegou outro.

— O que aconteceu com os olhos dele? — perguntou em voz baixa, sem erguer os olhos do que estava fazendo.

Riley parou de trabalhar um momento e olhou para Gant. Quando ele não falou imediatamente, Gant levantou a cabeça.

Por um tempo Riley pareceu avaliá-la. Depois, abruptamente, desviou o olhar.

— Não são muitas as pessoas que sabem o que aconteceu com os olhos dele — disse Riley. — Diabos, até hoje não eram muitas as pessoas que tinham ao menos *visto* aqueles olhos.

Houve um curto silêncio.

— É por isso que o apelido dele é Espantalho? Por causa dos olhos?

Riley assentiu.

— Norman McLean deu o apelido.

— O *general*?

— O general. Quando McLean viu os olhos de Schofield disse que ele parecia um espantalho que McLean tivera, vigiando seu milharal no Kansas.

Aparentemente era um daqueles espantalhos com dois traços no lugar de cada olho, você sabe, como um sinal de adição.

— Você sabe como isso aconteceu? — perguntou Gant em voz baixa.

A princípio Riley não respondeu. Depois, finalmente, assentiu. Mas não disse nada.

— O que aconteceu?

Riley respirou fundo. Pôs no chão o compressor de hélio que estava segurando e olhou para Gant.

— Shane Schofield nem sempre esteve no comando de uma unidade de reconhecimento terrestre. Ele era piloto, baseado no *Wasp*.

O USS *Wasp* é a nau-capitânia do Corpo de Fuzileiros Navais dos Estados Unidos. É um dos sete navios-heliporto do corpo, e é o centro de batalha para qualquer grande expedição dos fuzileiros. A maioria dos observadores comuns o confunde com um porta-aviões.

O que muita gente não sabe sobre o corpo de fuzileiros é que ele mantém um considerável setor de aviação. Ainda que seja usado principalmente para transportar tropas, esse setor de aviação também serve para apoiar ataques terrestres. Com esse objetivo é equipado com helicópteros de ataque Cobra AH-1W — reconhecíveis instantaneamente pela forma esguia — e os caças a jato ingleses (mas modificados pelos Estados Unidos) Harrier AV-8B, ou, como são mais conhecidos em todo o mundo, jatos de decolagem vertical Harrier. Os Harrier são os únicos aviões do mundo com a capacidade de decolar e pousar verticalmente.

— Schofield era piloto de Harrier no *Wasp*. Um dos melhores, pelo que me disseram. Esteve na Bósnia em 1995, durante a pior parte da luta, fazendo missões de patrulha na zona de proibição de vôos.

Gant ficou observando Riley atentamente. Riley estava olhando para o espaço enquanto narrava a história.

— Um dia, no fim de 1995, ele foi derrubado por uma bateria móvel de mísseis dos sérvios, uma bateria que o serviço de informações disse que não existia. Acho que mais tarde descobriram que era uma equipe de ataque composta por dois homens, num jipe com seis Stingers de fabricação americana no banco de trás.

— De qualquer modo — continuou Riley — Schofield conseguiu se ejetar um segundo antes que os Stingers acertassem os tanques de combustível. Caiu bem no meio do território dominado pelos sérvios.

Riley se virou para encarar Gant.

— Nosso tenente sobreviveu por dezenove dias nas matas da Sérvia, sozinho, com mais de cem soldados sérvios varrendo a floresta à sua procura. Quando o encontraram, ele não comia há dez dias.

— Levaram-no a uma fazenda deserta e o amarraram numa cadeira. Espancaram-no com uma tábua cheia de pregos e fizeram perguntas. Por que estava voando sobre aquela área? Era um avião espião? Queriam saber o quanto ele sabia sobre as posições deles, porque achavam que ele estava lá em cima fornecendo apoio aéreo para as forças terrestres dos Estados Unidos dentro de território sérvio.

— Havia forças terrestres *dentro* do território sérvio? — perguntou Gant.

Riley assentiu em silêncio.

— Havia duas equipes de SEALs. Fazendo ataques cirúrgicos disfarçados, contra posições de liderança sérvia. Ataques noturnos. Bons ataques. Vinham causando o caos entre os sérvios, caos absoluto. Eles entravam e saíam antes que alguém percebesse que existiam. Entravam, cortavam a garganta das vítimas e desapareciam na noite. Eram tão bons que alguns moradores locais começaram a dizer que eram fantasmas vindos para assombrá-los pelo que vinham fazendo ao seu próprio povo.

— O Espantalho sabia sobre eles? Sobre as equipes de SEALs no território sérvio?

Book ficou quieto um momento. Depois disse:

— Sabia. Oficialmente, Schofield estava patrulhando a zona de embargo aéreo. Extra-oficialmente, estava mandando coordenadas de grade sobre as fazendas ocupadas pela liderança sérvia para os SEALs em terra. Mas isso não fez diferença. Ele não disse nenhuma palavra.

Gant ficou olhando atentamente enquanto Riley respirava fundo. Ele estava criando clima para falar alguma coisa.

— De qualquer modo — disse Book — os sérvios decidiram que Schofield *vinha fazendo* reconhecimento para as equipes dos SEALs; que ele *vinha identificando* alvos estratégicos pelo ar e transmitindo as coordenadas para homens no chão. Decidiram que, como ele tinha visto coisas que não deveria, iriam arrancar seus olhos.

— O *quê*?

— Pegaram uma lâmina de barbear numa gaveta e o seguraram. Então um se adiantou e lentamente cortou duas linhas verticais sobre os olhos de Schofield. Aparentemente, enquanto fazia isso, o sujeito citava alguma coisa da Bíblia. Algo sobre se sua mão pecar, corte-a; se seus olhos pecarem, arranque-os.

Gant se sentiu enjoada. Eles haviam *cegado* Schofield.

— E o que fizeram então?

— Trancaram-no num armário e o deixaram sangrar.

Gant continuou chocada.

— E como ele saiu?

— Jack Walsh mandou uma equipe de reconhecimento entrar e pegá-lo.

As orelhas de Gant se eriçaram ao ouvir o nome. Todo fuzileiro sabia sobre o capitão John T. Walsh. Era o capitão do *Wasp*, o fuzileiro mais reverenciado.

Alguns achavam que ele deveria ser comandante, o posto mais alto no corpo de fuzileiros dos Estados Unidos, mas a história de desdém da parte de Walsh por qualquer tipo de político impediu isso. O comandante deve se relacionar regularmente com membros do congresso, e todo mundo sabia — Jack Walsh mais do que qualquer pessoa — que ele não teria estômago para tal. Além do mais, pelo que Walsh dissera, ele preferia comandar o *Wasp* e se relacionar com soldados. Os fuzileiros o adoravam por isso.

Riley prosseguiu:

— Quando Scott O'Grady foi tirado da Bósnia em 8 de junho de 1995, saiu na capa da revista *Time*. Ele se encontrou com o presidente. Fez todo o negócio de RP.

— Quando Shane Schofield foi tirado da Bósnia cinco meses depois, ninguém ficou sabendo. Não havia câmeras de TV esperando no convés do *Wasp* para fotografá-lo ao sair daquele helicóptero. Não havia repórteres de jornal para anotar sua história. Sabe por quê?

— Por quê?

— Porque quando Shane Schofield pousou no *Wasp* depois de ser retirado daquela fazenda na Bósnia por uma equipe de fuzileiros americanos, ele era a coisa mais feia que você *já* viu.

"A retirada foi sangrenta. Feroz como o inferno. Os sérvios não queriam abrir mão de seu valioso piloto americano e lutaram bravamente. Quando aquele helicóptero voltou ao convés do *Wasp* havia quatro fuzileiros seriamente feridos a bordo. E Shane Schofield.

"Os médicos e as equipes de apoio tiraram todos do helicóptero o mais rápido possível. Havia sangue em toda parte, homens feridos gritando. Schofield foi levado de maca. Sangue *jorrava* dos dois olhos. A retirada havia sido tão rápida, *tão intensa*, que ninguém sequer teve chance de pôr gaze sobre seus olhos."

Riley fez uma pausa. Gant simplesmente ficou olhando.

— O que aconteceu depois disso?

— Jack Walsh recebeu um tiroteio de merda da Casa Branca *e* do Pentágono. Eles não queriam que ele mandasse alguém pegar o Schofield porque, para começar, Schofield não deveria estar lá. A Casa Branca não queria um "dano político" que se seguiria a uma missão de resgate americana para um avião espião derrubado. Walsh mandou-os tomar naquele lugar e disse que podiam demiti-lo, se quisessem.

— E o Espantalho? O que aconteceu com ele?

— Estava cego. Seus olhos tinham sido rasgados. Levaram-no ao Hospital Universitário Johns Hopkins, em Maryland. É a melhor unidade de cirurgia do país, pelo que me disseram.

— E?

— E consertaram os olhos dele. Não pergunte como, porque não sei. Parece que os cortes de gilete eram rasos, por isso não houve danos às retinas. Disseram que o verdadeiro dano foi nas extremidades externas dos olhos — as íris e pupilas. Defeitos puramente físicos, disseram. Defeitos que poderiam ser consertados. — Riley balançou a cabeça. — Não sei o que fizeram, disseram que foi um novo procedimento *a laser*, mas consertaram os olhos dele. Diabos, só sei que, se puder pagar, e no caso do Espantalho o corpo de fuzileiros podia, você não precisa de óculos atualmente.

"Claro, ainda *havia* as cicatrizes na pele, mas afora isso eles conseguiram. Schofield podia enxergar de novo. Visão integral." — Riley fez uma pausa. — Só houve um problema.

— O que foi?

— O corpo de fuzileiros não o deixou voar de novo. É um procedimento padrão em todas as forças armadas: se você teve um trauma ocular de *qualquer* tipo não pode pilotar um avião militar. Diabos, se você usa óculos de leitura não pode pilotar uma aeronave militar.

— Então o que o Espantalho fez?

Riley sorriu.

— Decidiu virar um animal de linha, um fuzileiro de terra. Já era oficial, dos tempos de piloto, por isso manteve o posto. Mas só isso. Teve de começar do zero. Passou num instante do *status* de vôo, de tenente-comandante, para força terrestre, tenente de segunda classe.

"E voltou à escola. À escola básica em Quantico. E fez todos os cursos que existiam lá. Fez treinamento em armas táticas. Planejamento estratégico. Armas pequenas, Batedor/Atirador de elite. É só dizer, ele fez. Fez tudo. Parece ter dito que queria ser como os homens que tinham ido resgatá-lo na Bósnia. Queria ser capaz de fazer o que tinham feito por ele."

Riley deu de ombros.

— Como você pode provavelmente imaginar, não demorou muito até ele ser notado. Era inteligente demais para permanecer como segundo-tenente durante muito tempo. Depois de alguns meses foi promovido a primeiro-tenente, e em pouco tempo lhe ofereceram uma unidade de reconhecimento. Ele aceitou. Isso foi há quase dois anos.

Gant não sabia disso. Fora escolhida para a unidade de Schofield há apenas um ano e nunca lhe ocorrera perguntar por que Schofield havia se tornado comandante da equipe. Esse tipo de coisa ficava com os oficiais, e Gant não era oficial. Era soldado, e os soldados só sabem o que lhes mandam saber. Coisas como a escolha do comandante da equipe são deixadas para os de cima.

— Estou na equipe dele desde aquela época — disse Riley com orgulho.

Gant sabia o que ele queria dizer. Riley respeitava Schofield, confiava em seu julgamento, confiava em sua avaliação de qualquer situação. Schofield era comandante de Riley e Riley o seguiria até o inferno.

Gant também. Gostava de Schofield desde que estava na equipe de reconhecimento dele. Respeitava-o como líder. Ele era firme porém justo, e não desperdiçava palavras. E nunca a havia tratado diferente de qualquer homem da unidade.

— Você gosta dele, não é? — perguntou Riley em voz baixa.

— Eu confio nele.

Houve um curto silêncio.

Gant suspirou.

— Eu tenho vinte e seis anos, Book. Você sabia disso?

— Não.

— Vinte e seis anos. Meu Deus — disse Gant, perdida em pensamentos. E se virou para Book. — Você sabia que já fui casada?

— Não.

— Casei na idade madura de dezenove anos. Casei com o homem mais doce que já existiu, o melhor partido da cidade. Era um novo professor na escola de segundo grau, tinha acabado de chegar de Nova York, ensinava inglês. Sujeito gentil, quieto. Engravidei aos vinte anos.

Book ficou olhando Gant em silêncio enquanto ela falava.

— E um dia, quando estava grávida de dois meses e meio, cheguei em casa mais cedo e o encontrei transando estilo cachorrinho com uma chefe de torcida, de dezessete anos, que tinha vindo para uma aula particular.

Book se encolheu.

— Perdi o neném três semanas depois. Não sei o que provocou isso. Estresse, ansiedade, quem sabe? Depois de meu marido ter feito isso passei a odiar os homens. *Odiar*. Foi então que me alistei no corpo de fuzileiros. O ódio faz da gente bons soldados, você sabe. Faz a gente dar cada tiro bem no meio da cabeça do outro cara. Eu não conseguia me obrigar a confiar num homem depois do que meu marido fez. E então o conheci.

Gant estava olhando para o espaço. Seus olhos começaram a se encher d'água.

— Sabe, quando fui aceita nesta unidade, o comitê de seleção fez um grande almoço de comemoração em Pearl. Foi lindo, um daqueles fantásticos churrascos havaianos. Na praia, ao sol. Ele estava lá. Estava usando uma horrorosa camisa havaiana azul e, claro, aqueles óculos prateados.

"Lembro que num determinado ponto, durante o almoço, todo mundo estava falando, mas ele não. Fiquei olhando. Ele só parecia ficar de cabeça baixa, no mundo interno. Parecia tão solitário, tão *sozinho*! Ele me pegou olhando e falamos alguma bobagem, algo sobre como Pearl Harbor era um lugar fantástico e qual era o esporte predileto do outro.

"Mas meu coração já estava com ele. Não sei em que ele pensava naquele dia, mas o que quer que fosse, estava pensando *intensamente*. Acho que era sobre uma mulher, uma mulher que ele não podia ter.

"Book, se algum homem algum dia pensou em mim do jeito como ele estava pensando nela... — Gant balançou a cabeça. — Eu simplesmente... ah, não sei. Era *intenso* demais. Era como... era diferente de tudo que já vi."

Book não falou nada. Só ficou olhando para Gant.

Gant pareceu sentir o olhar e piscou duas vezes, e a água em seus olhos desapareceu.

— Desculpe — disse ela. — Não posso ficar demonstrando minhas emoções agora, não é? Se começar a fazer isso as pessoas vão voltar a me chamar de "Dorothy".

— Você deveria dizer a ele o que sente — disse Book com gentileza.

— É, *certo*. Como se eu fosse fazer isso. Eles iriam me chutar da unidade antes que eu pudesse dizer "é por isso que não se pode ter mulheres nas unidades de frente". Book, eu preferiria estar perto dele e *não* poder tocar nele, do que estar longe e *mesmo assim* não poder tocar nele.

Book olhou intensamente para Gant por um momento, como se a estivesse avaliando. Depois deu um sorriso caloroso.

— Você é legal... Dorothy, e sabe disso. Você é legal.

Gant suprimiu um riso.

— Obrigada.

Em seguida baixou a cabeça e balançou-a, triste. E subitamente ergueu os olhos para Book.

— Tenho mais uma pergunta — disse ela.

— O que é?

Gant inclinou a cabeça.

— Como é que *você sabe* tudo isso sobre ele? Tudo sobre a Bósnia, a fazenda, os olhos dele e coisa e tal?

Riley deu um sorriso triste.

Depois falou:

— Eu estava na equipe que o tirou de lá.

— Qualquer tipo de paleontologia é um jogo de espera — disse Sarah Hensleigh enquanto andava pela neve ao lado de Schofield, indo para o perímetro externo da estação. — Mas agora, com a nova tecnologia, você simplesmente ajusta o computador e vai fazer outra coisa. Depois volta mais tarde e vê se o computador encontrou algo.

A nova tecnologia, como Sarah estivera dizendo, era um pulso sônico de onda longa que os paleontólogos na Wilkes lançavam para dentro do gelo, para detectar ossos fossilizados. Diferentemente de escavar, ele localizava os ossos sem danificá-los.

— Então o que você faz enquanto espera que o pulso sônico encontre seu próximo fóssil? — perguntou Schofield.

— Não sou apenas paleontóloga, você sabe — respondeu Sarah, sorrindo, fingindo-se ofendida. — Era bióloga marinha antes de ser paleontóloga. E antes de tudo *isso* acontecer estava trabalhando com Ben Austin no laboratório de biologia do deque B. Ele vinha trabalhando num novo antiveneno para a *Enhydrina schistosa.*

Schofield assentiu.

— Serpente marinha.

Sarah olhou para ele, surpresa.

— Muito bem, tenente.

— É, bem, não *sou* apenas um gorila armado, você sabe — disse Schofield sorrindo.

Os dois chegaram ao perímetro externo da estação, onde acharam Montana sobre a saia de um dos *hovercrafts* dos fuzileiros. O *hovercraft* estava de costas para o complexo da estação.

Estava escuro — aquele fantasmagórico crepúsculo eterno do inverno nos pólos — e através da neve que caía Schofield pôde ver a vastidão plana que se estendia diante do *hovercraft* parado. O horizonte luzia num laranja-escuro.

Atrás de Montana, no teto do veículo, Schofield viu o telêmetro. Parecia uma arma de cano comprido montada numa torre giratória, e rodava de um lado para o outro num lento arco de 180 graus. Movia-se devagar, levando cerca de trinta segundos para fazer uma varredura completa da esquerda para a direita, antes de começar a viagem de volta.

— Ajustei como o senhor mandou — disse Montana, descendo da saia e ficando na frente de Schofield. — O outro VDCA está no canto sudeste. — VDCA era o nome oficial dos *hovercrafts* dos fuzileiros. A sigla significava "Veículo de Desembarque com Colchão de Ar". Montana era chegado às formalidades.

Schofield assentiu.

— Bom.

Posicionados como estavam, os telêmetros dos *hovercrafts* cobriam toda a aproximação por terra para a Estação Polar Wilkes. Com um alcance de mais de oitenta quilômetros, Schofield e sua equipe saberiam muito antes se alguém estivesse se aproximando.

— Você está com uma tela portátil? — perguntou Schofield a Montana.

— Aqui. — Montana ofereceu a Schofield um visor portátil que mostrava o resultado das varreduras dos telêmetros.

Parecia uma TV miniatura com um cabo do lado esquerdo. Na tela, duas linhas verdes giravam lentamente para trás e para a frente como um par de limpadores de pára-brisa. Assim que um objeto atravessasse o facho dos telêmetros, um ponto vermelho surgiria piscando na tela, e as estatísticas do objeto apareceriam numa pequena caixa na base da tela.

— Certo — disse Schofield. — Acho que estamos prontos. Creio que é hora de descobrirmos o que há naquela caverna.

A caminhada de volta ao prédio principal levou uns cinco minutos. Schofield, Sarah e Montana andavam rapidamente através da neve que caía. Enquanto caminhavam, Schofield contou a Sarah e Montana seus planos para a caverna.

Em primeiro lugar queria verificar a existência da nave espacial. Nesse estágio não havia prova de que houvesse alguma coisa lá embaixo. Só existia o relatório de um único cientista da Wilkes, que provavelmente estava morto. Quem sabia o que ele vira? O fato de que fora *atacado* logo depois de avistar a espaçonave — por inimigos desconhecidos — era outra pergunta que Schofield queria ver respondida.

Mas havia um terceiro motivo para mandar uma pequena equipe à caverna. Um motivo que Schofield não mencionou a Sarah ou Montana.

Se por acaso alguém *tentasse* atacar a estação — especialmente nas próximas horas, enquanto os fuzileiros estavam mais vulneráveis — e se conseguissem dominar o que restava da unidade de Schofield na estação propriamente dita, uma segunda equipe na caverna poderia oferecer uma última linha de defesa eficaz.

Porque se a única entrada para a caverna fosse através de um túnel de gelo subaquático, qualquer um que quisesse penetrar ali teria de usar uma abordagem subaquática. As forças de ataque disfarçadas odeiam abordagens subaquáticas, e por bons motivos: *você nunca sabe o que está esperando acima da superfície*. Pelo modo como Schofield enxergava, uma pequena equipe já estacionada dentro da caverna poderia destruir uma força inimiga, um por um, enquanto saísse à superfície.

Schofield, Sarah e Montana chegaram à entrada principal da estação. Desceram a rampa e entraram.

Schofield chegou à passarela do deque A e foi imediatamente para a sala de jantar. Ricochete já deveria estar de volta ali — com Champion — e Schofield queria ver se o médico francês tinha algo a dizer sobre o estado de Samurai.

Schofield chegou à porta da sala de jantar e entrou.

Imediatamente viu Ricochete e Champion parados junto à mesa onde estava Samurai.

Os dois levantaram a cabeça rapidamente, os olhos arregalados, enormes como pratos. Pareciam ladrões apanhados com a mão na massa, no meio de algum ato ilegal.

Houve um curto silêncio.

E então Riley falou:

— Senhor, Samurai está morto.

Schofield franziu a testa. Sabia que o estado de Samurai era crítico e que a morte era uma possibilidade, mas o modo como Ricochete disse foi...

Ricochete se adiantou e falou sério.

— Senhor, ele estava morto quando chegamos. E o doutor aqui disse que não foi por causa dos ferimentos. Ele disse... que parece que Samurai foi sufocado.

Pete Cameron estava sentado em seu carro no meio do estacionamento do SETI. O sol calcinante do deserto o golpeava. Cameron pegou o celular e ligou para Alison em Washington.

— Como foi? — perguntou ela.

— Fascinante — respondeu Cameron folheando as anotações da gravação feita pelo SETI.

— Alguma coisa que dê para ir em frente?

— Na verdade, não. Parece que eles captaram algumas palavras num satélite espião, mas para mim é tudo grego.

— Desta vez você anotou?

Cameron olhou para as anotações.

— Sim, querida. Mas não sei se vale alguma coisa.

— Diga mesmo assim.

— Certo — respondeu Cameron, olhando os papéis.

ENTENDIDO, 134625
CONTATO PERDIDO -> PERTURBAÇÃO IONOSFÉRICA...
EQUIPE DE FRENTE
ESPANTALHO
–66.5
MANCHA SOLAR ATRAPALHOU O RÁDIO
CENTO E QUINZE, VINTE MINUTOS, DOZE SEGUNDOS LESTE
COMO CHEGAR LÁ ENTÃO – EQUIPE SECUNDÁRIA A CAMINHO

Cameron leu em voz alta, palavra por palavra, substituindo os símbolos pelo inglês.

— Só isso? — perguntou Alison quando ele terminou. — Só isso?

— Só.

— Não é muita coisa.

— Foi o que pensei.

— Deixe comigo. Para onde você vai agora:

Cameron pegou um pequeno cartão branco no painel. Estava quase totalmente coberto pelos Post-It. Era um cartão de visita.

ANDREW WILCOX
Armeiro
14 Newhury, Lake Arthur, NM.

— Achei que, como já estou aqui no Novo México, poderia verificar o misterioso sr. Wilcox.

— O cara da caixa de correspondência?

— É, o cara da caixa de correspondência.

Há duas semanas alguém tinha deixado esse cartão de visita na caixa de correspondência de Cameron. Só o cartão. Nada mais. Nenhuma mensagem veio junto e nada estava escrito nele. A princípio Cameron pensou em jogar no lixo com o resto das propagandas. O cartão vinha de longe, do Novo México.

Mas então ele recebeu um telefonema.

Era uma voz de homem. Rouca. Perguntou se Cameron tinha recebido o cartão.

Ele respondeu que sim.

Então o homem disse que tinha algo que Cameron talvez devesse olhar. Claro, dissera Cameron, será que o sujeito gostaria de vir a Washington e conversar?

Não. Isso estava fora de cogitação. Cameron teria de ir até ele. O cara era um verdadeiro tipo capa-e-espada, superparanóico. Disse que tinha sido da marinha, ou algo do tipo.

— Tem certeza de que ele não é apenas um dos seus fãs? — perguntou Alison.

A reputação de Pete Cameron, dos tempos investigativos no *Mother Jones*, ainda o perseguia. Os teóricos da conspiração gostavam de ligar para ele dizendo que tinham o próximo Watergate, ou que sabiam sobre alguma corrupção política. Em geral pediam dinheiro em troca das histórias.

Mas esse tal de Wilcox não havia pedido dinheiro. Nem falou nisso. E como Cameron estava nas imediações...

— Pode até ser — respondeu Cameron. — Mas já que estou aqui mesmo, posso ir dar uma olhada.

— Certo. Mas não diga que não avisei.

Cameron desligou e bateu a porta do carro.

Na redação do *Post*, em Washington, Alison Cameron desligou o telefone e ficou olhando para o espaço durante alguns segundos.

Era o meio da manhã, e a redação zumbia de atividade. A sala ampla e de teto baixo era cortada por centenas de divisórias na altura do peito, e em cada uma delas havia pessoas trabalhando. Telefones tocavam, teclados clicavam, pessoas andavam rapidamente de um lado para o outro.

Alison vestia uma calça creme, blusa branca e gravata preta com nó frouxo. Seu cabelo castanho, na altura dos ombros, estava preso num rabo-de-cavalo bem penteado.

Depois de alguns instantes, olhou para o papel em que havia anotado tudo que o marido dissera pelo telefone.

Leu cada linha atentamente. A maior parte era jargão indecifrável. Papo sobre espantalhos, perturbação ionosférica, equipes de frente e equipes secundárias.

Mas três linhas a atraíam.

–66.5
MANCHA SOLAR ATRAPALHOU O RÁDIO
115, 20 MINUTOS, 12 SEGUNDOS LESTE

Alison franziu a testa enquanto lia as três linhas de novo. Depois teve uma idéia.

Rapidamente foi até uma mesa próxima e pegou um livro marrom e grande na prateleira acima. Olhou a capa: *Atlas Avançado da Geografia*

Mundial. Folheou algumas páginas e rapidamente achou o que estava procurando.

Passou o dedo acompanhando uma linha na página.

— Hein? — disse em voz alta. Outro repórter numa mesa próxima ergueu a cabeça.

Alison não o notou. Apenas continuou olhando a página à sua frente.

Seu dedo marcava o ponto do mapa designado pela latitude 66,5 graus sul e longitude de 115 graus, 20 minutos e 12 segundos leste.

Franziu a testa.

Seu dedo estava apontando para o litoral da Antártida.

Os fuzileiros se reuniram em volta da piscina no deque E, em silêncio. Montana, Gant e Santa Cruz puseram os tanques de respiração nos ombros, sem dizer nada. Os três usavam roupas de mergulho pretas e térmicas.

Schofield e Cobra os olhavam enquanto se vestiam. Ricochete ficou atrás. Book Riley saiu em silêncio em direção ao depósito do deque E, para verificar Mãe.

Uma grande mochila preta — o transmissor de VLF da equipe francesa que Santa Cruz tinha achado durante a busca na estação — estava no deque ao lado dos pés de Schofield.

A notícia da morte de Samurai tinha abalado toda a equipe.

Luc Champion, o médico francês, tinha dito a Schofield que havia encontrado traços de ácido láctico na traquéia de Samurai. Isso, dissera Champion, era prova quase segura de que Samurai não havia morrido de seus ferimentos.

O ácido láctico na traquéia, explicou Champion, evidenciava uma súbita falta de oxigênio nos pulmões, coisa que os pulmões tentaram compensar queimando açúcar, um processo conhecido como acidose láctica. Em outras palavras, o ácido láctico na traquéia apontava para a morte devida à súbita falta de oxigênio nos pulmões, também conhecida como asfixia ou sufocação.

Samurai não tinha morrido dos ferimentos. Havia morrido porque seus pulmões foram privados de oxigênio. Havia morrido porque alguém havia cortado seu ar.

Alguém tinha assassinado Samurai.

No tempo que Schofield e Sarah demoraram para sair e se encontrar com Montana no perímetro da estação — o mesmo tempo que Ricochete levou para descer ao deque E e pegar Luc Champion — alguém entrara na sala de estar do deque E e estrangulara Samurai.

As implicações da morte de Samurai golpearam fundo em Schofield.

Alguém entre eles era um assassino.

Mas esse foi um fato que Schofield não havia contado ao resto da unidade. Disse apenas que Samurai tinha morrido. Não contou como. Achou que, se alguém entre eles fosse um assassino, era melhor que essa pessoa não fizesse idéia de que Schofield sabia disso. Ricochete e Champion tiveram de jurar segredo.

Enquanto olhava os outros vestirem os trajes de mergulho, Schofield pensou no que tinha acontecido.

Quem quer que fosse o assassino, tinha esperado que a morte de Samurai provavelmente fosse atribuída aos ferimentos. Era uma boa suposição. Schofield achou que, se lhe dissessem que Samurai não tinha conseguido sobreviver, ele presumiria que o corpo de Samurai simplesmente havia desistido da luta pela vida e morrido dos ferimentos. Por isso, o assassino tinha *sufocado* Samurai. A sufocação não deixava sangue, nenhuma marca reveladora nem ferimentos. Se não houvesse outros ferimentos no corpo, a história de que Samurai tinha simplesmente perdido a batalha com os ferimentos a bala ganharia credibilidade.

Mas o que o assassino não sabia era que a asfixia deixava um sinal revelador — ácido láctico na traquéia.

Schofield não tinha dúvida de que, se não houvesse um médico na estação, o ácido láctico teria passado despercebido e a morte de Samurai *seria* mesmo atribuída aos ferimentos a bala. Mas *havia* um médico. Luc Champion. E ele tinha identificado o ácido.

As implicações eram tão arrepiantes quanto intermináveis.

Será que ainda havia soldados franceses à solta em algum lugar da estação? Alguém que os fuzileiros não tivessem visto? Um soldado solitário, talvez, que decidira acabar com os fuzileiros um a um, começando com o mais fraco, Samurai.

Schofield afastou rapidamente o pensamento. A estação, os arredores e até o *hovercraft* francês que estava lá fora tinham sido meticulosamente revistados. Não havia mais soldados inimigos dentro ou do lado de fora da Estação Polar Wilkes.

Isso criava um problema.

Porque significava que quem tinha matado Samurai era alguém em quem Schofield achava que poderia confiar.

Não poderiam ser os cientistas franceses, Champion e Rae. Desde o fim da batalha eles haviam sido algemados ao mastro no deque E.

Poderia ter sido um dos cientistas da Wilkes — enquanto Schofield se encontrava do lado de fora com Montana e Hensleigh todos estavam na sala comunitária do deque B, sem ser vigiados por qualquer fuzileiro. *Mas por quê?* Por que um dos cientistas desejaria matar um fuzileiro ferido? Não tinham nada a ganhar matando Samurai. Os fuzileiros estavam ali para ajudá-los.

Ainda restava uma alternativa.

Um dos fuzileiros tinha matado Samurai.

A mera possibilidade provocava um arrepio na coluna de Schofield. O fato de ele ao menos ter *considerado* isso o arrepiava ainda mais. Mas mesmo assim considerou, porque, afora os residentes da Wilkes, um fuzileiro era a única pessoa que tivera a oportunidade de matar Samurai.

Schofield, Sarah e Montana estavam do lado de fora quando isso aconteceu, de modo que Schofield pelo menos estava seguro com relação a eles.

Mas quanto aos outros fuzileiros havia dificuldades.

Todos, em maior ou menor grau, estavam trabalhando sozinhos em diferentes locais da estação quando o assassinato ocorreu. Qualquer um deles poderia ter feito isso sem ser detectado.

Schofield pensou em um por um.

Cobra. Estivera no deque C, na alcova, trabalhando nos controles destruídos do guincho que levantava e baixava o sino de mergulho. Estava sozinho.

Santa Cruz. Estivera revistando a estação em busca de instrumentos de apagamento franceses. Essa busca revelara apenas o transmissor de VLF que agora estava aos pés de Schofield. Ele também estivera sozinho.

Ricochete. Schofield pensou no jovem soldado. Ricochete era o principal suspeito. Schofield sabia, o próprio Ricochete sabia. O jovem fuzileiro é que dissera que Samurai estava suficientemente estável para ele descer ao deque E e pegar Champion. Também era o único que estivera com Samurai desde o fim da batalha. Pelo que Schofield sabia, Samurai poderia estar morto há mais de uma hora, assassinado por Ricochete há muito tempo.

Mas *por quê*? Era essa pergunta que Schofield não conseguia responder. Ricochete era jovem, 21 anos. Era novato, verde e ansioso. Seguia ordens imediatamente e não tinha idade para ficar arrogante e cínico. O garoto adorava ser fuzileiro e era um dos jovens mais sinceros que Schofield já encontrara. Schofield se achava capaz de avaliar bem o caráter de Ricochete. Talvez isso não fosse verdade.

Mas a idéia de Ricochete ser o assassino provocava *outro* pensamento incomum na mente de Schofield. Era uma lembrança, uma lembrança dolorosa que ele tinha tentado enterrar.

Andrew Trent.

O tenente de primeira classe Andrew X. Trent, do Corpo de Fuzileiros Navais dos Estados Unidos.

Peru. Março de 1997.

Schofield tinha cursado a escola preparatória de oficiais com Andy Trent. Os dois eram bons amigos, e depois da EPO foram promovidos juntos a primeiro-tenente. Estrategista brilhante, Trent recebera o comando de uma importante unidade de reconhecimento baseada no Atlântico. Schofield — não tendo exatamente o gênio tático de Trent — pegou uma base no Pacífico.

Em março de 1977, apenas um mês depois de ter assumido o comando de sua unidade, Schofield e a equipe receberam ordem de comparecer a um local de batalha nas montanhas do Peru. Aparentemente algo de importância tremenda fora descoberto num antigo templo inca no alto dos Andes e o presidente peruano pedira ajuda aos Estados Unidos. Grupos de violentos caçadores de tesouros percorrem as montanhas do Peru; há notícias de terem matado equipes inteiras de pesquisadores de universidades para roubar os artefatos valiosos que os pesquisadores encontram.

Quando a unidade de Schofield chegou ao topo da montanha foi recebida por um esquadrão de soldados americanos, um pelotão de Rangers do exército dos EUA. Os Rangers tinham formado um perímetro de três quilômetros em volta de uma montanha específica, coberta pela floresta equatorial. No topo da montanha estavam as ruínas desmoronadas de um templo inca em forma de pirâmide, semi-enterrado na encosta.

Uma unidade de reconhecimento dos fuzileiros já estava dentro do templo, pelo que informou o capitão dos Rangers a Schofield.

A unidade de Andy Trent.

Aparentemente, fora a primeira unidade a chegar ao local. Trent e sua equipe tinham feito alguns exercícios nas selvas do Brasil quando foi dado o alarme, por isso foram os primeiros a chegar.

O capitão dos Rangers do exército não sabia mais nada sobre o que estava acontecendo dentro do templo arruinado. Só sabia que todas as *outras* unidades que chegaram ao templo haviam recebido ordens de garantir um perímetro de três quilômetros em volta do templo e *não* entrar por motivo algum.

A unidade de Schofield continuou fazendo o que fora ordenado e em pouco tempo tinha reforçado o perímetro de três quilômetros ao redor do templo.

Foi então que uma nova unidade chegou ao local.

Mas essa unidade teve permissão de passar pelo perímetro. Alguém disse que era uma equipe do SEAL, um tipo de esquadrão antibombas que iria desligar algumas minas colocadas por quem quer que estivesse lá dentro com os fuzileiros de Trent. Aparentemente, houvera uma luta feroz. Schofield ficou feliz em saber se Trent e sua equipe tinham prevalecido.

A equipe do SEAL entrou. O tempo passou lentamente.

E, de súbito, o fone de ouvido de Schofield estalou violentamente. Uma voz embolada atravessou as ondas de estática.

Dizia:

— Aqui é o tenente Andrew Trent, comandante da Unidade Quatro da Força de Reconhecimento dos Fuzileiros dos Estados Unidos. Se houver algum fuzileiro aí fora, por favor, responda.

Schofield respondeu.

Trent pareceu não ouvi-lo. Podia transmitir, mas obviamente não podia receber.

Trent falou:

— Se houver algum fuzileiro do lado de fora deste templo, *invada agora!*

Repito, invada agora! Eles infiltraram homens na minha unidade! Infiltraram homens dentro da porra da minha unidade! Fuzileiros, aqueles SEALs que entraram aqui antes disseram que vieram me ajudar. Disseram que eram uma unidade especial mandada por Washington para me ajudar a garantir esse local. Eles sacaram as armas e atiraram num dos meus cabos, bem na porra da cabeça! E agora estão tentando me matar! Porra! Alguns dos meus homens estão ajudando eles, pelo amor de deus! *Eles infiltraram homens na minha equipe, porra!* Infiltraram homens na minha equipe! Estou sendo atacado pelos meus próprios...

O sinal foi interrompido abruptamente.

Schofield olhou rapidamente em volta. Aparentemente, ninguém mais tinha ouvido a mensagem curta e incisiva. Trent devia tê-la transmitido pela freqüência "só para oficiais", o que significava que apenas Schofield tinha ouvido.

Não se importou. Ordenou imediatamente que seus homens se mobilizassem, mas assim que estavam prontos e começando a ir para o templo, foram interrompidos pelos Rangers do exército. Os Rangers eram uma força de cinqüenta homens. A de Schofield era de apenas doze.

O capitão dos Rangers falou com firmeza:

— Tenente Schofield, minhas ordens são claras. Ninguém entra aí. *Ninguém*. Se alguém tentar entrar nessa construção, minhas ordens são para atirar imediatamente. Se tentar entrar nessa construção, tenente, serei forçado a abrir fogo contra o senhor. — A voz dele ficou fria. — Não duvide disso, tenente. Não vou pensar duas vezes em apagar uma dúzia de veados fuzileiros.

Schofield olhou furioso para o capitão dos Rangers.

Era um homem alto, de cerca de quarenta anos, soldado de carreira na linha de frente, em forma mas com o peito amplo, cabelos grisalhos cortados à escovinha. Tinha olhos frios e sem vida e um rosto marcado pelo tempo, com ar de desprezo. Schofield se lembrava do nome dele — sempre iria se lembrar —, lembrava-se do sacana declarando de um modo robótico, *staccato*, depois de Schofield ter perguntado: capitão Arlin F. Brookes, exército dos Estados Unidos.

E assim Schofield e sua equipe foram mantidos no perímetro, enquanto a voz de Andrew Trent continuava a gritar desesperadamente em seu fone de ouvido.

Quanto mais Trent gritava, mais furioso e frustrado Schofield ficava.

A equipe do SEAL que entrara havia matado mais homens dele, pelo que disse Trent. *Alguns de seus próprios homens* tinham se voltado contra ele e matado outros de sua unidade, à queima-roupa. Trent não sabia o que estava acontecendo.

A última coisa que Schofield ouviu pelo interfone naquele dia foi Trent dizendo que era o único que restava.

Andrew Trent jamais saiu do templo.

Cerca de um ano depois, após fazer algumas investigações, Schofield ficou sabendo que a unidade de Trent havia chegado àquele templo e não encontrou ninguém lá dentro. Não havia batalha, disseram a Schofield, nenhuma luta com *ninguém*. Nenhuma "descoberta misteriosa" no local. Depois de chegar ao templo e descobrir que estava vazio, Trent e sua equipe tinham investigado as ruínas escuras e úmidas. Foi nessa busca que alguns homens — inclusive Trent — caíram num buraco disfarçado. Estimou-se que o buraco tinha pelo menos trinta metros de profundidade, com paredes de rocha. Ninguém sobrevivera à queda. Aparentemente, fora feita uma busca e todos os corpos foram recuperados.

Menos o de Trent, pelo que disseram a Schofield. O corpo de Andrew Trent jamais foi encontrado.

Isso deixou Schofield furioso. Oficialmente, nada jamais acontecera no templo. Nada além de um trágico acidente que tirara a vida de doze fuzileiros dos Estados Unidos.

Schofield sabia que era o único a ter ouvido a voz de Trent pelo sistema de rádio; sabia que ninguém acreditaria se ele questionasse o que tinha acontecido. Se dissesse alguma coisa, apenas receberia uma discreta corte marcial e uma dispensa desonrosa ainda mais discreta.

Portanto, nunca mencionou o incidente a ninguém.

Mas agora, nos confins gelados de uma estação polar subterrânea na Antártida, aquilo voltava para assombrá-lo.

Eles infiltraram homens na minha unidade! Implantaram homens na minha unidade, porra!

As palavras de Trent ecoavam na cabeça de Schofield enquanto ele pensava se Ricochete havia matado Samurai.

Será que também haviam infiltrado homens na sua unidade?

E quem eram "eles", afinal? O governo americano? Os militares americanos?

Parecia algo que poderia ter acontecido na antiga União Soviética. Um governo infiltrando homens "especiais" em unidades de elite. Mas, afinal de contas, Schofield sabia, os Estados Unidos e a URSS não tinham sido tão diferentes assim. Os EUA sempre haviam acusado os soviéticos de doutrinação, ao mesmo tempo em que tocavam o hino americano todas as manhãs nas escolas de todo o país.

O pensamento em homens desleais dentro de sua unidade fez a pele de Schofield se arrepiar.

Continuou com a verificação mental.

Diabos, até mesmo Riley e Gant — envolvidos na preparação do equipamento de mergulho lá no deque E — tinham se separado ocasionalmente. De vez em quando Riley ia verificar Mãe.

Schofield não acreditava que Book Riley fosse traidor. Conhecia-o há muito tempo.

Mas Gant? Schofield achava que conhecia Libby Gant, achava que era capaz de avaliá-la. Ele próprio tinha escolhido Gant para a unidade. Será que isso poderia ter sido previsto por alguém? Por alguém que a *quisesse* na unidade de Schofield? Não...

A única outra fuzileira viva na estação era a Mãe. E a simples idéia de que ela pudesse ter matado Samurai era absurda.

Sua cabeça estava girando. Só sabia com certeza que Samurai Lau estava morto e que alguém dentre eles o havia matado. O problema era que *todos* poderiam ter feito isso.

Montana, Gant e Santa Cruz estavam prontos para mergulhar. Presos às suas costas havia tanques de ar feitos pela marinha, de baixa audibilidade, ou, como eram conhecidos mais coloquialmente no corpo de fuzileiros, "tanques invisíveis".

A água é um ótimo condutor de som, e os tanques de mergulho comuns fazem muito barulho enquanto bombeiam ar comprimido pelas mangueiras para o bocal do mergulhador. Qualquer microfone subaquático comercial detecta um mergulhador através do *ssssibilo* alto produzido por seu equipamento de respiração.

Tendo isso em mente, a marinha dos EUA gastara milhões de dólares desenvolvendo um equipamento de respiração subaquática *silencioso*. O resultado é um sistema de mergulho conhecido como ARBA — aparato de respiração de baixa audibilidade. Tanques de mergulho que não produzem praticamente nenhum ruído sob a água. Os tanques ARBA são impossíveis de ser detectados por sistemas de áudio convencional, daí a comparação com as aeronaves invisíveis.

Schofield ficou olhando os três fuzileiros pegando as máscaras e se preparando para pular na piscina escura. Então se virou e examinou a piscina, vazia a não ser pelo sino de mergulho que pairava no centro. O cardume de baleias-assassinas tinha deixado a área há uns quarenta minutos e desde então não fora mais visto. Mas enquanto olhava a piscina sentiu alguém lhe dar um tapinha no ombro. Virou-se.

E viu Sarah Hensleigh parada diante dele. Vestida com um traje térmico de mergulho grudado ao corpo, azul e preto. Schofield ficou momentaneamente pasmo. Pela primeira vez naquele dia, notou como Sarah Hensleigh estava em forma — a mulher tinha um corpo *fantástico*.

Schofield levantou as sobrancelhas.

— Era isso que eu queria perguntar antes — disse Sarah. — Quando saímos. Mas não tive chance. Quero descer com eles.

— Dá para ver.

— A estação perdeu nove pessoas naquela caverna. Eu gostaria de saber por quê.

Schofield olhou de Sarah para os três mergulhadores fuzileiros à esquerda. Franziu a testa em dúvida.

— Eu posso ajudar — disse ela rapidamente. — Com a caverna, por exemplo.

— Como?

— Ben Austin, um dos mergulhadores que foram lá no início, disse que era uma espécie de caverna subterrânea. Disse que tinha paredes de gelo verticais e que se estendiam por muitas dezenas de metros. — Sarah olhou para Schofield. — Acho que, se as paredes da caverna são verticais, há uma boa chance de ter sido formada por algum tipo de evento sísmico no passado, algum tipo de terremoto ou erupção vulcânica. As paredes verticais são criadas por súbitos afloramentos de rocha, e não por movimento lento, gradual.

— Tenho certeza de que meus homens estarão livres de súbitos afloramentos de rocha, dra. Hensleigh.

— Certo, então. Eu posso dizer o que há lá embaixo.

Isso atraiu a atenção de Schofield. Ele se virou para os três mergulhadores parados na beira da piscina.

— Montana, Gant, Santa Cruz. Esperem um minuto, certo? — Schofield se virou de novo para Sarah Hensleigh, com o rosto sério. — Tudo bem, dra. Hensleigh, diga o que há lá embaixo.

— Certo — disse Sarah enquanto juntava os pensamentos. Obviamente havia pensado muito nisso, mas agora Schofield a colocara na berlinda.

— Teoria um — continuou ela. — É alienígena. É uma espaçonave de outro planeta, de outra civilização. Bom, isso não é de fato o meu campo, na verdade não é o campo de ninguém. Mas se a coisa é alienígena eu daria meu braço direito para vê-la.

— Mãe já deu a perna esquerda. O que mais?

— Teoria dois. Não é alienígena.

— *Não* é alienígena? — Schofield ergueu uma sobrancelha.

— Isso mesmo. Não é alienígena. Bom, essa teoria... essa teoria é realmente o meu campo. É pura paleontologia. Não é uma teoria nova, de modo algum, mas até agora ninguém conseguiu achar provas.

— Provas de quê?

Sarah respirou fundo.

— Segundo a teoria, há muito tempo houve vida civilizada na terra.

Ela parou, não para causar efeito, mas para esperar a reação de Schofield.

A princípio Schofield não disse nada, só pensou por um momento. Depois olhou para Sarah.

— Continue.

— Estou falando de *muito* tempo atrás — disse ela, ganhando ímpeto. — Estou falando de *antes* dos dinossauros. Estou falando de *quatrocentos milhões* de anos atrás. Bem, quando a gente pensa nisso... quando pensa em termos da evolução humana, é perfeitamente possível.

"A vida humana como a conhecemos está na terra há menos de um milhão de anos, certo? Historicamente falando, não é muito tempo. Se a história da terra fossem as vinte e quatro horas do dia, o período da presença humana moderna representaria uns três segundos. O que chamaríamos de vida humana *civilizada*... a vida humana em sua forma *homo sapiens*... está aqui há um tempo ainda menor, nem mesmo vinte mil anos. É menos de um segundo no relógio do mundo."

Schofield olhou atentamente para Sarah Hensleigh. Ela estava empolgada, falando depressa. Em seu elemento.

— O que os paleontólogos geralmente dizem é que toda uma matriz de fatores contribuiu para o surgimento dos mamíferos, e daí a ascensão da vida humana na terra. A distância correta do sol, a temperatura certa, a atmosfera certa, os níveis certos de oxigênio na atmosfera e, claro, a extinção dos dinossauros. Todos sabemos sobre a teoria de Alvarez, de como um asteróide se chocou com a terra e matou todos os dinossauros, e como os mamíferos saíram da escuridão e ocuparam o lugar deles como senhores do mundo. E se eu lhe dissesse que há evidências de pelo menos *quatro* impactos de asteróides assim neste planeta, nos últimos setecentos milhões de anos?

— Impactos de asteróides — disse Schofield.

— Sim. *Sir* Edmund Halley sugeriu uma vez que todo o mar Cáspio foi criado pela colisão de um asteróide há centenas de milhões de anos. Alexander Bickerton, o famoso físico neozelandês que foi professor de Rutherford, apresentou a hipótese de que o leito do mar de todo o Atlântico Sul, entre a África do Sul e a América do Sul, era uma grande cratera em forma de tigela, provocada por um *enorme* asteróide há mais de trezentos milhões de anos.

"Bom, se presumirmos... como estamos prontos a fazer no caso dos dinossauros... que cada vez em que um desses asteróides cataclísmicos acertou a terra uma civilização morreu, só podemos perguntar: que *outros* tipos de civilização, como a dos dinossauros, também foi destruída? O que vários acadêmicos sugeriram em anos recentes... Joseph Sorenson, de Stanford, é o mais conhecido... é que uma dessas civilizações pode ter sido humana."

Schofield olhou para os outros fuzileiros no deque ao redor. Todos estavam ouvindo Sarah atentamente, fascinados com a história.

Sarah prosseguiu:

— Veja bem, na média, a terra se inclina no eixo vertical um grau a cada 22.000 anos. O que Sorenson postulou é que, há uns quatrocentos milhões de anos, a terra estava num ângulo não muito diferente do de hoje. Também não estava mais longe do sol do que agora, de modo que tinha temperaturas amenas semelhantes. Amostras de núcleos de gelo, como as que pegamos nesta estação, mostraram que o ar era uma mistura de oxigênio, nitrogênio e hidrogênio em quantidades muito semelhantes às de nossa atmosfera atual. Não está vendo? A matriz era a *mesma* de agora.

Schofield estava lentamente começando a acreditar no que Sarah dizia.

Ela foi em frente:

— Aquela caverna lá embaixo está a *quatrocentos e cinqüenta metros* abaixo do nível do mar, ou seja, *setecentos e cinqüenta* metros abaixo do nível médio da terra na Antártida. O gelo lá embaixo tem facilmente quatrocentos milhões de anos. E se for um gelo *subelevado* de uma camada mais profunda — gelo que foi erguido por um terremoto ou algo do tipo — então poderia ser muito, *muito mais* antigo. Acho que o que há lá embaixo é algo que foi congelado há muito tempo. *Muito* tempo. Pode ser alienígena, pode ser humano, de vida humana que existiu neste planeta há milhões de anos. De qualquer modo, tenente, será a maior descoberta paleontológica que este mundo já presenciou, e eu quero ver.

Sarah parou e respirou fundo.

Schofield apenas ficou imóvel, em silêncio.

Ela falou em voz baixa.

— Tenente, esta é a minha vida. É *toda* a minha vida. O que há lá embaixo talvez seja a maior descoberta da história da humanidade. Venho estudando durante toda a vida para esse...

Schofield olhou-a com curiosidade e ela parou, sentindo que ele estava para falar.

— E sua filha? — perguntou ele.

Sarah inclinou a cabeça. Não tinha esperado essa pergunta. Schofield continuou:

— Está disposta a deixá-la aqui sozinha?

— Ela estará em segurança — disse Sarah por fim. Depois sorriu. — Ela vai estar aqui com você.

Schofield não tinha visto Sarah Hensleigh sorrir antes. O sorriso iluminou seu rosto, iluminou todo o ambiente.

— Além disso, vou poder identificar nossos mergulhadores que foram à caverna antes, o que pode ser...

Schofield levantou a mão.

— Tudo bem, você me convenceu. Pode ir. Mas use o *nosso* equipamento de mergulho. Não sei o que aconteceu com o seu pessoal lá embaixo, mas tenho uma suspeita incômoda de que o que quer que haja lá embaixo ouviu o ruído do equipamento de mergulho deles, e não quero que o mesmo aconteça conosco.

— Obrigada, tenente — disse Sarah com seriedade. — Obrigada. — Depois pegou o medalhão de prata que usava ao pescoço e ofereceu a Schofield. — É melhor eu não mergulhar com isso. Pode guardar para mim até eu voltar?

Schofield pegou o medalhão e pôs no bolso.

— Claro.

Nesse momento, veio uma espécie de gemido da piscina, à esquerda de Schofield.

Ele girou bem a tempo de ver uma enorme sombra preta subir à superfície em meio a uma nuvem de bolhas brancas.

A princípio Schofield achou que a sombra preta era uma das baleias-assassinas, voltando em busca de mais comida. Mas o que quer que fosse, não estava nadando. Só estava flutuando, subindo para a superfície.

E então o enorme objeto preto rompeu a superfície com um *chiado* alto. Ondas e bolhas saltaram de todos os lados. Espuma branca se expandiu ao redor. Estreitos fios de sangue escorriam pela espuma. O enorme objeto preto bamboleou na superfície. Todo mundo no deque deu um passo adiante.

Schofield olhou pasmo para o objeto preto.

Era uma baleia-assassina.

Mas estava morta. Mortíssima. A enorme carcaça branca e preta simplesmente flutuava na água ao lado do deque. E era uma das maiores, talvez até mesmo o macho do cardume. Devia ter pelo menos dez metros de comprimento, pesando sete toneladas.

A princípio Schofield achou que devia ser a baleia em cuja cabeça Mãe havia atirado durante a batalha — já que era a única que ele tinha certeza de que estava morta. Mudou de idéia rapidamente.

Essa baleia morta não tinha ferimento visível na cabeça. A que recebeu o tiro de Mãe devia ter um buraco do tamanho de um bola de basquete no crânio. A testa dessa não tinha marcas.

E havia outra coisa.

Esta havia flutuado até a superfície.

Um animal morto na água flutua inicialmente até que seu corpo se encha de água. Só então afunda. A baleia que Mãe tinha matado devia ter afundado há muito. Esta baleia, por outro lado, fora morta recentemente.

A carcaça rolava devagar na água. Schofield e os outros fuzileiros no deque apenas olhavam, fascinados.

E então, lentamente, ela rolou de barriga para cima, Schofield viu o ventre branco da grande baleia e seu queixo caiu.

Dois compridos talhos sangrentos corriam por toda a extensão da barriga.

Corriam paralelos. Dois cortes irregulares que seguiam por todo o centro do corpo da baleia, desde a metade até a garganta. Partes dos grandes intestinos tinham saído pelos talhos — tripas cremes, compridas e feias, grossas como o braço de um homem.

E não eram cortes limpos, viu Schofield. Cada talho era um rasgo. Algo tinha perfurado o corpo da baleia e depois rasgado toda a extensão, estraçalhando a pele.

Todos no deque ficaram olhando a carcaça sangrenta, com a compreensão visível nos rostos.

Havia alguma coisa embaixo na água.

Algo que tinha matado uma baleia-assassina.

Schofield respirou fundo e se virou para Sarah.

— Quer reconsiderar?

Sarah olhou a baleia durante alguns segundos. Depois olhou de volta para Schofield.

— Não. De jeito nenhum.

Schofield andava nervoso de um lado para o outro no deque, sozinho. Olhava o cabo do guincho no meio da piscina, mergulhando na água. No fim daquele cabo estava o sino de mergulho, e dentro do sino de mergulho estavam três de seus fuzileiros, além de Sarah Hensleigh. O cabo penetrava na água em velocidade constante, o mais rápido possível.

Já fazia quase uma hora que o guincho vinha baixando o sino de mergulho. Novecentos metros era muita coisa, quase um quilômetro, e Schofield sabia que demoraria algum tempo até eles alcançarem essa profundidade.

Ficou parado no deque deserto. Vinte minutos antes ordenara que Book, Cobra e Ricochete retomassem contato com a estação McMurdo pelo rádio portátil — *tinha* de saber quando uma força americana integral chegaria à Wilkes.

Agora estava sozinho no deque E, com a estação silenciosa ao redor a não ser pelas batidas rítmicas e mecânicas do mecanismo do guincho no deque C. O repetitivo *tump-tump-tump* do guincho provocava um efeito quase tranqüilizador.

Tirou do bolso o medalhão de prata de Sarah Hensleigh. Brilhava à luz branca e fosforescente da estação. Virou-o. Havia algo gravado atrás...

E, subitamente, veio um ruído e a cabeça de Schofield girou. Tinha durado apenas um instante, mas ele ouvira com certeza.

Era uma voz. Uma voz masculina. Mas uma voz que falava em...

...francês.

Os olhos de Schofield pousaram instantaneamente no transmissor de VLF que estava no deque, a pouca distância.

De repente, o transmissor emitiu um apito agudo. E então a voz retornou.

— *La hyène, c'est moi, le requin* — disse a voz. — *La hyène, c'est moi, le requin. Présentez votre rapport. Je renouvele. Présentez votre rapport.*

Ricochete, pensou Schofield. *Merda. Preciso do Ricochete.* Mas ele estava lá fora com os outros e Schofield precisava de alguém que falasse francês agora.

— Ricochete — disse Schofield ao microfone do capacete.

A resposta veio imediatamente.

— *Sim, senhor?* — Schofield pôde ouvir o vento redemoinhando ao fundo.

— Não diga uma palavra, Ricochete. Só ouça, certo? — disse Schofield, apertando um botão no cinto que mantinha o microfone do capacete ligado. Inclinou-se perto do transmissor de VLF, de modo que o microfone ficasse perto do alto-falante do transmissor.

A voz em francês retornou.

— *La hyène. Vous avez trois heures pour présenter votre rapport. Je renouvele. Vous avez trois heures pour présenter votre rapport. Se vous ne le présentez pas lorsque l'heure nous serons contraint de lancer l'engine d'efface. Je renouvelle. Se vous ne le présentez pas lorsque l'heure nous serons contraint de lancer l'engine d'efface. C'est moi, le requin. Finis.*

O sinal foi interrompido e houve silêncio. Quando teve certeza de que havia acabado, Schofield disse:

— Pegou tudo, Ricochete?

— *A maior parte, senhor.*

— O que eles disseram?

— *Disseram: Hiena. Você tem três horas para fazer contato. Se não fizer contato nesse tempo seremos obrigados a lançar o* "l'engine d'efface", *o dispositivo de apagamento.*

— O dispositivo de apagamento — disse Schofield em voz chapada. — Três horas. Tem certeza, Ricochete?

Schofield segurou o relógio de pulso enquanto falava. Era um velho Casio digital. Ligou o cronômetro do relógio. Os segundos começaram a contar.

— *Muita certeza, senhor. Eles disseram isso duas vezes.*

— Bom trabalho, soldado. Certo. Agora só temos de descobrir onde esses caras...

— *Ah, com licença, senhor.* — Era Ricochete de novo.

— O que foi?

— *Senhor, acho que tenho uma idéia de onde ele pode estar.*

— Onde?

— *Senhor, no fim da transmissão que acabamos de ouvir eles disseram* "C'est moi le requin". *Bom, perdi o início da transmissão. Eles disseram isso no início?* "C'est moi le requin"?

Schofield não sabia, não entendia francês. Tudo havia parecido a mesma coisa para ele. Tentou repassar a mensagem do rádio na cabeça.

— Podem ter dito. Não, espere, sim. Sim. Acho que disseram isso. Por quê?

— *Senhor,* "le requin" *é "tubarão" em francês.* "C'est moi le requin" *significa "Aqui é o Tubarão. Sabe, como um codinome militar. A unidade francesa aqui na estação foi chamada de "Hiena" e essa que ouvimos se chamava "Tubarão". O senhor sabe o que estou pensando...*

— Ah, droga.

— *Isso mesmo. Estou achando que eles estão na água em algum lugar. Perto da costa. Aposto um milhão de dólares que o "Tubarão" é um navio de guerra ou algo que está navegando no litoral da Antártida.*

— Ah, *droga* — disse Schofield de novo, dessa vez com sentimento.

Fazia sentido que quem tivesse mandado a mensagem estivesse em algum tipo de navio. E não somente por causa do codinome. Como Schofield sabia, devido ao comprimento de onda extraordinariamente longo, as transmissões por VLF costumavam ser usadas por embarcações de superfície ou submarinos no meio do oceano. Por isso os comandos franceses tinham trazido um VLF. Para ficar em contato com seu navio.

Schofield começou a se sentir enjoado.

A perspectiva de uma fragata ou um destróier patrulhando o oceano a cem milhas do litoral era muito ruim. Muito ruim. Especialmente se estivesse apontando algum tipo de arma — com toda probabilidade uma bateria de mísseis de cruzeiro nucleares — contra a Estação Polar Wilkes.

Nunca ocorrera a Schofield que os franceses pudessem não estar trazendo *com* eles um dispositivo de apagamento, que em vez disso o estivessem deixando com um agente externo — como um destróier no mar —

com instruções para disparar contra a estação se esse destróier não recebesse um informe depois de determinado tempo.

Merda, pensou Schofield. *Merda. Merda. Merda.*

Só havia duas coisas no mundo que poderiam impedir o lançamento desse dispositivo. Uma: um informe vindo dos doze franceses mortos, em menos de três horas. *Isso* não ia acontecer.

O que significava que a segunda opção era a *única*.

Schofield *tinha* de entrar em contato com as forças americanas na estação McMurdo. E não somente para descobrir quando os reforços franceses chegariam à Wilkes. Agora precisava contar aos fuzileiros na McMurdo sobre um navio de guerra francês em algum lugar longe da costa, com uma bateria de mísseis de cruzeiro apontados para a Estação Polar Wilkes. Então ficaria por conta do pessoal da McMurdo cuidar do tal navio — *em menos* de três horas.

Ligou o microfone de novo.

— Book, ouviu isso tudo?

— *Sim* — disse a voz de Book Riley.

— Teve alguma sorte com a McMurdo?

— *Ainda* não.

— Continue tentando. Sem parar. Até fazer contato. Senhores, as apostas neste jogo aumentaram. Se não falarmos com a McMurdo em menos de três horas vamos ser todos vaporizados.

— *Espantalho, aqui é Gata* — disse a voz de Gant. — *Repito: Espantalho, aqui é Gata. Ei, Espantalho? Você está aí?*

Schofield estava no deque da piscina, olhando o cabo descer pela água, pensando em mísseis de cruzeiro. Fazia uns dez minutos que tinha ouvido a transmissão do navio francês, "Tubarão". Book, Ricochete e Cobra estavam lá fora tentando falar com a McMurdo.

Schofield ligou o microfone.

— Estou na escuta, Gata. Como estão indo aí embaixo?

— *Chegando a novecentos metros. Preparando para parar o cabo.*

Houve uma curta pausa.

— *Certo. Estamos parando o cabo... agora.*

Quando Gant disse a palavra "agora", o cabo que mergulhava na água parou subitamente com um tranco. Gant tinha interrompido a descida de dentro do sino de mergulho.

— *Espantalho, no meu relógio são 14:10. Confirme.*

— Confirmo a hora como 14:10, Gata — disse Schofield. Era uma prática no mergulho em profundidade confirmar a hora do início. Schofield não sabia que estava seguindo exatamente o mesmo procedimento que os cientistas da Wilkes haviam cumprido há apenas dois dias e meio.

— *Entendido. Hora: 14:10. Passando para ar portátil. Preparando para sair do sino de mergulho.*

Gant mantinha Schofield atualizado quanto ao mergulho.

Os quatro mergulhadores — Gant, Montana, Santa Cruz e Sarah Hensleigh — passaram para o ar dos tanques sem incidentes e saíram do sino. Alguns minutos depois, Gant informou que tinham achado a entrada do túnel de gelo subaquático e que estavam começando a subir.

Schofield continuou andando pelo deque, imerso em pensamentos.

Pensou nos mergulhadores da Wilkes que haviam desaparecido na caverna, pensou na caverna em si e no que havia nela, nos franceses e seu esforço para conseguir o que quer que houvesse lá embaixo, em dispositivos de apagamento disparados de navios de guerra, na possibilidade de um de seus próprios homens ter matado Samurai e no sorriso de Sarah Hensleigh. Tudo isso era demais.

Seu fone de ouvido estalou.

— *Senhor, aqui é o Book.*

— Alguma sorte?

— *Nadinha, senhor.*

Nos últimos quinze minutos Book, Cobra e Ricochete vinham tentando contatar a estação McMurdo pelo rádio portátil. Faziam isso de perto da entrada principal da estação, como se o fato de estar fora da estrutura pudesse ajudar o sinal a chegar ao destino.

— Interferência? — perguntou Schofield.

— *Muita.*

Schofield pensou um momento. Depois disse:

— Book. Cancele essa opção e volte para dentro. Quero que vá procurar os cientistas que ainda estão aqui. Acho que estão na sala comunitária do deque B. Veja se descobre se algum deles é familiarizado com o sistema de rádio daqui.

— *Entendido, senhor.*

A voz de Book foi desligada e o interfone de Schofield ficou silencioso de novo. Ele olhou para a piscina na base da estação e retomou os pensamentos.

Pensou na morte de Samurai e em quem poderia ter feito isso. No momento só confiava em duas pessoas: Montana e Sarah Hensleigh, já que estavam com ele quando Samurai fora assassinado. Eram as únicas duas pessoas que Schofield tinha certeza de não estarem envolvidas no assassinato de Samurai. Quanto aos outros, todos estavam sob suspeita.

Por isso Schofield tinha decidido manter Book, Cobra e Ricochete juntos. Se um deles fosse o assassino, não poderia matar de novo com os outros dois por perto...

De repente, um novo pensamento o golpeou e ele ligou o microfone outra vez.

— Book, ainda está aí?

— *Sim, senhor.*

— Book, enquanto estiver no deque B, quero que pergunte outra coisa a esses cientistas. Quero que pergunte se algum deles sabe algo sobre clima.

A sala de rádio da Estação Polar Wilkes situa-se no canto sudeste do deque A, diretamente em frente à sala de jantar, do outro lado do poço. Abriga o equipamento de telecomunicações por satélite da estação e os transmissores de rádio de curto alcance. Na sala havia quatro consoles de rádio, uma tela de computador e um teclado, e alguns mostradores de freqüência.

Abby Sinclair estava sentada diante de um dos consoles quando Schofield entrou.

A primeira coisa que Schofield notou foi que Abby Sinclair não reagira bem aos acontecimentos recentes na Estação Polar Wilkes. Abby era uma mulher bonita, de trinta e tantos anos, com cabelos castanhos compridos, crespos, e grandes olhos castanhos. Longas riscas de rímel preto escorriam de baixo dos olhos. Fizeram Schofield se lembrar das duas cicatrizes que cortavam seus olhos — agora escondidas atrás dos óculos prateados.

Perto de Abby estavam de pé os outros três fuzileiros — Riley, Ricochete e Cobra. Abby Sinclair era a única cientista na sala.

Schofield se virou para Book.

— Ninguém sabe nada sobre clima?

— Pelo contrário — respondeu Book. — Você teve sorte. Tenente Shane Schofield, quero apresentar a srta. Abby Sinclair. A srta. Sinclair é a especialista em rádio desta estação *e* a meteorologista residente.

— Na verdade — disse Abby Sinclair —, não sou a verdadeira especialista em rádio. Era Carl Price, mas ele... *desapareceu* lá embaixo na caverna. Eu só o ajudo com o equipamento de rádio, por isso acho que agora está por minha conta.

Schofield deu um sorriso tranqüilizador.

— Isso me basta, srta. Sinclair. Posso chamá-la de Abby?

Ela assentiu.

— Certo, Abby, tenho dois problemas, e espero que você possa me ajudar com os dois. Preciso entrar em contato com meus superiores na McMurdo o mais rápido possível. Preciso contar o que aconteceu aqui para que eles possam mandar a cavalaria, se já não fizeram isso. Bom, estivemos tentando falar com a McMurdo pelo nosso rádio portátil, mas não conseguimos. Pergunta um: o sistema de rádio daqui está funcionando?

Abby deu um sorriso débil.

— *Estava* funcionando. Quero dizer, antes de tudo isso começar. A explosão solar atrapalhou todas as nossas transmissões. Mas no fim isso não importou, porque nossa antena caiu durante a tempestade e não tivemos chance de consertar.

— Tudo bem. Podemos consertar.

Mas outra coisa que ela dissera o perturbou. Schofield soubera do fenômeno da "explosão solar" a caminho da Wilkes, mas não tinha noção exata do que era. Só sabia que havia atrapalhado o espectro eletromagnético e, ao fazer isso, impedira qualquer tipo de comunicação.

— Fale sobre as explosões solares.

— Não há muito que dizer. Não sabemos grande coisa sobre elas. "Explosão solar" é o termo usado para descrever uma breve explosão de alta temperatura na superfície do sol, o que a maioria das pessoas chamaria de mancha solar. Quando uma mancha solar acontece, ela emite uma quantidade gigantesca de radiação ultravioleta. Uma quantidade *enorme*. Como o calor comum do sol, essa radiação atravessa o espaço em direção à terra. Quando chega aqui contamina nossa ionosfera, transformando-a num grosso cobertor de confusão eletromagnética. Os satélites ficam inúteis porque os sinais de rádio da terra não podem penetrar na ionosfera contaminada. De modo semelhante, os sinais *que vêm dos* satélites para a terra não podem atravessar a ionosfera. A comunicação por rádio fica impossível.

De repente, Abby olhou em volta. Seu olhar pousou numa das telas de computador ao lado.

— Na verdade, temos aqui algum equipamento de monitoramento do clima. Se me der um minuto, talvez eu possa mostrar o que estou dizendo.

— Claro — disse Schofield, enquanto Abby ligava o computador.

O computador zumbiu. Assim que ele estava ligado e rodando, Abby clicou em várias telas até chegar aonde queria. Era um mapa de satélite do sudeste da Antártida, coberto de retalhos multicoloridos. Um mapa climático barométrico. Como os dos noticiários noturnos.

— Esta é uma foto do sistema climático no leste da Antártida há... — Abby olhou a data no canto da tela — ...dois dias atrás. — Ela olhou para Schofield. — Provavelmente foi um dos últimos que recebemos antes que a explosão solar chegasse e nos cortasse do satélite climatológico.

Ela clicou o *mouse*. Outra tela apareceu.

— Ah, espere, aqui está outro.

O mapa encheu metade da tela.

Uma enorme bolha branco-amarelada de perturbação atmosférica enchia toda a metade esquerda do mapa, cobrindo quase metade do litoral da Antártida representado. Em termos reais, pensou Schofield, a explosão solar devia ter sido absolutamente enorme.

— E *esta* é a sua explosão solar, tenente. — Abby se virou para olhar Schofield. — Deve ter se movido para leste depois de essa foto ser tirada, e nos coberto também.

Schofield olhou para a mancha branco-amarelada superposta ao litoral da Antártida. Havia leves descolorações nela, retalhos vermelhos e alaranjados, e até alguns pretos.

— Como em geral acontecem numa seção da superfície solar — disse Abby —, as explosões solares geralmente afetam apenas áreas definidas. Uma estação pode ter um corte total de rádio e outra, a trezentos quilômetros, ficará com todo o sistema funcionando bem.

Schofield olhou para a tela.

— Quanto tempo *elas* duram?

Abby deu de ombros.

— Um dia. Algumas vezes dois. O tempo que demorar para toda a radiação fazer a viagem do sol à terra. Depende do tamanho da mancha solar original.

— Quanto tempo esta vai durar?

Abby se virou para o computador. Olhou a representação da explosão solar na tela e franziu os lábios, pensativa.

— Não sei. É grande. Eu diria que uns cinco dias.

Um curto silêncio se seguiu, enquanto o que ela disse era percebido por todos na sala.

— Cinco dias — ofegou Ricochete atrás de Schofield.

Schofield estava franzindo a testa. Virou-se para Abby.

— Você disse que ela interfere na ionosfera, certo?

— Certo.

— E a ionosfera é...

— A camada de atmosfera da terra entre cerca de oitenta e quatrocentos quilômetros de altura. Chama-se ionosfera porque o ar ali é cheio de moléculas ionizadas.

— Muito bem. Então acontece uma explosão na superfície do sol e a energia que ela emite viaja até a terra onde interfere na ionosfera, que se transforma num escudo através do qual os sinais de rádio não passam, certo?

— Certo.

Schofield se virou de novo para a tela e olhou para as manchas pretas na representação gráfica branco-amarelada da explosão solar. Havia um buraco preto maior no meio da mancha branco-amarelada, que atraiu sua atenção.

— Ela é uniforme? — perguntou Schofield.

— Uniforme? — Abby piscou, sem compreender.

— A força do escudo é uniforme? Ou ele tem pontos fracos, inconsistências, *falhas* no escudo que poderiam ser penetradas por sinais de rádio? Como essas manchas pretas aqui.

— Seria *possível* penetrar nelas, mas seria difícil. O rompimento na explosão teria de estar diretamente sobre esta estação.

Schofield apontou para o grande buraco preto no centro da mancha branco-amarelada.

Abby examinou a tela, avaliou as possibilidades.

Por fim disse:

— *Pode* haver um modo. Se eu puder baixar algumas imagens anteriores da explosão, posso deduzir a velocidade com que ela está viajando pelo continente e em que direção. Se puder fazer isso, talvez dê para fazer um esboço aproximado da rota.

— Faça o que for possível e me ligue se descobrir alguma coisa. Quero saber quando uma dessas falhas vai passar sobre a estação, para estarmos prontos para mandar um sinal de rádio à McMurdo.

— Vocês terão de consertar a antena lá fora.

— Já estou indo. Só ache uma falha nessa explosão. Vamos levantar sua antena.

Em Washington, Alison Cameron também sentava-se diante de um computador.

Estava num pequeno laboratório de informática na redação do *Post*. Havia uma máquina de visualização de microfilmes no canto. Arquivos cobriam duas das quatro paredes. Meia dúzia de computadores enchiam o resto do espaço do pequeno laboratório.

Alison achou a tela que estava procurando. O Banco de Dados das Bibliotecas de Todos os Estados.

Há um popular mito urbano de que o FBI tem ligação com todos os computadores que cuidam dos empréstimos de livros nas bibliotecas do país e usa essa instalação para rastrear assassinos em série. Um assassino cita Lowell numa cena de homicídio, por isso o FBI verifica em cada biblioteca do país para ver quem andou pegando Lowell emprestado. Como todos os bons mitos urbanos, esse é apenas uma meia-verdade. Há um sistema (um serviço de CD-Rom atualizável) que consulta os computadores de cada biblioteca do país, dizendo ao usuário onde determinado livro pode ser achado. Não dá o nome de cada pessoa que pegou esse livro emprestado. Só diz onde um livro específico está localizado. Você pode procurar um livro de diversos modos: por autor, pelo título ou mesmo por alguma palavra incomum que apareça no texto. O Banco de Dados das Bibliotecas de Todos os Estados era um desses serviços.

Alison olhou para a tela à sua frente. Foi até "BUSCA POR PALAVRA-CHAVE". Digitou:

ANTÁRTIDA.

O computador zumbiu por uns dez segundos e os resultados chegaram à tela:

ENCONTRADOS 1.856.157 REGISTROS. GOSTARIA DE VER A LISTA?

Fantástico. Um milhão, oitocentos e cinqüenta mil livros continham a palavra "Antártida" de algum modo. Isso não ajudava.

Pensou um segundo. Precisaria de uma palavra-chave que reduzisse a busca, algo muito mais específico. Teve uma idéia. Era um tiro no escuro, talvez um pouco específico demais. Mas pensou que valeria tentar. Digitou:

LATITUDE –66.5º LONGITUDE 115º 20' 12"

O computador zumbiu enquanto fazia a busca. Os resultados surgiram na tela:

6 REGISTROS ENCONTRADOS. GOSTARIA DE VER A LISTA?

— Pode apostar o seu rabo que quero ver a lista — disse Alison. Em seguida, apertou o "S" de "Sim", e uma nova tela apareceu. Nela havia uma lista de títulos e os locais onde se encontravam.

BANCO DE DADOS DAS BIBLIOTECAS DE TODOS OS ESTADOS
BUSCA POR PALAVRA-CHAVE
PALAVRAS USADAS: LATITUDE –66,5º
LONGITUDE 115º 20' 12"

Nº DE REGISTROS ENCONTRADOS: 6

TÍTULO	AUTOR	LOCALIZAÇÃO	ANO
TESE DE DOUTORADO	LLEWELLYN, D.K.	STANFORD, CT	1998
TESE DE DOUTORADO	AUSTIN, B.E.	STANFORD, CT	1997
TESE DE PÓS-DOUTORADO	HENSLEIGH, S.T.	USC, CA	1997
DISSERTAÇÃO DE PESQUISA PARA BOLSA DE ESTUDOS	HENSLEIGH, B.M.	HARVARD, MA	1996
"A CRUZADA DO GELO — REFLEXÕES SOBRE UM ANO PASSADO NA ANTÁRTIDA"	HENSLEIGH, B.M.	HARVARD, MA DISP. TMB	1995
PESQUISA PRELIMINAR	WAITZKIN, C.M.	BIBCONG	1978

Alison olhou para a lista.

Cada um dos registros, de um modo ou de outro, mencionava latitude –66.5 graus e longitude 115 graus, 20 minutos e 12 segundos.

Eram principalmente trabalhos universitários. Nenhum dos nomes significava nada para Alison: Llewellyn, Austin e os dois Hensleigh, S e B.

Parecia que o segundo Hensleigh, B.M. Hensleigh, tinha escrito um livro sobre a Antártida. Alison olhou para a referência de localização. Fora publicado na Universidade de Harvard, mas estava disponível em "TMB", todas as maiores bibliotecas.

Diferentemente de todos os outros registros — uma coleção de exemplares únicos, teses publicadas particularmente — o livro desse tal de Hensleigh era amplamente disponível. Alison decidiu verificá-lo.

Mas havia outro registro que atraiu sua atenção.

O último.

PESQUISA PRELIMINAR	WAITZKIN, C.M.	BIBCONG	1978

Alison franziu a testa. Verificou uma rápida lista de referência afixada ao lado do monitor. Era uma lista de todas as abreviaturas usadas no banco de dados. Alison achou "BibCong".

— Ah — disse em voz alta.

"BibCong" significava Biblioteca do Congresso. A Biblioteca do Congresso ficava em frente ao prédio do Capitólio, não muito longe da redação de Alison.

Olhou de novo o último registro. Imaginou o que seria uma pesquisa preliminar. Verificou a data.

1978.

Bem, o que quer que fosse, tinha mais de vinte anos, por isso valia verificar.

Alison sorriu enquanto apertava o botão para IMPRIMIR A TELA.

— Certo! Levantem! — gritou Book.

Ricochete e Cobra puxaram os cabos estabilizadores, e a sofrida antena de rádio de Estação Polar Wilkes — um mastro comprido e preto, com dez metros de altura — ergueu-se devagar. O pisca-pisca intermitente do farol verde iluminava o rosto de todos eles.

— Estimativa?

— Trinta minutos.

— Vão fundo.

Shane Schofield voltou até a rampa de entrada da estação e foi para dentro. Tinha retornado para verificar duas coisas: Abby Sinclair e Mãe.

Abby o recebeu na passarela do deque A. Enquanto Schofield e os outros tinham estado lá fora ela ficara na sala de rádio olhando mapas climatológicos no computador, tentando achar uma brecha na explosão solar.

— Alguma sorte? — perguntou Schofield.

— Depende do que você quer dizer com "sorte" — disse Abby. — Para quando você quer isso?

— *Breve.*

— Então acho que não é tão bom assim. Pelos meus cálculos uma brecha na explosão solar vai passar em cima desta estação dentro de uns sessenta e cinco minutos.

— *Sessenta e cinco* minutos — ecoou Schofield. — Quanto tempo ela vai durar?

Abby deu de ombros.

— Dez minutos. Talvez quinze. O bastante para mandar um sinal através.

Schofield mordeu o lábio enquanto pensava em tudo isso. Tinha esperado conseguir uma brecha na explosão solar bem antes. Precisava desesperadamente entrar em contato com a estação McMurdo para falar do navio de guerra francês na costa da Antártida, apontando uma bateria de mísseis para a Estação Polar Wilkes.

— Haverá mais alguma brecha passando sobre a estação?

Abby sorriu.

— Achei que você ia perguntar isso, portanto verifiquei. Haverá mais duas brechas na explosão depois da primeira, mas teremos de esperar muito. Certo. Agora são 14:46, de modo que o primeiro período de janela só chegará às 15:51, daqui a sessenta e cinco minutos. As outras duas serão muito mais tarde, aproximadamente às 19:30 e às 22:00 desta noite.

Schofield suspirou. Não era nem um pouco bom.

— Bom trabalho, Abby. Bom trabalho. Obrigado. Se quiser outra coisa para fazer, eu esperava que você quisesse cuidar da sala de rádio enquanto meus homens consertam a antena lá fora. Só para o caso de alguma coisa chegar.

Abby assentiu.

— Eu gostaria, sim.

— Bom.

Abby queria alguma coisa para fazer, *precisava* de alguma coisa para fazer. Os acontecimentos das últimas horas a haviam abalado, mas assim que recebeu uma tarefa, pareceu melhorar.

Schofield sorriu para ela e foi em direção à escada.

Mãe estava sentada no chão, encostada no gelo frio, quando Schofield entrou no depósito do deque E. Os olhos dela estavam fechados. Parecia adormecida.

— Olá — disse ela sem abrir os olhos.

Schofield sorriu enquanto se aproximava e se agachou ao lado.

— Como está se sentindo?

Mãe continuou sem abrir os olhos.

— Metadona é bom.

Schofield olhou para o que restava da perna esquerda de Mãe. Book tinha feito um curativo bastante bom na parte que se projetava do joelho. Mas as bandagens estavam encharcadas de sangue.

— Acho que não vou mais jogar futebol — disse Mãe.

Schofield olhou o rosto dela e viu que Mãe tinha aberto os olhos.

— A porra daquele peixe levou minha perna — disse ela, indignada.

— Deu para notar. Mas poderia ser pior.

— E eu não sei?

Schofield riu.

Mãe o olhou enquanto ele ria.

— Espantalho, eu já disse que você é um cara bonito pra *cacete*?

— Acho que quem está falando é a metadona.

— Sei identificar um homem bom — disse Mãe enquanto se recostava de novo na parede e fechava os olhos lentamente.

Schofield falou em voz suave:

— Não tenho certeza de muitas coisas, Mãe, mas se há uma coisa de que tenho certeza é que não sou grande coisa de se olhar.

Schofield começou a pensar nas duas cicatrizes atravessando seus olhos e em como elas eram medonhas. As pessoas se encolhiam instintivamente ao vê-las. Quando estava em casa usava óculos escuros quase sempre.

Enquanto pensava nos olhos devia ter espiado para outro lado, porque quando se virou de novo para Mãe descobriu que ela o estava encarando. Seus olhos estavam duros e incisivos, e não vítreos ou drogados. Cravavam-se nos óculos espelhados.

— Qualquer mulher que não o queira por causa dos olhos não merece você, Espantalho.

Schofield ficou quieto. Mãe deixou para lá.

— Certo, então — disse ela. — Agora que já ultrapassamos todas essas amenidades — ergueu os olhos sugestivamente —, o que o traz ao meu cantinho dessa mata? Eu esperava que não fosse apenas para verificar minha saúde.

— Não era.

— Então...?

— Samurai está morto.

— O quê? — perguntou Mãe, séria. — Disseram que ele permanecia estável.

— Foi assassinado.

— Pelos franceses?

— Não, mais tarde. Bem mais tarde. Todos os franceses estavam mortos quando ele foi assassinado.

— Não foi um dos cientistas deles?

— Não teriam como.

Mãe falou baixo:

— Um dos *nossos* cientistas?

— Se foi, não consigo deduzir por quê.

Houve um curto silêncio.

Então Mãe falou:

— E o tal que estava trancado no quarto quando a gente chegou? Você sabe, o tal de... Renshaw.

A cabeça de Schofield se levantou bruscamente.

Tinha se esquecido por completo de James Renshaw. Renshaw era o cientista que, segundo Sarah Hensleigh, matara um dos colegas apenas alguns dias antes de os fuzileiros chegarem à Wilkes. Era o homem que os moradores da Wilkes tinham trancado em seu quarto no deque B. Depois da morte de Samurai, Schofield nem mesmo foi verificar se Renshaw ainda estava no quarto. Se Renshaw tivesse escapado, talvez *ele* tenha...

— Merda, esqueci totalmente dele. — Schofield ligou rapidamente o microfone do capacete. — Book, Ricochete, Cobra, estão aí?

— *Câmbio, Espantalho* — respondeu a voz de Cobra.

— Cobra, preciso de alguém para descer ao deque B agora mesmo e verificar se aquele cara que foi trancado no quarto continua lá, certo?

— *Estou cuidando disso* — falou Cobra.

Mãe sorriu e abriu os braços.

— Honestamente, onde você estaria sem sua mãe, Espantalho?

— Perdido.

— Não é mesmo? Não é mesmo? — Ela encarou Schofield atentamente; ele estava olhando para o chão. — O que há de errado? — perguntou ela em voz baixa.

Schofield manteve a cabeça baixa. Balançou-a devagar.

— Eu deveria saber que eles eram soldados, Mãe. Deveria ter *previsto.*

— O que está falando?

— Eu deveria tê-los trancado assim que os vi...

— Você não poderia fazer isso.

— Perdemos três *homens*.

— Querido, nós ganhamos.

— Tivemos sorte — disse Schofield, sério. — Tivemos muita, muita sorte. Eles tinham empurrado cinco dos meus homens para aquela passarela e iam trucidá-los quando caíram na piscina. Meu Deus, olhe só o que aconteceu na sala de perfuração. Eles tinham um plano *até o final*. Se Ricochete não ficasse sabendo antes, teriam acabado com a gente, Mãe, mesmo no finalzinho. Estávamos um passo atrás o tempo todo. Nem *tínhamos um plano*.

— Espantalho. Escute — disse Mãe com firmeza. — Quer saber de uma coisa?

— O quê?

— Sabia que há uns seis meses me ofereceram um lugar numa Unidade de Reconhecimento do Atlântico?

Schofield levantou a cabeça. Não. Não sabia.

— Ainda tenho a carta em casa, se você quiser ver. Assinada pelo próprio comandante. Sabe o que fiz quando recebi essa carta, Espantalho?

— O quê?

— Escrevi de volta para o comandante do Corpo de Fuzileiros dos Estados Unidos e agradeci, mas disse que queria ficar na minha unidade atual, com meu oficial-comandante, o tenente de primeira classe Shane M. Schofield, CFEUA. Disse que não encontraria uma unidade melhor, nem um comandante melhor do que o que tinha agora.

Schofield ficou momentaneamente perplexo. O fato de Mãe fazer uma coisa assim era incrível. Rejeitar uma oferta de entrar para uma unidade de reconhecimento no Atlântico era uma coisa, mas recusar educadamente o convite pessoal do comandante do Corpo de Fuzileiros dos Estados Unidos para entrar para uma unidade dessas era outra.

Mãe encarou Schofield nos olhos.

— Você é um oficial fantástico, Espantalho, um oficial *fantástico*. É inteligente, corajoso e uma coisa muito, muito rara neste mundo: é um homem bom. Por isso fiquei com você. Você tem coração, Espantalho, se *importa* com seus homens. E lhe digo agora mesmo: isso o coloca acima de todos os comandantes que já conheci. Estou preparada para arriscar a vida sob sua avaliação, porque sei que, qualquer que seja o plano, você continua preocupado comigo.

"Um monte de comandantes só procura a glória, a promoção. Não vão se importar se a vaca da Mãe é morta. Mas você se importa, e gosto disso. Merda, olhe só para você. Está brigando consigo mesmo porque nós quase nos ferramos. Você é *inteligente*, Espantalho, é *bom*, e nunca duvide disso. Jamais. Só precisa acreditar em si mesmo."

Schofield ficou pasmo com a força das palavras de Mãe. Assentiu.

— Vou tentar.

— Bom — disse ela, com a voz um pouco mais animada. — Bom. Havia alguma coisa que você queria ouvir da "Querida Abby" enquanto estava aqui embaixo?

Schofield conteve um riso.

— Não. É só isso. É melhor eu ir verificar esse tal de Renshaw. — Ele se levantou e foi para a porta. Mas ao chegar parou de repente e se virou.

— Mãe, você sabe alguma coisa sobre homens infiltrados em unidades?

— O que quer dizer?

Schofield hesitou.

— Quando descobri que Samurai foi assassinado, me lembrei de uma coisa que aconteceu há alguns anos com um amigo meu. Na época esse amigo tinha dito algo sobre terem infiltrado homens em sua unidade.

Mãe olhou intensamente para Schofield. Lambeu os lábios e não falou durante muito tempo.

— É uma coisa da qual eu não gosto de falar — disse rapidamente. — Mas sim, já ouvi dizer isso.

— O que você ouviu? — Schofield voltou para a sala.

— Só boatos. Boatos que ficam cada vez maiores a cada vez que a gente escuta, mas vou dizer uma coisa, se há uma verdade com relação aos recrutas, é que eles fofocam como um punhado de velhas.

— O que eles dizem?

— Os recrutas gostam de falar de infiltradores. É seu mito predileto. Uma história de acampamento bolada pelos animais mais antigos para matar de medo os novatos e fazer com que uns confiem nos outros. Sabe, se não pudermos confiar uns nos outros, em quem poderemos confiar, ou algo do tipo.

"A gente ouve todo tipo de teorias sobre de onde esses infiltrados vieram. Algumas pessoas acham que são postos pela CIA. Agentes secretos se alistam nas forças armadas com o único objetivo de se infiltrar em unidades de elite, para que eles possam ficar de olho na gente, garantir que a gente vai fazer o que deve.

"Outros dizem que é o Pentágono. Outros ainda dizem que são a CIA *e* o Pentágono. Ouvi um sujeito, um pirado total chamado Hugo Boddington, dizer que tinha ouvido que o Departamento Nacional de Reconhecimento e o Estado-Maior das Forças Armadas tinham uma subcomissão conjunta que chamam de Grupo de Convergência de Informações, e que esse *é* o departamento encarregado de infiltrações nas unidades militares americanas.

"Boddington disse que o GCI era uma espécie de comissão ultra-secreta encarregada de juntar informações. Encarregada de *garantir* que só as pessoas certas nos lugares certos soubessem de determinadas coisas. Por isso têm de se infiltrar em unidades como a nossa. Se estivermos numa missão e descobrirmos algo que não deveríamos... não sei, tipo um alienígena ou algo do tipo... esses caras do GCI estão ali para apagar a gente ou garantir que não contemos a ninguém o que vimos."

Schofield balançou a cabeça. Parecia uma história de fantasmas. Agentes duplos em meio às tropas.

Mas no fundo da mente havia uma única dúvida. Uma dúvida que assumia forma na voz de Andrew Trent gritando no rádio do capacete de Schofield de dentro de um templo inca no Peru: "Eles infiltraram homens na minha unidade! *Eles infiltraram homens na minha unidade, porra!*" Andrew Trent não era uma história de fantasmas.

— Obrigado, Mãe. — Schofield voltou para a porta. — É melhor eu ir.

— Ah, sim — disse Mãe. — Uma unidade para comandar. Pessoas para organizar. Responsabilidades para assumir. Eu não seria oficial nem por todo o dinheiro do mundo.

— Gostaria de que tivesse me dito isso há dez anos.

— Ah, sim, mas esta noite não seria nem de longe tão divertida. Cuide-se, Espantalho, ouviu? Ah, uma coisa: belos óculos.

Schofield parou um momento junto à porta. Percebeu que estava usando os óculos anti-reflexo de Mãe. Sorriu.

— Obrigado, Mãe.

— Ei, não me agradeça. Diabos, o Espantalho sem os óculos prateados é como Zorro sem máscara, o Super-Homem sem a capa. Não está certo.

— Chame se precisar de alguma coisa.

Mãe lhe deu um riso maroto.

— Ah, eu *sei* do que preciso, *baby*.

Schofield balançou a cabeça.

— Você nunca desiste, não é?

Mãe sorriu.

— Sabe de uma coisa? — falou timidamente. — Acho que não percebe quando alguém fica de olho em você, querido.

Schofield levantou uma sobrancelha.

— *Alguém* está de olho em mim?

— Ah, sim, Espantalho. Ah, sim.

Schofield sacudiu a cabeça e sorriu.

— *Tchau*, Mãe.

— Tchau, Espantalho.

Schofield saiu do depósito e Mãe se recostou de novo na parede.

Quando Schofield saiu, ela fechou os olhos e disse baixinho consigo mesma:

— Se alguém está de olho em você? Ah, Espantalho. Espantalho. Se ao menos você pudesse ver o modo como ela o olha.

Schofield saiu no deque da piscina.

Toda a estação estava deserta. O poço enorme estava silencioso. Schofield olhou para a piscina, para o cabo imóvel que se estendia penetrando nela.

— *Espantalho, aqui é Gata* — disse a voz de Gant pelo fone de ouvido. — *Você ainda está aí?*

— Continuo aqui. Onde você está?

— *Tempo de mergulho cinqüenta e cinco minutos. Estamos prosseguindo pelo túnel de gelo.*

— Algum sinal de encrenca?

— *Por enquanto, nada. Está tudo bem. Espantalho, se aquela menininha estiver aí com você, talvez queira dizer que a amiga dela está aqui embaixo.*

— O que está dizendo?

— *Aquela foca peluda, Wendy. Ela acaba de se juntar à gente no túnel. Deve ter nos seguido até aqui.*

Schofield visualizou Gant e os outros nadando pelo túnel subaquático, cobertos com seus aparatos mecânicos de respiração, enquanto ao lado Wendy nadava toda feliz, sem precisar de equipamento nenhum.

— Quanto falta para vocês chegarem?

— *Difícil dizer. Estamos indo bem devagar, para ter cuidado. Eu diria que devem faltar uns cinco minutos, mais ou menos.*

— Mantenha-me informado. Ah, Gata. Tenha cautela.

— *Pode crer, Espantalho. Gata desligando.*

O rádio estalou e ficou mudo. Schofield olhou para a água na piscina. Ainda estava manchada de vermelho. No momento parecia calma, vítrea. Schofield deu um passo à frente, na direção dela.

Algo estalou sob seus pés.

Ele se imobilizou, olhou para as botas e se abaixou.

No deque de metal sob seus pés estavam alguns cacos de vidro. Vidro branco, fosco.

Schofield franziu a testa.

E então, de um modo súbito e apavorante, uma voz atravessou o interfone do seu capacete.

— *Espantalho, aqui é Cobra. Estou no deque B. Acabei de verificar o quarto de Renshaw. Não houve resposta quando bati na porta, por isso arrombei. Senhor, não havia ninguém lá dentro. Renshaw sumiu. Repito, Renshaw sumiu.*

Schofield sentiu um arrepio na coluna.

Renshaw não estava no quarto dele.

Estava em algum lugar dentro da estação.

Schofield já ia se mexer para procurar os outros quando ouviu um som baixo, como de algo sendo furado, seguido por um leve assobio pelo ar. Houve um estalo súbito e imediatamente Schofield sentiu uma pontada ardente na nuca, e então, para seu horror, percebeu subitamente que o barulho tinha sido o som de algum coisa se chocando contra sua nuca a uma velocidade extremamente alta.

Os joelhos de Schofield se dobraram. De repente, ele se sentiu muito fraco.

Imediatamente, levou a mão ao pescoço e em seguida a trouxe para a frente do rosto.

Sua mão estava escorregadia de sangue.

A escuridão lentamente o dominou e Schofield caiu de joelhos. O mundo ficou negro ao redor, e quando sua bochecha se chocou no aço gelado do deque, Shane Schofield teve um único pensamento aterrorizante.

Tinha acabado de levar um tiro no pescoço.

De súbito o pensamento desapareceu e o mundo ficou absolutamente escuro.

O coração de Shane Schofield...

...tinha parado.

QUARTA INCURSÃO

16 de junho, 15:10

Libby Gant nadava subindo pelo íngreme túnel de gelo.

Era calmo aqui, pensou, pacífico. Todo o mundo era tingido de um azul pálido.

Enquanto nadava não conseguia ouvir nada além do sibilar baixo e rítmico do equipamento de mergulho de baixa audibilidade. Não havia outros sons — nem assobios, nem canções de baleias, nada.

Olhou através da máscara que cobria todo o rosto. As paredes de gelo to túnel luziam brancas. Os outros mergulhadores — Montana, Santa Cruz e a cientista, Sarah Hensleigh — nadavam ao seu lado em silêncio.

De repente, o túnel de gelo começou a se alargar dramaticamente e Gant viu vários buracos grandes e redondos nas paredes de cada lado.

Eram maiores do que Gant havia esperado — com facilmente três metros de diâmetro. E redondos, perfeitamente redondos. Gant contou oito buracos assim e imaginou que tipo de animal poderia tê-los feito.

E, abruptamente, se esqueceu dos buracos nas paredes. Outra coisa havia atraído sua atenção.

A superfície.

Gant ligou o interfone.

— Espantalho. Aqui é Gata. Espantalho. Aqui é Gata. Espantalho, está ouvindo?

Não houve resposta.

— Espantalho, repito, aqui é Gata. Câmbio.

Ainda não houve resposta.

Estranho, pensou Gant. Por que o Espantalho não responderia? Tinha falado com ele há apenas alguns minutos!

De repente, uma voz estalou no fone de ouvido de Gant.

Não era Schofield.

— *Gata, aqui é Ricochete.* — Ele parecia estar gritando acima do vento. Devia estar fora da estação. — *Ouvi você. O que há?*

— Estamos nos aproximando da superfície. Onde está o Espantalho? — acrescentou um pouco depressa demais.

— *Em algum lugar dentro da estação. Com Mãe, acho. Deve ter tirado o capacete, ou algo assim.*

— Bem, talvez seja boa idéia ir achá-lo e dizer o que está acontecendo aqui embaixo. Já vamos subir à superfície da caverna.

— *Entendido, Gata.*

Gant desligou o rádio e voltou a nadar para cima.

A superfície da água parecia estranha vista de baixo.

Era vítrea. Imóvel. Parecia algum tipo de lente de vidro deformada, distorcendo completamente a imagem do que quer que houvesse do outro lado.

Gant nadou para lá. Os outros subiram devagar na água ao lado.

Todos romperam a superfície juntos.

Num instante, o mundo ao redor de Gant mudou e ela se viu boiando no centro de uma enorme piscina situada numa das extremidades de uma gigantesca caverna subterrânea. Viu Montana e Santa Cruz boiando na água ao lado, com Sarah Hensleigh atrás.

A caverna era absolutamente gigantesca. O teto estaria facilmente a uns trinta metros de altura, com as paredes perfeitamente verticais.

E então Gant viu.

— Cacete... — escutou Santa Cruz dizer.

Por um minuto inteiro Gant só pôde olhar. Lentamente, começou a ir na direção da borda da piscina. Quando por fim pisou em terreno sólido, viu-se completamente em transe. Não conseguia afastar os olhos.

Não se parecia com nada que já tivesse visto. Como algo saído de um filme. A simples visão tirou seu fôlego.

Era algum tipo de nave.

Uma nave preta — completamente preta, do nariz à cauda — mais ou menos do mesmo tamanho de um caça a jato. Gant viu que as duas enormes barbatanas de cauda estavam encravadas na parede de gelo atrás. Parecia que tinham sido *consumidas* pelo gelo que se arrastou lentamente para diante através dos séculos.

A enorme espaçonave preta simplesmente estava ali — num contraste nítido com a caverna fria e branca em volta — pousada em três estruturas hidráulicas de pouso, de aparência poderosa.

Era fantástica, algo do outro mundo.

E tinha um *péssimo* aspecto.

Preta e pontiaguda, lisa e brilhante, para Gant parecia um enorme louva-a-deus predador. Suas duas asas pretas caíam de cada lado da fuselagem e faziam a nave parecer um pássaro voando com as asas abertas o mínimo possível.

Porém a característica mais marcante era o nariz.

A nave tinha um nariz adunco, um nariz que apontava para baixo, como o do Concorde. A cabine — uma cúpula retangular, de vidro fumê reforçado — situava-se logo acima do nariz adunco.

Um gigantesco louva-a-deus predador, pensou Gant. *O louva-a-deus mais esguio, mais rápido — maior — que alguém já vira.*

Percebeu que agora os outros também estavam fora d'água, parados ao lado dela no piso gelado da caverna, também olhando a espaçonave magnífica.

Gant olhou para o rosto dos companheiros.

A boca de Santa Cruz estava aberta.

Montana estava de olhos arregalados.

Mas a reação de Sarah Hensleigh pareceu estranha. Os olhos de Hensleigh se estreitaram e ela olhou para a espaçonave de um modo incomum. Mesmo a contragosto, Gant sentiu um arrepio. Os olhos de Sarah Hensleigh brilhavam com algo que parecia ambição.

Gant afastou o pensamento e, tendo se quebrado o feitiço inicial da espaçonave, seus olhos começaram a abarcar o resto da caverna gigantesca.

Demorou dez segundos para vê-los.

Imobilizou-se instantaneamente.

— Ah, meu Deus... — falou em voz baixa. — Ah, *meu Deus...*

Eram nove.

Corpos.

Corpos humanos, se bem que a princípio fosse difícil de dizer.

Estavam caídos no chão no lado mais distante da piscina — alguns deitados de costas, outros dobrados sobre grandes pedras na beira da piscina. Havia sangue *em toda parte*. Empoçado no chão, espirrado nas paredes, cobrindo todos os corpos.

Era uma carnificina.

Membros tinham sido arrancados. Cabeças decepadas dos ombros. Nacos circulares de carne tinham sido rasgados do peito de alguns cadáveres. Havia ossos expostos pelo chão, alguns rachados, outros com pedaços de carne ainda grudados.

Gant engoliu em seco e tentou desesperadamente não vomitar.

Os mergulhadores da estação, pensou.

Santa Cruz veio ao seu lado e olhou os corpos mutilados do outro lado da piscina.

— Que diabo aconteceu aqui embaixo? — perguntou ele.

Schofield sonhava.

A princípio não era nada. Nada além do negrume. Era como flutuar no espaço sideral.

E então, de repente — *paf!* — uma luz branca e ofuscante despedaçou a própria existência de Schofield, sacudiu-o como um choque elétrico, e ele sentiu uma dor lancinante como nunca sentira igual.

E de modo tão súbito quanto havia chegado, o choque desapareceu e ele se pegou deitado no chão em algum lugar — com frio e sozinho, dormindo mas desperto.

Estava escuro. Não havia paredes.

Sentiu algo úmido no rosto.

Era um cachorro. Um cachorro grande. Não dava para dizer de que tipo. Só sabia que era grande. Muito, *muito* grande.

O cachorro focinhou sua bochecha, farejou inquisitivamente. O nariz frio e molhado roçou seu rosto. Os bigodes fizeram seu nariz coçar.

Parecia curioso, nem um pouco ameaçador...

E subitamente o cachorro latiu. Alto como o diabo.

Schofield deu um pulo. Agora o cachorro estava latindo feito louco contra algum inimigo invisível. Parecia sentir uma raiva enorme — frenético, furioso — mostrando os dentes para essa nova presença.

Schofield continuou deitado no chão frio da sala sem paredes, incapaz de se mexer — ou simplesmente não querendo. E então, gradualmente, as paredes ao redor começaram a tomar forma, e logo ele percebeu que estava deitado no piso de metal do deque E.

O cachorro grande continuava parado junto dele, latindo feroz, rosnando. Parecia que estava defendendo-o.

Mas de quê? O que o bicho podia ver e ele não?

E, de repente, o cachorro se virou e saiu correndo, e Schofield ficou deitado sozinho no frio deque de metal.

Dormindo mas acordado, incapaz de se mexer, de repente se sentiu vulnerável. Exposto.

Algo estava se aproximando dele.

Vinha da direção dos seus pés. Não podia ver, mas podia ouvir os passos ressoando — lentamente, um depois do outro — no frio piso de metal.

E de repente estava acima dele, e Schofield viu um rosto maligno e sorridente surgir acima de sua cabeça.

Era Jacques Latissier.

Com o rosto coberto de sangue, contorcido num riso obsceno. Pedaços de carne pendiam frouxos de um ferimento aberto na testa. Seus olhos estavam vivos, queimando de ódio. O comando francês ergueu uma faca brilhante até que ela ficasse bem na frente dos olhos de Schofield.

E então baixou a faca num violento...

— Ei — disse alguém gentilmente.

Os olhos de Schofield se abriram de súbito e ele despertou do sonho.

Estava deitado de costas. Em algum tipo de cama. Num cômodo com luzes brancas fluorescentes e ofuscantes. As paredes também eram brancas, feitas de gelo.

Havia um homem parado acima dele.

Era um homem pequeno, com pouco mais de 1,60m. Schofield nunca o vira.

O homem era baixo e magro, e tinha dois enormes olhos azuis que pareciam grandes demais para a cabeça pequena. Havia grandes olheiras pretas sob os olhos. Ele tinha cabelos revoltos que pareciam não ter sido escovados há meses e dois enormes dentes na frente, horrivelmente tortos. Usava uma camisa do K-Mart, do tipo lave-e-use, e uma calça de poliéster azul; na verdade parecia decididamente pouco vestido para as condições quase congelantes da Estação Polar Wilkes.

E estava segurando alguma coisa.

Um bisturi de lâmina comprida.

Schofield olhou para aquilo.

O bisturi tinha sangue.

O homem falou numa voz chapada e nasal:

— Ei, você acordou.

Schofield franziu os olhos diante da luz, tentou se levantar da cama. Não conseguiu. Algo o impedia. Viu o que era.

Duas tiras de couro prendiam seus braços às laterais da cama. Mais duas tiras prendiam as pernas. Quando tentou levantar a cabeça para examinar melhor a situação, descobriu que nem podia fazer isso. A cabeça também estava presa na cama.

O corpo de Schofield gelou instantaneamente.

Ele estava totalmente amarrado.

— Só espere um minuto — disse o homem baixinho em sua irritante voz nasal. — Isso só vai demorar mais... um... segundo.

Ele levantou o bisturi sangrento e sumiu do campo de visão de Schofield.

— Espere! — disse Schofield rapidamente.

O baixinho voltou no mesmo instante ao seu campo de visão. E ergueu as sobrancelhas com ar interrogativo.

— Sim?

— Onde... onde estou? — Falar doía. A garganta de Schofield estava áspera, seca.

O homem sorriu, revelando os dentes tortos.

— Tudo bem, tenente. O senhor ainda está na Estação Polar Wilkes.

Schofield engoliu em seco.

— Quem é você?

— Ora, tenente Schofield. Sou James Renshaw.

— Bem-vindo da sepultura, tenente — disse Renshaw enquanto desamarrava a tira de couro em volta da cabeça de Schofield. Renshaw tinha acabado de tirar os últimos três fragmentos de bala do seu pescoço, usando seu bisturi. — Sabe, o senhor teve muita sorte por estar usando essa placa de kevlar por baixo da gola. Ela não parou totalmente a bala, mas tirou a maior parte da velocidade.

Renshaw levantou a pequena tira de kevlar que estivera enfiada na gola rulê cinza de Schofield. O tenente havia se esquecido do protetor de pescoço. Para ele era apenas mais uma parte do uniforme. Os protetores de pescoço feito de kevlar eram dados exclusivamente aos oficiais do corpo de fuzileiros, como uma defesa extra contra atiradores de elite. Os subalternos não recebiam esse tipo de proteção, já que os atiradores de elite inimigos raramente se importavam com cabos e sargentos.

Com a faixa de couro tendo sido retirada da testa. Schofield levantou a cabeça e olhou para a tira de kevlar na mão de Renshaw.

Parecia um colarinho branco de padre — curvo e chato, projetado para envolver o pescoço do usuário e ficar escondido dentro da gola rulê. Num dos lados do colarinho de kevlar Schofield pôde ver um buraco aberto.

O buraco da bala.

— Essa bala iria matá-lo com certeza se não fosse o colarinho — disse Renshaw. — Teria atravessado sua carótida. Depois *disso* não haveria nada que alguém pudesse fazer pelo senhor. Por acaso a bala se despedaçou ao passar pelo colarinho de kevlar, de modo que apenas alguns pequenos fragmentos se alojaram no pescoço. Mesmo assim seria o bastante para matá-lo, e na verdade acho que matou, pelo menos por um tempo curto.

Schofield tinha parado de ouvir. Estava percebendo o cômodo ao redor. Parecia o alojamento de alguém. Viu uma cama, uma mesa, um computador e, estranhamente, dois monitores de TV em preto e branco montados em cima de dois gravadores de vídeo.

Virou-se para encarar Renshaw.

— Hein?

— Vários fragmentos da bala se alojaram no seu pescoço, tenente. Tenho quase certeza... na verdade tenho certeza absoluta, de que por pelo menos trinta segundos o senhor perdeu a pulsação. Ficou clinicamente morto.

— O que quer dizer? — Schofield tentou instintivamente levantar a mão para tatear o pescoço. Mas não podia mover o braço. Os braços e as pernas continuavam firmemente amarrados à cama.

— Ah, não se preocupe, eu dei um jeito. Tirei os fragmentos de bala e limpei o ferimento. Na verdade, o senhor recebeu uns dois fragmentos de kevlar também, mas isso não foi problema. De fato eu estava tentando tirá-los quando o senhor acordou. — Renshaw indicou o bisturi ensangüentado numa bandeja prateada ao lado da cama de Schofield. Ao lado do bisturi estavam vários minúsculos fragmentos de metal, todos cobertos de sangue.

— Ah, e não se preocupe com minhas qualificações — disse Renshaw com um sorriso. — Fiz dois anos de medicina antes de sair e passar para geofísica.

— Você vai me desamarrar? — perguntou Schofield em tom ameno.

— Ah, sim. Certo. Escute. Sinto terrivelmente sobre isso. — Agora Renshaw parecia nervoso. — A princípio eu só precisava manter sua cabeça imóvel enquanto tirava os fragmentos de bala do pescoço. Sabia que o senhor se mexe um bocado durante o sono? Provavelmente não. Bem, se mexe. Mas de qualquer modo, resumindo, achei que... com tudo que tenho de lhe dizer, seria melhor se o senhor fosse... bem... uma platéia *cativa*. Por assim dizer. — Renshaw deu um sorriso débil diante do trocadilho que tinha acabado de fazer.

Schofield apenas o encarou, sem saber o que achar desse homem chamado James Renshaw. Afinal de contas, era o homem que há apenas uma semana tinha matado um dos seus colegas cientistas. No mínimo, Schofield tinha certeza de que *não* queria continuar amarrado à mercê daquele sujeito.

— O que tem para me contar? — Os olhos de Schofield examinaram o quarto enquanto falava. A porta do lado mais distante estava firmemente fechada. Todas as outras paredes do cômodo eram de gelo.

— Tenente, o que tenho de lhe contar é o seguinte: não sou assassino. Não matei Bernie Olson.

Schofield não respondeu.

Tentou se lembrar do que Sarah Hensleigh tinha dito antes — quando ele havia chegado à Wilkes — sobre a morte do cientista Bernard Olson.

Sarah dissera que na noite em que Olson morreu Renshaw foi ouvido discutindo alto com ele. Foi depois dessa discussão que Renshaw enfiou na garganta de Olson uma seringa hipodérmica cheia de desinfetante. Depois, injetou o conteúdo da seringa na corrente sangüínea de Olson. Os outros residentes da Wilkes tinham achado Olson morto logo depois, com a seringa pendendo frouxa em seu pescoço.

— Acredita em mim? — disse Renshaw em voz baixa, olhando Schofield cheio de suspeitas.

Schofield continuou sem dizer nada.

— Tenente, *o senhor precisa acreditar*. Só posso imaginar o que lhe contaram, e sei que deve ter parecido ruim, mas precisa me ouvir. *Eu não fiz isso*. Juro que não fiz. Nunca poderia fazer algo do tipo.

Renshaw respirou fundo e falou devagar:

— Tenente, esta estação não é o que parece ser. Coisas andam acontecendo aqui, coisas *estranhas*, muito antes de o senhor e seus homens chegarem. Não se pode confiar em ninguém nesta estação, tenente.

— Mas ainda assim você espera que eu confie em você?

— Sim. Sim, espero — disse Renshaw pensativamente. — E isso obviamente cria um problema, não é? Afinal de contas, para o senhor, há quatro dias matei um homem com uma seringa hipodérmica cheia de desinfetante industrial. Certo? Hmmm. — Renshaw deu um passo adiante, na direção de Schofield. — Mas pretendo consertar essa situação, tenente Schofield. De uma vez por todas. E é por esse motivo... que vou fazer isto.

Renshaw parou ao lado da cama, erguendo-se acima de Schofield, com os olhos duros.

Schofield ficou tenso. Estava totalmente indefeso. Não fazia idéia do que Renshaw ia...

Plaf! A tira de couro em volta do braço esquerdo de Schofield ficou subitamente frouxa e caiu no chão. Um segundo depois, aconteceu o mesmo com a tira em volta do braço direito.

Os braços de Schofield estavam livres de novo. Renshaw havia soltado as tiras de couro que os prendiam à cama.

Schofield sentou-se enquanto Renshaw ia para o pé da cama e soltava os fechos que prendiam as tiras em volta de suas pernas.

Por um longo momento, Schofield só olhou para Renshaw. Por fim disse:

— Obrigado.

— Não agradeça, tenente. Acredite. E prometa o seguinte: prometa que, quando tudo isto acabar, irá verificar o corpo de Bernie Olson. Olhe a língua e os olhos dele. Isso vai explicar tudo. O senhor é minha única esperança, tenente. É a única pessoa que pode provar minha inocência.

Agora que estava livre de novo, Schofield se sentou na cama. Tocou o pescoço, que latejava de dor. Olhou-o num espelho próximo. Renshaw havia suturado bem o ferimento. Pontos bem-feitos, apertados.

Renshaw lhe ofereceu um pedaço retangular de gaze adesiva.

— Aqui. Ponha em cima dos pontos. Vai funcionar como um Band-Aid, vai manter o ferimento bem fechado.

Schofield pegou o pedaço de gaze adesiva e prendeu sobre o ferimento no pescoço. Olhou para o resto do corpo. Renshaw tinha retirado a maior parte de sua armadura — ele estava apenas com o macacão camuflado e a camisa de gola rulê cinza por baixo. Ainda usava as botas e os velhos protetores de tornozelo e joelho. Suas armas — a pistola, a faca, a MP-5 e o Maghook — e os óculos prateados, anticlarão, estavam numa mesa do lado mais distante do quarto.

Viu de novo a porta fechada e alguma coisa cutucou sua memória. Lembrou-se de ter ouvido dizer que a porta do quarto de Renshaw fora lacrada, rebitada ao portal pelos outros cientistas. Mas também se lembrou de outra coisa, algo que alguém dissera alguns instantes antes de ele levar o tiro. Algo sobre a porta de Renshaw estar *arrombada*...

De repente, Schofield perguntou:

— Como cheguei aqui?

— Ah, fácil. Eu só enfiei seu corpo no monta-carga e mandei para este andar.

— Não, quero dizer, achei que você estava trancado neste quarto. Como foi que saiu?

Renshaw deu um sorriso maroto para Schofield.

— Pode me chamar de Harry Houdini.

Renshaw foi até o outro lado do quarto e parou na frente dos dois monitores de TV.

— Não se preocupe, tenente. Vou mostrar num minuto como saí daqui. Mas primeiro tenho uma coisa que acho que o senhor vai querer ver.

— O que é?

Renshaw sorriu de novo. O mesmo sorriso maroto de antes.

— O que acha de ver o homem que atirou no senhor?

Schofield encarou Renshaw por um longo momento.

Então, lentamente, baixou as pernas para fora da cama. O pescoço ardia e ele estava com uma dor de cabeça monstruosa por causa da concussão. Atravessou cautelosamente o quarto e parou ao lado de Renshaw, diante dos dois monitores de TV.

— Não está com frio? — perguntou Schofield, olhando para as roupas casuais de Renshaw.

Renshaw abriu a camisa, estilo Super-Homem, revelando um macacão azul grudado ao corpo.

— Macacão de neoprene — disse com orgulho. — São usados no ônibus espacial, para as caminhadas no espaço e coisas assim. Poderia fazer cem graus abaixo de zero aqui, e eu nem iria notar.

Renshaw ligou um dos monitores e uma imagem em preto-e-branco apareceu na tela.

A imagem era granulada, mas depois de alguns segundos Schofield percebeu o que estava olhando.

Era uma vista da piscina na base da estação.

Mas era uma vista estranha — tirada de uma câmera em algum lugar no alto — voltada diretamente para baixo, captando um trecho da piscina e do deque ao redor.

— Essa é uma imagem ao vivo — disse Renshaw. — Vem de uma câmera montada embaixo da ponte que atravessa o deque C. Virada direto para a piscina.

Schofield franziu os olhos enquanto olhava a imagem em preto-e-branco. Renshaw continuou:

— Os cientistas que trabalham nesta estação fazem rodízios de seis meses, por isso simplesmente herdamos os quartos dos outros. O cara que tinha este quarto antes de mim era um biólogo marinho meio louco, da Nova Zelândia. Um sujeito estranho. Adorava baleias-assassinas, não se cansava delas. Meu Deus, ele ficava olhando para elas durante horas, gostava de ver como elas vinham tomar ar dentro da estação. Dava nomes a elas e tudo. Meu Deus... como era o nome dele?... Carmine não-sei-das-quantas.

"Bem, de qualquer modo, o velho Carmine prendeu uma câmera na parte de baixo da ponte, para ficar de olho na piscina quando estivesse no quarto. Quando via uma delas pelo monitor, corria ao deque E para olhar de perto. Diabos, algumas vezes o velho sacana olhava para elas de dentro do sino de mergulho, para ficar bem próximo."

Renshaw olhou para Schofield e riu.

— Acho que o senhor é a última pessoa no mundo com quem eu deveria estar falando sobre olhar de *perto* baleias-assassinas.

Schofield se virou, lembrando-se da batalha terrível com as baleias.

— Você viu aquilo tudo?

— Se eu vi? Está brincando? Pode apostar que sim. Diabos, *gravei* tudo. Quero dizer... *argh*, o senhor *viu* aquelas sacanas enormes. Viu como elas caçam? Viu a *complexidade* do comportamento de caça delas? O modo como sempre passam pela vítima desejada *antes* de vir matar?

— Devo ter perdido isso — disse Schofield em tom chapado.

— Vou lhe dizer, elas passam. Todas as vezes. Absolutamente todas. Já li sobre isso. Sabe o que acho? É a baleia reivindicando sua caça. É a baleia dizendo às outras que é essa presa que ela vai matar. Ei, eu poderia mostrar se o senhor...

— Você disse que havia outra coisa que eu deveria ver. Algo sobre o homem que atirou em mim.

— Ah, é, certo. *Certo*. Desculpe. — Schofield apenas ficou olhando para Renshaw enquanto o sujeitinho pegava uma fita de vídeo e enfiava no segundo gravador. Era um homem estranho. Maníaco, nervoso, no entanto com uma inteligência óbvia. E falava muito. Parecia que, quando falava, tudo vinha num jorro. Schofield achava difícil determinar exatamente a idade dele. Poderia estar em qualquer ponto entre os 29 e os quarenta.

— *É isso!* — exclamou Renshaw subitamente.

— O quê? O que é?

— Yeager. Carmine Yeager. Era o nome dele.

— Passe o vídeo, certo? — disse Schofield, exasperado.

— Ah, é, certo. — Renshaw apertou rapidamente o PLAY.

Uma imagem apareceu no segundo monitor. Era quase idêntica à que estava no primeiro, da mesma câmera montada no alto, virada para a piscina e o deque ao redor.

Só havia uma diferença.

Na tela do segundo monitor havia alguém parado no deque.

Schofield olhou atentamente.

A pessoa na tela era um homem, um dos fuzileiros. Estava sozinho.

Schofield não sabia quem era porque a câmera estava posicionada exatamente acima do sujeito. Só podia ver o topo do capacete e os ombros com a armadura.

E de repente o homem olhou para cima, examinando lentamente o poço da estação, e Schofield viu o rosto.

Franziu a testa.

Estava olhando seu próprio rosto.

Schofield se virou imediatamente para Renshaw.

— Quando você gravou isso...

— Só fique olhando.

Schofield se virou para a tela.

Viu-se parando perto da piscina e falando ao microfone do capacete. Não havia som, ele só podia ver a própria boca se mexendo. Parou de falar e deu um passo no deque.

E se imobilizou.

Tinha pisado em alguma coisa.

Viu-se abaixando-se para examinar um vidro quebrado no deque. Olhou em volta. E de repente sua cabeça se inclinou de lado. Estava escutando alguma coisa. Alguém falando no interfone do capacete.

O Shane Schofield na tela se levantou e estava começando a se virar quando de repente todo seu corpo se sacudiu com violência e um pequeno jorro de sangue explodiu no pescoço. Ele parou instantaneamente e oscilou um pouco, depois levou a mão ao pescoço e a trouxe diante do rosto.

E então seus joelhos se dobraram e ele caiu embolado no deque. Simplesmente ficou ali parado.

Schofield ficou olhando para sua imagem.

Tinha acabado de se ver levando um tiro...

Virou-se para Renshaw.

Renshaw apenas assentiu para a tela.

— Tem mais — disse ele em voz baixa. — Muito mais.

Schofield se virou de novo para o monitor.

Viu seu corpo caído no deque da piscina, imóvel. Ficou ali durante um tempo.

Nada aconteceu.

E, de repente, alguém entrou em quadro.

Schofield sentiu a adrenalina jorrar enquanto olhava. Já ia ver a pessoa que havia atirado nele.

Era outro fuzileiro.

Um homem. Dava para ver pelo modo como andava. Mas não podia ver o rosto.

O fuzileiro passou lentamente por cima do corpo imóvel de Schofield. Não estava com pressa. Sacou a pistola automática do coldre enquanto se aproximava do corpo e engatilhou a arma.

Schofield olhava atentamente para a tela.

O fuzileiro, com o rosto obscurecido pelo capacete, curvou-se sobre o corpo de Schofield e pôs dois dedos em sua garganta coberta de sangue.

— Ele está verificando sua pulsação — murmurou Renshaw.

Era exatamente isso que o sujeito estava fazendo, Schofield podia ver. O fuzileiro na tela esperou vários segundos com o dedo no seu pescoço.

Schofield não afastava o olhar da tela.

O fuzileiro se levantou, satisfeito ao ver que Schofield não tinha pulsação. Desengatilhou a pistola e pôs de volta no coldre.

— E... olhe só — disse Renshaw. — Não há nada ali. — Renshaw virou-se para encarar Schofield. — Tenente, acredito que seu coração simplesmente parou de bater.

Schofield nem olhou para Renshaw. Seus olhos estavam grudados na tela.

— Agora veja o que ele faz — disse Renshaw. — Esse foi o erro fatal do sujeito.

Schofield ficou olhando enquanto o outro fuzileiro na tela — com o rosto ainda coberto pelo capacete — empurrava o corpo de Schofield pelo deque, com o pé.

Estava empurrando-o para a piscina.

Depois de dois chutes fortes o corpo de Schofield estava na beira do deque, ao lado da água. Então o fuzileiro chutou mais uma vez e o corpo caiu frouxo na água.

— Esse cara não sabe — disse Renshaw —, mas simplesmente deu uma partida rápida no seu coração.

— Como?

— Pelo que deduzo, a água está tão fria que agiu como um desfibrilador... sabe, aquele aparelho de choque que usam na TV para dar partida no coração das pessoas. O choque que seu corpo recebeu ao bater na água — e deixe-me dizer, deve ter sido um *tremendo* choque para um corpo que não estivesse preparado — bastou para acordar seu coração.

Schofield ficou olhando.

O fuzileiro ficou parado um tempo na beira do deque, olhando o círculo de ondulações que indicava o lugar onde o corpo de Schofield tinha entrado na água. Depois de uns trinta segundos, o fuzileiro se virou e olhou em volta.

Nesse momento, enquanto ele se virava, Schofield viu algo que fez seu sangue gelar.

Ah, não... pensou.

Então o fuzileiro girou nos calcanhares e saiu rapidamente do quadro.

Schofield se virou para Renshaw, boquiaberto.

— Ainda não acabou — disse Renshaw, interrompendo-o antes que ele falasse. — Fique olhando.

Schofield se virou de novo para a tela.

Viu a imagem do deque e da piscina. Afora isso não havia nada.

Nada estava acontecendo.

Absolutamente nada.

Não havia ninguém no deque. Nenhum movimento na água.

Um minuto inteiro se passou.

E então Schofield viu.

— *Que diabo...*

Nesse momento a água na piscina pareceu se dividir por vontade própria e, de repente, num jorro de bolhas e espuma, o corpo de Schofield — frouxo e sem vida — emergiu da água.

Schofield ficou olhando, aparvalhado.

Mas foi o que saiu *depois* de seu corpo que realmente o deixou gelado.

O que quer que fosse, era absolutamente gigantesco, pelo menos do tamanho de uma baleia-assassina.

Mas isso não era uma baleia.

Tirou da água o corpo sem vida de Schofield e o depositou gentilmente no deque. A água escorreu em volta do corpo frouxo enquanto o animal pulava no deque depois dele. Todo o deque estremeceu com o peso imenso.

Era *gigantesco*. Fazia Schofield parecer um anão. Schofield ficou olhando, em transe.

Era algum tipo de foca.

Uma foca enorme, *gigantesca*.

Tinha um grande corpo bamboleante, camadas e mais camadas de gordura que ondulavam, e se apoiava em duas grandes nadadeiras frontais. A impressão que Schofield teve da força do animal era avassaladora — sustentar aquele corpo enorme exigia uma musculatura fenomenal. Devia pesar pelo menos oito toneladas.

Mas a característica mais estranha eram os dentes do animal. Aquela foca enorme tinha duas longas presas invertidas — presas que se projetavam do maxilar inferior e subiam diante do focinho.

— Que diabo é isso? — perguntou Schofield em voz baixa.

— Não faço idéia. O focinho, os olhos, a forma da cabeça. *Parece* um elefante marinho. Mas nunca vi um tão grande. Ou com dentes assim. Os elefantes marinhos têm caninos inferiores grandes, mas nunca vi um com caninos inferiores *tão* grandes.

Agora a foca estava no deque. Enfiou a cabeça sob o corpo de Schofield. Parecia estar farejando-o. Lentamente, foi subindo pelo corpo inanimado, até que por fim os longos bigodes roçaram seu nariz. Schofield não se mexeu.

E então, lentamente, muito lentamente, a grande foca começou a abrir a boca.

Bem na frente do rosto de Schofield!

Suas mandíbulas se separaram — um bocejo medonho, obsceno — revelando as enormes presas inferiores do animal. A foca enorme se inclinou à frente e baixou a cabeça. Sua boca começou a se fechar *em volta* da cabeça de Schofield.

Schofield olhou para a tela, arregalado.

A foca ia arrancar sua cabeça com uma mordida.

Ia *comê-lo*!

E de repente a foca gigante girou. A princípio Schofield ficou surpreso ao ver a rapidez com que o animal se mexeu. O deque embaixo tremeu enquanto ele girava o corpo enorme.

Tinha visto algo fora de quadro.

A foca começou a latir.

Não havia som no monitor, mas Schofield podia vê-la latindo. Mostrava os dentes. Latia e latia. Ela se remexeu, agitou-se, adotou uma postura agressiva. Os músculos nas enormes nadadeiras anteriores incharam enquanto ela se movia.

E, de repente, a grande foca se virou e mergulhou de volta na piscina. O movimento enorme lançou ondas sobre o deque, que passaram sobre o corpo imóvel de Schofield

— Espere só — disse Renshaw. — Eis minha grande entrada.

Nesse momento, Schofield viu outro homem entrar em quadro. Este não usava capacete de fuzileiro e seu rosto era claramente visível. Era Renshaw.

Na tela, Renshaw se adiantou rapidamente e agarrou o corpo de Schofield pelas axilas e o arrastou depressa para fora do campo de visão da câmera...

Renshaw apertou o botão para parar a fita.

— E é só isso.

A princípio, Schofield não disse nada. Tudo era avassalador demais.

Primeiro, o fuzileiro atirando nele e verificando sua pulsação — *para garantir que estivesse morto* — e depois chutando-o na piscina para que não restasse qualquer vestígio.

E então o elefante marinho.

A criatura enorme que havia tirado o corpo de Schofield da água e colocado suavemente ao lado da piscina, e que depois desapareceu na água escura.

— Bom — disse Renshaw —, você entende o que falei antes sobre estar clinicamente morto? Acho que aquele cara que nós vimos teve bastante certeza de que você estava morto.

— Ele estava pronto para enfiar uma bala na minha cabeça se não tivesse certeza.

Schofield balançou a cabeça ao pensar no que tinha acabado de ver. Parecia que a morte o havia salvado da morte.

— Puta merda... — ofegou.

Olhou com ar vazio para o espaço durante alguns instantes, absorvendo aquilo tudo. Depois piscou depressa, voltando ao presente.

— Pode repassar a fita, por favor? — pediu a Renshaw. Tinha acabado de se lembrar de uma coisa na imagem do fuzileiro que havia atirado nele. Algo que a visão do elefante marinho tinha afastado temporariamente da sua cabeça.

Renshaw rebobinou a fita e apertou o PLAY.

Schofield se viu andando no deque.

— Adiante — falou.

Renshaw adiantou a fita. Schofield ficou olhando enquanto andava no deque em câmera acelerada e de repente caía no chão com o tiro.

O fuzileiro chegou. Verificou a pulsação de Schofield. Depois se levantou e começou a empurrar o corpo para a piscina, com o pé.

— Certo, velocidade normal aí.

A imagem voltou à velocidade normal no instante em que o fuzileiro chutou Schofield pela última vez e o corpo caiu na água.

— Certo, prepare-se para congelar — disse Schofield, olhando a tela atentamente.

Na tela o fuzileiro estava parado à beira d'água, olhando a piscina no ponto em que o corpo de Schofield havia afundado.

Então o fuzileiro se virou e olhou em volta.

— *Aí!* — disse Schofield. — Congele aí!

Renshaw apertou rapidamente o botão de PAUSA no gravador e a imagem se congelou na tela.

A tela mostrava a parte de cima do capacete do fuzileiro. Os ombros do sujeito também tinham girado ligeiramente para cima enquanto ele se virava para olhar em volta.

— Não entendo — disse Renshaw. — Ainda não dá para ver o rosto.

— Não estou olhando o rosto dele.

E não estava mesmo.

Estava olhando os ombros do sujeito. A ombreira direita.

A imagem na tela era granulada, mas Schofield podia ver claramente a ombreira.

Havia algo pintado nela.

Sentiu uma lasca de gelo correr pela coluna enquanto olhava a imagem que fora tatuada na ombreira do sujeito.

Era uma cobra com as mandíbulas escancaradas.

No escuro depósito do deque E, Mãe estava com a cabeça pousada gentilmente na fria parede de gelo.

Fechou os olhos. Fazia cerca de meia hora desde que alguém tinha vindo verificar como ela estava, e esperava que Buck Riley viesse logo. A perna estava começando a doer e Mãe ansiava por outra dose de metadona.

Respirou fundo e tentou afastar a dor.

Mas depois de um instante teve a estranha sensação de que havia mais alguém no cômodo...

Abriu os olhos devagar.

Havia alguém parado à porta.

Um homem. Um fuzileiro.

Estava imóvel, como uma estátua, em silhueta na passagem. O rosto envolto em sombras. Não disse uma palavra.

— Book? — perguntou Mãe, empertigando-se. Em seguida franziu os olhos, olhou mais atentamente, tentando ver quem era.

Parou, espantada.

Não era Book.

Book era mais baixo do que esse aí, mais atarracado.

O fuzileiro era alto e magro.

O fuzileiro continuou sem falar. Só ficou parado, olhando para Mãe, as feições encobertas no escuro. Mãe percebeu quem era.

— Cobra — disse ela. — Qual é o problema? Não fala mais? O gato comeu sua língua?

Cobra não se afastou da porta. Simplesmente ficou olhando-a.

Quando ele falou, Mãe não viu a boca se mexer. A voz saiu baixa, áspera.

— Vim no lugar do Book. Vim cuidar de você, Mãe.

— Bom — disse ela, empertigando-se mais um pouco, preparando-se para outra dose de metadona. — Seria bom receber um outro pico daquele suco de felicidade.

Cobra continuou sem se afastar da porta.

Mãe franziu a testa.

— E então? O que está esperando? Um convite com filigranas em ouro?

— Não — disse Cobra, com a voz fria.

Ele entrou no depósito e os olhos de Mãe se arregalaram horrorizados ao ver a luz do corredor brilhar na faca na mão do colega.

Mãe se apertou contra a parede de gelo do depósito enquanto Cobra passava pela porta brandindo sua comprida faca Bowie.

— Cobra, que porra você está fazendo?

— Desculpe, Mãe — disse ele com frieza. — Você é um bom soldado. Mas está perto demais.

— Que diabo isso significa?

Cobra se aproximou lentamente.

Os olhos de Mãe estavam grudados à faca brilhante na mão dele.

— Segurança nacional.

— *Segurança nacional?* — zombou Mãe. — Que porra você é, Cobra?

Cobra deu um sorriso fino e maligno.

— Qual é, Mãe? Você já está por aí há um bom tempo. Já ouviu as histórias. O que acha que eu sou?

— Uma porra de um pirado, é o que acho — disse Mãe enquanto seu olhar pousava no capacete caído no chão do depósito, na metade do caminho entre ela e Cobra. Estava caído de cabeça para baixo, com o microfone apontado para o ar.

Lentamente, Mãe começou a baixar a mão esquerda na direção do cinto.

— Eu faço o que é necessário — disse Cobra.

— Necessário para quê? — perguntou Mãe enquanto apertava um botão no cinto. O botão que ligava o microfone do capacete.

No quarto de Renshaw, no deque B, Schofield estava de novo com a armadura.

Foi pegando as várias armas. A pistola entrou no coldre, a faca de volta à bainha na proteção do tornozelo. Pendurou a MP-5 no ombro e pôs o Maghook no coldre das costas. Por fim, pegou o capacete e enfiou na cabeça.

Ouviu vozes imediatamente.

— *...o interesse nacional.*

— *Cobra, corta essa porra...*

E de repente a estática atravessou o sinal e não restou nada.

Mas Schofield tinha ouvido o bastante.

Mãe.

Cobra estava lá embaixo com Mãe.

— *Meu Deus* — disse Schofield.

Girou para encarar Renshaw.

— Certo, Harry Houdini, você tem exatamente cinco segundos para me mostrar como saiu deste quarto.

Renshaw correu imediatamente para a porta.

— Por quê? O que está acontecendo?

Schofield correu junto dele.

— Alguém está para ser morto.

No depósito, Cobra levantou o pé de cima do que restava do capacete de Mãe.

O pequeno microfone na linha do maxilar estava amassado e quebrado, sem possibilidade de conserto.

— Qual é, Mãe? — disse Cobra num tom de censura. — Eu esperava mais de você. Ou será que esqueceu que também recebo suas transmissões?

Mãe fez um muxoxo.

— Foi você quem matou Samurai?

— Fui eu.

— Seu escroto.

Agora Cobra estava quase em cima dela. Mãe se remexeu, encostada na parede.

— Hora de morrer, Mãe — disse Cobra.

Mãe fungou para ele.

— Cobra, preciso saber. Que tipo de filho-da-puta doentio, deturpado, de duas caras, é você?

Cobra sorriu.

— O único que existe, Mãe. Sou do GCI.

Schofield ficou olhando tenso enquanto Renshaw ia até a grossa porta de madeira de seu quarto.

Até essa hora Schofield não tinha notado que a porta era feita de cerca de umas dez tábuas verticais. Renshaw encostou imediatamente os dedos numa dessas tábuas.

— As tábuas horizontais ficam do lado de fora — disse Renshaw. — O que significa que ninguém fora deste quarto viu os cortes que fiz nessas tábuas verticais.

Os olhos de Schofield se arregalaram ao vê-las.

Duas finas linhas horizontais se estendiam pela extensão da pesada porta de madeira — como duas cicatrizes na madeira —, *cortando* as tábuas verticais. As duas linhas horizontais corriam paralelas, separadas aproximadamente por uns sessenta centímetros — exatamente nos pontos em que estariam as tábuas horizontais *do outro lado* da porta.

Schofield se maravilhou com a engenhosidade de Renshaw.

Qualquer um que estivesse do outro lado da porta jamais saberia que Renshaw tinha conseguido serrar as tábuas horizontais.

— Usei uma faca de bife para serrar as tábuas. Na verdade foram três. A madeira pode cegar a lâmina bem depressa. — Ele estendeu a mão à direita e pegou uma faca bem gasta. Em seguida, enfiou a lâmina na fenda estreita entre duas tábuas verticais. Depois moveu a faca como se fosse um pé-de-cabra e de repente uma das tábuas se soltou da porta.

Renshaw puxou a tábua e um *buraco* comprido, retangular, apareceu. Através desse buraco retangular Schofield podia ver a curva do túnel do deque B se afastando.

Renshaw trabalhou rapidamente. Pegou a tábua seguinte com as mãos e puxou-a.

O buraco ficou maior.

Renshaw tinha feito um buraco quadrado no meio da porta. Schofield começou a tirar as pranchas verticais com ele e logo o buraco tinha tamanho suficiente para dar passagem a um homem.

— Fique para trás — disse Schofield.

Renshaw deu um passo atrás enquanto Schofield mergulhava de cabeça pelo buraco na porta. Rolou ficando de pé do outro lado e imediatamente saiu correndo pelo túnel.

— Espera! — gritou Renshaw. — Para onde você está indo?

— *Deque E!* — ecoou a voz de Schofield.

E, de repente, Schofield havia sumido e Renshaw estava sozinho no quarto, olhando para o buraco vazio e quadrado que fizera na porta.

Espiou através, procurando Schofield.

— Eu nunca mergulhei por ele *assim* — falou.

Schofield corria.

As paredes do túnel curvo passavam por ele. Estava respirando com força. Seu coração martelava alto no peito. Virou para a esquerda, na direção do poço central.

Mil pensamentos passaram por sua mente enquanto disparava pelos túneis do deque B.

Pensou na tatuagem na ombreira do homem que havia atirado nele. Uma cobra.

Cobra.

O simples conceito era bizarro demais para Schofield compreender. Cobra era um fuzileiro condecorado. Um dos membros mais antigos do corpo, para não falar da unidade de Schofield. Por que jogaria tudo fora fazendo algo assim? Por que mataria seus próprios homens?

E então pensou em Mãe.

Cobra estava no deque E com Mãe.

Fazia sentido. Cobra já havia matado Samurai, o membro mais fraco da equipe. Mãe — com apenas uma das pernas e cheia de metadona — seria outro alvo fácil.

Schofield chegou correndo à passarela do deque B. Correu para a escada e deslizou rapidamente por ela. Deque C. Deslizou pela escada seguinte, deque D, e então o próximo.

Agora estava no deque E. Correu pelo deque da piscina, passando junto às ondas que batiam na borda, e foi para o túnel sul.

Entrou no túnel sul e viu a porta do depósito onde Mãe estava.

Aproximou-se cautelosamente da porta aberta. Tirou seu Maghook do coldre — ainda não podia usar a pistola no ambiente cheio de gás da estação — e segurou-a na frente do corpo, como uma arma.

Aproximou-se da porta aberta. Chegou a ela. Depois respirou fundo uma última vez e...

...virou rapidamente junto à porta, com o Maghook levantado e pronto.

Viu a cena lá dentro.

E seu queixo despencou.

— Puta que o pariu — disse, ofegante.

Os dois estavam no chão do depósito.

Mãe e Cobra.

A princípio Schofield apenas os olhou, olhou a cena.

Mãe estava esticada no chão, com as costas apoiadas numa das paredes. A perna boa estava estendida, encostada na garganta de Cobra, prendendo-o contra uma grossa estante de madeira cheia de tanques de mergulho. A bota comprimia com força a garganta dele, empurrando o queixo para cima, espremendo seu rosto contra a grossa estante. Além disso, estava com a pistola Colt automática aninhada nas mãos, estendida numa perfeita posição de tiro. Apontada bem para o rosto de Cobra.

O ambiente cheio de gás na estação obviamente não *a* incomodava.

Mãe olhava furiosa para Cobra, por cima do cano da arma. Sangue escorria livremente de dois cortes fundos em cima do olho esquerdo. Pingava da sobrancelha, batendo na bochecha esquerda como gotas d'água de uma torneira vazando. Mãe não notava o sangue — simplesmente olhava *através* dele — para os olhos do homem que tinha tentado matá-la.

Cobra, por sua vez estava grudado à estante de madeira. De vez em quando tentava lutar, mas Mãe o prendia firme. Sempre que ele tentava se retorcer e se livrar, ela apertava com força seu pomo-de-adão com a grande bota 42. Mãe estava esmagando-o com o pé.

A sala em volta deles parecia bombardeada.

Estantes de madeira caídas, rachadas e despedaçadas. Tanques rolavam pelo chão. Uma faca — de Cobra — estava caída. Sangue pingava da lâmina.

Lentamente, Mãe virou a cabeça e olhou para Schofield, que continuava parado à porta, atordoado.

O peito dela subia e descia. Ainda estava respirando ofegante por causa da luta.

— Bem, Espantalho — disse ela, respirando de novo —, só vai ficar aí parado, porra?

Pete Cameron parou seu Toyota diante do número 14 da Newbury Street, em Lake Arthur, Novo México.

O número 14 da Newbury era um chalé agradável, branco, de tábuas antigas. O quintal da frente era minúsculo — grama perfeitamente aparada, um jardim de pedras e até um laguinho. Parecia lar de um aposentado — lar de alguém que tinha tempo — e inclinação — para cuidar dele amorosamente.

Cameron olhou de novo o cartão de visita.

— Certo, Andrew Wilcox, vejamos o que você tem a dizer.

Cameron subiu na varanda e bateu na porta de tela.

Trinta segundos depois, a porta interna se abriu e um homem com cerca de 35 anos apareceu atrás da tela. Parecia jovem e em forma, barbeado. Deu um sorriso agradável.

— Bom dia — disse o homem. — Em que posso ajudá-lo? — Tinha um forte sotaque sulista.

— É... oi, estou procurando um tal de sr. Andrew Wilcox. — Cameron estendeu o cartão de visita. — Meu nome é Peter Cameron. Sou jornalista do *Washington Post.* O sr. Wilcox me mandou o cartão.

O sorriso no rosto do homem desapareceu imediatamente.

Seu olhar varreu o corpo de Cameron, como se o avaliasse. A seguir ele examinou a rua, como se quisesse ver se havia alguém vigiando a casa.

E de repente sua atenção voltou a Cameron.

— Sr. Cameron — disse ele, abrindo a porta de tela. — Por favor, entre. Eu esperava que viesse, mas não esperava vê-lo tão cedo. Por favor, por favor, entre.

Cameron passou pela porta.

Não lhe ocorreu, até que estivesse totalmente dentro da casa, que o sotaque sulista do sujeito havia desaparecido por completo.

— Sr. Cameron, meu verdadeiro nome não é Anthony Wilcox — disse o sujeito que agora estava sentado diante dele. O sotaque havia sumido, substituído por uma voz clara e precisa, educada. Da costa leste.

Pete Cameron estava com a caneta e o bloco na mão.

— Pode dizer o seu nome de verdade? — perguntou gentilmente.

O homem pareceu pensar um momento, e quando ele fez isso Cameron o observou melhor. Era alto, bonito, com cabelos louros e queixo quadrado. Tinha ombros largos e parecia em boa forma. Mas havia algo errado nele.

Eram os olhos.

Estavam vermelhos. Olheiras pesadas e escuras pendiam em baixo de cada um. Ele parecia no limite. Parecia não dormir há dias.

E por fim disse:

— Meu verdadeiro nome é Andrew Trent.

— Eu era primeiro-tenente dos fuzileiros navais — explicou Andrew Trent — e comandava uma unidade de reconhecimento baseada no Atlântico. Mas se o senhor examinar os registros oficiais do CFUSA descobrirá que morri num acidente no Peru em março de 1977.

Trent falava em voz baixa, firme, uma voz tingida pela amargura.

— Então o senhor é um homem morto — disse Pete Cameron. — Legal, muito legal. Certo, primeira pergunta: por que eu? Por que me contatou?

— Vi o seu trabalho. Gostei dele. *Mother Jones*. O *Post*. O senhor é direto. E não escreve simplesmente a primeira coisa que ouve falar. Verifica as coisas, e por causa disso as pessoas acreditam no senhor. Preciso de que as pessoas acreditem no que vou contar.

— Se valer a pena ser contado. Certo, então por que, segundo o governo dos Estados Unidos, o senhor está morto?

Trent deu um meio sorriso para Cameron, um sorriso totalmente desprovido de humor.

— Se valer a pena ser contado — repetiu. — Sr. Cameron, e se eu lhe dissesse que o governo dos Estados Unidos ordenou que toda a minha unidade fosse morta?

Cameron ficou em silêncio.

— E se eu lhe dissesse que o *nosso* governo, seu e meu, infiltrou homens dentro da minha unidade com o único objetivo de me matar e matar meus homens no caso de descobrirmos alguma coisa de imenso valor tecnológico durante uma missão? E se eu lhe dissesse que foi *exatamente* isso que aconteceu no Peru em março de 1977? O que o senhor pensaria? Se eu lhe contasse tudo isso, acha que minha história valeria ser passada adiante?

Trent contou a história a Cameron, contou o que tinha acontecido nas ruínas do templo inca no alto das montanhas do Peru.

Uma equipe de professores universitários que estivera trabalhando no templo aparentemente havia descoberto uma série de afrescos gravados nas paredes de pedra. Afrescos magníficos, coloridos, que representavam cenas da história dos incas.

Um dos afrescos em particular havia atraído a atenção deles.

Mostrava uma cena não muito diferente da famosa pintura do imperador inca Ataualpa recebendo os conquistadores espanhóis.

No lado esquerdo do afresco estava o imperador inca, em vestes cerimoniais, rodeado por seu povo. Segurava um cálice dourado nas mãos estendidas. Um presente.

No lado direito do afresco havia quatro homens de aparência estranha. Diferentemente dos incas bronzeados, a pele deles era totalmente branca. E eram muito magros, de uma magreza não-natural, altos, emaciados. Tinham grandes olhos pretos e testas redondas. Além disso tinham queixos pontudos e — estranhamente — não tinham bocas.

Na pintura em pedra o líder dessa delegação de "homens" brancos e altos estava segurando uma caixa prateada nas mãos estendidas, num gesto recíproco ao do imperador inca.

Era uma troca de presentes.

— Quanto tempo eles demoraram para encontrá-lo? — perguntou Cameron secamente.

— Não muito.

Como Trent explicou, eles acharam o objeto da busca sobre um pedestal não muito longe do afresco em si, um pequeno pedestal de pedra encravado na parede do templo.

Estava simplesmente ali. Sozinho. Era mais ou menos do tamanho de uma caixa de sapatos e parecia cromado.

Era a caixa prateada do afresco.

— Aqueles cientistas não puderam acreditar na própria sorte — disse Trent. — Ligaram imediatamente para a universidade nos Estados Unidos e contaram o que haviam descoberto. Disseram que talvez tivessem descoberto um presente de uma civilização alienígena.

Trent balançou a cabeça.

— Sacanas estúpidos. Fizeram isso por uma linha telefônica. Uma porra de uma linha telefônica aberta. Diabos, *qualquer um* poderia ter interceptado. Minha unidade foi mandada para protegê-los de alguém que pudesse ter ouvido.

Trent se inclinou para a frente na cadeira.

— O problema é que a unidade não era realmente *minha*.

Trent prosseguiu, contando a Cameron o que havia acontecido depois de sua unidade chegar ao templo — em particular como vários de seus homens tinham se virado contra ele quando a equipe do SEAL chegou ao templo.

— Sr. Cameron. A ordem de infiltrar homens na minha unidade veio de uma comissão no governo chamada Grupo de Convergência de Informações. Colocando de modo simples, seu objetivo primário é garantir para os Estados Unidos a superioridade tecnológica sobre o resto do mundo.

— Eles mataram os homens da minha unidade, sr. Cameron. *Toda* a minha unidade. E depois me caçaram. Durante doze dias reviraram aquele templo me procurando. Soldados *americanos, me* caçando. Fiquei espremido numa pequena fenda na parede, com água fedorenta pingando em cima, durante doze dias, antes que desistissem e fossem embora.

— O que aconteceu com os pesquisadores universitários? — perguntou Cameron.

Trent balançou a cabeça.

— Os SEALs os levaram. Nunca mais se teve notícia deles.

Cameron ficou em silêncio.

— Por fim saí daquele templo e voltei aos Estados Unidos. Demorei um tempo, mas consegui chegar. O primeiro lugar onde fui foi a casa dos meus pais. Mas quando cheguei vi dois sujeitos num furgão do outro lado da rua, vigiando, *esperando minha volta.*

O rosto de Trent ficou frio.

— Foi então que decidi descobrir quem estava por trás de tudo isso. Não demorei muito a encontrar uma pista, e no fim dessa pista achei o GCI.

Cameron descobriu que estava encarando Trent. Piscou afastando o olhar.

— Bem, certo — disse Cameron, recuperando a compostura. — Esse GCI, segundo o senhor disse, é um comitê conjunto. Composto de membros do Estado-Maior e do Departamento Nacional de Reconhecimento, certo?

— Isso mesmo.

— Certo. — Cameron sabia sobre o Estado-Maior, mas sabia pouco sobre o Departamento Nacional de Reconhecimento. Era a agência de informações encarregada de contratar, lançar e operar todos os satélites espiões dos Estados Unidos. Seu sigilo era lendário: era uma das poucas agências que tinham permissão de operar com orçamento "preto" — um orçamento que, devido à sensibilidade de seu objeto, não precisava ser revelado às comissões de finanças do Senado. Durante toda a Guerra Fria o governo americano se recusara consistentemente a reconhecer a existência do DNR. Somente em 1991, diante de evidências cada vez maiores, o governo finalmente reconheceu que ele existia.

— O GCI é um casamento entre duas das agências mais poderosas do mundo — disse Trent. — O comandante supremo de todas as nossas forças armadas e o braço mais secreto de nossa comunidade de informações.

— E o serviço dele é... como foi que o senhor disse? Garantir a superioridade tecnológica aos Estados Unidos?

— O serviço dele é garantir que *toda* grande descoberta tecnológica, seja o CD, um *chip* de computador ou a tecnologia de aviões invisíveis, *pertença* aos Estados Unidos da América.

Trent inspirou fundo.

— Sr. Cameron, não creio que eu esteja me explicando muito bem. Deixe-me dizer de outro modo. O serviço do GCI é juntar informações ou, como se diz no jargão do governo, "convergência de inteligência". O serviço dele é amealhar informações valiosas. Garantir que *ninguém* saiba delas além de nós. E o GCI não hesita em matar para alcançar esse objetivo. Seu serviço, sua razão de ser, é garantir que certas informações sejam destinadas apenas a olhos americanos. Porque, no fim, o GCI tem apenas uma ambição: manter os Estados Unidos na liderança, muito à frente do resto do mundo.

— Hã-hã — disse Cameron. — E o senhor afirma que ele faz isso infiltrando homens em unidades militares de elite?

— Comprometer unidades militares de primeira linha é apenas uma parte da estratégia geral do GCI, sr. Cameron. Também é uma das partes mais fáceis. Pense bem. O Estado-Maior faz parte do GCI. Ele pode garantir que homens de sua escolha — homens *ultraleais*; geralmente mais velhos, cabos, sargentos; os soldados de *carreira* — sejam postos nas unidades certas. E com "unidades certas" estou falando das unidades de resposta rápida, as unidades de linha de frente que chegam primeiro aos locais de batalha. As equipes de reconhecimento dos fuzileiros, os SEALs da marinha, os Rangers do exército.

"Mas ter homens nas unidades militares de frente só serve para pegar coisas *súbitas* como satélites espiões inimigos que caem do céu ou meteoritos que despencam na terra.

"Veja do seguinte modo: um meteorito cai no meio da selva brasileira. Nós mandamos os fuzileiros. Os fuzileiros cercam a área e pegam o meteorito. Depois, se algo de valor for achado nesse meteorito, você elimina os fuzileiros que o encontraram."

— *Elimina?*

— Pense bem — disse Trent com amargura. — Não se pode ter uma equipe de gorilas que cursaram o segundo grau andando por aí com os segredos nacionais mais valiosos, segredos que poderiam colocar os Estados Unidos *vinte anos à frente* do resto do mundo, chacoalhando dentro da cabeça, pode?

"Bem, não se precisa de nitrato de sódio para tirar esse tipo de informação de um soldado de nível inferior. É só lhe dar algumas cervejas, uma garota bonita e a mínima sugestão de que ele tem a *chance* de ganhar uma chupada, e um cabo dos fuzileiros vai contar à Miss Peitões tudo que sabe sobre um meteorito luminoso que ele encontrou numa missão nas selvas do Brasil.

"Não se esqueça do valor desses segredos, sr. Cameron. A perda de alguns soldados rasos nem *começa* a se comparar com o valor de uma vantagem de vinte anos com relação ao resto do mundo."

Pete Cameron o interrompeu.

— Certo, então, com que freqüência esse tipo de coisa acontece? A eliminação de uma unidade inteira. Quero dizer, deve ser algo bem raro.

Trent assentiu.

— É raro. Só sei de ter acontecido em quatro ocasiões nos últimos quinze anos.

— Hã-hã. — Cameron inclinou a cabeça em dúvida. — Sr. Trent, entendo o que o senhor está dizendo, mas algo assim exigiria toda uma *rede* de pessoas bem situadas. Soldados de alta patente que não fazem simplesmente parte do Estado-Maior, mas que sejam bem situados na burocracia.

— Sr. Cameron, o senhor sabe quem é Chuck Kozlowski?

— Já ouvi o nome...

— Charles R. Kozlowski é sargento-assistente* do Corpo de Fuzileiros. O senhor sabe o que é o sargento-assistente do Corpo de Fuzileiros, sr. Cameron?

— O quê?

— Sargento-assistente do Corpo de Fuzileiros é o oficial não-comissionado de maior posto no corpo. Um *praça*, sr. Cameron, o praça de maior posto. Chuck Kozlowski é fuzileiro há trinta e três anos. É um dos soldados mais condecorados do país.

Trent fez uma pausa.

— E além disso é do GCI.

Cameron encarou Trent por um longo instante, depois anotou o nome.

Chuck Kozlowski.

— Ele é anjo da guarda de cada soldado corrupto no corpo — disse Trent. — Me disseram que ele chegou a ir ao Peru depois do meu incidente e *pessoalmente* escoltou de volta para casa os fuzileiros que sobreviveram, os traidores; todos eles *soldados antigos*. Recolocou-os em outras unidades sem nem mesmo piscar. Disseram que até recomendou um deles para a porra de uma medalha.

— Meu Deus...

— Esta é a sua rede, sr. Cameron. Uma rede que se infiltrou no corpo de fuzileiros dos Estados Unidos, da base ao topo, ao ponto de até determinar para que *unidades* seus homens são designados. Mas a coisa não pára aí.

***Sergeant-major* é uma função específica da marinha americana, sem correspondência no sistema militar brasileiro. (*N. do T.*)

Como eu disse antes, as elites militares comprometidas são apenas uma parte do programa geral do GCI. O GCI compromete muito mais do que apenas os militares.

— O quê, por exemplo?

— Outras fontes de inovação tecnológica.

— Por exemplo?

— Bem, para começar, empresas.

— Empresas? Quer dizer, empresas *privadas*?

Trent assentiu.

— Está me dizendo que o governo dos Estados Unidos *infiltrou* pessoas dentro de corporações privadas para espioná-las?

— Microsoft. IBM. Boeing. Lockheed — respondeu Trent na bucha. — Além, claro, de todas as principais empresas contratadas pela marinha, pelo exército e a aeronáutica, especialmente se tiverem contratos com outros países.

— Puta merda.

— E há outros lugares também.

— Como...

— Como as universidades. As universidades estão no topo da lista de organizações comprometidas pelo GCI. Clonagem de ovelhas: o GCI sabia disso em 1993. Clonagem de humanos: o GCI soube no ano passado. — Trent deu de ombros. — Faz sentido. As universidades estão na ponta. Se você quiser descobrir o que há na tubulação, é melhor colocar seus homens dentro do cano.

Cameron não disse nada durante um minuto inteiro.

O simples conceito de uma conspiração em todos os Estados Unidos para reunir informações fazia sua coluna pinicar. Uma rede parecida com um polvo, com tentáculos se estendendo a partir de uma pequena sala de reuniões no Pentágono e indo a todos os cantos do país, penetrando em cada grande empresa e universidade. Valia verificar mais um pouco.

Andrew Trent interrompeu seus pensamentos.

— Sr. Cameron — disse Trent com seriedade. — O GCI é uma organização perigosa. Uma organização *muito* perigosa. Ela jura aliança a uma coisa, e apenas uma coisa, os Estados Unidos da América. Desde que os

Estados Unidos vençam, o GCI não se importa com o que tiver de fazer. Matará para alcançar o objetivo. Matará o *senhor* ou a *mim*. Sr. Cameron, o patriotismo é a virtude dos viciosos. Uma organização que está preparada para infiltrar suas próprias forças armadas e matar seus próprios homens para manter em segurança os segredos do país não é algo em que a gente queira mexer impunemente.

Cameron assentiu com solenidade. Depois falou:

— Sr. Trent, o senhor tem alguma coisa, qualquer coisa, com nomes ou algo que eu possa...

Trent pegou uma folha A4 na mesa ao lado.

— Os resultados da minha pesquisa até agora. Nomes, cargos e patentes, se houver. — Trent entregou a folha a Cameron.

Camerou pegou-a e examinou rapidamente.

TRASMISSÃO Nº. 767.9808-09001
REF. N.º KOS-4622
ASSUNTO: O SEGUINTE PESSOAL, EM ORDEM ALFABÉTICA, ESTÁ AUTORIZADO A RECEBER TRANSMISSÕES SEGURAS.

NOME	LOCAL	ÁREA/PATENTE
ADAMS, WALTER K.	LVMRE LAB	FÍSICA NUCL
ATKINS, SAMANTHA, E.	GSTETNR	INFORMÁTICA
BAILEY, KEITH H.	BRKLY	ENG AERONÁUT
BARNES, SEAN M.	SEALS MAR	CAP CORVETA
BROOKES, ARLIN F.	RNGRS EX	CPTN
CARVER, ELIZABETH R.	COLUMBIA	SOFTWARE
CHRISTIE, MARGARET V.	HRVRD	QUÍM INDUS
DAWSON, RICHARD K.	MCROSFT	SOFTWARE
DELANEY, MARK M.	IBM	HARDWARE
DOUGLAS, KENNETH A.	CRAY	HARDWARE
DOWD, ROGER F.	CFUSA	CABO
EDWARDS, STEPHEN R.	BOEING	ENG AERONÁUT
FAULKNER, DAVID G.	JPL	ENG AERONÁUT
FROST, KAREN S.	USC	ENG GENET
GIANNI, ENRICO R.	LCKHEED	ENG AERONÁUT
GRANGER, RAYMOND K.	RANGERS	SARGT
HARRIS, TERENCE X.	YALE	FÍSICA NUCL
JOHNSON, NORMA E.U.	ARIZ	BIOTOXINAS
KAPLAN, SCOT M.	CFEUA	SGT ARTIL
KASCYNSKI, THERESA E.	3M CORP	FSFTOS
KEMPER, PAULENE J.	JHNS HPKNS	DERMTOLOG

KOZLOWSKI, CHARLES R.	CFUSA	SGT ASS
LAMB, MARK I.	ARMALTE	BALÍSTICA
LAWSON, JANE R.	U.TEX	INSETICIDAS
LEE, MORGAN T.	CFUSA	SGT
MAKIN, DENISE E.	U.CLRDO	AGNT QUÍM
McDONALD, SIMON K.	LVRMRE LAB	FÍSICA NUCL
NORTON, PAUL G.	PRNCTN	QUÍM AMINOÁCD
OLIVER, JENNIFER F.	SLCN STRS	SOFTWARE
PARKES, SARAH T.	USC	PALENTOL
REICHART, JOHN R.	CFUSA	SARG
RIGGS, WAYLON J.	CCA CLA	CIEN LÍQUDS
TURNER, JENNIFER C.	UCLA	ENG GENÉT
WILLIAMS, VICTORIA D.	U WSHGTN	GEOFÍSICA
YATES, JOHN F.	USAF	COMAND

Cameron olhou para Trent.

— Como conseguiu isso?

Trent sorriu. Era o primeiro sorriso verdadeiro que Cameron o vira dar desde que o conhecera.

— O senhor se lembra dos caras de quem falei, que estavam parados diante da casa dos meus pais?

— Sim...

— Segui um deles até em casa. Parei-o na porta do apartamento e fiz umas perguntas. Ele se mostrou muito cooperativo, assim que foi... adequadamente motivado.

— O que aconteceu com ele? — perguntou Cameron, cauteloso.

Quando respondeu, a voz de Trent saiu dura, fria, totalmente desprovida de emoção.

— Morreu.

Cobra estava algemado ao mesmo mastro que Henri Rae e Luc Champion, no deque E. Suas armas e a armadura tinham sido retiradas. Ele simplesmente estava ali de pé, algemado ao mastro, vestido com o macacão de combate camuflado.

Schofield, Riley e Ricochete estavam no deque diante dele, olhando-o. Mãe também estava no deque da piscina, sentada numa cadeira, parecendo Cleópatra num divã. Schofield tinha mandado Book e Ricochete levá-la ao deque para isso.

Por fim, atrás de Schofield, estava James Renshaw. Era o único civil no deque da piscina.

A atmosfera era tensa. Ninguém falava.

Schofield olhou seu relógio.

Eram 3:42 da tarde.

Lembrou-se do que Abby Sinclair tinha dito sobre a explosão solar na atmosfera acima da Estação Polar Wilkes. Uma brecha na explosão passaria sobre a estação às 3:51.

Dali a nove minutos.

Teria de ser rápido. Gant e os outros ainda estavam lá embaixo na caverna e ele queria contatá-los e descobrir exatamente o que havia lá embaixo antes de falar com a McMurdo.

Schofield apertou um botão na lateral do relógio e o mostrador mudou. Apareceu a tela do cronômetro. Mostrava números aumentando:

1:52:58

1:52:59

1:53:00

Droga, pensou.

Seria muito pouco. Depois de falar com o pessoal da McMurdo às 3:51

eles teriam *menos* de uma hora para deduzir um modo de procurar e destruir o navio de guerra francês que estava esperando para disparar os mísseis contra a Estação Polar Wilkes.

— Certo — disse Schofield, virando-se para o grupo reunido em volta. — Book. Ricochete. Vocês primeiro.

Book e Ricochete contaram sua história.

Os dois estavam do lado de fora, trabalhando na antena da estação, perto de um dos prédios externos.

— E então você entrou em contato e pediu que um de nós fosse verificar o sr. Renshaw — disse Book. — Cobra foi quem ouviu primeiro, por isso ele é que foi. Voltou uns quinze minutos depois e disse que tudo estava bem; disse que o sr. Renshaw ainda estava no quarto e que tinha sido um alarme falso.

Schofield assentiu. Foi quando tinha levado o tiro.

— Pouco depois — disse Book —, eu me levantei para ir verificar Mãe, mas Cobra me impediu e disse que faria isso. Na hora não pensei em nada, por isso disse que sim, se ele quisesse.

Schofield assentiu de novo — foi quando o ataque contra Mãe havia acontecido.

Adiantou-se até ficar na frente de Cobra.

— Sargento — falou. — Quer se explicar?

Cobra ficou quieto.

— Sargento, eu disse: quer me dizer que *porra* está acontecendo aqui?

Cobra não se abalou. Só deu um frio riso de desprezo.

Schofield o odiou, odiou a simples visão dele.

Esse era o homem que havia atirado nele, que o havia matado, e depois *verificado* se ele estava realmente morto.

Schofield tinha pensado no tiro que levara.

No fim, foi o vidro fosco no deque que explicou. O vidro branco e fosco em que Schofield tinha pisado alguns instantes antes de levar o tiro.

Ele explicava duas coisas: *por que* Cobra pudera disparar uma arma em segurança na atmosfera gasosa da Estação Polar Wilkes, e de *onde* ele havia atirado.

A resposta, no fim, era simples.

Cobra não havia disparado o fuzil de elite de dentro da estação. Tinha disparado *de fora* da estação. Fizera um pequeno buraco redondo na cúpula de vidro fosco acima do poço central da estação, e depois atirou em Schofield *através* do buraco. O vidro que ele havia deslocado da cúpula para fazer o buraco tinha caído até o deque E. O mesmo vidro em que Schofield havia pisado instantes antes de levar o tiro.

Schofield apenas olhou para Cobra.

Mãe falou em voz baixa:

— Ele disse que era do GCI.

Book e Ricochete se viraram instantaneamente ao ouvir as palavras de Mãe.

— E então, sargento? — perguntou Schofield.

Cobra ficou quieto.

— Não está muito falante, não é? — disse Schofield.

— Ele estava bem falante enquanto se preparava para me transformar em filé — disse Mãe. — Eu digo para cortarmos os bagos dele e fazê-lo olhar enquanto a gente dá de comer à porra das baleias.

— Boa idéia — disse Schofield enquanto encarava Cobra, furioso. Cobra simplesmente deu um riso presunçoso.

Schofield sentiu a raiva crescer por dentro. Estava furioso. Neste momento queria jogar Cobra contra a parede e apagar aquele riso metido a besta...

Como líder você simplesmente não pode se dar ao luxo de ficar furioso ou perturbado.

De novo, a voz de Trevor Barnaby ressoou na sua cabeça.

Imaginou se Barnaby já tivera um infiltrado em sua unidade. Imaginou o que o famoso comandante do SAS teria feito nessas circunstâncias.

— Book — disse Schofield. — Alguma opinião?

Buck Riley só olhou triste para Cobra e balançou a cabeça. Parecia o mais profundamente afetado pela revelação de que Cobra era um infiltrado do GCI.

— Eu não achava que você fosse um traidor, Cobra — disse Book. Depois se virou para Schofield. — Não é você que deve matá-lo. Não aqui. Não agora. Leve-o para casa. Mande-o para a cadeia.

Enquanto Book falava, Schofield simplesmente olhava furioso para Cobra, que o encarava de volta, em desafio.

Houve um longo silêncio.

Schofield o interrompeu:

— Fale do Grupo de Convergência de Inteligência, Cobra.

— É um belo ferimento esse — disse Cobra em voz baixa, lentamente, olhando o ferimento costurado no pescoço de Schofield. O ferimento que o próprio Cobra havia infligido. — Você deveria estar morto.

— Ele não serviu em mim. Fale do GCI.

Cobra deu um sorriso frio e fino. Depois começou a rir baixinho.

— Você é um homem morto — disse Cobra em voz baixa. Depois se virou para encarar os outros. — Todos vocês vão morrer.

— O que quer dizer com isso? — perguntou Schofield.

— Vocês queriam saber sobre o GCI. Acabei de lhes falar sobre o GCI.

— O GCI vai nos matar?

— O GCI nunca vai deixar vocês viverem. Não é possível. Não depois do que viram aqui. Quando o governo dos Estados Unidos puser as mãos naquela espaçonave, não poderá deixar que um punhado de *gorilas* como vocês fiquem sabendo. Todos vão morrer. Contem com isso.

As palavras de Cobra pairaram no ar. Todo mundo no deque ficou em silêncio.

A recompensa por terem chegado tão rapidamente à Estação Polar Wilkes e defendê-la contra os franceses seria uma sentença de morte.

— Maravilhoso — disse Schofield. — Simplesmente maravilhoso. Aposto que você está se sentindo orgulhoso pra cacete.

— Minha lealdade ao meu país é maior do que minha lealdade a você, Espantalho — respondeu Cobra em desafio.

Os dentes de Schofield começaram a ranger. Ele se adiantou. Book segurou-o.

— Agora não — disse Book em voz baixa. — Aqui não.

Schofield recuou um passo.

— *Tenente!* — uma voz de mulher gritou em algum lugar no alto da estação.

Schofield olhou para cima.

Abby Sinclair estava reclinada no corrimão do deque A.

— Tenente! — gritou ela. — Está na hora!

Schofield entrou na sala de rádio no deque A. Book e James Renshaw vieram atrás. Ricochete havia permanecido no deque E para ficar de olho em Cobra.

Abby já estava sentada diante do console do rádio. Ela hesitou ao ver Renshaw entrando na sala.

— Olá, Abby — disse Renshaw.

— Olá, James — respondeu ela cautelosamente.

Abby se virou para Schofield.

— A brecha deve chegar acima de nós a qualquer segundo. — Em seguida apertou um interruptor no console. O som da estática começou a sair dos dois alto-falantes nas paredes.

Shhhhhhhhhh.

— Esse é o som da explosão solar — disse Abby. — Mas se esperarem só... alguns... segundos...

Abruptamente, o chiado sumiu e houve silêncio.

— Aí está — disse Abby. — Esta é a sua brecha, tenente. Vá fundo.

Schofield sentou-se diante do console e pegou o microfone.

Apertou o botão para falar, mas quando ia começar, um assobio agudo subitamente saiu pelos alto-falantes. Parecia microfonia, interferência.

Schofield soltou o microfone instantaneamente, olhou para Abby.

— O que eu fiz? Apertei alguma coisa?

Abby franziu a testa e virou uns dois interruptores.

— Não. O senhor não fez nada.

— É a explosão solar? Você poderia ter calculado mal o tempo?

— Não — disse Abby com firmeza.

Ela virou mais alguns interruptores.

Nada aconteceu.

O sistema não parecia estar reagindo ao que ela fazia. O assobio agudo enchia a sala de rádio.

— Há algo errado — disse Abby. — Isso não é interferência da explosão. É outra coisa. É diferente. É quase como se fosse *eletrônica*. Como se alguém estivesse se metendo...

Schofield sentiu um arrepio subir pela coluna.

— Se metendo?

— É como se houvesse algo *entre* nós e a McMurdo, impedindo nosso sinal de passar.

— Espantalho... — disse uma voz em algum lugar atrás de Schofield.

Schofield se virou.

Era Ricochete.

Ele estava parado à porta da sala de rádio.

— Achei que tinha dito para você ficar com...

— Senhor, é melhor ver isso — disse Ricochete. — É melhor ver isso *agora*. — Ricochete levantou a mão esquerda.

Era a tela portátil que Schofield tinha trazido antes de um dos *hovercrafts*. A pequena tela de TV que mostrava o resultado dos dois telêmetros montados em cima dos *hovercrafts*.

Ricochete atravessou rapidamente a sala de rádio e entregou a tela a Schofield.

Schofield olhou para a tela e seus olhos se arregalaram instantaneamente, horrorizados.

— Ah, *meu Deus*.

A tela estava cheia de pontos vermelhos.

Parecia um enxame de abelhas convergindo para um ponto; todos se aproximavam do centro da tela.

Schofield contou os pontos vermelhos.

Vinte...

Todos convergindo para a Estação Polar Wilkes.

— Santo Deus...

E, de repente, Schofield escutou uma voz.

Uma voz que gelou seu sangue.

Vinha dos alto-falantes espalhados nas paredes da sala de rádio. Alta e dura, como se fosse uma mensagem do próprio Deus.

— *Atenção, Estação Polar Wilkes.*

Era uma voz nítida, firme e culta.

— *Atenção forças americanas na Estação Polar Wilkes. Como sem dúvida vocês devem saber, suas linhas de comunicação foram interceptadas. Não adianta tentar entrar em contato com a base McMurdo... não vão conseguir. Vocês são aconselhados a largar as armas imediatamente. Se não baixarem as defesas antes de nossa chegada, seremos obrigados a entrar ofensivamente. E essa entrada, senhoras e senhores, será dolorosa.*

Os olhos de Schofield se arregalaram ao som da voz. O sotaque inglês era evidente demais.

Era uma voz que Schofield conhecia muito bem. Uma voz do seu passado.

Era a voz de Trevor Barnaby. O general-de-brigada Trevor J. Barnaby, do SAS inglês.

QUINTA INCURSÃO

16 de junho, 15:51

— Ah, meu Deus — disse Ricochete.

— Quanto tempo falta para eles chegarem? — perguntou Book.

Os olhos de Schofield estavam grudados ao visor portátil. Olhou para a janela na base da tela. Era uma imagem em *wireframe* de um *hovercraft*. O *hovercraft* em *wireframe* girava dentro da janela. Abaixo dele estavam as palavras: BELL TEXTRON SR. N7-S — VEÍCULO DE DESEMBARQUE COM COLCHÃO DE AR (REINO UNIDO).

— É o SAS — disse Ricochete, incrédulo. — É a porra do SAS.

— Vá com calma, Ricochete. Ainda não estamos mortos.

Schofield se virou para Book.

— A cinqüenta e quatro quilômetros. Vindo a cento e trinta quilômetros por hora.

— Definitivamente não é amigável — disse Book.

— Cinqüenta e quatro quilômetros a oitenta por hora. Isso nos dá... o quê?

— Vinte e seis minutos — disse Abby rapidamente.

— Vinte e seis minutos. — Schofield engoliu em seco. — Merda.

A sala ficou em silêncio.

Schofield podia ouvir a respiração de Ricochete. Ele estava respirando rápido, quase passando mal.

Todo mundo olhou para Schofield, esperando que ele tomasse a decisão.

Schofield respirou fundo e tentou avaliar a situação. O SAS, o Serviço Aéreo Especial da Grã-Bretanha, a unidade de forças especiais mais perigosa do mundo, vinha agora mesmo para a Estação Polar Wilkes.

E era liderada por Trevor Barnaby — o homem que tinha *ensinado* a Shane Schofield tudo que ele sabia sobre guerra de incursão secreta. O homem que, nos dezoito anos em que comandava o SAS, jamais fracassara numa missão.

Acima de tudo isso, Barnaby também estava interferindo no rádio de Schofield, impedindo que ele entrasse em contato com a McMurdo. Impedindo-o de fazer contato com as únicas pessoas no mundo capazes de tirar o navio de guerra francês que estava esperando para lançar mísseis contra a Estação Polar Wilkes.

Schofield olhou para o cronômetro.

2:02:31

2:02:32

2:02:33

Merda, pensou.

Menos de uma hora até fazerem o lançamento.

Merda. Estava acontecendo rápido demais. Era como se todo o mundo estivesse se fechando ao redor dele.

Olhou de novo para a tela do telêmetro, o enxame de pontos se aproximando da Estação Polar Wilkes.

Vinte *hovercrafts*, pensou. Provavelmente com dois ou três homens em cada. Isso significava um mínimo de cinqüenta homens.

Cinqüenta homens.

E o que Schofield tinha?

Três bons homens na estação propriamente dita. Mais três lá embaixo na caverna. Mãe no depósito e Cobra algemado a um mastro no deque E.

A situação não parecia simplesmente ruim.

Parecia sem esperança.

Ou eles ficavam ali e travavam uma batalha suicida com o SAS ou fugiam — tentavam chegar à McMurdo nos *hovercrafts* — e traziam reforços mais tarde.

De fato, não havia escolha.

Olhou o pequeno grupo reunido em volta.

— Certo — falou. — Vamos sair daqui.

Os pés de Schofield ressoaram altos ao pousar com força no frio piso de metal do deque E. Atravessou rapidamente o deque até o túnel sul, onde ficava o depósito.

— O que está acontecendo? — gritou uma voz do outro lado do deque. Era Cobra. — Problema, tenente?

Schofield se aproximou do soldado algemado. Viu os dois cientistas franceses ajoelhados no chão, de cada lado dele. Os dois simplesmente olhavam para o chão, resignados.

— Você cometeu um erro — disse Schofield a Cobra. — Começou a matar seus colegas cedo demais. Deveria ter esperado até colocarmos a estação em segurança. Agora temos vinte *hovercrafts* ingleses acelerando em nossa direção e nenhum reforço à vista. Eles vão chegar em vinte minutos.

O rosto de Cobra permaneceu impassível, frio.

— E sabe de uma coisa? — disse Schofield. — Você vai estar aqui quando eles chegarem. — E começou a se afastar.

— Vai me *deixar* aqui? — perguntou Cobra, incrédulo.

— Vou.

— Não pode fazer isso. Você *precisa* de mim.

Schofield olhou para o relógio enquanto ele falava.

Faltavam vinte minutos para a chegada do SAS.

— Cobra, você teve sua chance e estragou. Agora é melhor rezar para a gente romper a linha deles e chegar à McMurdo. Porque, se não chegarmos, toda esta estação... e o que quer que esteja enterrado no gelo lá embaixo... vai se perder para sempre.

Schofield parou na entrada do túnel sul.

— E nesse meio tempo você pode se arriscar com Trevor Barnaby.

Com isso, Schofield se virou e entrou no túnel sul. Imediatamente virou à direita e entrou no depósito. Mãe estava de novo sentada no chão, perto da parede. Levantou a cabeça quando ele entrou.

— Problema? — perguntou ela.

— Como sempre. Você consegue se mexer?

— O que está acontecendo?

— Nosso aliado predileto acaba de mandar suas melhores tropas para tomar esta estação.

— O que quer dizer com isso?

— O SAS está vindo, e não parece amigável.

— Quantos?

— Vinte *hovercrafts*.

— Merda.

— Foi o que pensei. Você consegue se mexer? — Schofield já estava sondando atrás da cadeira de Mãe, para ver se conseguia juntar todos os sacos de soro e o equipamento intravenoso.

— Quanto tempo até eles chegarem? — perguntou Mãe.

Schofield olhou rapidamente o relógio.

— Vinte minutos.

— Vinte minutos.

Atrás dela, Schofield pegou rapidamente dois tubos de soro.

— Espantalho... — disse Mãe.

— Só um segundo.

— *Espantalho*.

Schofield parou o que estava fazendo e olhou para Mãe.

— Pare — disse Mãe gentilmente.

Schofield a encarou.

— Espantalho. Saia daqui. Saia daqui agora. Mesmo que tivéssemos um esquadrão inteiro com doze espadachins, nunca poderíamos enfrentar todo um pelotão de comandos do SAS.

"Espadachim" era a palavra usada por Mãe no lugar de fuzileiro. Referência à espada de honra que cada fuzileiro usava no uniforme de gala.

— Mãe...

— Espantalho, o SAS não é uma tropa regular como nós. Eles são assassinos, assassinos treinados. São *treinados* para entrar numa área hostil e matar todo mundo à vista. Não fazem prisioneiros. Não fazem perguntas. Matam. — Mãe fez uma pausa. — Você tem de evacuar a estação.

— Eu sei.

— E não pode fazer isso com uma bruxa velha de uma perna só como eu, atrapalhando. Se vai enfrentar aquele bloqueio, vai precisar de gente que possa se mover, que possa se mover depressa.

— Não vou deixar você aqui...

— Espantalho. Você *tem* de chegar à McMurdo. Tem de conseguir reforços.

— E depois o quê?

— Depois você vem aqui com uma porra de um *batalhão* de espadachins, joga uma bomba atômica na cabeça desses filhos-da-puta, resgata a garota e salva a porra do dia. Isso.

Schofield apenas encarou Mãe. Mãe devolveu o olhar, direto nos olhos.

— Ande — disse ela em voz baixa. — Vá agora. Vou ficar numa boa.

Schofield não disse nada, só continuou a encará-la.

Mãe deu de ombros, casualmente.

— Puxa, é, como eu disse antes, não há nada que um bom beijo de um sujeito bonito que nem você não...

Nesse momento, sem aviso, Schofield se inclinou à frente e deu um beijo rápido nos lábios de Mãe. Foi apenas um beijo curto — uma bitoca inocente — mas os olhos de Mãe ficaram do tamanho de pratos.

Schofield se levantou. Mãe respirou fundo.

— Uau, *mama* — disse ela.

— Encontre um lugar para se esconder e fique lá. Eu volto. Prometo.

E então Schofield saiu da sala.

O motor do *hovercraft* rugiu.

No banco do piloto, Ricochete pisou fundo no acelerador. A agulha do tacômetro chegou a 6.000 rpm.

Nesse momento, o segundo *hovercraft* dos fuzileiros veio deslizando pela neve compactada. Seu motor soou alto enquanto parava ao lado do de Ricochete.

A voz de Buck Riley veio pelo rádio:

— *Faltam quinze minutos, Ricochete. Vamos levá-los ao prédio principal e carregar.*

Schofield olhou para o relógio enquanto andava rapidamente pelo túnel externo do deque B.

Faltavam quinze minutos.

— Gata. Pode me ouvir? — disse ao microfone do capacete, andando. Enquanto esperava a resposta, pôs rapidamente a mão sobre o microfone.

— *Vamos lá,* pessoal! — gritou.

Os outros residentes da Wilkes — Abby e os três outros cientistas, Llewellyn, Harris e Robinson — saíram correndo de seus quartos.

Llewellyn e Robinson passaram correndo por Schofield. Estavam vestidos com grossos casacos pretos. Partiram em direção ao poço central.

De repente, a voz de Gant veio pelo alto-falante de Schofield.

— *Espantalho, aqui é Gata, estou ouvindo. Você não vai acreditar no que há aqui embaixo.*

— É, bem, você não vai acreditar no que há aqui em cima. Desculpe, Gata, mas vai ter de contar isso mais tarde. Estamos encrencados aqui em cima. Temos um pelotão inteiro de comandos do SAS vindo para a estação, e vão chegar nuns quatorze minutos.

— *Meu Deus. O que você vai fazer*?

— Vamos cair fora. É preciso. Eles são muitos. Nossa única chance é voltar à McMurdo e trazer a cavalaria.

— *O que a gente deve fazer aqui embaixo*?

— Fiquem onde estão. Apontem as armas para a piscina e atirem na primeira coisa que puser a cabeça para fora d'água.

Schofield olhou em volta enquanto falava. Não podia ver Kirsty em lugar nenhum.

— Escute, Gata, tenho de desligar.

— *Tenha cuidado, Espantalho.*

— Você também. Espantalho desligando.

Schofield girou instantaneamente.

— Onde está a garota?! — gritou.

Não obteve resposta. Abby Sinclair e o cientista chamado Harris estavam pegando seus casacos e outros itens valiosos em seus quartos. Nesse momento, Harris saiu do quarto e passou correndo por Schofield segurando um monte de papéis nos braços.

Schofield viu Abby saindo de seu quarto. Estava vestindo rapidamente um grosso casaco azul.

— Abby! Onde está Kirsty? — gritou Schofield.

— Acho que voltou ao quarto.

— Onde é o quarto dela?

— Mais adiante no túnel! À esquerda — gritou Abby, apontando para o túnel atrás de Schofield.

Schofield correu pelo túnel externo do deque B, procurando Kirsty.

Faltavam doze minutos.

Abriu cada porta à qual chegava.

Primeira porta. Um quarto. Nada.

Segunda porta. Trancada. Um sinal de perigo biológico, com três círculos. O laboratório de biotoxinas. Kirsty não estaria ali.

Terceira porta. Schofield abriu-a.

E de repente parou.

Não tinha visto esse cômodo antes. Era uma espécie de *freezer*, do tipo usado para guardar comida. *Não mais*, pensou Schofield. Agora esse *freezer* guardava outra coisa.

Havia três corpos na sala.

Samurai, Mitch Healy e Hollywood. Todos deitados de costas, com o rosto para cima.

Depois da batalha com os franceses, Schofield havia ordenado que os corpos de seus homens fossem levados a algum tipo de *freezer*, onde seriam mantidos até que pudessem ser levados para casa, para um enterro decente. Era obviamente para ali que os corpos tinham sido levados.

Mas havia um quarto corpo no *freezer*. Estava no chão ao lado do de Hollywood, e fora coberto com um saco de aniagem marrom.

Schofield franziu a testa.

Outro corpo?

Não podia ser de um dos soldados franceses, porque eles não tinham sido retirados de onde estavam...

E de repente Schofield se lembrou.

Era Bernard Olson.

O doutor Bernard Olson.

O cientista que James Renshaw supostamente havia matado vários dias antes de Schofield e sua equipe chegarem à Wilkes. Os residentes da Wilkes deviam ter posto seu corpo ali.

Schofield olhou o relógio.

Onze minutos.

E de repente se lembrou de algo que Renshaw lhe dissera depois de acordar no quarto dele, amarrado à cama. Quando Renshaw o soltou, pediu que ele fizesse uma coisa estranha. Pediu que — se tivesse a chance — olhasse o corpo de Olson, em particular a língua e os olhos.

Schofield não entendia o que a língua e os olhos do morto teriam a ver com alguma coisa. Mas Renshaw insistira em que eles provariam sua inocência.

Dez minutos e meio.

Não havia tempo. Tinham de sair dali.

Mas, afinal de contas, Renshaw salvara sua vida...

Certo.

Schofield entrou correndo no *freezer* e se ajoelhou ao lado do saco de aniagem marrom. Tirou-o de cima do corpo.

Bernard Olson encarava Schofield com olhos frios e sem vida. Era um homem feio — gordo e careca, com rosto rechonchudo e enrugado. A pele era branca como osso.

Schofield não perdeu tempo. Verificou primeiro os olhos.

Estavam profundamente vermelhos nas bordas, inflamados. Terrivelmente injetados.

Depois voltou a atenção para a boca do defunto.

A boca estava fechada. Schofield tentou abri-la, mas o maxilar estava travado. Não queria se abrir nem um centímetro.

Schofield se inclinou mais perto e separou os lábios do morto, para examinar a língua.

Os lábios se separaram.

— *Eeeca.* — Schofield se encolheu ao ver. Engoliu em seco rapidamente, contendo a náusea.

Bernie Olson tinha mordido a própria língua, cortando-a fora.

Por algum motivo, antes de morrer, Bernie Olson tinha mordido com força, fechando os dentes. Tinha mordido com tanta força que cortou a língua fora.

Dez minutos.

Chega. É hora de ir.

Correu para a porta, e ao passar pelo corpo de Mitch Healy na saída, pegou no chão o capacete do fuzileiro morto.

Saiu do *freezer* no instante em que Kirsty veio correndo pelo túnel externo do deque B.

— Tive de pegar um casaco — disse ela em tom de desculpas. — O outro ficou molhado...

— Venha. — Schofield segurou a mão dela e a puxou pelo túnel.

Quando estavam virando no túnel que levava ao poço central Schofield escutou alguém gritando:

— Esperem por mim!

Schofield girou.

Era Renshaw. Estava correndo o mais rápido que suas pernas pequenas deixavam, disparando pelo túnel na direção de Schofield e Kirsty. Vestia um pesado casaco azul e carregava um livro grosso embaixo do braço.

— Que diabo você estava fazendo? — perguntou Schofield.

— Tinha de pegar isso — respondeu Renshaw, indicando o livro sob o braço enquanto passava correndo por Schofield e ia para o poço central.

Schofield e Kirsty foram atrás.

— Que diabo tão importante há nele? — gritou Schofield.

— Minha inocência! — gritou Renshaw de volta.

Do lado de fora da estação a neve caía horizontalmente.

Golpeou o rosto de Schofield — ricocheteou em seus óculos prateados — enquanto ele saía da entrada principal com Kirsty e Renshaw ao lado.

Faltando oito minutos.

Até a chegada do SAS.

Os dois *hovercrafts* brancos dos fuzileiros já estavam parados junto à entrada principal da estação. Book e Ricochete estavam ao lado dos dois grandes veículos, apressando os moradores da Wilkes para entrar no *hovercraft* branco de Ricochete.

O plano de Schofield era simples.

O *hovercraft* de Ricochete seria o transporte. Podia levar seis pessoas, por isso seria usado para transportar todos os moradores da Wilkes — Abby, Llewellyn, Harris, Robinson e Kirsty — além do próprio Ricochete.

Book e Schofield fariam a segurança, defendendo o veículo de transporte enquanto disparava para o leste e tentava passar pelos *hovercrafts* do SAS que vinham para a Estação Polar Wilkes.

Book pilotaria o segundo *hovercraft*. James Renshaw, decidiu Schofield, iria com ele.

Schofield viu Ricochete bater a porta deslizante de seu *hovercraft*; viu Book pular na saia do outro e desaparecer na cabine. Book surgiu de novo um instante depois com um grande baú Samsonite preto. Jogou o grande baú pela neve, na direção de Schofield. Ele pousou com um som oco.

— Controle de insetos! — gritou Book.

Schofield correu para o baú.

— Aqui — disse a Renshaw enquanto corria. — Ponha isso.

Schofield entregou a Renshaw o capacete de fuzileiro que tinha apanhado ao sair do *freezer*. Depois pegou rapidamente o grande baú Samsonite e foi para o *hovercraft* francês.

O *hovercraft* francês estava silencioso na neve perto da entrada principal da estação. Diferentemente dos dois veículos brancos do CFUSA, era pintado num laranja luminoso, espalhafatoso.

Sete minutos.

Schofield saltou na saia do *hovercraft* francês e abriu a porta deslizante. Pediu a Renshaw para lhe entregar o baú e o jogou dentro.

Schofield entrou correndo na cabine e foi para o banco do piloto. Renshaw pulou ao lado dele e fechou a porta.

Schofield apertou a ignição.

O motor rugiu.

O grande ventilador de dois metros na traseira do *hovercraft* começou a girar. Foi ficando cada vez mais rápido até que, como a lente de um velho biplano, de repente se transformou num borrão giratório.

Embaixo da saia de borracha preta do *hovercraft*, quatro turboventiladores menores também entraram em ação. O grande *hovercraft* se ergueu lentamente enquanto a saia se inchava como um balão.

Schofield girou o grande veículo laranja até ficar ao lado dos dois *hovercrafts* brancos dos fuzileiros. Todos apontavam para fora, para longe da estação.

Olhando pelo pára-brisa reforçado do veículo, Schofield podia ver o horizonte a sudoeste. Brilhava num laranja luminoso.

Superposto a ele havia uma coleção de sombras escuras. Pequenas caixas pretas com bases gordas e redondas que pareciam lançar uma névoa de poeira para trás.

Os *hovercrafts* ingleses.

Aproximando-se da Estação Polar Wilkes.

— Certo, pessoal — disse Schofield ao microfone do capacete. — Vamos sair daqui.

O chão disparava embaixo deles.

Os três *hovercrafts* americanos saltavam sobre a planície de gelo a uma velocidade fenomenal, lado a lado. Book e Schofield estavam nas laterais, e o transporte de Ricochete no meio.

Corriam para o leste, na direção da McMurdo. Os três *hovercrafts* acompanhavam o litoral, rodeando a borda de um penhasco que se erguia acima de uma vastidão de água parecida com uma baía. De uma ponta à outra a baía tinha cerca de um quilômetro e meio, mas *rodeá-la* por terra exigia uma viagem de quase treze quilômetros. As ondas gigantescas do oceano Glacial Antártico se chocavam ruidosas contra a base dos penhascos.

Enquanto seu *hovercraft* disparava pela planície de gelo, Schofield olhou em volta. Viu os ingleses se aproximando da Estação Wilkes, vindos do oeste e do sul.

— Eles devem ter desembarcado numa das estações australianas — disse pelo interfone do capacete. A Estação Casey, provavelmente, pensou. Era a mais próxima, cerca de 1.100 quilômetros a oeste da Wilkes.

— *Porras de australianos* — disse a voz de Ricochete.

A oito quilômetros de distância, no interior silencioso de um *hovercraft* americano Bell Textron SR.N7-S, o general-de-brigada Trevor J. Barnaby olhava impassível pelo pára-brisa de vidro reforçado.

Trevor Barnaby era um homem alto e sólido, de 56 anos, com a cabeça totalmente raspada e cavanhaque preto pontudo. Espiava pelo pára-brisa com olhos frios e duros.

— Você está fugindo, Espantalho — disse em voz alta. — Minha nossa, você é mesmo esperto.

— Eles estão indo para o leste, senhor — avisou um jovem cabo do

SAS que cuidava do console de rádio perto de Barnaby. — Ao longo da costa.

— Mande oito veículos atrás deles — ordenou Barnaby. — Matem todos. Todos os outros devem seguir para a estação, como planejado.

— Sim, senhor.

O velocímetro do *hovercraft* de Schofield passou pela marca dos 130 quilômetros por hora. A neve se chocava contra o pára-brisa.

— *Senhor, eles estão vindo!* — gritou a voz de Ricochete no interfone de seu capacete.

A cabeça de Schofield virou bruscamente para a direita e ele os viu.

Vários *hovercrafts* ingleses haviam se afastado do grupo principal e iam na direção dos três veículos americanos em fuga.

— *Os outros estão indo para a estação* — disse a voz de Book.

— Eu sei — respondeu Schofield. — Eu sei.

Schofield girou no banco do piloto. Viu Renshaw parado na parte de trás da cabine, parecendo ligeiramente ridículo com o enorme capacete de Mitch Healy.

— Sr. Renshaw.

— Sim.

— Hora de se fazer útil. Veja se consegue abrir aquele baú ali no chão.

Renshaw se ajoelhou imediatamente e abriu os fechos do baú Samsonite preto que estava no chão.

Schofield pilotava, virando-se a intervalos de segundos para ver como Renshaw se saía com o baú.

— Ah, *merda* — disse Renshaw quando abriu o baú e viu o que havia dentro.

Nesse momento, veio um estrondo súbito de fora, e Schofield se virou de novo.

Ele conhecia aquele som...

E então viu.

— Ah, não... — gemeu.

O primeiro míssil bateu no chão coberto de neve *bem na frente* do *hovercraft* de Schofield.

Deixou uma cratera de três metros de diâmetro e uma fração de segundo depois o *hovercraft* de Schofield passou gritando sobre a borda da cratera, atravessando violentamente a nuvem de poeira acima.

— *Chegando!* — gritou a voz de Ricochete.

— Para longe da costa! — gritou Schofield de volta, enquanto via a borda do penhasco a cerca de cem metros à esquerda. — Para longe da borda!

A cabeça de Schofield girou de novo enquanto ele falava. Viu o grupo de *hovercrafts* ingleses atrás.

Também viu o segundo míssil.

Era branco e redondo, cilíndrico, e cortava a neve que caía na frente do primeiro *hovercraft* inglês, com a esteira de fumaça espiralando pelo ar. Um míssil antitanque Milan.

Renshaw também viu.

— *Eca!*

Schofield pisou fundo.

Mas o míssil estava se aproximando rápido demais. Virou-se depressa na direção do *hovercraft* de Schofield.

Muito depressa.

E subitamente, no último instante, Schofield puxou com força a haste de direção e todo o veículo oscilou dramaticamente para a esquerda, *indo para* a beira do penhasco.

O míssil passou disparado junto à proa do *hovercraft*. Schofield virou instantaneamente de volta para a direita, e o míssil se chocou contra a neve à esquerda, explodindo numa espetacular chuva branca.

Imediatamente Schofield virou de novo para a esquerda, no instante em que um segundo míssil se chocava na terra coberta de neve, à direita.

— Continuem em ziguezague! — gritou Schofield ao microfone do capacete. — Não deixem que eles consigam mirar!

Os três *hovercrafts* americanos começaram a oscilar como um só, disparando pela paisagem plana da Antártida, com a tempestade de mísseis britânicos não-teleguiados se chocando contra a neve ao redor. Explosões ensurdecedoras enchiam o ar. Enormes jorros de neve e terra irrompiam do chão.

Schofield lutava desesperadamente com a haste de direção. O *hovercraft* gritava acima da planície de gelo, uma fera descontrolada, sacudindo-se e oscilando enquanto evitava os mísseis que choviam ao redor.

— *O baú!* — gritou Schofield para Renshaw. — *O baú!*

— Está bem! — disse Renshaw. Em seguida, tirou um tubo preto e compacto do baú Samsonite). Tinha cerca de um metro e meio de comprimento.

— Certo — disse Schofield enquanto puxava com força a haste de direção para evitar outro míssil inglês. O *hovercraft* balançou forte enquanto saltava para a direita. Renshaw perdeu o equilíbrio e caiu de encontro à parede da cabine.

— Trave o tubo na culatra! — gritou Schofield.

Renshaw encontrou a culatra no baú. Parecia uma arma sem cano — só a base, o gatilho e uma culatra que você apoiava no ombro. O compacto tubo cilíndrico se prendeu firmemente, com um estalo, na parte superior da base.

— Certo, sr. Renshaw. O senhor acabou de fazer um lançador de mísseis Stinger! Use-o!

— Como?

— Abra a porta! Ponha o lançador no ombro! Aponte para os bandidos, e quando ouvir o som aperte o gatilho! Ele fará o resto!

— Certo... — disse Renshaw em dúvida.

Renshaw abriu a porta deslizante do lado direito do *hovercraft*. Instantaneamente, o vento antártico invadiu gritando o interior do veículo. Renshaw lutou contra ele, forçando o caminho até a porta aberta.

Pousou o Stinger no ombro, ajeitou-o até ficar com o olhar na mira. Através da mira noturna, viu o primeiro *hovercraft* inglês de frente, apanhado em duas linhas cruzadas. O veículo luzia em verde...

E, de repente, Renshaw escutou um zumbido opaco.

— Ouvi o som! — gritou empolgado.

— Então puxe o gatilho! — gritou Schofield de volta.

Renshaw puxou o gatilho.

O coice do Stinger atirou Renshaw voando até cair no chão da cabine.

O míssil saltou do lançador. A explosão de culatra — o súbito jorro de fogo que dispara da traseira de um lançador de foguete quando é disparado — despedaçou as janelas atrás de Renshaw.

Schofield ficou olhando o Stinger espiralar pelo ar em direção ao primeiro *hovercraft* inglês. Sua trilha de fumaça girava graciosamente no ar, revelando o caminho de vôo.

— Boa noite — disse Schofield.

O Stinger bateu contra o primeiro *hovercraft* inglês, que explodiu instantaneamente, despedaçado em mil partes.

Os outros continuaram implacáveis, ignorando o camarada caído. Um dos de trás passou direto *através* dos restos chamejantes do veículo explodido.

— Bom tiro, sr. Renshaw! — disse Schofield, sabendo muito bem que Renshaw não tivera nada a ver com o sucesso do disparo.

Schofield tinha adivinhado — corretamente — que os ingleses estavam disparando mísseis *antitanques* Milan contra ele. Mas como sabia muito bem, os Milan são feitos para acertar tanques e veículos blindados. Não são feitos para acertar veículos que viajem a mais de sessenta e cinco quilômetros por hora. Por isso estavam tendo um resultado tão ruim contra os rápidos *hovercrafts* de Schofield.

O míssil Hughes MIM-92 terra-ar, "Stinger", por outro lado, era totalmente diferente. Era *feito* para acertar caças a jato. Era *feito* para acertar veículos andando a velocidades supersônicas. Como tal, era mais do que capaz de acertar um *hovercraft* viajando a meros 130 por hora.

O que Schofield também sabia era que o Stinger era potencialmente *a* arma de assalto com lançamento de ombro mais fácil de ser usada que já fora feita. Você simplesmente apontava a arma, ouvia o som e puxava o gatilho. O míssil fazia o resto.

Na cabine atrás de Schofield, Renshaw se levantou desajeitadamente. Assim que recuperou o equilíbrio, olhou pela porta lateral do *hovercraft* e viu os restos do veículo britânico que tinha destruído.

— Eca — disse em voz baixa.

Os sete *hovercrafts* ingleses que restavam vinham se aproximando.

— *Book!* — gritou a voz de Ricochete. — *Preciso de ajuda aqui!*

— Espere! Estou indo! — gritou Book enquanto puxava a haste de direção de seu LCAC.

O *hovercraft* virou para a direita — passando em volta e por trás do transporte de Ricochete, entrando entre ele e os ingleses que se aproximavam.

Book olhou para a direita no instante em que uma saraivada de balas pipocou em suas janelas laterais. Apareceram marcas de arranhões, mas o vidro não se partiu. Era vidro Lexan resistente a balas.

Agora os *hovercrafts* ingleses estavam perto. Talvez a uns vinte metros. Chicoteando pela paisagem gelada.

Partiam para cima dos três *hovercrafts* americanos como um cardume de tubarões famintos.

— *Book! Me ajude!*

Agora Book estava atrás de Ricochete.

Mas quatro *hovercrafts* ingleses vinham da direita.

Book abriu uma de suas janelas laterais com o cano da MP-5 e puxou o gatilho. Uma linha de buracos de balas fez saltar o gelo ao longo do *hovercraft* inglês mais próximo.

E de repente o *hovercraft* inglês virou rapidamente e bateu na lateral do veículo de Book, e Book foi jogado fora da cadeira, pelo impacto.

— Espantalho! Onde está você? — gritou Book.

Book subiu de novo na cadeira e olhou pela janela lateral, para o *hovercraft* inglês ao lado. Estava tão perto que Book podia ver o piloto — um homem totalmente vestido de preto, com a característica balaclava do SAS. Havia mais dois homens na parte de trás do veículo, também de preto. Book viu um deles abrir a porta lateral.

Eles iam abordá-lo...

E, de repente, o *hovercraft* inglês se encheu de luz e suas janelas de vidro reforçado se despedaçaram ao mesmo tempo, saltando das molduras.

Book olhou fascinado o veículo ao seu lado explodir em chamas e ficar para trás. Depois olhou por cima do ombro e viu o *hovercraft* laranja de Schofield passar por trás. A trilha de fumaça de um Stinger pairava no ar diante dele.

— Obrigado, Espan...

— *Book! Cuidado, à esquerda!* — gritou a voz de Schofield.

O impacto jogou Book pelo ar, de lado, e o mundo se inclinou loucamente quando seu *hovercraft* foi levantado do chão pelo impacto estonteante, e de súbito — *uuump* — o grande veículo bateu de novo no chão sem qualquer perda de velocidade.

Book ficou totalmente desorientado. Estava tentando subir de novo no banco do piloto quando outro impacto sacudiu seu *hovercraft* de novo, desta vez pela direita.

— *Espantalho!* — gritou Book.

— *Estou encrencado aqui!*

— Estou vendo você, Book! Estou vendo! Já vou! — Schofield espiou pelo pára-brisa sujo de neve de seu *hovercraft* em alta velocidade.

Viu o veículo de Book, disparando pela planície de gelo à sua frente. Dos lados havia dois *hovercrafts* ingleses pretos, revezando-se para abalroá-lo.

— Renshaw! Como está esse novo Stinger?

— Quase pronto... — disse Renshaw atrás de Schofield. Ele estava furiosamente tentando enfiar um novo tubo no suporte.

— Fique firme, Book! — gritou Schofield.

Schofield acelerou seu LCAC, que respondeu aumentando a velocidade. Gradualmente, começou a alcançar os três *hovercrafts* à frente: o de Book e os dois ingleses.

Aos poucos, gradualmente, o *hovercraft* laranja de Schofield ultrapassou os outros três pela esquerda e de súbito, rapidamente, passou à frente deles.

Schofield olhou para trás, pelo pára-brisa traseiro, através do borrão do turboventilador traseiro e viu os três *hovercrafts*. Então se virou para olhar adiante e viu o transporte de Ricochete disparando pela planície de gelo uns vinte metros à esquerda.

— Ricochete! — disse Schofield.

— *O que é?*

— Prepare-se para ir pegar o Book!

— *O quê?*

— Só se prepare!

— *O que você vai fazer?*

— Um cavalo-de-pau — disse Schofield enquanto sacava sua MP-5. Em seguida se virou para Renshaw. — Sr. Renshaw...

— O quê?

— Segure-se firme.

E com isso Schofield colocou o *hovercraft* em ponto morto e puxou a haste de direção com força para a direita.

Como uma bizarra bailarina de duas toneladas, o *hovercraft* de Schofield fez um completo giro lateral de 180 graus *bem na frente* do de Book e dos dois ingleses.

Na cabine, Schofield pôs rapidamente o grande veículo em ré e ligou o turboventilador de novo.

Agora estava andando para trás!

A 130 quilômetros por hora.

Na frente de Book e dos *hovercrafs* ingleses!

Schofield enfiou sua MP-5 pela janela lateral e soltou uma rajada comprida.

O pára-brisa dianteiro do *hovercraft* inglês da esquerda explodiu com os buracos de bala. Schofield pôde ver os homens atrás se convulsionarem acertados pelos tiros.

O *hovercraft* inglês acertado se afastou imediatamente do de Book e sumiu à distância.

Book ainda estava no inferno.

O *hovercraft* inglês à esquerda havia sumido, mas o da direita estava abalroando-o com intensidade renovada.

Os dois veículos disparavam pela vastidão plana de gelo, lado a lado, com os motores rugindo.

E de súbito Book viu a porta lateral do *hovercraft* inglês se abrir. Um grosso cano preto se projetou dela.

— Ah, *merda* — disse Book.

Um sopro de fumaça apareceu na ponta do cano — era um lançador de granada M-60 — e um segundo depois toda a porta lateral do *hovercraft* de Book explodiu subitamente para dentro.

O vento jorrou na cabine.

Tinham explodido a porta lateral de seu hovercraft*!*

Nesse momento um pequeno objeto preto voou pelo buraco, fazendo barulho no chão da cabine.

Book viu imediatamente.

Era um pequeno objeto preto e cilíndrico com números azuis na lateral. Enquanto rolava pelo piso, parecia uma granada comum, mas, como Book sabia, era muitíssimo mais do que isso.

Era uma carga de nitrogênio.

A arma característica do SAS.

A granada mais avançada do mundo. Tinha até mesmo um mecanismo de alteração, de modo que você não poderia pegá-la e jogar de volta contra a pessoa que a havia atirado. Tempo padrão para ser detonada: cinco segundos.

Saia do hovercraft*!*, gritou a mente de Book.

Book mergulhou para o lado esquerdo da cabine — o mais distante do *hovercraft* inglês — e foi para a porta. Abriu-a depressa.

Cinco...

O gelado vento antártico golpeou seu rosto. A neve horizontal e cortante acertou seus olhos. Book não se importava. A neve não iria matá-lo; uma queda do *hovercraft* poderia. Mas a carga de nitrogênio definitivamente o mataria.

Quatro... três...

Mergulhou contra o vento gelado e imediatamente fechou a porta deslizante. Estava deitado no topo da saia preta de borracha que rodeava a base do *hovercraft*. Seu rosto estava encostado desajeitadamente na parte externa da janela da cabine. O vento gritava em seus ouvidos.

Dois... um...

Book rezou para que as janelas de vidro Lexan reforçado do *hovercraft* suportassem a...

A carga de nitrogênio explodiu dentro do *hovercraft*.

Plaf!

Uma onda de nitrogênio líquido, azul-gelo, bateu com força no vidro diante do rosto de Book. Instintivamente, ele virou a cabeça para trás.

Ficou olhando espantado o interior da cabine. O nitrogênio líquido supergelado tinha espirrado em todas as superfícies expostas dentro da cabine.

Todas as superfícies expostas.

A parte de dentro da janela diante dele estava pingando com a gosma azul. Book suspirou de alívio. O vidro reforçado tinha agüentado, por pouco.

E de repente... *craaaaac!*

Book afastou a cabeça no instante em que a janela — congelada imediatamente pelo nitrogênio líquido e se contraindo rapidamente — se partiu em milhares de teias de aranha.

— *Book!*

Book girou e viu o *hovercraft* de Ricochete chegar ao lado do seu. Dava para ver Ricochete através do pára-brisa, sentado no banco do piloto.

— *Venha!*

O *hovercraft* de Ricochete chegou mais perto. A porta lateral se abriu. As saias de borracha dos dois veículos se encostaram brevemente, depois se separaram de novo.

— *Pule!* — disse Ricochete, a voz soando alto no fone de ouvido de Book.

Book tentou ficar de pé.

— *Depressa!* — gritou Ricochete, ansioso.

Book tentou manter os olhos focalizados na saia de borracha preta do *hovercraft* de Ricochete. Tentou não olhar para as tiras de neve que passavam a 130 por hora entre os dois veículos.

E então, com o canto do olho, Book viu.

Viu o *hovercraft* preto se materializar ao fundo, atrás do de Ricochete.

De repente, ouviu Ricochete gritar:

— *Vai nessa, Espantalho!* — E então viu a porta lateral do *hovercraft* inglês se abrir. Viu o lançador de mísseis Milan antitanques aparecer dentro dela.

E então viu o familiar sopro de fumaça e o míssil disparando do lançador e voando pelo ar em sua direção, com a trilha de fumaça espiralando loucamente atrás, e naquele instante, naquele momento, Book viu que era demais...

— *Book! Pelo amor de Deus, pule! Pule agora! Merda!*

Book pulou.

Book voou pelo ar.

Enquanto voava, com o canto do olho viu o *hovercraft* inglês explodir acertado por um Stinger americano. Mas ele havia disparado seu míssil antes de ser acertado. Book viu o míssil de ponta branca atravessando o ar em sua direção.

E, de súbito, suas mãos bateram com força na borracha preta do *hovercraft* de Ricochete, e se esqueceu do míssil inglês enquanto tentava desesperadamente se segurar em alguma coisa.

No instante em que seus pés iam tocar o chão a toda velocidade, Book agarrou uma presilha da saia do *hovercraft* de Ricochete e ergueu os olhos bem a tempo de ver o míssil inglês se chocar na traseira de seu veículo recém-abandonado e explodi-lo em pedacinhos.

— Vocês o pegaram? — perguntou Schofield pelo microfone do capacete.

Schofield continuava disparado na frente do *hovercraft* de Ricochete — ainda viajando em marcha a ré. Dava para ver o transporte de Ricochete vindo a toda velocidade na planície de gelo.

— *Pegamos!* — respondeu Ricochete. — *Ele está dentro.*

— Bom.

Foi nesse momento que Schofield ouviu os tiros.

Sua cabeça girou imediatamente para a esquerda e ele viu.

Era o mesmo *hovercraft* inglês que havia arrebentado a lateral do de Book. Só que agora tinha uma metralhadora General Purpose — ou "Gimpy", como é conhecida — de aparência temível se projetando pela porta lateral. A enorme metralhadora pesada estava num tripé, e Schofield viu uma língua de fogo de três metros saltar do cano enquanto ela emitia um rugido ensurdecedor.

O *hovercraft* de Ricochete recebeu o grosso da fúria da metralhadora. Fagulhas, buracos de bala e rachaduras surgiram em todo o veículo.

Uma fina linha de fumaça preta começou a subir da traseira. O *hovercraft* começou a ficar visivelmente mais lento.

— *Espantalho*! — gritou Ricochete. — *Estamos com um problema sério!*

— Estou indo!

— *Fui acertado e estou ficando lento! Preciso abandonar algum peso para manter essa velocidade!*

Schofield estava pensando depressa. Continuava disparando em ré pela planície de gelo. O *hovercraft* de Ricochete estava à direita, e o inglês à esquerda.

Por fim disse:

— Sr. Renshaw...

— O quê?

— Assuma o volante.

— *O quê?*

— É como dirigir um carro, só que com menos resposta.

Renshaw se sentou na cadeira do piloto e segurou a haste de direção.

— Agora feche os olhos — disse Schofield.

— Hein?

— Só feche — repetiu Schofield enquanto levantava calmamente sua MP-5...

...e estourava o pára-brisa dianteiro de seu próprio hovercraft*!*

Renshaw cobriu os olhos enquanto lascas de vidro explodiam à sua volta. Quando os abriu de novo tinha uma visão completamente clara dos dois *hovercrafts* disparando pela planície de gelo "atrás" dele.

— Certo — disse Schofield —, coloque a gente na frente do preto.

Renshaw aplicou uma leve pressão na haste de direção. O *hovercraft* deslizou tranqüilamente para a esquerda, até estar na frente do veículo inglês que atirava contra o de Ricochete.

— Tudo bem. Mantenha-se aí.

Schofield enrolou no pescoço a tira de sua MP-5 e engatilhou a pistola automática Águia do Deserto.

— Certo, sr. Renshaw. Aperte o freio.

Renshaw olhou para Schofield, surpreso.

— O quê?

E então percebeu o que Schofield estava fazendo.

— Ah, não. Você não pode estar falando sério.

— Só faça isso.

— Tudo bem...

Renshaw balançou a cabeça e, depois de respirar fundo, pisou com os dois pés, com o máximo de força possível, no pedal do freio do *hovercraft*.

O *hovercraft* perdeu todo o ímpeto num instante e o veículo inglês que vinha atrás se chocou nele a toda velocidade, nariz contra nariz.

Renshaw se preparou para o impacto que, quando veio, lançou-o de volta no assento. Mas ao levantar a cabeça de novo não pôde acreditar nos próprios olhos. Viu Schofield passando pelo pára-brisa dianteiro despedaçado e indo para o capô.

Os dois *hovercrafts* eram uma visão incrível. Agora estavam juntos pelos narizes, ambos a toda velocidade. A única diferença é que um estava apontado para a frente e o outro *para trás*.

Em três passos fluidos, a pequena figura de Schofield dançou pelo capô dianteiro do veículo laranja e saltou sobre o preto, que vinha atrás.

Os pés de Schofield bateram no capô do *hovercraft* inglês. A neve horizontal se chocava em suas costas enquanto ele disparava com a MP-5 contra o pára-brisa do veículo inglês. O pára-brisa se despedaçou e Schofield viu o motorista cair em meio a um repuxo de sangue.

Mas ainda havia outros dois homens na cabine, que a qualquer segundo virariam as armas contra ele.

Schofield correu e saltou no teto do *hovercraft* no momento em que uma saraivada de balas saltava de dentro da cabine.

Deslizou, com os pés à frente, no teto do *hovercraft* inglês. A porta esquerda do veículo ainda estava aberta, e Schofield rolou de barriga para baixo, chegou à borda do teto com sua MP-5 e a enfiou pela porta. Apertou o gatilho e disparou às cegas contra o inimigo invisível.

Sua MP-5 ficou sem balas, e Schofield prestou atenção e esperou. Se um dos dois comandos ingleses tivesse sobrevivido às rajadas, já devia estar se levantando.

Ninguém saiu do *hovercraft*.

O fogo ensurdecedor da metralhadora montada no tripé havia cessado. O único som que Schofield escutava era o assobio do vento nos ouvidos.

Balançou-se e saltou pela porta aberta do *hovercraft* inglês.

Nenhum dos comandos do SAS tinha sobrevivido ao seu ataque. Os três homens estavam caídos no piso da cabine, cobertos de sangue.

Schofield foi até o banco do piloto.

— Sr. Renshaw, está me ouvindo? — falou.

Dentro do *hovercraft* laranja James Renshaw segurava a haste de direção com tanta força que seus dedos estavam ficando brancos. O veículo continuava andando de ré a uma velocidade incrível.

— Sim, estou ouvindo — disse Renshaw ao microfone do capacete grande demais.

— *O senhor vai ter de virar o veículo. Preciso de que ajude Ricochete. Ele tem de descarregar parte do pessoal para manter uma velocidade decente. Preciso de que tire umas duas pessoas do* hovercraft *dele.*

— Eu não posso fazer isso! Faça o senhor.

— *Sr. Renshaw...*

— Certo. Certo.

— *Bom, quer que eu o oriente?*

— Não. Eu consigo.

— *Então faça. Tenho de ir* — disse a voz de Schofield rapidamente. E com isso Renshaw viu o veículo inglês recém-adquirido por Schofield sair para a esquerda, na direção do *hovercraft* avariado de Ricochete.

— Certo — disse Renshaw a si mesmo enquanto segurava a haste de direção com mais força ainda. — Eu consigo. Vi quando ele fez antes, não pode ser tão difícil assim. Cavalo-de-pau.

Renshaw colocou o *hovercraft* em ponto morto e sentiu o grande veículo perder um pouco da velocidade.

— Certo. Vamos lá...

E puxou a haste de direção com força para a direita.

Imediatamente, o *hovercraft* girou de lado sobre o eixo e Renshaw gritou "Aaaahhhh!" enquanto todo o veículo saltava, fazendo um 180 brusco, e de repente estava virado de novo para a frente. Renshaw puxou a haste de direção de volta para o outro lado, e de súbito o veículo estava firme — santo Deus — viajando para a frente.

Renshaw ficou pasmo. Pôs de novo o *hovercraft* em marcha alta.

— *Puta merda!* Eu consegui. Eu *consegui!*

— *Parabéns, sr. Renshaw* — disse a voz de Schofield em seu ouvido. — *Já vi crianças em motos de neve fazer um cento e oitenta melhor do que esse. Bom, se não se importa, poderia fazer a gentileza de fechar a boca e tirar esse rabo daí? Ricochete precisa da nossa ajuda.*

O *hovercraft* de Schofield chegou ao lado do de Ricochete.

Os dois estavam com uma aparência infernal. O de Ricochete cheio de buracos de bala. O de Schofield não tinha pára-brisa dianteiro.

Os três ingleses que restavam iam circulando em volta, cortando-os pela frente, passando por trás.

Schofield trouxe seu *hovercraft* mais perto do de Ricochete, de modo que sua porta esquerda aberta estivesse diretamente em frente à direita do outro.

Schofield gritou:

— Certo! Mande dois dos seus passageiros para mim! Renshaw vai chegar a qualquer segundo! Ele pode pegar mais dois!

— *Entendido, Espantalho* — respondeu a voz de Ricochete.

Schofield apertou o botão de cruzeiro em seu painel e voltou correndo pela cabine. Chegou à porta lateral aberta e olhou para o espaço entre os dois veículos em alta velocidade. Viu Book parado na porta do *hovercraft* branco, a cerca de dois metros e meio de distância. Estava com Kirsty.

— Certo! — gritou Schofield ao microfone enquanto Ricochete aproximava mais seu veículo. — Mande-a!

Book pisou com cuidado na saia do *hovercraft*, gentilmente trazendo Kirsty. A menina parecia morta de medo enquanto saía ao vento gélido e veloz.

Schofield se aventurou na saia do seu veículo, com os braços esticados.

— Venha, querida! — gritou. — Você consegue!

Kirsty deu um passo hesitante.

O chão passava a toda velocidade embaixo.

— Estenda a mão! Estenda a mão! E pule agora! — gritou Schofield. — Eu pego você!

Kirsty pulou.

Um tímido salto de menininha.

Schofield se esticou e agarrou seu casaco, puxando-a para dentro do *hovercraft* preto.

Assim que estavam em segurança, ele perguntou:

— Você está bem?

Quando Kirsty abriu a boca para responder, todo o *hovercraft* foi sacudido por um impacto feroz. Schofield e Kirsty foram jogados contra a moldura da porta aberta. Kirsty gritou quando caiu pela porta, mas Schofield se esticou e agarrou sua mão enluvada bem a tempo.

Tinham sido abalroados pela direita. Schofield girou para ver o que o havia acertado.

Outro *hovercraft* inglês.

Schofield puxou Kirsty de volta para dentro da cabine e se preparou para o impacto seguinte.

Que não veio.

Em vez disso, todo o lado direito da cabine simplesmente explodiu para dentro.

Kirsty gritou e Schofield mergulhou em cima dela, abrigando-a do entulho que voava. Tentou espiar através da fumaça para ver onde se encontrava o veículo inglês, para ver o que seus ocupantes estavam fazendo.

Mas não conseguia enxergar o veículo.

Só via fumaça e névoa.

E então, depois de um instante, ouviu o som de pés batendo na saia de seu *hovercraft* e sentiu um nó no estômago quando viu duas figuras demoníacas emergirem da fumaça e entrarem na cabine com as armas erguidas.

Os dois comandos do SAS emergiram da névoa. Schofield estava no chão, cobrindo Kirsty, totalmente exposto.

— *Espantalho! Abaixe-se!* — gritou a voz de Book em seu ouvido.

Schofield se abaixou e imediatamente ouviu o agudo *uuush! uuush!* de duas balas passando baixo acima da sua cabeça, e o primeiro homem do SAS caiu como uma pedra — com um tiro de Book, disparado do outro *hovercraft*.

O segundo comando do SAS ficou momentaneamente espantado, e era só disso que Schofield precisava. Saltou de pé como um gato e se jogou contra o inimigo, e ambos voaram contra o painel de instrumentos.

A luta corpo-a-corpo que se seguiu foi totalmente de mão única.

O sujeito do SAS partiu para cima de Schofield. Bastou um soco em sua garganta machucada e Schofield não conseguia respirar, outro na costela e Schofield ouviu um osso estalar. Dobrou-se e o homem do SAS o agarrou pela gola e pelo cinto e o jogou pelo destruído pára-brisa dianteiro do *hovercraft* que seguia em alta velocidade.

Schofield se chocou no capô. Seu corpo doía, ele não conseguia respirar. Tossiu sangue enquanto levantava os olhos...

... bem a tempo de ver o comando do SAS levar a mão ao coldre e pegar sua pistola de serviço.

Ao ver a arma, subitamente a respiração de Schofield voltou e tudo ficou claro.

Hovercraft em alta velocidade.

Homem, arma.

Morte certa.

Com o corpo doendo, rolou para a frente, em direção à proa redonda do *hovercraft*. A saia de borracha preta estava à sua frente. O chão passava por baixo dela a 110 quilômetros por hora.

Você vai morrer...

Schofield encontrou um apoio para a mão e baixou os pés por cima da proa do *hovercraft*. Seus pés tocaram na terra em alta velocidade e quicaram na superfície.

O homem do SAS na cabine pareceu achar divertido o que Schofield estava fazendo, e parou por uma fração de segundo enquanto levantava a pistola automática na direção da cabeça dele.

Com o rosto machucado, os dentes ensangüentados e o corpo curvado sobre a saia inflada do *hovercraft*, Schofield olhou para o comando do SAS e sorriu. Viu o comando sorrir de volta. E então o viu levantar a arma um pouco mais alto.

Nesse momento, Schofield enfiou a cabeça abaixo da saia do *hovercraft*. Ouviu a arma disparar, ouviu a bala ricochetear em cima da saia.

Agora estava pendurado na proa do *hovercraft*, apertando o corpo contra a saia de borracha inflada. Seus pés se arrastavam no chão que passava embaixo numa velocidade incrível.

De repente ouviu um som, levantou a cabeça e viu o homem do SAS parado acima dele, no capô dianteiro do *hovercraft*, olhando-o, com a arma ainda na mão.

E quando o comando do SAS levantou a pistola para disparar, Shane Schofield soube que só poderia fazer uma coisa. Soltou a saia de borracha inflada e desapareceu sob a proa do *hovercraft*.

O som dos turboventiladores era absolutamente de arrebentar os tímpanos.

O capacete de Schofield bateu no chão e ele deslizou de costas por baixo do *hovercraft*.

O jorro de ar e o rugido ensurdecedor dos quatro turboventiladores acima dele faziam parecer como se estivesse em um túnel de vento. Schofield viu o interior inflado, viu a velocidade de rotação dos turboventiladores... Então ele saiu por baixo do veloz *hovercraft* e o ronco dos turboventiladores sumiu quando Schofield deslizou de costas na planície lisa e gelada *atrás* do *hovercraft* em que estivera há apenas alguns instantes.

Não perdeu tempo.

Rolou de barriga para baixo enquanto aquaplanava pelo gelo e, num movimento rápido, sacou o Maghook do cinto e olhou para a traseira do *hovercraft* que se afastava. Levantou o Maghook e disparou.

A grande cabeça magnética voou pelo ar, com a corda se desenrolando loucamente atrás. O ímã se chocou na parede metálica da cabine, logo acima da saia do *hovercraft*, e Schofield foi subitamente puxado atrás do veículo.

Agora estava sendo arrastado pela planície gelada atrás do *hovercraft*, como um esquiador aquático tentando desesperadamente ficar de pé outra vez.

E abruptamente o chão em volta de Schofield foi pipocado por tiros.

Girou para olhar para trás.

Um segundo *hovercraft* inglês estava bem atrás dele!

Estava se aproximando, como se quisesse atropelá-lo.

Schofield rolou de costas — segurando-se ao lançador do Maghook com uma das mãos — arrastado pelo primeiro *hovercraft*. Com a mão livre sacou sua Águia do Deserto e disparou contra o veículo perseguidor. A Águia do Deserto estrondeou e abriu vários buracos na saia do *hovercraft*.

Mas o veículo não diminuiu a velocidade.

Estava quase em cima.

Só precisava chegar sobre ele e diminuir a velocidade um pouquinho. O *hovercraft* se abaixaria e Schofield seria despedaçado pelos turboventiladores de baixo.

Os turboventiladores de baixo...

Schofield revirou o cérebro desesperadamente em busca de alguma coisa — qualquer coisa — que pudesse usar para...

Seu capacete.

Ainda sendo arrastado atrás do primeiro *hovercraft*, rapidamente enfiou a arma no coldre e tirou o capacete.

Teria de acertar. O capacete teria de ir *quicando*, quicando alto para ser apanhado nas lâminas dos ventiladores do veículo em perseguição.

Jogou.

O capacete voou pelo ar — pareceu flutuar por uma eternidade — depois quicou e em seguida o *hovercraft* passou por cima.

Schofield achou que o capacete devia ter quicado contra o ventilador da frente do *hovercraft*, porque nesse momento, naquele instante súbito e chocante, todo o veículo simplesmente se dobrou e deu uma cambalhota a 110 por hora — simplesmente girou no ar e caiu sobre a cabine. O *hovercraft* acidentado deslizou pelo terreno plano e gelado — sobre o teto, logo atrás de Schofield — durante uns cinqüenta metros antes de parar e ir se encolhendo à distância.

Schofield rolou de novo de barriga para baixo. Seu corpo quicava no chão duro e gelado, sendo arrastado atrás do primeiro *hovercraft* numa velocidade fenomenal. Minúsculos flocos de gelo batiam em seus óculos prateados.

Então ele apertou o botão preto do Maghook — o botão que enrolava o cabo sem desmagnetizar o gancho — e o Maghook começou a se enrolar, arrastando Schofield para a frente, em direção à traseira do *hovercraft*, até finalmente chegar à saia de borracha preta. O vento do turboventilador da traseira acertava seu rosto, mas ele não se importou. Agarrou-se numa presilha na borracha preta e se arrastou para cima do *hovercraft*.

Cinco segundos depois, estava de pé junto à porta esquerda. Chegou bem a tempo de ver o comando do SAS dar um tapa no rosto de Kirsty, jogando-a no chão.

— *Ei!* — gritou Schofield.

O homem do SAS girou e o viu, e um riso de desprezo se formou em sua boca.

— Kirsty — disse Schofield, jamais afastando o olhar do comando inglês. — Cubra os olhos, querida.

Kirsty cobriu os olhos.

O comando do SAS encarou Schofield por longo tempo. Os dois simplesmente ficaram ali, na cabine do *hovercraft* em alta velocidade, como dois pistoleiros se encarando numa rua deserta no oeste.

E então, num súbito borrão de movimento, o homem do SAS começou a sacar sua arma.

Schofield começou a sacar a dele.

As duas armas subiram rapidamente, mas apenas uma disparou.

— Agora pode abrir os olhos — disse Schofield enquanto se adiantava — passando sobre o corpo do comando do SAS — e se abaixou ao lado de Kirsty.

Lentamente, Kirsty abriu os olhos.

Schofield viu o hematoma se formando em volta do malar esquerdo da menina.

— Você está bem? — perguntou gentilmente.

— Não — disse ela, com as lágrimas inchando nos olhos. Em seguida, tirou a bomba de asma do bolso e sugou duas vezes, profundamente.

— Eu também não — concordou Schofield, pegando a bomba de asma e também sugando duas vezes antes de colocá-la no bolso.

Depois se levantou e pegou a haste de direção do *hovercraft* inglês. Enquanto dirigia, ejetou o pente de sua Águia do Deserto e colocou um novo.

Kirsty chegou ao seu lado.

— Quando você... quando você foi para baixo do *hovercraft* — disse ela — eu pensei... pensei que você tinha morrido.

Schofield enfiou a pistola de volta no coldre e olhou para Kirsty. Viu lágrimas nos olhos dela.

Enquanto a olhava, notou que ainda estava com os óculos prateados. Tirou-os e se agachou na frente da menina.

— Ei. Tudo bem, está tudo bem. Não vou morrer e deixar você na mão. *Não vou morrer e deixar você na mão.* — Schofield sorriu. — Puxa, não posso morrer. Sou o herói dessa história.

Mesmo contra a vontade, Kirsty sorriu. Schofield sorriu também.

E então, para sua surpresa, a garota se adiantou e o abraçou. Schofield devolveu o abraço.

Mas enquanto a segurava escutou um ruído estranho. Um ruído que não tinha ouvido antes.

Bum.

Bum.

Bum.

Parecia...

Ondas se chocando numa praia.

Com um jorro enjoativo, Schofield percebeu onde estavam. Perto dos penhascos. Suas manobras evasivas durante a caçada tinham-nos levado para perto dos penhascos de cem metros de altura acima da baía. Os estrondos altos que estava escutando eram as ondas gigantescas do oceano se chocando contra os penhascos de gelo.

Ainda estava segurando Kirsty. Mas enquanto a abraçava, algo atrás dela atraiu seu olhar.

Preso na lateral do painel do *hovercraft* inglês havia um pequeno compartimento, montado na parede. A porta estava aberta. Dentro do compartimento Schofield viu duas latas prateadas. Cada uma tinha cerca de trinta centímetros de comprimento e eram cilíndricas. Cada lata prateada tinha uma faixa verde e larga pintada no meio. Schofield viu algumas letras na lateral de uma das latas.

TRITONAL 80/20

Tritonal 80/20?, pensou ele. *Por que diabos os ingleses trariam isso para a Wilkes?*

O Tritonal 80/20 era um explosivo epóxi altamente concentrado — um líquido preenchedor altamente combustível usado em bombas lançadas do ar. O tritonal não era nuclear, mas causava uma explosão grande e quente. Um quilo daquele negócio — a quantidade que havia em cada lata que Schofield estava olhando agora — poderia derrubar um pequeno prédio.

Schofield soltou Kirsty lentamente, pôs os óculos de volta e foi em direção ao compartimento no painel. Pegou uma das latas prateadas e verdes.

Virou-se de novo para Kirsty.

— Você está bem, agora?

— Estou.

— Bom — disse Schofield, enfiando a carga de Tritonal num dos bolsos compridos da coxa. — Porque realmente tenho de voltar...

Schofield não o viu chegando.

O impacto o tirou do chão.

Todo o *hovercraft* saltou de repente para a esquerda.

Schofield olhou pelo enorme buraco do lado direito de seu veículo em alta velocidade e viu um dos dois *hovercrafts* ingleses que restavam, disparando pela planície gelada ao seu lado!

Ele o abalroou de novo.

Com força.

Com tanta força que Schofield sentiu seu *hovercraft* deslizar para a esquerda.

— Que diab...

Olhou para a esquerda e, num súbito momento aterrorizante, percebeu o que eles estavam fazendo.

— Ah, não — falou. — Ah, não...

O *hovercraft* inglês o abalroou de novo, e de novo o veículo de Schofield e Kirsty foi empurrado para a esquerda.

Schofield olhou pelo destruído pára-brisa dianteiro e viu a planície gelada se estendendo sem fim. Mas à esquerda viu que ela terminava abruptamente. Na verdade, parecia simplesmente despencar...

Os penhascos.

A cada impacto o *hovercraft* inglês empurrava Schofield e Kirsty mais perto da borda.

Estavam tentando jogá-los pelo penhasco.

Schofield começou a lutar com a haste de direção de seu *hovercraft*, mas não adiantava.

Não podia ir a lugar nenhum.

Sem espaço para se mover — sem espaço para se adiantar — simplesmente se pegou se desviando sem eficácia do *hovercraft* inglês.

Olhou de novo para a frente e viu a beira do penhasco disparando a menos de dez metros à esquerda. Captou um vislumbre de minúsculas ondas de crista branca além da borda do penhasco. Elas estavam *muito* lá embaixo.

— *Meu Deus...*

De repente, houve outro impacto e o *hovercraft* saltou mais para a esquerda, mais perto ainda da borda do penhasco.

A borda estava a apenas oito metros.

Mais alguns impactos, pensou Schofield, e seria o fim.

Instintivamente, levou a mão ao microfone do capacete para pedir ajuda. Mas ele não estava ali. Estava preso ao capacete que ele não usava mais.

Merda.

Sem capacete. Não podia entrar em contato com os outros.

Mais um impacto. Dessa vez mais forte.

A cinco metros da borda.

Olhou para a direita, pelo buraco na lateral de seu *hovercraft*, e viu o preto veículo inglês chicoteando pela planície de gelo ao lado. Viu-o aumentar o espaço entre os dois *hovercrafts* e subitamente se lançar de novo em sua direção.

Os dois veículos colidiram de novo, e Schofield sentiu seu *hovercraft* pular mais dois metros na direção da borda.

Faltavam dois metros.

Os dois *hovercrafts* disparavam junto à borda do penhasco, cem metros acima das ondas brancas e borbulhantes do oceano glacial.

Schofield ainda estava olhando o *hovercraft* inglês ao lado.

Quando ele aumentou o espaço entre os dois mais uma vez — como um boxeador recuando o braço na preparação do golpe seguinte — de repente Schofield viu outro *hovercraft* se materializar à distância, do outro lado do veículo inglês.

Schofield piscou.

Era o *hovercraft* francês, laranja.

O hovercraft *laranja*?

Mas a única pessoa naquele hovercraft era...

Renshaw.

Schofield viu o espalhafatoso veículo laranja chegar ao lado do aparelho inglês em alta velocidade. Agora eram três *hovercrafts* viajando lado a lado junto à borda do penhasco de gelo!

De repente, o *hovercraft* inglês o abalroou de novo e a saia do veículo de Schofield passou sobre a borda do penhasco. Grandes nacos de gelo foram jogados lá embaixo. Tornaram-se minúsculos pontos brancos enquanto desapareciam na espuma violenta do mar, cem metros abaixo.

— Venha.

Schofield agarrou subitamente a mão de Kirsty.

— O que nós...

— Vamos embora.

Schofield empurrou Kirsty até o enorme buraco no lado direito de seu *hovercraft*.

Viu o veículo inglês se afastar deles outra vez, preparando-se para o golpe mortal.

Engoliu em seco. Teria de fazer a coisa exata...

Sacou sua pistola Águia do Deserto.

O *hovercraft* inglês veio em sua direção.

Os dois veículos colidiram, e naquele instante Schofield saltou, puxando Kirsty.

Pousaram na saia do *hovercraft* inglês no instante em que o deles tombava pela borda do penhasco. O aparelho vazio rolou pelo ar por um instante antes de mergulhar cem metros. Bateu na água com um impacto estonteante e se desfez em mil pedaços.

Schofield e Kirsty não pararam de se mover.

Subiram no teto do *hovercraft* inglês, e ao fazer isso Schofield apontou sua pistola direto para baixo e fez três disparos rápidos contra o teto abaixo, e de repente eles estavam do *outro* lado do *hovercraft*, e Schofield pôde ver o veículo de Renshaw diante deles.

O *hovercraft* laranja chegou mais perto enquanto Schofield e Kirsty saltavam da saia do veículo inglês. Pousaram em segurança no de Renshaw, que se afastou instantaneamente.

Schofield olhou de volta para o *hovercraft* inglês — viu uma estrela de sangue no pára-brisa dianteiro. Alguém lá dentro ainda estava se movendo, adiantando-se desajeitadamente numa tentativa de segurar a haste de direção.

Schofield deduziu que devia ter acertado o piloto, e agora quem quer que estivesse lá tentava desesperadamente recuperar o controle do...

Tarde demais.

O *hovercraft* inglês parecia um carro de acrobacia saltando de uma rampa, quando disparou da borda do penhasco. Voou pelo ar um momento — subindo — antes que a gravidade assumisse o controle e o veículo começasse a fazer um arco para baixo. Schofield captou um vislumbre fugaz do homem lá dentro, enquanto o aparelho caía abaixo da borda do penhasco e desaparecia para sempre.

Virou-se, vendo a porta deslizante do *hovercraft* laranja se abrir à sua frente e viu o rosto sorridente de Renshaw.

— Eu sei dirigir essa coisa ou não? — perguntou o cientista.

Agora restava apenas um *hovercraft* inglês. Em número inferior diante dos dois veículos dos americanos, ele mantinha a distância.

Schofield pegou o capacete de fuzileiro que estava com Renshaw e pôs na cabeça. Ligou o microfone.

— Ricochete, ainda está aí?

— *Estou.*

— Todo mundo está bem?

— *Mais ou menos.*

— E o *hovercraft?*

— *Meio abalado, mas tudo bem. Estamos com potência total de novo* — disse a voz de Ricochete.

— Bom. Escute, se a gente cuidar desse último sujeito, você acha que pode ganhar uma boa dianteira e chegar à McMurdo?

— *Vamos chegar lá.*

— Então certo — disse Schofield enquanto olhava para Kirsty. — Fique perto. Você vai pegar outro passageiro.

Schofield mandou Renshaw colocar o *hovercraft* ao lado do transporte de Ricochete. Queria colocar Kirsty no transporte e depois mandá-lo para a McMurdo enquanto ele e Renshaw cuidavam do último *hovercraft* inglês.

Os dois veículos em alta velocidade se aproximaram.

As duas portas deslizantes se abriram.

Book apareceu na porta do transporte de Ricochete. Schofield parou com Kirsty na porta do *hovercraft* laranja.

O último veículo inglês continuava sinistramente seguindo-os, duzentos metros atrás.

— *Certo, vamos* — disse a voz de Book no fone de ouvido de Schofield.

Schofield falou para Kirsty:

— Está pronta?

— Hã-hã.

Os dois pularam na saia juntos.

Na cabine do veículo de transporte, Ricochete estava mantendo o olhar cauteloso no *hovercraft* inglês.

Ele simplesmente parecia estar ali, vigiando-os.

— O que você está pretendendo, seu filho-da-puta? — disse Ricochete em voz alta.

— *Certo, pode mandá-la!* — gritou Book.

Schofield e Kirsty se adiantaram com cuidado na direção da borda da saia do *hovercraft*. O vento os golpeava, implacável.

Na outra saia, diante deles, Book estendeu as mãos para Kirsty. Schofield segurou-a por trás. A transferência estava quase completa...

E subitamente a voz de Ricochete explodiu no interfone do capacete deles.

— *Ah, porra! Ele acabou de lançar!*

Schofield e Book se viraram bruscamente ao mesmo tempo.

Viram primeiro a esteira de fumaça.

Ela espiralava pelo ar. Uma tira de vapor fina e branca.

E na frente dela... um míssil.

Sua fonte: o último *hovercraft* inglês.

Era outro míssil antitanque Milan, e vinha baixo, perto do chão. Disparava pelo ar, cobrindo rapidamente a distância entre eles, e de súbito, com uma intensidade chocante, acertou a traseira do *hovercraft* laranja de Schofield e explodiu.

O *hovercraft* se sacudiu ferozmente com o impacto. Schofield não conseguiu segurar Kirsty e caiu para trás na cabine do veículo. Enquanto tombava, olhou para cima e a última coisa que viu antes de bater no chão foi um vislumbre rápido de Book — saltando para a frente, desequilibrado — tentando em desespero segurar as mãos de Kirsty enquanto ela caía entre os dois *hovercrafts* em alta velocidade.

Book e Kirsty caíram.

A saia de borracha preta de um dos *hovercrafts* encheu o campo de visão de Book enquanto ele tombava entre os dois veículos.

Segurou Kirsty pela mão e, enquanto os dois caíam, puxou-a para perto do corpo e girou no ar, de modo que quando batessem no chão ele suportasse o pior da queda.

E de repente, violentamente, bateram no chão em alta velocidade.

— *Book caiu! Book caiu!* — gritou a voz de Ricochete no fone de ouvido de Schofield. — *A garotinha caiu com ele!*

O *hovercraft* de Schofield disparava pela planície de gelo, totalmente descontrolado.

O impacto do míssil na traseira havia destruído o ventilador de popa e metade do leme, fazendo o *hovercraft* rabear loucamente e saltar para a esquerda — *indo direto para a beira do penhasco.*

Renshaw agarrava em desespero a haste de direção, mas com o leme de cauda semidestruído, o aparelho só virava para a *esquerda*. Renshaw fez força contra a haste de direção e gradualmente o *hovercraft* começou a fazer um lento arco, de modo que agora estava passando pelo topo dos penhascos *de volta* na direção da Estação Polar Wilkes!

— Ricochete! — gritou Schofield ao microfone, ignorando os esforços de Renshaw para manter o controle do *hovercraft*.

— *O que é?*

— Saia daqui!

— *O quê?*

— Fomos acertados feio — disse Schofield ferozmente. — Estamos fodidos, nosso jogo acabou. Vá! Chegue à McMurdo! Consiga ajuda! Você é a única chance que temos!

— *Mas e a...*

— Vá!

— *Sim, senhor.*

Nesse momento Renshaw disse:

— Ah, tenente...

Schofield não estava escutando. Olhava o *hovercraft* de Ricochete afastar-se a toda velocidade na outra direção, sumindo na neve.

Então olhou pela janela lateral de seu veículo destruído e viu à distância um pequeno calombo branco na planície de gelo.

Book e Kirsty.

— Tenente...

Schofield viu o último *hovercraft* inglês se aproximar de Book e Kirsty, viu-o diminuir a velocidade e parar ao lado do corpo dobrado de Book. Homens vestidos de preto saíram do aparelho.

Schofield apenas ficou olhando.

— Droga.

Ao seu lado, Renshaw lutava com a haste de direção.

— Tenente! *Segure-se!*

Nesse momento, enquanto Renshaw puxava, a haste de direção estalou e se partiu, e de repente o *hovercraft* girou de lado e deu um cavalo-de-pau. Num instante Schofield e Renshaw estavam andando de marcha a ré outra vez.

— Que diabo você está fazendo? — gritou Schofield.

— Eu estava *tentando* evitar *aquilo*! — gritou Renshaw enquanto apontava pela traseira destruída do *hovercraft*, a parte que agora funcionava como *frente.*

O olhar de Schofield seguiu o dedo de Renshaw e ele arregalou os olhos.

Eles estavam disparando — em ré — para a borda do penhasco.

— Por que essa *porra* desse dia não acaba? — perguntou Schofield.

— Acho que vai acabar — disse Renshaw peremptoriamente.

Schofield empurrou Renshaw para fora do banco do piloto e se sentou. Começou a apertar o pedal do freio.

Sem reação.

O *hovercraft* continuou a deslizar para a borda.

— Eu *tentei* isso! — disse Renshaw. — Não tem freio!

O *hovercraft* disparava para a borda do penhasco, de ré, totalmente fora de controle.

Schofield agarrou a haste de direção partida. Também não tinha direção.

Teriam de pular...

Mas o pensamento veio tarde demais.

A borda do penhasco disparava na direção deles, rápido demais.

E de repente ficaram sem chão e Schofield sentiu o estômago saltar enjoativamente quando o *hovercraft* varou o topo do penhasco e voou numa velocidade incrível pelo espaço aberto.

SEXTA INCURSÃO

16 de junho, 16:35

O *hovercraft* caiu pelo ar, de traseira.

Dentro da cabine Schofield girou no banco para olhar pelo pára-brisa dianteiro, despedaçado. Viu a borda do penhasco lá em cima, ficando cada vez menor, afastando-se.

No banco ao seu lado Renshaw estava ofegando.

— Nós vamos morrer. Vamos *realmente* morrer.

O *hovercraft* ficou na vertical — com a traseira apontando para baixo, o nariz para cima — e de repente Schofield viu apenas o céu.

Estavam caindo rápido.

Pela janela lateral Schofield via o penhasco vertical passando por eles a uma velocidade espantosa.

Agarrou seu Maghook e encostou o cano da arma no rosto de Renshaw, silenciando-o.

— Agarre minha cintura e não solte.

Renshaw parou de gemer e encarou Schofield por um segundo. Depois envolveu rapidamente a cintura de Schofield com os braços. Schofield levantou o Maghook acima da cabeça e disparou através do pára-brisa arrebentado do *hovercraft* que caía.

O Maghook saltou pelo ar num arco elevado — o arpéu de aço abrindo-se no meio do vôo, o cabo se estendendo numa linha louca e bamboleante.

O gancho caiu com força no topo do penhasco e escorregou para trás, com as garras se cravando na neve.

O *hovercraft* continuou caindo pelo ar, de ré. O arpéu encontrou um ponto de apoio no topo do penhasco e parou subitamente. O cabo ficou instantaneamente retesado...

...e Schofield e Renshaw — na outra ponta do cabo — de repente saltaram do veículo em queda.

O *hovercraft* continuou caindo abaixo deles — caiu e caiu — antes de se despedaçar ruidosamente nas ondas de cristas brancas, cinqüenta metros abaixo.

Schofield e Renshaw balançaram na direção do penhasco. O *hovercraft* havia se lançado a uma boa distância, por isso eles tinham um longo caminho para balançar de volta, e quando bateram na face do penhasco, bateram com força.

O impacto fez Renshaw soltar a cintura de Schofield e ele caiu por um instante, agarrando o pé direito do fuzileiro no último momento.

Os dois ficaram ali pendurados por um minuto, na metade da parede íngreme do penhasco, nenhum dos dois ousando se mexer.

— Ainda está aí? — perguntou Schofield.

— Estou — disse Renshaw, petrificado.

— Certo, agora vou tentar fazer a gente subir.

Schofield mudou ligeiramente a empunhadura do lançador para poder apertar o botão preto que enrolava o cabo sem soltar o arpéu.

Olhou para a borda do penhasco lá em cima. Devia estar a pelo menos cinqüenta metros. Achou que deveria estar pendurado na extensão total do cabo de seu Maghook.

Foi então que o viu.

Um homem. Parado na borda do penhasco, espiando para os dois lá embaixo.

Schofield se imobilizou.

O homem usava uma balaclava preta.

E estava segurando uma metralhadora.

— E então? — disse Renshaw aos pés de Schofield. — O que está esperando? — De sua posição ele não podia ver o comando do SAS no topo do penhasco.

— Nós não vamos subir mais — disse Schofield em voz chapada, os olhos fixos na figura de preto lá em cima.

— Não? De que está falando?

Agora o comando do SAS olhava direto para Schofield.

Schofield engoliu em seco. Depois espiou as ondas que se despedaçavam cinqüenta metros abaixo. Quando ergueu os olhos de novo o comando do SAS estava tirando uma faca comprida da bainha. Em seguida, ele se abaixou sobre o cabo do Maghook no topo do penhasco.

— Ah, não — disse Schofield.

— Ah, não, o quê?

— Está pronto para um passeio?

— Não — respondeu Renshaw.

— Respire durante toda a queda, depois, no último segundo, inspire fundo. — Era o que diziam quando você saltava de um helicóptero em movimento sobre a água. Schofield achou que o mesmo princípio se aplicaria ali.

Ergueu os olhos de novo para o comando do SAS no topo do penhasco. O sujeito ia cortar o cabo.

— Certo — disse Schofield. — Chega de papo furado. Imagine se eu vou esperar que *você* corte minha corda. Renshaw, está pronto? Nós já vamos.

Nesse momento, Schofield apertou duas vezes o gatilho do Maghook.

No topo do penhasco, as garras do arpéu reagiram imediatamente e se fecharam e, ao fazer isso, perderam o apoio na neve. O gancho escorregou pela beira do penhasco, passou pelo perplexo comando do SAS e Schofield, Renshaw e o Maghook caíram — juntos — pela face do penhasco até as águas violentas do oceano glacial, abaixo.

No silêncio da caverna de gelo, Libby Gant simplesmente olhava os corpos semicomidos que estavam sobre as rochas diante dela. Desde que tinham chegado à caverna, há cerca de quarenta minutos, os outros — Montana, Santa Cruz e Sarah Hensleigh — mal haviam olhado para os corpos. Estavam totalmente fascinados com a grande espaçonave preta do outro lado da caverna. Andaram em volta dela, por baixo, espiaram as asas de metal preto, tentaram olhar pela cúpula de vidro fumê da cabine.

Depois de Schofield ter informado sobre a chegada iminente dos soldados ingleses e de seu plano de fugir, ela havia colocado duas MP-5 em tripés, virados para o lago na extremidade da caverna. Se os homens do SAS tentassem entrar, Gant os pegaria um a um quando chegassem à superfície.

Isso fora há meia hora.

Mesmo que o SAS tivesse chegado à Estação Polar Wilkes, ainda levaria uma hora para baixar alguém no sino de mergulho e mais uma hora para nadarem pelo túnel subaquático até a caverna.

Agora era um jogo de espera.

Depois de Gant ter montado os tripés, Montana e Sarah Hensleigh tinham voltado para examinar a espaçonave. Santa Cruz tinha ficado com Gant um pouco mais, mas logo também foi olhar a fantástica nave preta.

Gant ficou com as armas.

Sentada no chão gelado da caverna, olhou os corpos desmembrados do outro lado do lago. A quantidade de danos causados a eles a havia espantado. Cabeças e membros faltando; trechos inteiros de carne literalmente *mastigada* até o osso; todo o local encharcado em sangue.

O que, diabos, poderia ter feito aquilo?

Enquanto pensava nos corpos, o olhar de Gant foi até o lago. Viu os buracos redondos nas paredes de gelo acima — os enormes buracos de três metros. Eram idênticos aos que tinha visto no túnel subaquático a caminho daqui.

Tinha uma sensação estranha com relação aos buracos, à caverna em si. Era quase como se a caverna fosse algum tipo de...

— Isso é absolutamente *incrível* — disse Sarah Hensleigh enquanto chegava perto de Gant. Sarah afastou rapidamente do rosto uma madeixa de cabelos compridos e escuros. Estava praticamente reluzindo de empolgação com a descoberta da espaçonave.

— Ela não tem qualquer marca — disse. — Toda a nave é completamente *preta*.

Gant não se importava muito com Sarah Hensleigh neste momento. Na verdade, também não se importava muito com a espaçonave.

De fato, o simples pensamento nela — na espaçonave, na caverna, nos corpos semidevorados e no SAS lá em cima na estação... Gant não conseguia evitar a idéia de que de jeito nenhum sairia viva da Estação Polar Wilkes.

A entrada da equipe do SAS na Estação foi rápida e fluida — profissional.

Homens vestidos de preto entraram com as armas levantadas. Espalharam-se rapidamente, andando em pares. Abriram todas as portas, verificaram cada cômodo.

— Deque A, *limpo!* — gritou uma voz.

— Deque B, *limpo!* — gritou outra.

Trevor Barnaby pisou na passarela do deque A e examinou a estação abandonada como um rei recém-coroado olhando seu domínio. Examinava a estação com um olhar frio, tranqüilo. Um fino sorriso franziu seu rosto.

Os soldados do SAS desceram até o deque E, onde acharam Cobra e os dois cientistas franceses algemados ao mastro. Dois comandos do SAS fizeram cobertura enquanto outros soldados de preto desciam as escadas e desapareciam nos túneis do deque E.

Quatro comandos do SAS correram pelo túnel sul. Dois examinaram as portas da esquerda. Dois foram para as da direita.

Os dois da direita chegaram à primeira porta, chutaram-na e olharam para dentro.

Um depósito. Estantes de madeira arrebentadas. Alguns tanques de mergulho no chão.

Mas vazio.

Seguiram pelo corredor, com as armas levantadas. Foi então que um deles viu o monta-carga, viu as duas portas de aço inoxidável brilhando à luz branca e fria do túnel.

Com um curto assobio, o homem do SAS chamou a atenção dos outros dois comandos que estavam no túnel. Apontou com dois dedos para o monta-carga. Os outros dois entenderam instantaneamente. Posicionaram-se de cada lado do monta-carga enquanto o líder e o quarto comando do SAS apontavam as armas para as portas de aço inoxidável.

O líder assentiu rapidamente e os dois homens de cada lado do monta-carga o abriram instantaneamente, e o líder disparou uma rajada rápida.

As paredes nuas do monta-carga foram instantaneamente destroçadas.

Mãe franziu os olhos com força enquanto os tiros do comando do SAS rugiam a menos de trinta centímetros acima de sua cabeça.

Estava sentada na escuridão total, enrolada numa bola, no pequeno espaço *embaixo* do monta-carga.

O monta-carga estremeceu sob o peso dos disparos do comando do SAS. Suas paredes se arrebentaram, surgiram buracos em toda parte. Pó e lascas de madeira choveram sobre Mãe, mas ela manteve os olhos firmemente fechados.

E naquele momento, enquanto os tiros ecoavam alto em seus ouvidos, um pensamento incômodo assaltou Mãe.

Eles podiam disparar as armas em segurança na estação de novo...

A quantidade de gás inflamável na atmosfera devia ter se dissipado...

E abruptamente os tiros cessaram, as portas do monta-carga se fecharam e de súbito houve silêncio de novo pela primeira vez em três minutos inteiros, e Mãe soltou o ar dos pulmões.

Schofield e Renshaw despencaram pela face do penhasco e mergulharam no oceano.

O frio os atacou como uma marreta, mas Schofield não se importou. Sua adrenalina estava bombeando e o calor do corpo já era intenso. A maioria dos especialistas daria uns oito minutos de vida nas águas geladas da Antártida. Mas com a roupa de mergulho térmica e a adrenalina bombeando, Schofield se deu pelo menos trinta.

Nadou para cima, procurando ar, e subitamente rompeu a superfície, e a primeira coisa que viu foi a maior onda de sua vida se aproximando. A onda se chocou contra ele e o lançou — o *golpeou* — de volta contra a base do penhasco de gelo.

O impacto tirou todo o seu fôlego, e os pulmões de Schofield ansiaram por ar.

De repente, a onda sumiu e Schofield se sentiu sendo sugado num espaço entre duas ondas. Deixou-se flutuar na água por alguns segundos enquanto recuperava o fôlego e a orientação.

O mar ao redor parecia uma cordilheira. Ondas de doze metros o rodeavam. Uma onda gigantesca se chocou no penhasco à direita. *Icebergs*, alguns altos e largos como arranha-céus de Nova York, outros compridos e planos como campos de futebol — pairavam a uns cem metros da costa, sentinelas silenciosas guardando os penhascos.

De repente, Renshaw irrompeu da água perto de Schofield. O cientista baixinho começou imediatamente a sugar o ar em haustos roucos, espasmódicos. Por um instante Schofield se preocupou, pensando se Renshaw suportaria o frio extremo da água, mas depois se lembrou do macacão de neoprene. Diabos, Renshaw provavelmente estava mais quente do que ele.

Nesse momento, Schofield viu outra onda enorme vindo para eles.

— Mergulhe! — gritou.

Schofield respirou fundo e mergulhou, e de súbito o mundo caiu num silêncio fantasmagórico.

Nadou para baixo; viu Renshaw nadando ao lado, pairando na água.

E então Schofield viu uma explosão de espuma branca passar acima da cabeça dos dois enquanto a água na superfície se chocava com toda força contra o penhasco.

Voltaram à superfície.

Enquanto boiava balançando-se na água, Schofield viu a porta lateral de um *hovercraft* flutuar passando por ele na água.

— Temos de ir para longe — falou. — Se ficarmos mais aqui vamos ser pulverizados contra os penhascos.

— Para onde?

— Certo. Está vendo aquele *iceberg* ali? — Ele apontou para um grande *iceberg* parecido com um piano de cauda tombado, a uns duzentos metros dos penhascos.

— Estou vendo.

— É para lá que vamos.

— Certo.

— Então está bem. No três. Um. Dois. Três.

No três, os dois respiraram fundo e mergulharam. Chutaram o penhasco e foram nadando de peito pela água límpida da Antártida. Explosões de espuma branca passavam sobre as cabeças enquanto abriam caminho pela água.

Dez metros. Vinte.

Renshaw ficou sem fôlego, foi à superfície, respirou rapidamente e mergulhou de novo. Schofield fez o mesmo, trincando os dentes enquanto mergulhava outra vez sob as ondas. Sua costela recém-partida queimava de dor.

A cinqüenta metros os dois romperam a superfície de novo. Agora estavam além do ponto em que as ondas se quebravam, por isso passaram a nadar em estilo livre, passando sobre os vertiginosos picos das ondas de doze metros.

Finalmente chegaram à base do *iceberg*. Ele se erguia alto, uma parede branca, vertical em algumas partes, lindamente curvada e com alcovas em outras. Túneis magníficos, abobadados, desapareciam no gelo virgem.

O grande *iceberg* se nivelava num determinado ponto, descendo até o oceano onde formava uma espécie de laje. Schofield e Renshaw foram para a laje.

Quando chegaram, viram que a laje na verdade ficava a cerca de um metro acima da água.

— Suba no meu ombro — disse Schofield.

Renshaw obedeceu, rapidamente pôs o pé direito no ombro de Schofield e empurrou.

As mãos do baixinho se ergueram e seguraram a laje de gelo, e ele se alçou desajeitadamente. Depois deitou-se na borda e estendeu a mão para Schofield.

Schofield esticou a mão e Renshaw começou a puxá-lo da água. Estava quase na laje quando de repente as mãos molhadas de Renshaw escorregaram e Schofield caiu desajeitadamente de volta.

Mergulhou.

Silêncio. Silêncio total. Como o útero.

As explosões das ondas se chocando nos penhascos não agrediam mais seus ouvidos.

A enorme barriga branca do *iceberg* enchia sua visão. Esticava-se cada vez mais para baixo até desaparecer nas profundezas turvas do oceano.

E, de repente, Schofield ouviu um som e levantou a cabeça bruscamente na água. O som viajava bem na água, e ele o escutou com clareza.

Vmmmmmm.

Era um zumbido grave, profundo.

Vmmmmmm.

Franziu a testa. Parecia quase... mecânico. Como uma porta motorizada se abrindo em algum lugar. Algum lugar perto.

Algum lugar... *atrás* dele.

Girou instantaneamente.

E então viu.

Era tão gigantesco — tão *monstruosamente* gigantesco — que a mera visão fez o coração de Schofield disparar.

Estava simplesmente ali, pairando na água.

Silencioso. *Gigantesco.*

Erguendo-se acima de Schofield enquanto ele pairava na água ao lado do *iceberg*.

Devia ter pelo menos cem metros de comprimento, com o casco preto e redondo. Schofield viu os dois estabilizadores horizontais se projetando de cada lado da torre de comando, viu o nariz cilíndrico e arrebitado da proa, e de repente seu coração batia violentamente dentro de sua cabeça.

Não podia acreditar nos próprios olhos.

Estava olhando para um submarino.

Irrompeu fora d'água.

— Você está bem? — perguntou Renshaw de cima da laje.

— Não mais — disse Schofield antes de respirar rapidamente e mergulhar de novo.

O mundo ficou silencioso outra vez.

Schofield nadou um pouco mais para o fundo e olhou espantado o enorme submarino. Estava a uns trinta metros de distância, mas dava para ver claramente. O enorme submarino simplesmente estava ali — totalmente submerso — pairando no silêncio subaquático como um grande leviatã paciente.

Schofield examinou-o, procurando características especiais.

Viu a torre estreita, as quatro saídas de torpedos na proa. Uma das saídas de torpedo, pelo que viu, estava no processo de se abrir. *Vmmmm.*

E então viu as cores pintadas na lateral esquerda da proa — as três faixas verticais de cor — azul-branco-vermelho.

Estava olhando a bandeira francesa.

Renshaw viu Schofield sair da água de novo.

— O que está fazendo aí embaixo? — perguntou.

Schofield o ignorou. Em vez disso, tirou o braço esquerdo da água e examinou o relógio.

O cronômetro marcava:

2:57:59

2:58:00

2:58:01

— Ah, meu Deus — disse ele. — Ah, *meu Deus.*

No tumulto da caçada com os *hovercrafts* havia se esquecido por completo do navio de guerra francês junto ao litoral da Antártida, esperando para disparar seus mísseis contra a Estação Polar Wilkes. Lembrou-se de que o codinome da embarcação era "Tubarão".

Mas só agora percebeu que havia cometido um erro. Tinha chegado à conclusão errada. "Tubarão" não era um navio de guerra.

Era um submarino.

Era *esse* submarino.

— Depressa — disse a Renshaw. — Me puxe para fora.

Renshaw estendeu a mão e Schofield a agarrou com firmeza. Renshaw puxou-o para cima o mais rápido que pôde. Quando estava suficientemente alto, Schofield agarrou a laje de gelo e subiu nela.

Renshaw esperava que Schofield se deitasse no gelo para recuperar o fôlego, como ele tinha feito, mas o fuzileiro ficou de pé num instante.

De fato, nem bem subiu na laje ele começou a correr — *depressa* — por cima do *iceberg*.

Renshaw foi atrás. Viu Schofield pular por cima de um monte de neve enquanto ia para a borda do *iceberg* a uns trinta metros de distância. Havia uma ligeira inclinação pela qual Schofield subiu, em direção à borda. Do outro lado da inclinação, pelo que Renshaw percebeu, havia uma queda de dez metros até a água embaixo.

Enquanto corria, Schofield olhou o cronômetro. Os segundos continuavam subindo na direção da marca de três horas.

Da hora de disparo.

2:58:31

2:58:32

2:58:33

Estava pensando enquanto corria.

Ele vai destruir a estação. Vai destruir a estação.

Vai matar meus fuzileiros. Vai matar a menina...

Tenho de impedir.

Mas como? Como um homem destrói um submarino?

E, de repente, se lembrou de uma coisa.

Tirou o Maghook do coldre enquanto corria. Depois, apertou rapidamente o botão marcado com "M" e viu a luz vermelha na cabeça magnética do Maghook se acender.

A seguir pegou uma lata prateada no bolso da coxa. Era a lata de trinta centímetros de comprimento, com a faixa verde pintada, que tinha encontrado no *hovercraft* inglês.

A carga de explosivo Tritonal 80/20 de alta potência.

Olhou a lata prateada e verde enquanto corria. Havia uma tampa pneumática de aço inoxidável. Virou a tampa e ouviu um *sibilo* fraco. A tampa se abriu e ele viu um familiar mostrador digital perto de um interruptor do tipo "ARMA-DESARMA". Como era um instrumento de demolição, a carga de Tritonal poderia ser desarmada a qualquer momento.

Vinte segundos, pensou. *Apenas o suficiente para se afastar.*

Marcou o tempo da carga de Tritonal para vinte segundos e em seguida segurou a lata prateada em cima da cabeça magnética do Maghook. Imediatamente o cilindro de aço se grudou ao ímã poderoso, apanhado em sua atração enorme.

Schofield continuava correndo por cima da paisagem irregular do *iceberg*.

Então chegou à borda, a toda velocidade e, sem pensar duas vezes, saltou no ar.

Voou num longo arco — pairou por três segundos inteiros — antes de bater violentamente outra vez, de pé, na água gelada do oceano Glacial Antártico.

Bolhas subiram ao redor e por um momento Schofield não enxergou nada. E de repente as bolhas se dissiparam e ele se viu pairando na água *bem na frente* do nariz gargantuesco do submarino francês.

Olhou o relógio.

2:58:59

2:59:00

2:59:01

Faltava um minuto.

As portas externas do compartimento do torpedo estavam totalmente abertas. Schofield nadou até lá. O tubo se abria enorme à sua frente, a dez metros de distância.

É melhor que isso funcione, pensou enquanto levantava o Maghook com a carga de Tritonal presa à cabeça. Apertou o interruptor "ARMA-DESARMA" da carga de Tritonal.

Vinte segundos.

Disparou o Maghook.

O Maghook saltou do lançador, deixando uma fina trilha de bolhas brancas. Cortou a água em direção à porta aberta do compartimento do torpedo...

...e acertou o casco do submarino logo *abaixo* da porta do torpedo com um *clank* metálico alto. O Maghook — com a carga de Tritonal grudada — ricocheteou no grosso casco de aço do submarino e começou a afundar frouxamente.

Schofield não pôde acreditar.

Tinha errado!

Merda!, gritou sua mente. E logo outro pensamento o assaltou.

As pessoas dentro do submarino deviam ter escutado. Deviam ter escutado.

Apertou rapidamente o botão que recolhia o cabo do Maghook, esperando feito louco que ele voltasse antes do fim dos vinte segundos.

Preciso tentar de novo.

Preciso tentar de novo.

O Maghook começou a se enrolar.

E, subitamente, Schofield ouviu outro ruído.

Vmmmmm.

À sua esquerda, do outro lado da proa, uma das outras portas de torpedo estava se abrindo!

Essa porta era menor do que a que Schofield havia tentado acertar com o Maghook.

Torpedos menores, pensou Schofield. *Projetados para destruir outros submarinos, e não estações polares inteiras.*

E então, com um *uuuush* súbito, um compacto torpedo branco saiu chiando da entrada recém-aberta e veio pela água em sua direção.

Não dava para acreditar.

Tinham disparado um torpedo contra ele!

O Maghook voltou ao lançador e Schofield apertou rapidamente o botão "ARMA-DESARMA" da carga de Tritonal — restando quatro segundos — no instante em que o torpedo passou junto à sua cintura, com a esteira sacudindo-o na água.

Schofield ofegou aliviado. Estava perto demais. O torpedo não tivera tempo de travar a mira nele.

Foi então que o torpedo se chocou contra o *iceberg* atrás de Schofield e detonou violentamente.

Renshaw estava de pé na beira do *iceberg*, olhando para a água, quando o torpedo acertou a uns vinte metros de distância.

Num instante, todo um segmento de gelo explodiu numa nuvem branca e simplesmente caiu no oceano como um deslizamento de terra, cortado do resto do *iceberg* imenso.

— Eca — ofegou Renshaw, pasmo.

E de repente viu Schofield chegar à superfície a uns vinte metros de distância, viu-o engolir um bocado de ar e depois mergulhar de novo.

Com o som da explosão do torpedo ainda reverberando na água ao redor, e uma grande fatia do *iceberg* mergulhando na água atrás dele, Schofield apontou seu Maghook para a entrada do torpedo pela segunda vez.

2:59:37

2:59:38

2:59:39

De novo apertou o interruptor na carga de Tritonal — *vinte segundos* — e disparou.

O Maghook partiu pela água...

...pairou ali durante longo tempo...

...e desapareceu no compartimento do torpedo.

Isso!

Schofield apertou rapidamente o botão "M" no lançador e, dentro do tubo do torpedo, a cabeça magnética reagiu imediatamente soltando a carga de Tritonal prateada e verde.

Então ele recolheu o gancho, deixando a carga de Tritonal *dentro* do tubo do torpedo.

E em seguida nadou.

Nadou com tudo que podia.

Dentro da sala de torpedos do submarino francês o mundo estava num silêncio mortal. Um jovem marinheiro fazia a contagem regressiva.

— *Vingt secondes de premier lancer* — disse ele. Vinte segundos para o lançamento primário. Vinte segundos para o lançamento do apagador, um torpedo classe Netuno com ogiva nuclear.

— *Dix-neuf... dix-huit... dix-sept...*

Do *iceberg*, Renshaw viu Schofield romper a superfície, viu-o nadar freneticamente pela água, segurando o Maghook.

A contagem do marinheiro francês continuava.

— *Dix... neuf... huit... sept...*

Schofield estava nadando freneticamente, tentando pôr o máximo possível de distância entre ele e o submarino, porque se estivesse perto demais quando a carga de Tritonal explodisse, a implosão iria sugá-lo. Tinha estado a dez metros quando disparou a carga. Agora estava a vinte metros. Achou que 25 bastariam.

Renshaw gritava para ele:

— Que diabo está acontecendo?

— Saia da borda! — gritou Schofield enquanto nadava. — Anda!

— *Cinq... quatre... trois...*

O marinheiro francês nunca passou do "três".

Porque nesse momento — nesse momento terrível, espantoso — a carga de Tritonal dentro do tubo do torpedo explodiu subitamente.

De onde Renshaw estava, a explosão subaquática foi absolutamente espetacular, e mais ainda por ser inesperada.

Foi instantânea. A sombra escura sob a superfície, que era o submarino francês, irrompeu espontaneamente numa enorme nuvem branca. Um gigantesco jorro de água com quinze metros de altura e sessenta de comprimento disparou para fora d'água e caiu lentamente de volta.

Do nível da água, Schofield ouviu um monte de bolhas azuis monstruosas começando a sair de um buraco enorme na proa do submarino, como tentáculos se estendendo para ele. E, de modo igualmente súbito, elas começaram a recuar por onde tinham vindo e, com força terrível, *saltaram de volta na direção do submarino*, e de repente Schofield se sentiu arrastado na direção do submersível.

Implosão.

Nesse momento, o enorme submarino francês desmoronou sobre si mesmo como uma grande lata de alumínio, e a sucção da implosão cessou. Schofield sentiu o puxão da água relaxar e sentiu-se flutuar até a superfície. O submarino já era.

Alguns minutos depois, Renshaw o puxou para fora da água e o arrastou para o *iceberg*.

Schofield tombou no gelo — ofegando, encharcado, gelado. Estava tentando respirar, o corpo dominado pela exaustão, e nesse momento — com o submarino francês destruído e ele próprio e Renshaw abandonados num *iceberg* — a única coisa que Shane Schofield queria fazer no mundo era dormir.

No prédio do Capitólio, em Washington, D.C., a reunião da Otan foi reiniciada.

George Holmes, o representante dos EUA, recostou-se na cadeira enquanto olhava Pierre Dufresne, o chefe da delegação francesa, levantar-se para falar.

— Colegas delegados, senhoras e senhores. A República da França gostaria de expressar seu apoio total e incondicional à Organização do Tratado do Atlântico Norte, esta bela organização de nações que tão bem tem servido ao ocidente durante quase cinqüenta anos...

O discurso se arrastou, exaltando as virtudes da Otan e a imorredoura lealdade francesa a ela. George Holmes balançou a cabeça. Durante toda a manhã, a delegação francesa estivera pedindo recessos, atrasando a conferência, e agora, subitamente, declarava sua lealdade imorredoura à organização. Não fazia sentido.

Dufresne parou de falar e se sentou. Holmes ia se virar para dizer alguma coisa a Phil Munro quando de repente o delegado britânico à conferência — um bem-arrumado estadista chamado Richard Royce — empurrou a cadeira para trás e se levantou.

— Senhoras e senhores — disse Royce num sotaque londrino muito bem articulado —, se é que posso pedir sua indulgência, a delegação britânica requer um recesso.

Nesse mesmo instante, diretamente do outro lado da rua, em frente ao prédio do Capitólio onde era feita a reunião da Otan, Alison Cameron estava entrando no saguão da Biblioteca do Congresso.

Composta por três prédios, a Biblioteca do Congresso é a maior do mundo. De fato, seu objetivo, desde a fundação, era ser o maior repositório de conhecimento do planeta. E é.

E por isso Alison não ficou surpresa ao saber que o objeto de sua busca — a misteriosa "Pesquisa Preliminar" de C.M. Waitzkin — seria encontrada ali. Se alguma biblioteca tivesse a obra, seria a Biblioteca do Congresso.

Alison esperou no balcão de pedidos enquanto uma das bibliotecárias ia ao depósito pegar a pesquisa. A Biblioteca do Congresso era uma biblioteca de depósito fechado, o que significava que os funcionários é que pegavam os livros. Além disso, era uma biblioteca do tipo não-circulação, o que significava que você não poderia retirar livros do prédio.

A bibliotecária estava demorando um tempo, por isso Alison começou a examinar outro livro que havia trazido.

Olhou a capa. O título dizia:

A CRUZADA DO GELO

REFLEXÕES SOBRE UM ANO PASSADO NA ANTÁRTIDA

DR. BRIAN HENSLEIGH

Professor Emérito de Geofísica. Universidade de Harvard

Leu a introdução.

Aparentemente, Brian Hensleigh era chefe do departamento de geofísica da Universidade de Harvard. Pesquisava núcleos de gelo — um estudo que implicava extrair núcleos cilíndricos das banquisas continentais da Antártida e depois examinar o ar que fora aprisionado dentro desses núcleos há milhares de anos.

Segundo o livro, a pesquisa de núcleos de gelo podia ser usada para explicar o aquecimento global, o efeito estufa e a diminuição da camada de ozônio.

De qualquer modo, parecia que durante todo o ano de 1994 esse tal de Hensleigh tinha trabalhado numa remota estação de pesquisa na Antártida coletando amostras de núcleos de gelo.

O nome da estação de pesquisa era Estação Polar Wilkes.

E a localização: Latitude menos 66,5 graus, Longitude 115 graus, 20 minutos e 12 segundos leste.

Nesse momento, a bibliotecária voltou e Alison ergueu o olhar do livro.

— Não está lá — disse a bibliotecária, balançando a cabeça.

— O quê?

— Verifiquei três vezes. Não está na prateleira. "Pesquisa Preliminar", de C.M. Waitzkin, 1978. Não está lá.

Alison franziu a testa. Isso era inesperado.

A bibliotecária — o crachá dizia que seu nome era Cindy — deu de ombros, sem jeito.

— Não entendo. Ele simplesmente... *sumiu.*

Alison sentiu uma empolgação súbita quando algo lhe ocorreu.

— Se não está aí não significa que alguém está lendo o livro *agora mesmo*?

Cindy balançou a cabeça.

— Não, segundo o computador, a última vez em que o livro foi emprestado foi em novembro de 1979.

— Novembro de 1979 — repetiu Alison.

— É. Esquisito, não? — Cindy parecia ter uns vinte anos, sem dúvida era estudante universitária. — Anotei o nome da pessoa que pegou emprestado, para o caso de você estar interessada. Aqui. — Ela entregou um pedaço de papel a Alison.

Era uma fotocópia de um formulário de pedido, semelhante ao que Alison tinha preenchido para o livro. A Biblioteca do Congresso obviamente guardava todos os formulários, provavelmente para esse tipo de situação.

No formulário de pedido, no lugar do Nome da Pessoa que Faz o Pedido estava:

O. NIEMEYER.

— Isso acontece — estava dizendo a bibliotecária Cindy. — Esse tal de Niemeyer provavelmente gostou tanto que simplesmente saiu com ele. Na época não tínhamos etiquetas magnéticas nos livros, por isso ele pode simplesmente ter passado pelos guardas.

Alison a ignorou.

Ficou ali parada, fascinada pelo formulário que tinha nas mãos, por essa prova de vinte anos que estivera num arquivo em algum lugar nas profundezas da Biblioteca do Congresso, esperando esse dia.

Os olhos de Alison luziram enquanto viam as palavras:

O. NIEMEYER.

O general-de-brigada Trevor Barnaby atravessou o deque da piscina da Estação Polar Wilkes. Estava no controle do local há pouco mais de uma hora, e se sentia confiante.

Há apenas vinte minutos tinha mandado uma equipe de mergulhadores totalmente armados descer no sino de mergulho da estação. Mas demoraria pelo menos noventa minutos até chegarem à caverna subterrânea. De fato, agora mesmo o cabo do sino ainda estava mergulhando na piscina na base da estação.

Barnaby vestia uma roupa de mergulho térmica. Planejava ir à caverna subterrânea com a segunda equipe — para ver por si mesmo o que realmente havia lá.

— Bem — falou, vendo Cobra e os dois cientistas franceses algemados ao poste. — O que temos aqui? Ora, se não é o sargento Kaplan.

Pela expressão de seu rosto, Cobra ficou obviamente surpreso ao ver que Barnaby sabia quem ele era.

— Sargento-artilheiro Scott Michael Kaplan — disse Barnaby. — Nascido em Dallas, em 1953; alistado no Corpo de Fuzileiros Navais dos Estados Unidos aos dezoito anos, em 1971; especialista em armas leves; especialista em combate corpo-a-corpo; atirador de elite. E, desde 1992, suspeito pelo serviço secreto britânico de fazer parte da agência de espionagem americana conhecida como Grupo de Convergência de Inteligência.

"Desculpe, como é que eles chamam você? *Cobra*, não é? Diga, Cobra, isso é um acontecimento comum? Seu comandante costuma acorrentá-lo a mastros, deixando-o à mercê de inimigos que estão para chegar?"

Cobra não disse nada.

— Eu não imaginaria que Shane Schofield seria o tipo de comandante que acorrentasse membros leais de seu esquadrão. O que significa que deve haver *outro* motivo para ele tê-lo acorrentado, *n'est-ce pas?* — Barnaby sorriu. — Bom, qual seria esse motivo?

Cobra continuou em silêncio. De vez em quando seus olhos espiavam o cabo do sino que mergulhava na piscina atrás de Barnaby.

Barnaby voltou sua atenção para os dois cientistas franceses.

— E quem serão vocês?

Luc Champion abriu a boca, indignado:

— Somos cientistas franceses da estação de pesquisa Dumont d'Urville. Fomos detidos aqui contra a vontade por forças americanas. *Exigimos* ser libertados segundo os acordos internacionais...

— Sr. Nero — disse Barnaby em tom categórico.

Um sujeito parecido com uma montanha saiu de trás de Barnaby e ficou ao lado dele. Tinha pelo menos 1,95m com ombros largos e olhos impassíveis. Uma cicatriz descia do canto da boca até o queixo.

— Sr. Nero — disse Barnaby. — Por favor.

Nesse momento, o grandalhão chamado Nero levantou calmamente a pistola e disparou contra Champion, à queima-roupa.

A cabeça de Champion explodiu. Sangue e pedaços de cérebro espirraram no rosto de Cobra.

Henri Rae, o segundo cientista francês, começou a gemer.

Barnaby se virou para ele.

— Você é francês também?

Rae começou a soluçar.

— Sr. Nero — disse Barnaby.

Rae viu o que viria e gritou:

— *Não!*

No mesmo instante, Nero levantou a arma de novo e, um segundo depois, o outro lado do rosto de Cobra estava todo sujo de sangue.

Na escuridão de breu do pequeno espaço embaixo do monta-carga, Mãe acordou ao ouvir os tiros.

Droga, pensou. Devia ter apagado de novo.

Tenho de ficar acordada, pensou.

Tenho de ficar acordada...

Olhou para a bolsa plástica com o líquido transparente que tinha trazido. Estava ligada por um tubo a uma agulha intravenosa presa em seu braço.

A bolsa estava vazia.

Estava assim nos últimos vinte minutos.

Mãe começou a tremer. Sentia frio, fraqueza. As pálpebras começaram a se fechar.

Mordeu a língua, tentando forçar os olhos a ficar abertos com o choque da dor.

Funcionou nas primeiras vezes. Depois não.

Sozinha na base do poço do monta-carga, caiu na inconsciência.

No deque E, Trevor Barnaby se adiantou com os olhos estreitados.

— Sargento Kaplan. Cobra. Você foi um menino mau, não foi?

Cobra ficou quieto.

— Você *é* do GCI, Cobra? Um vira-casaca? Um traidor de sua própria unidade? O que você fez? Revelou o disfarce cedo demais, começou a matar seus próprios homens antes de ter certeza de que a estação estava em segurança? Aposto que o Espantalho não ficou muito satisfeito quando descobriu. É por isso que você foi acorrentado num mastro e deixado aqui para mim?

Cobra engoliu em seco.

Barnaby olhou-o com frieza.

— É o que eu teria feito.

Nesse momento, um jovem cabo do SAS apareceu atrás de Barnaby.

— Senhor.

— Sim, cabo.

— Senhor, as cargas estão sendo postas no perímetro.

— A que distância?

— Quinhentos metros. Num arco, como o senhor ordenou.

— Bom.

Logo depois de ter chegado à Wilkes, Barnaby havia ordenado que dezoito cargas de Tritonal fossem postas num arco semicircular no lado da estação voltado para terra. Elas teriam um objetivo especial. Um objetivo muito especial.

— Cabo — disse Barnaby. — Quando todas estiverem arrumadas, me traga a unidade de detonação.

— Sim, senhor. Ah, senhor, há mais uma coisa.

— Sim?

— Os prisioneiros que caíram do *hovercraft* americano acabaram de chegar. O que devemos fazer com eles?

Barnaby já fora informado, pelo rádio, sobre o soldado e a menina que haviam caído de um dos *hovercrafts* em fuga e foram apanhados por seus homens.

— Leve a garota ao quarto dela. Mantenha-a lá. Traga o fuzileiro para mim.

Libby Gant estava parada num canto escuro da caverna subterrânea, sozinha. O facho de sua lanterna iluminava uma pequena fissura na parede de gelo. A fissura ficava ao nível do solo, no ponto em que a parede de gelo encontrava o chão. Tinha uns sessenta centímetros de altura e se estendia horizontalmente por uns dois metros.

Gant se abaixou de quatro e espiou dentro da fissura horizontal. Viu apenas escuridão. Mas parecia haver um espaço vazio ali.

— *Ei!*

Gant se virou.

Viu Sarah Hensleigh de pé embaixo da espaçonave do outro lado da caverna, perto do lago, acenando.

— *Ei!* — gritou Hensleigh, empolgada. — Venha dar uma olhada nisso.

Gant foi até a grande espaçonave preta. Montana já estava ali quando ela chegou. Santa Cruz montava guarda perto do lago.

— O que acha disso? — Hensleigh apontou para algo na barriga da espaçonave.

Gant viu e franziu a testa. Parecia algum tipo de teclado.

Doze botões arrumados em três colunas, quatro botões por coluna, com o que parecia uma tela retangular em cima.

Mas havia algo muito estranho naquele “teclado”.

Não havia símbolos em nenhuma tecla.

Como o resto da nave, o teclado era absolutamente preto — botões pretos num fundo preto.

E então Gant viu que havia um botão com uma marca. O segundo botão da coluna do meio tinha uma marca. Um pequeno círculo vermelho gravado.

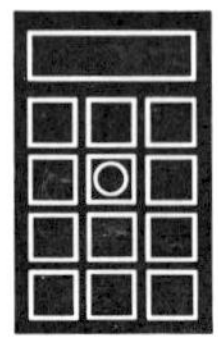

— O que você acha que é isso? — perguntou Montana.

— Quem sabe? — respondeu Hensleigh.

— Poderia ser um modo de abri-la — sugeriu Gant.

Hensleigh fungou.

— Não é provável. Você conhece algum alienígena que use teclados?

— Não conheço nenhum alienígena — disse Gant. — Você conhece?

Hensleigh a ignorou.

— Não dá para dizer o que é. Pode ser uma chave de ignição ou um sistema de armas...

— Ou um mecanismo de autodestruição — disse Gant secamente.

— Acho que devemos apertar e ver — sugeriu Hensleigh.

— Mas que botão vamos apertar? — perguntou Montana.

— O que tem o círculo, acho.

Montana franziu os lábios, pensativo. Era o homem de maior posto ali embaixo. Estava no comando. Olhou para Gant.

Gant balançou a cabeça.

— Não estamos aqui para ver o que ele faz. Só devemos ficar firmes até a cavalaria chegar.

Montana olhou para Santa Cruz, que tinha vindo do lago, olhar.

— Aperte — disse Cruz. — Se vou comprar essa porra, quero ver o que há dentro.

Por fim, Montana disse:

— Certo. Aperte.

Sarah Hensleigh assentiu e respirou fundo. A seguir, estendeu a mão e apertou o botão que tinha o círculo vermelho.

A princípio nada aconteceu.

Sarah Hensleigh levantou o dedo do teclado e olhou para a espaçonave acima, como se esperasse que ela fosse decolar, ou algo do tipo.

De repente, houve um baixo som harmônico, e a tela acima do teclado começou a luzir.

E, um segundo depois, uma seqüência de símbolos apareceu na tela.

— Ah, *merda* — disse Montana.

— Que diab... — começou Hensleigh.

Na tela estava escrito:

24157817 _
TECLE O CÓDIGO AUTORIZADO

— Números? — disse Montana.

— *Inglês?* — reagiu Sarah Hensleigh. — Que diabo é essa coisa?

De sua parte, Gant apenas balançou a cabeça. E enquanto se afastava da "espaçonave" começou a rir baixinho.

Schofield e Renshaw estavam deitados de costas na superfície fria e dura do *iceberg*, ouvindo o som rítmico das ondas se chocando nos penhascos de gelo a duzentos metros de distância.

Simplesmente ficaram ali um tempo, recuperando o fôlego.

Depois de alguns minutos, Schofield tateou até achar uma pequena unidade preta presa à cintura. Apertou um botão.

Bip!

— O que está fazendo? — perguntou Renshaw, sem olhar.

— Inicializando minha unidade GPS — respondeu Schofield, ainda deitado de costas. — É um sistema de localização por satélite que usa o Sistema de Posicionamento Global Navistar. Cada fuzileiro tem um, para ser usado em emergências. Você sabe, para que as pessoas possam nos achar se acabarmos numa balsa no meio do oceano. Creio que isto aqui não é muito diferente. — Schofield suspirou. — Numa sala escura de um navio em algum lugar um ponto vermelho acabou de aparecer na tela de alguém.

— Isso significa que vêm nos pegar?

— Estaremos mortos há muito tempo quando alguém chegar aqui. Mas pelo menos vão poder achar os corpos.

— Ah, *fantástico.* É bom ver os dólares dos meus impostos funcionando. Vocês montam um sistema de localização por satélite para que possam *achar meu corpo*. Do cacete!

Schofield se virou para Renshaw.

— Pelo menos posso deixar um bilhete preso nos nossos corpos, contando a quem encontrar exatamente o que aconteceu na estação. Pelo menos eles saberão a verdade. Sobre os franceses, sobre Barnaby.

— Bem, isso faz com que eu me sinta muito melhor.

Schofield se apoiou nos cotovelos e olhou para os penhascos. Viu as enormes ondas do oceano glacial se chocando contra eles e explodindo em espetaculares esguichos brancos.

Então, pela primeira vez, observou o *iceberg* em volta.

Era *grande*. Na verdade era tão grande que nem balançava nas ondas. Acima da superfície o negócio inteiro deveria ter pelo menos um quilômetro e meio de comprimento. Schofield nem conseguia imaginar o tamanho que teria *sob* a superfície.

Era ligeiramente retangular, com um enorme pico branco numa das extremidades. O resto era irregular e cheio de crateras. Parecia uma fantasmagórica paisagem lunar.

Schofield se levantou.

— Aonde você vai? — perguntou Renshaw, sem se levantar. — Andar até em casa?

— A gente deveria ficar se mexendo. Ficar quente pelo máximo de tempo possível. E, já que estamos nisso, ver se há algum modo de voltar à costa.

Renshaw balançou a cabeça, levantou-se relutante e seguiu Schofield pela superfície irregular do *iceberg*.

Caminharam por uns vinte minutos antes de perceber que estavam indo na direção errada.

O *iceberg* acabava abruptamente e eles viram apenas o mar se estendendo para o oeste. O *iceberg* mais próximo naquela direção estava a cinco quilômetros. Schofield havia esperado que pudessem "pular de *iceberg* em *iceberg*" de volta à costa. Nessa direção isso não aconteceria.

Voltaram pelo mesmo caminho.

Andavam muito devagar. Agulhas de gelo se formavam em volta das sobrancelhas e dos lábios de Renshaw.

— Você sabe alguma coisa sobre *icebergs*? — perguntou Schofield enquanto andavam.

— Muito pouco.

— Me ensine.

— Li uma vez numa revista que a última moda dos babacas com dinheiro demais é "escalar *icebergs*". Parece que é bem popular entre os montanhistas. O único problema é que eventualmente sua montanha derrete.

— Eu estava pensando em alguma coisa um pouco mais *científica*. Tipo: eles flutuam de volta à costa?

— Não. O gelo na Antártida se move do meio para *fora*. E não o contrário. Os *icebergs* como este se partem das banquisas continentais. Por isso os penhascos são tão íngremes. O gelo acima do oceano fica pesado demais e simplesmente se parte, virando... — Renshaw balançou a mão para o *iceberg* em volta — ... um *iceberg*.

— Hã-hã — disse Schofield enquanto caminhava pelo gelo.

— Mas aparecem alguns grandes. Grandes *mesmo*. *Icebergs* maiores do que alguns países. Quero dizer, diabos, veja este neném. Olhe como é grande. A maioria dos grandes *icebergs* vive por dez ou doze anos antes de acabar se derretendo e morrendo. Mas com as condições climáticas certas... e se o *iceberg* for suficientemente grande... ele pode flutuar pela Antártida durante uns trinta anos.

— Fantástico — disse Schofield secamente.

Chegaram ao ponto em que Renshaw havia puxado Schofield da água, após este ter destruído o submarino francês.

— Beleza — disse Renshaw. — Quarenta minutos andando e estamos de volta ao ponto de partida.

Começaram a subir uma pequena encosta e chegaram ao ponto em que o torpedo do submarino francês tinha acertado o *iceberg*.

Parecia que um gigante tinha dado uma mordida no lado do *iceberg*.

O grande pedaço de gelo que havia caído sob o peso da explosão deixara um enorme buraco semicircular na lateral do *iceberg*. Paredes verticais e lisas se estendiam até a água, dez metros abaixo.

Schofield olhou para o buraco, viu a água calma batendo na borda do *iceberg* enorme.

— Nós vamos morrer aqui, não é? — perguntou Renshaw atrás dele.

— Eu não.

— Você não?

— Aquela é a *minha* estação, e vou pegá-la de volta.

— Ah. — Renshaw olhou para o mar. — E tem alguma idéia de exatamente *como* vai fazer isso?

Schofield não respondeu.

Renshaw se virou.

— Eu *perguntei* como, em nome de Deus, você planeja conseguir *sua* estação de volta se estamos presos aqui?

Mas Schofield não estava escutando.

Estava agachado, olhando o buraco semicircular que o torpedo tinha cavado no *iceberg*.

Renshaw aproximou-se e ficou de pé atrás dele.

— O que *você* está olhando?

— A salvação. Talvez.

Renshaw seguiu o olhar de Schofield em direção ao buraco semicircular e viu imediatamente.

Ali, engastado no gelo, uns dois metros abaixo na parede vertical, Renshaw viu a nítida silhueta quadrada de uma janela de vidro fosco.

Schofield amarrou os casacos dos dois e, usando-os como uma corda, fez com que Renshaw o abaixasse até a janela no penhasco de gelo.

Estava pendurado no alto, acima da água, diante da janela de vidro fosco. Olhou-a atentamente.

Era definitivamente feita pelo homem.

E antiga. O caixilho de madeira da janela estava gasto e marcado, desbotado até um cinza pálido. Schofield imaginou há quanto tempo a janela — e a estrutura à qual ela se ligava — estaria enterrada nesse *iceberg* enorme.

Pelo modo como Schofield imaginava, a explosão do torpedo tinha desalojado cerca de dez metros de gelo na frente da janela, expondo-a. A janela e o que quer que estivesse ligado a ela estiveram enterrados *fundo* no *iceberg*.

Respirou fundo. Depois chutou com força, despedaçando a janela.

Viu escuridão atrás, algum tipo de caverna.

Pegou uma lanterna no bolso do quadril e, com um último olhar para Renshaw, balançou-se passando pela janela e entrou na barriga do *iceberg*.

A primeira coisa que Schofield viu no facho da lanterna foram as palavras de cabeça para baixo:

FELIZ ANO-NOVO DE 1969!
BEM-VINDO À LITTLE AMERICA IV!

As palavras estavam escritas numa espécie de faixa. Ela pendia frouxa — de cabeça para baixo — atravessando a caverna onde Schofield se encontrava.

Só que não era uma caverna.

Era uma espécie de sala — uma pequena sala com paredes de madeira, *completamente* enterrada no gelo.

E tudo estava de cabeça para baixo. Toda a sala estava invertida.

Era uma sensação estranha, ver tudo de cabeça para baixo. Schofield levou um segundo para perceber que estava de pé no *teto* da sala subterrânea.

Olhou à direita. Parecia haver vários outros cômodos se ramificando deste.

— *Olá, você aí embaixo!* — veio a voz de Renshaw lá de fora.

Schofield enfiou a cabeça pela janela no penhasco de gelo.

— Ei, o que está acontecendo? Estou congelando os bagos aqui fora — disse Renshaw.

— Já ouviu falar de Little America IV? — perguntou Schofield.

— Já. Era uma das nossas estações de pesquisa nos anos sessenta. Flutuou para o mar em 69, quando a banquisa de Ross produziu um *iceberg* de nove mil quilômetros quadrados. A marinha procurou por ela durante três meses, mas nunca achou.

— Bem, adivinha só. Nós acabamos de achar.

*

Enrolado em três cobertores de lã, James Renshaw se sentou no chão da sala principal da Little America IV. Esfregou as mãos vigorosamente e soprou nelas com o hálito quente enquanto Schofield — ainda vestido com o uniforme encharcado — remexia nos outros cômodos da estação escura e invertida. Nenhum dos dois ousou comer a comida enlatada de trinta anos atrás, que estava espalhada no chão.

— Pelo que eu lembro, a Little America IV era uma espécie de estação para exploração de recursos, construída na banquisa junto à costa. Estavam procurando depósitos de petróleo na plataforma continental. Baixavam coletores até o fundo para ver se o solo continha...

— Por que tudo está de cabeça para baixo? — perguntou Schofield na sala ao lado.

— Isso é fácil. Quando este *iceberg* se separou deve ter dado uma cambalhota.

— O *iceberg* deu uma cambalhota?

— Isso costuma acontecer. E, se você pensar bem, faz sentido. O *iceberg* é pesado em cima quando se separa do bloco continental, porque no correr dos anos todo o gelo de *baixo* da água vem sendo lentamente erodido pela água do mar, que é mais quente. De modo que, a não ser que seu *iceberg* seja perfeitamente equilibrado quando se solta, a coisa toda vira de ponta-cabeça.

Na sala ao lado, Schofield estava abrindo caminho através de pilhas de lixo revirado e enferrujado. Rodeou um grande carretel de cabos, tombado de lado. Então viu uma coisa.

— Por quanto tempo você disse que a marinha procurou essa estação? — perguntou Schofield.

— Uns três meses.

— Isso é um tempo longo para procurar uma estação perdida?

Na sala principal, Renshaw deu de ombros.

— Foi mais tempo do que o normal. Por quê?

Schofield voltou pela porta. Estava segurando alguns objetos metálicos.

— Acho que nossos rapazes estavam fazendo algumas coisas que não deveriam — disse sorrindo.

Levantou um pedaço de cordão branco. Para Renshaw parecia barbante coberto por pó.

— Cordão detonador — disse Schofield enquanto amarrava o cordão branco em volta do pulso. — É usado como pavio para explosivos em locais limitados. Esse pó é sulfeto de magnésio. Os cordões detonadores à base de magnésio queimam quentes e rápido... na verdade são tão quentes que podem cortar metal. É coisa boa, algumas vezes nós usamos hoje em dia. — E veja só — Schofield levantou uma lata pressurizada, cheia de ferrugem. — Gás venenoso VX. E isso... — ele levantou outro tubo — ... é sarin.

— Gás sarin? — Até Renshaw sabia o que era. O gás sarin era uma arma química. Renshaw se lembrou de um acidente no Japão em 1995, quando um grupo terrorista detonou uma lata de gás sarin dentro do metrô de Tóquio. Houve pânico. Várias pessoas morreram. — Eles tinham disso nos anos sessenta?

— Ah, sim.

— Então você acha que esta estação era uma instalação de armas químicas?

— Creio que sim.

— Mas por quê? Por que testar armas químicas na Antártida?

— Dois motivos. Um: em nosso país mantemos todas as armas de gás venenoso em *freezers*, porque a maioria dos gases venenosos perdem a toxicidade em temperaturas mais elevadas. Assim, faz sentido testar num lugar que é frio o ano inteiro.

— E o segundo motivo?

— O segundo motivo é muito mais simples — disse Schofield, sorrindo. — Ninguém está olhando.

Schofield voltou para a sala ao lado.

— De qualquer modo — disse enquanto desaparecia pela porta — nada disso nos adianta muito agora. Mas eles têm *outra* coisa aqui que *pode* ser útil. Na verdade, acho que pode nos colocar de volta no jogo.

— O que é?

— Isto — disse Schofield enquanto reaparecia na porta puxando um enferrujado tanque de mergulho.

Schofield começou a trabalhar calibrando o equipamento de mergulho de trinta anos. Renshaw recebeu a tarefa de limpar o aparato de respiração — os bocais, as válvulas, as mangueiras de ar.

O ar comprimido era o risco principal. Depois de trinta anos guardado, havia o risco de ter ficado tóxico.

Só havia um modo de descobrir.

Schofield experimentou — inalou fundo e olhou para Renshaw. Quando não caiu morto, declarou que o ar estava bom.

Os dois trabalharam no equipamento de mergulho durante uns vinte minutos. Depois, enquanto iam se aprontando, Renshaw falou baixo:

— Você chegou a ver o corpo de Bernie Olson?

Schofield olhou para Renshaw. O cientista baixinho estava curvado sobre um par de bocais, lavando-os com água do mar.

— Na verdade, sim.

— O que viu? — perguntou Renshaw, interessado.

Schofield hesitou.

— O sr. Olson tinha cortado a própria língua com uma mordida.

— Hmmm.

— E o queixo estava travado rigidamente, e os olhos muito inflamados. Vermelhos, injetados.

Renshaw assentiu.

— E o que lhe disseram que aconteceu com ele?

— Sarah Hensleigh disse que você enfiou no pescoço dele uma agulha hipodérmica e injetou desinfetante líquido no sangue.

Renshaw assentiu sabiamente.

— Sei. Tenente, poderia dar uma olhada nisto, por favor? — Renshaw tirou um livro encharcado de dentro do bolso do casaco. Era o livro grosso que havia apanhado no quarto quando evacuaram a estação.

Renshaw o entregou a Schofield. *Biotoxicologia e doenças relacionadas a toxinas.*

— Tenente, quando alguém é envenenado com desinfetante, o veneno pára o coração, *num instante*. Não há luta. Você simplesmente morre. Capítulo 2.

Schofield folheou as páginas encharcadas até o Capítulo 2. Viu o título: *Morte fisiológica instantânea relacionada a toxinas.*

Viu uma lista do que o autor chamava de "Venenos Conhecidos". No meio da lista viu "desinfetantes industriais, inseticidas".

— O ponto — disse Renshaw — é que não há sinais *externos* da morte causada por um veneno desses. Seu coração pára, o corpo *simplesmente pára.* — Renshaw levantou o dedo. — Mas não com certas outras toxinas. Como, por exemplo, veneno de serpente do mar.

— Veneno de serpente do mar?

— Capítulo 9.

Schofield encontrou. *Toxinas de ocorrência natural — Fauna marinha.*

— Olhe serpentes do mar — disse Renshaw.

Schofield achou o título: *Serpentes marinhas — toxinas, sintomas e tratamentos.*

— Leia — pediu Renshaw.

Schofield leu.

— Em voz alta.

Schofield leu:

— A serpente marinha comum (*Enhydrina schistosa*) tem um veneno com nível de toxicidade três vezes maior do que o da naja, a mais letal serpente terrestre. Uma gota (0,03 ml) basta para matar três homens. Dentre os sintomas comuns do envenenamento pela serpente marinha estão a dor e o enrijecimento dos músculos, espessamento da língua, paralisia, perda visual, severa inflamação da área dos olhos e dilatação das pupilas, e mais notavelmente o trincamento do maxilar. De fato, nesses casos o trincamento é tão sério que não é incomum que as vítimas de envenenamento por serpente marinha...

Schofield se interrompeu.

— Leia — disse Renshaw em voz baixa.

— ... cortem a própria língua com os dentes. — Schofield olhou para Renshaw.

Renshaw inclinou a cabeça.

— Acha que pareço um assassino, tenente?

— Quem pode dizer que você não pôs veneno de serpente marinha dentro da seringa?

— Tenente, na Estação Polar Wilkes os venenos de serpente marinha são guardados no Laboratório de Biotoxinas, que está *sempre*, sempre, trancado. Apenas algumas pessoas têm acesso àquela sala, e não sou uma delas.

Schofield se lembrou do laboratório de biotoxinas no deque B, lembrou-se do símbolo de perigo biológico, com três círculos, grudado na porta.

Mas, estranhamente, pegou-se lembrando de outra coisa.

Lembrou-se de Sarah Hensleigh dizendo: — "Antes de tudo isso acontecer eu estava trabalhando com Ben Austin no laboratório de biotoxinas no deque B. Ele estava trabalhando num novo antídoto para a *Enhydrina schistosa*."

Schofield balançou a cabeça para afastar o pensamento.

Não. Não é possível.

Virou-se para Renshaw.

— Então, quem *você* acha que matou Bernie Olson?

— Ora, alguém que tinha acesso ao laboratório de biotoxinas, claro. Isso só pode significar Ben Austin, Harry Cox ou Sarah Hensleigh.

Sarah Hensleigh...

— Por que algum deles desejaria matar Olson?

— Não faço idéia. Não faço a mínima idéia.

— Então, pelo que você sabe, nenhuma dessas pessoas teria motivo para matar Olson?

— Isso mesmo.

— Mas *você* tinha motivo. Olson estava roubando sua pesquisa.

— O que meio me torna a pessoa ideal para ser vítima de uma armação, não é?

— Mas se alguém realmente quisesse armar contra você teria usado desinfetante para matar Olson. Por que se daria ao trabalho de usar veneno de serpente?

— Bom argumento. Bom argumento. Mas, se você lesse este livro, descobriria que o desinfetante tem uma taxa de mortalidade de 59%. Quem matou Olson queria *garantir* que ele morreria. Por isso usou o veneno de serpente marinha. Não queria que ele fosse ressuscitado.

Schofield franziu os lábios, pensando.

Depois disse:

— Fale sobre Sarah Hensleigh.

— O quê?

— Vocês dois se dão bem? Você gosta dela, ela gosta de você?

— Não, não e não.

— Por que você não gosta dela?

— Quer *mesmo* saber? — Renshaw soltou um suspiro fundo. Desviou o olhar. — É porque ela era casada com meu melhor amigo, na verdade ele também era meu chefe, e ela não o amava.

— Quem era ele?

— Um cara chamado Brian Hensleigh. Era chefe do departamento de geofísica em Harvard antes de morrer.

Schofield se lembrou de Kirsty falando sobre o pai. Como ele lhe havia ensinado matemática avançada. E como tinha morrido recentemente.

— Ele morreu num acidente de carro, não foi?

— Isso mesmo. Um motorista bêbado subiu no meio-fio e o matou. — Renshaw olhou para Schofield. — Como sabe disso?

— Kirsty me contou.

— Kirsty contou. — Renshaw assentiu devagar. — Ela é uma boa menina, tenente. Contou que é minha afilhada?

— Não.

— Quando ela nasceu, Brian me pediu para ser o padrinho, você sabe, para o caso de alguma coisa acontecer com ele. A mãe dela, Mary-Anne, morreu de câncer quando Kirsty tinha sete anos.

— Espere um segundo. A mãe de Kirsty morreu quanto ela tinha sete anos?

— É.

— Então Sarah Hensleigh não é mãe de Kirsty?

— Isso mesmo. Sarah Hensleigh era a *segunda* mulher de Brian. Sarah Hensleigh é *madrasta* de Kirsty.

De repente as coisas começaram a fazer sentido para Schofield. O modo como Kirsty quase não falava com Sarah. O modo como se recolhia sempre que estava perto de Sarah. A reação natural de uma criança à madrasta de quem não gostava.

— Não sei por que Brian se casou com ela — disse Renshaw. — Sei que ele estava solitário e, bem, Sarah *é* bonita e *demonstrou* um bocado de atenção para com ele. Mas era ambiciosa. Cara, como era ambiciosa. Dava para ver nos olhos. Ela só queria o nome dele, queria conhecer as pessoas com quem ele trabalhava. Não queria *ele*. E a última coisa que queria era a filha dele.

Renshaw deu um sorriso triste.

— E então aquele motorista bêbado subiu no meio-fio, matou Brian e, num único golpe, Sarah perdeu Brian *e* ganhou a filha que nunca quis.

— E por que ela não gostava de *você*?

Renshaw riu de novo.

— Porque eu disse a Brian para não se casar com ela.

Schofield balançou a cabeça. Obviamente, houvera muito mais coisas acontecendo na Estação Polar Wilkes antes de ele e seus fuzileiros terem chegado do que aparentava.

— Terminou com esses bocais? — perguntou Schofield.

— Tudo pronto.

— Esta conversa vai continuar outra hora.

Schofield se levantou e começou a colocar um dos tanques no ombro.

— Espere um segundo — disse Renshaw, levantando-se. — Você vai voltar para lá *agora*? E se for morto? Não vai restar ninguém que acredite na minha história.

— Quem disse que acreditei na *sua* história?

— Acreditou. Sei que acreditou.

— Então parece que é melhor você vir comigo. Garanta que eu não seja morto — disse Schofield enquanto ia até a janela e olhava para fora.

Renshaw empalideceu.

— Certo, certo, vá um pouco mais devagar, só um segundo. Você ao menos pensou que há um cardume de *baleias-assassinas* aí? Para não mencionar uma espécie de foca que *mata* baleias-assassinas...

Mas Schofield não estava escutando. Só olhava pela janela engastada no gelo. À distância, a sudoeste — no topo de um dos penhascos de gelo — viu um leve clarão verde intermitente. Acende-apaga. Acende-apaga. Era o farol verde montado em cima da antena de rádio da Estação Polar Wilkes.

— Sr. Renshaw, vou voltar para lá... com ou sem o senhor, independentemente do que houver no caminho. — Schofield se virou para encará-lo. — Venha. Está na hora de retomar a Estação Polar Wilkes.

Envoltos em duas camadas de trajes de mergulho grandes demais, dos anos sessenta, Schofield e Renshaw nadavam pelo silêncio gélido, respirando com a ajuda do equipamento com trinta anos de idade.

Cada um tinha um cabo de aço amarrado à cintura — cabos que se estendiam até o grande carretel dentro da Little America IV, cerca de um quilômetro e meio a nordeste da Estação Polar Wilkes. Era uma precaução, para o caso de algum deles se perder, se separar e ter de voltar à estação.

Schofield levava na frente do corpo um lançador de arpão que tinha achado na Little America.

A água ao redor deles ficou cristalina enquanto nadavam por baixo da banquisa continental, entrando numa floresta de estalactites serrilhadas.

O plano de Schofield era nadar *por baixo* da banquisa — dependendo da profundidade dela — e entrar por dentro da Estação Polar Wilkes. Do lado de fora havia se orientado pela posição do farol verde em cima da antena de rádio. Achou que, se ele e Renshaw conseguissem se manter nadando na direção daquele farol, assim que estivessem sob a banquisa acabariam vendo a piscina na base da estação.

Estavam num mundo branco. Fantasmagóricas formações de gelo — como picos virados ao contrário — estendiam-se descendo por quase 130 metros.

Schofield franziu a testa dentro da máscara de mergulho. Teriam um bom caminho para baixo antes de subir de novo dentro da estação.

Nadaram descendo pela lateral de uma das enormes formações de gelo. Através da máscara, a única coisa que dava para ver era uma parede de gelo sólido e branco.

Depois de um tempo chegaram ao fundo da formação de gelo — o "pico" pontudo da montanha invertida. Lentamente, Schofield nadou por baixo do pico, e a parede de gelo subiu, afastando-se da visão...

...e ele viu.

Seu coração quase falhou uma batida.

Estava pairando ali na água à sua frente. Suspenso pelo cabo, fazendo a lenta jornada de volta à estação.

O sino de mergulho.

Voltando para a estação.

E então percebeu o que isso significava.

Os ingleses já haviam mandado uma equipe investigar a caverna.

Esperava ardentemente que seus fuzileiros na caverna estivessem prontos.

Quanto a ele e Renshaw, tinham de chegar àquele sino. Era uma carona grátis até a Estação Polar Wilkes, que Schofield não queria perder.

Girou na água para sinalizar a Renshaw. Viu o cientista baixinho atrás, nadando por baixo do pico invertido. Sinalizou para Renshaw ir mais rápido, e os dois partiram pela água em direção ao sino de mergulho.

— Quantos estão lá embaixo? — perguntou Barnaby em voz baixa.

Book Riley não disse uma palavra.

Book estava ajoelhado, as mãos algemadas às costas. Estava no deque E, perto da piscina. Sangue escorria de sua boca. O olho esquerdo estava meio fechado, com um grande inchaço. Depois de cair do *hovercraft* em alta velocidade com Kirsty, fora trazido de volta à Wilkes. Assim que chegou à estação fora trazido ao deque E para enfrentar Barnaby.

— Sr. Nero — disse Barnaby.

O grandalhão do SAS chamado Nero deu um soco no rosto de Book, que caiu no chão.

— Quantos? — perguntou Barnaby. Estava segurando o Maghook de Book.

— *Nenhum!* — gritou Book com os dentes ensangüentados. — Não tem ninguém lá embaixo. Não tivemos chance de mandar ninguém.

— Ah, verdade? — disse Barnaby. Em seguida, olhou pensativo para o Maghook. — Sr. Riley, acho muito difícil acreditar que um comandante do calibre do Espantalho deixaria de lado a tarefa de mandar um esquadrão à caverna *assim que chegasse aqui.*

— Então por que não pergunta a ele?

— Diga a verdade, sr. Riley, ou logo logo vou perder a cabeça e dá-lo de comer aos leões.

— Não há ninguém lá embaixo — disse Book.

— Certo — respondeu Barnaby, virando-se abruptamente para encarar Cobra. — Sr. Kaplan, o sr. Riley está dizendo a verdade?

Book olhou incisivamente para Cobra.

— Sr. Kaplan — disse Barnaby. — Se o sr. Riley está mentindo, vou matá-lo. Se *o senhor* mentir para mim, mato o *senhor*.

Book voltou-se para Cobra, olhos arregalados, implorando.

— Ele está mentindo — disse Cobra. — Há quatro pessoas lá embaixo. Três fuzileiros e uma civil.

— Seu *filho-da-puta*! — rugiu Book para Cobra.

— Sr. Nero — disse Barnaby, jogando o Maghook de Book para Nero. — Amarre-o.

Schofield e Renshaw chegaram juntos à superfície dentro do sino de mergulho que se movia lentamente.

Saíram da água e subiram no deque de metal que rodeava a pequena piscina na base do sino esférico.

Renshaw tirou seu bocal e ofegou. Schofield examinou o interior do sino vazio, procurando armas, procurando qualquer coisa.

Viu um contador digital de profundidade na parede mais distante. Os números estavam diminuindo enquanto o sino subia: 109 metros. 108 metros.

— Ah! — disse Renshaw do outro lado do sino.

Schofield se virou. Renshaw estava parado diante de um pequeno monitor de TV preso à parede perto do teto. Renshaw ligou-o.

— Tinha me esquecido disso.

— O que é?

— Outro brinquedinho do velho Carmine. Lembra-se, o velho de quem falei com você antes, que costumava ficar observando baleias o tempo todo. Lembra-se de que eu disse que algumas vezes ele costumava observá-las de dentro do sino de mergulho? Bem, este monitor é outro que está ligado às câmeras da piscina da estação. Yaeger mandou instalar para observar a superfície da piscina enquanto estava debaixo d'água, no sino.

Schofield olhou para o pequeno monitor em preto e branco.

Na tela teve a mesma visão do deque E que tinha visto no quarto de Renshaw. A vista da câmera embaixo da ponte retrátil do deque C, olhando direto para o deque E.

Schofield se imobilizou.

Viu pessoas na tela.

Soldados do SAS com armas. Cobra ainda algemado ao mastro. E Trevor Barnaby caminhando lentamente pelo deque E.

E havia uma outra pessoa.

Ali no deque, aos pés de Barnaby, tendo os pés amarrados, estava Book Riley.

— Certo, levante-o — disse Barnaby assim que Nero terminou de amarrar o cabo do Maghook em volta dos tornozelos de Book.

Outra pessoa já havia desenrolado o cabo do Maghook e atirado o lançador sobre a ponte retrátil do deque C, criando um mecanismo de polia.

Nero pegou o lançador com um dos outros comandos ingleses e prendeu o cabo entre dois degraus da escada entre o deque E e o deque D. Depois apertou o botão preto do lançador, que recolhia a corda.

Em resultado do mecanismo de polia — já que o cabo estava esticado por cima da ponte do deque C — Book foi subitamente levantado pelos tornozelos. Suas mãos ainda estavam algemadas às costas. Ele balançou sobre a piscina, pendurado impotente — de cabeça para baixo — acima da água.

— Que diabo eles estão fazendo? — perguntou Renshaw enquanto ele e Schofield olhavam para o monitor preto e branco.

Pelo monitor podiam ver Book pendurado diretamente abaixo, preso ao cabo de seu próprio Maghook acima d'água.

Nesse momento, o sino de mergulho balançou um pouco, e Schofield segurou a parede para se firmar.

— O que foi isso? — perguntou Renshaw rapidamente.

Schofield não precisou responder.

Várias formas grandes e escuras subiam pela água em volta do sino de mergulho, com a nítida silhueta preta e branca familiar demais.

O cardume de baleias-assassinas.

Estavam indo para a estação.

A primeira barbatana dorsal rompeu a superfície da água e um murmúrio brotou dos soldados do SAS reunidos em volta da piscina no deque E.

Book ainda estava pendurado de cabeça para baixo acima da piscina.

Ele também viu: a enorme silhueta em preto e branco de uma baleia-assassina deslizando lentamente pela água abaixo. Book começou a se retorcer, mas não adiantava — suas mãos estavam firmemente algemadas, os pés firmemente atados.

Suas plaquetas de identificação começaram a escorregar por cima da cabeça. Alguns segundos depois, passaram pelo queixo, caíram na água e afundaram depressa.

Barnaby ficou olhando do deque para as baleias-assassinas.

— Isso deve tornar as coisas bem interessantes.

Nesse momento, um dos seus cabos se aproximou. Era o mesmo que havia se dirigido a ele antes.

— Senhor, todas as cargas de Tritonal foram colocadas.

O cabo ofereceu a Barnaby uma pequena unidade preta, do tamanho de uma calculadora grossa. Tinha um teclado numérico.

— A unidade de detonação, senhor.

Barnaby pegou-a.

— Como estão os marcadores externos?

— Temos cinco homens estacionados ao longo do perímetro monitorando o horizonte com telêmetros a *laser*, senhor. Na última verificação não havia ninguém a menos de oitenta quilômetros deste lugar.

— Bom. Bom.

Barnaby voltou sua atenção para a piscina e o fuzileiro americano pendurado acima dela.

— Isso nos dá um pouco de tempo para descanso e recreação — disse ele.

— Meu Deus, esse negócio não vai mais depressa? — disse Schofield enquanto olhava o medidor de profundidade. O aparelho marcava os números lentamente enquanto subiam pela água. Ainda estavam a 57 metros da superfície. Faltavam pelo menos sete minutos.

Schofield via a imagem de Book na tela.

— Merda! *Merda!*

— Sr. Nero — disse Barnaby.

Nero apertou um botão no lançador do Maghook. De repente, o cabo começou a se desenrolar e Book começou *a descer* em direção à piscina, de cabeça para baixo.

A água embaixo dele estava agitada. Baleias-assassinas cortavam-na em todas as direções. De repente uma delas subiu acima da superfície embaixo de Book e soprou um jato d'água pelo respiradouro.

A cabeça de Book descia na direção da água. Estava a trinta centímetros acima dela quando parou bruscamente.

— Sr. Riley! — gritou Barnaby da segurança do deque.

— O que é?

— A Grã-Bretanha é que manda, sr. Riley!

Nero apertou o botão de novo e a cabeça e a parte superior do corpo de Book mergulharam na água.

Nem bem Book chegou abaixo d'água e uma fileira de dentes brancos e afiados passou rapidamente junto ao seu rosto.

Os olhos de Book se arregalaram.

Eram muitas! Baleias-assassinas a toda volta. Uma floresta com lentos movimentos em preto-e-branco. As baleias pareciam *rondar* na água.

E Book viu uma delas olhá-lo, viu-a se virar subitamente na água e vir na sua direção — a toda velocidade.

Book ficou ali pendurado, de cabeça para baixo na água, totalmente exposto, incapaz de se mover.

A assassina disparou na sua direção.

Os comandos do SAS aplaudiram ao ver a enorme barbatana dorsal partir direto para o fuzileiro submerso.

No sino de mergulho, Schofield estava grudado ao monitor.

— Anda, Book — falou. — Diga que você tem alguma coisa na manga.

Book balançou as mãos às costas. As algemas não se soltavam.

A baleia vinha chegando.

Depressa.

Abriu as mandíbulas, rolou de lado e...

...passou por ele, roçando asperamente a lateral do seu corpo.

Os comandos do SAS vaiaram.

No sino de mergulho, Schofield soltou um suspiro de alívio.

Atrás dele, Renshaw falou baixinho:

— Acabou.

— O que quer dizer com acabou?

— Lembra-se do que eu disse antes? Elas fazem a reivindicação na primeira passada. Depois comem.

Book gritou frustrado embaixo d'água.

Não conseguia soltar as mãos.

Não... conseguia... soltar... as... mãos...

E então viu a baleia-assassina de novo.

Vinha para ele pela segunda vez. A *mesma* baleia.

A baleia disparava pela água, desta vez mais rápida, movendo-se com objetivo, com a alta barbatana dorsal cortando a água agitada.

Book viu as mandíbulas se abrirem de novo, e agora viu os dentes brancos e a língua cor-de-rosa chegando cada vez mais perto, e seu terror ficou extremo.

Desta vez a baleia não rolou de lado.

Desta vez não passou direto, roçando-o.

Não, desta vez a baleia-assassina de sete toneladas *mergulhou* contra Book com uma força pulverizadora, e antes mesmo que o fuzileiro soubesse o que o havia acertado, as mandíbulas se apertaram contra sua cabeça.

Dentro do sino de mergulho Schofield ficou olhando o monitor em silêncio.

— Santo *Deus* — ofegou Renshaw atrás dele.

A imagem na tela era subitamente aterrorizante.

Uma fonte de sangue jorrou da água. A baleia tinha mordido o corpo suspenso de Book e consumido toda a sua metade superior. Agora estava sacudindo o cadáver com violência, tentando arrancá-lo do cabo — como um grande tubarão branco lutando com um pedaço de carne pendurado na lateral de um barco.

Schofield não falou nada.

Engoliu de volta o vômito que subia pela garganta.

Na caverna, Montana e Sarah Hensleigh olhavam a tela acima do teclado. Gant os havia deixado. Tinha voltado à fissura que encontrara na outra extremidade da caverna.

Sarah Hensleigh ficou olhando a tela.

24157817 _
TECLE O CÓDIGO AUTORIZADO

— É um modo de entrar — disse ela.

Já havia oito dígitos na tela. 24157817. Em seguida havia dezesseis espaços em branco para serem preenchidos com o código.

— Dezesseis lacunas — disse Montana. — Mas qual é o código?

— Mais números — respondeu Hensleigh pensativamente. — Tem de ser algum tipo de código numérico, um código que prossegue a partir dos oito números que já estão na tela.

— Mas mesmo que possamos deduzir o código, como vamos inserir nos espaços?

Sarah Hensleigh se inclinou à frente e apertou o primeiro botão preto no teclado.

Um número "1" apareceu instantaneamente na tela — no primeiro espaço em branco.

Hensleigh franziu a testa.

— Se esse negócio tem instruções em inglês, foi feito pelo homem. O que significa que é simplesmente um teclado comum, com números dispostos como numa calculadora ou telefone. Quem sabe, talvez os caras que construíram isso não tenham tido tempo de colocar os números.

Hensleigh apertou o segundo botão.

Um "2" surgiu no próximo espaço em branco. Hensleigh sorriu, confiante.

Depois começou a sussurrar consigo mesma.

— Código de dezesseis dígitos. Dez dígitos dentre os quais escolher. Merda. Estamos falando de *trilhões* de combinações possíveis.

— Acha que consegue decifrar? — perguntou Montana.

— Não sei. Depende do que signifiquem os primeiros oito dígitos, e se consigo deduzir isso.

Nesse momento, Montana se inclinou à frente e apertou o primeiro botão quatorze vezes. Na tela os espaços em branco foram preenchidos rapidamente.

A tela soltou um *bip* súbito. E então um novo comando apareceu embaixo:

24157817 1 2 1 1 1 1 1 1 1 1 1 1 1 1 1 1

CÓDIGO INCORRETO — ENTRADA NEGADA
DIGITE O CÓDIGO AUTORIZADO

A tela havia revertido ao original, com os oito primeiros números e os dezesseis espaços em branco.

Hensleigh olhou para Montana, perplexa.

— Como você sabia disso?

Montana sorriu.

— Ele dá uma segunda chance se você digitar o código errado. Como a maioria dos sistemas militares de código.

Na outra extremidade da caverna, Gant estava agachada no chão ao lado da fissura que tinha encontrado na base da parede de gelo. Apontou a lanterna para a fenda horizontal.

Queria saber mais sobre essa caverna. Havia alguma coisa na caverna em si e na "espaçonave" feita pelo homem que tinham encontrado, que a fazia imaginar...

Espiou pela fenda. No facho da lanterna viu uma caverna. Uma caverna redonda, com paredes de gelo, que se estendia à direita. O piso ficava a cerca de um metro e meio abaixo dela.

Deitou-se de costas e se espremeu pela fenda. Começou a descer para o piso dessa nova caverna.

E de repente, sem aviso, o gelo cedeu e Gant caiu desajeitada no piso da caverna.

Clangggg!

O som de sua queda no piso reverberou ao redor. Tinha parecido alguém batendo com uma marreta num pedaço de metal.

Gant se imobilizou.

Aço?

E lentamente — muito lentamente — olhou para o piso.

Era coberto por uma fina camada de gelo, mas dava para ver claramente. Seus olhos se arregalaram.

Viu primeiro os rebites — pequenos domos redondos num fundo cinza-escuro.

Era metal.

Metal grosso, reforçado.

Girou o facho da lanterna pelo pequeno espaço aberto. Era uma caverna cilíndrica — como um túnel de trem — com um alto teto redondo que subia acima da fissura horizontal através da qual tinha vindo. A fissura horizontal ficava aproximadamente na metade da parede. De fato, Gant quase podia ver *através* da grossa parede de gelo acima da fissura, como se fosse vidro translúcido.

Girou a lanterna e a apontou para o túnel que se afastava.

E então viu.

Parecia algum tipo de porta, feita de pesado aço cinza. Era engastada no gelo e estava completamente coberta por gelo áspero. Parecia uma porta de navio ou submarino — de aparência sólida, presa por dobradiças numa forte parede de metal.

— Jesus Cristo — ofegou Gant.

Pete Cameron ligou pela terceira vez para o escritório do *Post* em Washington. Estava sentado na sala de estar de Andrew Trent.

Finalmente, Alison atendeu.

— Onde você estava? — perguntou Cameron. — Fiquei ligando a tarde inteira.

— Você não vai acreditar no que descobri — disse Alison.

Contou o que tinha achado no Banco de Dados das Bibliotecas de Todos os Estados: como as referências à latitude e longitude que Cameron tinha anotado no SETI se referiam ao local de uma estação de pesquisas na Antártida, a Estação Polar Wilkes.

Cameron pegou as anotações feitas na ida ao SETI, olhou-as enquanto Alison falava.

Então Alison contou sobre os acadêmicos que viviam na estação polar e os textos e livros que eles tinham escrito. Também contou sobre a Biblioteca do Congresso e a "Pesquisa Preliminar" de C.M. Waitzkin.

— Foi retirada por um tal de O. Niemeyer em 1979 — disse Alison.

Cameron franziu a testa.

— Niemeyer? *Otto* Niemeyer? Ele não era do Estado-Maior de Nixon?

— De Carter também — disse Alison.

Andrew Trent entrou na sala de estar.

— Alguém disse Niemeyer?

— Sim — respondeu Cameron. — Otto Niemeyer. Sabe quem é?

— *Se sei?* Ele era da Força Aérea. Coronel. Entrou num avião em 79 e nunca mais voltou.

— É esse mesmo — revelou Alison ao telefone. — Ei, quem está aí?

— Andrew Wilcox — disse Cameron, olhando para Trent.

— Ah, oi, Andrew, prazer em conhecê-lo — disse Alison. — E sim, você está certo. Niemeyer entrou num Boeing 727 da Força Aérea na Base Andrews na noite de 30 de dezembro de 1979, indo para destino *desconhecido*. Jamais voltou.

— Não há registros sobre para onde ele foi? — perguntou Pete.

— Isso é secreto, neném. Secreto. Mas pude conseguir uma história sobre ele. Niemeyer pilotava Phantoms no Vietnã. Derrubado sobre o delta do Mekong em 65. Prisioneiro de guerra durante um ano. As duas pernas quebradas. Resgatado em 66. Depois disso pilotou uma mesa no Pentágono. Comandou a Divisão de Aquisições da Força Aérea durante seis anos, de 68 a 74. Foi nomeado para o Estado-Maior em 1972, por Nixon, e continuou durante o governo Carter.

"Aparentemente Niemeyer fez parte do projeto do avião invisível em 77. Estava no comitê de seleção da Força Aérea que escolheu o bombardeiro invisível B-2, feito pela Northrop-Boeing. Mas o registro oficial mostra que Niemeyer votou pelo perdedor, um consórcio composto pela General Aeronautics e uma pequena empresa de eletrônica da Califórnia chamada Entertech Ltd.

— Então por que ele roubaria uma análise preliminar sobre uma estação de pesquisa na Antártida?

— Veja só, aí é que está — disse Alison. — Eu não acho que seja a mesma estação.

— O quê?!

— Escute, eu estava olhando um livro que comprei de um dos caras da Antártida, um sujeito chamado Brian Hensleigh. Segundo ele, a Estação Polar Wilkes foi construída em 1991.

— Hã-hã.

— Mas Niemeyer desapareceu em 1979.

— Então o que você está dizendo?

— O que estou dizendo é que Niemeyer estava se informando sobre uma estação que foi fechada doze anos *antes* de ao menos pensarem na Estação Polar Wilkes.

Alison fez uma pausa.

— Pete, acho que houve duas estações. Duas estações construídas *no mesmo local.* Uma em 1978... para a qual a pesquisa geográfica de C.M. Waitzkin foi feita... e outra em 1991.

Pete Cameron se inclinou à frente e falou ao telefone:

— O que você quer dizer, você acha que eles construíram a segunda estação *em cima* da primeira?

— Não creio que as pessoas que construíram a segunda estação, a Wilkes, ao menos *soubessem* da primeira. Brian Hensleigh simplesmente não fala dela no livro.

— Então o que ela era? Quero dizer, a estação de Niemeyer?

— Quem sabe?

Nesse momento, Andrew Trent viu o pedaço de papel na mão de Pete. Pegou-o e começou a examiná-lo.

— E você? — perguntou Alison. — Conseguiu alguma coisa que valha a pena em suas viagens?

— Pode-se dizer que sim — respondeu Cameron enquanto repassava na mente tudo que Trent lhe dissera sobre a chacina de sua unidade, sua "morte" oficial e o Grupo de Convergência de Inteligência.

— *Ei* — disse Trent subitamente do outro lado da sala. Ele ergueu as anotações que Cameron fizera no SETI. — Onde você conseguiu isso?

Pete afastou a atenção de Alison e olhou para as anotações.

ENTENDIDO, 134625
CONTATO PERDIDO -> PERTURBAÇÃO IONOSFÉRICA...
EQUIPE DE FRENTE
ESPANTALHO
–66.5
MANCHA SOLAR ATRAPALHOU O RÁDIO
115, 20 MINUTOS, 12 SEGUNDOS LESTE
COMO CHEGAR LÁ ENTÃO — EQUIPE SECUNDÁRIA A CAMINHO

Pete contou a Trent sobre a ida ao SETI, disse que as anotações eram seu registro sobre o que fora captado pelos radiotelescópios do SETI.

— E essas coordenadas — disse Trent apontando para as palavras –66.5' e 115, 20 MINUTOS. 12 SEGUNDOS LESTE. Elas se referem a uma estação de pesquisa na Antártida?

— Isso mesmo.

Trent olhou intensamente para Pete Cameron.

— O senhor sabe alguma coisa sobre as forças de reconhecimento dos fuzileiros navais, sr. Cameron?

— Só o que o senhor me contou.

— Elas são uma equipe de frente.

— Certo — disse Pete vendo as palavras "EQUIPE DE FRENTE" em suas anotações.

— Espantalho... — disse Trent, olhando as anotações.

Pete olhou para ele.

— O que é Espantalho? Uma operação?

— Não — disse Trent um tanto subitamente. — Espantalho é um homem. Um tenente fuzileiro. Amigo meu.

Pete Cameron esperou que Trent dissesse mais alguma coisa, porém ele não disse. E de repente Trent olhou nos olhos de Cameron.

— *Filho-da-puta* — disse Trent. — O Espantalho está lá.

— O que você quer dizer? — perguntou Alison alguns instantes depois. — Você acha que há *fuzileiros* naquela estação?

— Nós achamos que sim — disse Cameron, empolgado.

— Meu Deus, e há uma equipe secundária a caminho — disse Trent, olhando de novo as anotações. — Merda.

Trent se virou para Cameron.

— Desligue um segundo. Preciso dar um telefonema.

Cameron disse a Alison que ligaria de volta.

Trent discou rapidamente um número. Cameron só ficou olhando.

— Sim, oi, Departamento do Pessoal por favor — disse Trent ao telefone. A seguir, esperou um segundo e disse: — Sim, olhe, eu estava imaginando se você poderia me dizer onde posso encontrar o tenente Shane Schofield, por favor. É uma emergência de família. Sim, eu espero.

Trent esperou um minuto inteiro antes que alguém voltasse à linha.

— Sim — disse Trent. — O que... ah, sou o cunhado dele, Michael. — Houve uma pausa. — Ah, não — disse Trent em voz baixa. — Ah, meu Deus. Sim, obrigado. Adeus.

Trent praticamente bateu o telefone. Virou-se para Cameron.

— Puta que o pariu.

— O que foi?

— Segundo o Departamento do Pessoal do Corpo de Fuzileiros Navais dos Estados Unidos, o primeiro-tenente Shane M. Schofield *morreu* num acidente de treinamento no Pacífico Sul às nove e meia da manhã de ontem. Estão sendo feitos arranjos para contatar a família imediatamente.

Cameron franziu a testa.

— Ele está morto?

— Segundo eles, sim — disse Trent em voz baixa. — Mas isso não significa necessariamente que seja verdade, não é? — Trent fez uma pausa. — A equipe secundária...

— O que é que tem?

— Há uma equipe secundária a caminho da Estação Polar Wilkes agora mesmo, certo?

— É...

— E segundo o Corpo de Fuzileiros Shane Schofield já está morto, certo?

— É...

Trent pensou nisso por um momento. Depois ergueu os olhos subitamente.

— Schofield descobriu alguma coisa. Eles vão matá-lo.

Cameron ligou de novo para Alison.

— Depressa, mande agora — disse ele.

— Certo. Certo. Só espere um segundo, queridinho.

Cameron ouviu os estalos de um teclado de computador do outro lado da linha.

— Certo, estou mandando agora — disse Alison.

Do outro lado da sala de estar, Trent ligou seu computador. Clicou em várias telas e chegou à tela de e-mails.

Uma pequena barra de informações na base da tela piscou.

VOCÊ TEM CORRESPONDÊNCIA NOVA.

Trent clicou no ícone de "abrir".

Apareceu imediatamente uma lista na tela:

BANCO DE DADOS DAS BIBLIOTECAS DE TODOS OS ESTADOS
BUSCA POR PALAVRA-CHAVE
PALAVRAS USADAS: LATITUDE
LONGITUDE 115º 20' 12"

Nº DE REGISTROS ENCONTRADOS: 6

TÍTULO	AUTOR	LOCALIZAÇÃO	ANO
TESE DE DOUTORADO	LLEWELLYN, D.K.	STANFORD, CT	1998
TESE DE DOUTORADO	AUSTIN, B.E.	STANFORD, CT	1997
TESE DE PÓS-DOUTORADO	HENSLEIGH, S.T.	USC, CA	1997
DISSERTAÇÃO DE PESQUISA PARA BOLSA DE ESTUDOS	HENSLEIGH, B.M.	HARVARD, MA	1996
"A CRUZADA DO GELO - REFLEXÕES SOBRE UM ANO PASSADO NA ANTÁRTIDA"	HENSLEIGH, B.M.	HARVARD, MA DISP. TMB	1995
PESQUISA PRELIMINAR	WAITZKIN, C.M.	LIBCONG	1978

Era a lista que Alison tinha conseguido no banco de dados. A lista de cada trabalho que se referia a latitude –66.5º e longitude 115º 20' 12".

— Certo — disse Pete.

— O que você vai fazer com isso? — perguntou Alison pelo viva-voz.

— Vamos usar a lista para descobrir o endereço deles — disse Trent, digitando rapidamente no teclado. — Os endereços de e-mail dos acadêmicos que estão na Antártida, para podermos mandar uma mensagem a Schofield.

— Achamos que a maioria dos professores universitários tem e-mail — disse Pete — e esperamos que a Estação Polar Wilkes esteja ligada a um telefone por satélite, de modo que a mensagem possa chegar.

De repente, Trent falou:

— *Certo*, consegui um! Hensleigh, Sarah T. O endereço de e-mail é na

USC, na Califórnia, mas está redirecionado a um endereço externo: sarahhensleigh@wilkes.edu.us. É isso!

Trent digitou mais um pouco.

— *Certo* — disse ele um minuto depois. — Excelente. Eles têm um endereço universal lá: allwilkes@wilkes.edu.us. *Excelente.* Agora podemos mandar um e-mail a *qualquer um* que tenha um computador naquela estação.

— Faça isso — disse Cameron.

Trent digitou uma mensagem, depois cortou e colou rapidamente. Quando terminou, praticamente golpeou o dedo no botão "ENVIAR".

Libby Gant estava na frente da pesada porta de aço no pequeno túnel de gelo.

Havia um enferrujado volante de tranca. Gant girou-o. Rodou-o três vezes.

E então ouviu um estalo alto vindo de dentro da grande porta de aço, que se abriu ligeiramente.

Gant escancarou a porta e apontou o facho da lanterna para dentro.

— Uau — falou.

Parecia um hangar de avião. Era tão grande que a lanterna nem tinha força para ver a outra extremidade. Mas dava para ver o bastante.

Dava para ver paredes.

Paredes *feitas pelo homem.*

Paredes de aço, com grossos reforços sustentando um alto teto de alumínio. Gigantescos braços robóticos amarelos estavam imóveis, silenciosos, na semi-escuridão, cobertos com uma fina camada de gelo. Lâmpadas halógenas enfileiravam-se no teto. Havia algumas grades de metal em ângulos esquisitos no chão à frente. Gant viu que várias delas tinham marcas serrilhadas nas extremidades. Tinham sido claramente partidas. Tudo estava coberto por uma camada de gelo.

Viu um pedaço de papel aos seus pés. Pegou-o. Estava sólido e congelado, mas ainda dava para ler o cabeçalho. Dizia:

ENTERTECH LTD.

Gant voltou ao pequeno túnel que levava à caverna principal. Chamou Montana e Hensleigh.

Alguns minutos depois, Montana rolou pela fenda horizontal e entrou com Gant no gigantesco hangar subterrâneo.

— Que diabo está acontecendo aqui? — perguntou ele.

Entraram no hangar com as lanternas criando fachos de luz. Montana foi para a esquerda. Gant para a direita.

Gant chegou a uma estrutura tipo escritório, que parecia coberta por uma plantação de gelo. A porta do escritório se abriu com um estalo alto, e lentamente, muito lentamente, Gant entrou.

Havia um corpo no piso do escritório.

Um homem.

Estava de olhos fechados. E nu. A pele tinha ficado azul. Ele parecia estar dormindo.

Gant viu uma mesa do outro lado do escritório, viu algo nela. Movendo-se para a mesa, viu que era algum tipo de livro, um livro com capa de couro.

Estava ali na mesa, sozinho. O resto do tampo estava vazio. Era quase como se alguém o tivesse deixado *deliberadamente*, para ser a primeira coisa encontrada por um visitante, pensou Gant.

Pegou o livro. Estava coberto por uma camada fina de gelo e as páginas estavam duras como papelão.

Gant o abriu.

Parecia ser uma espécie de diário.

Leu uma anotação no início.

2 de junho de 1978

As coisas vão bem. Mas está tão frio! Não acredito que nos trouxeram até aqui para construir uma porra de um avião de ataque! O tempo lá fora é terrível. Nevasca. Graças a Deus nosso hangar é construído sob a superfície, por isso ficamos livres do mau tempo. A triste ironia é que *precisamos* do frio. O núcleo de plutônio do sistema mantém seu gradiente por mais tempo em temperaturas baixas...

Gant pulou adiante, para uma página não muito longe do fim do diário.

15 de fevereiro de 1980

Ninguém vem. Agora tenho certeza. Bill Holden morreu ontem e tivemos de cortar as mãos de Pat Anderson, de tão congeladas que estavam.

Faz dois meses desde o terremoto, e perdi toda a esperança de ser resgatado. Alguém disse que o Velho Niemeyer deveria vir para cá em dezembro, mas não apareceu.

Quando vou dormir à noite imagino se alguém, além de Niemeyer, sabe que estamos aqui.

Gant folheou de volta algumas páginas, procurando algo. Achou, mais ou menos no meio do diário.

20 de dezembro de 1979

Não sei onde estou. Houve um terremoto ontem, o maior filho-da-puta que você já viu. Foi como se a terra se abrisse e simplesmente nos engolisse inteiros.

Eu estava no hangar quando ele aconteceu, trabalhando no avião. Primeiro o chão começou a tremer e de repente uma enorme parede de gelo simplesmente se projetou do chão e partiu o hangar ao meio. E então nós simplesmente parecemos cair. Cair e cair. Enormes pedaços da banquisa de gelo (avalio que cada uma do tamanho de um prédio) tombaram de cada lado e fomos sugados para a terra — vi quando eles fizeram buracos enormes no teto do hangar. BUM! BUM! BUM! O terremoto deve ter rasgado um buraco enorme embaixo da estação, e simplesmente caímos dentro.

Fomos descendo direto. Cada vez mais para baixo. Sacudindo e caindo. Um dos grandes braços robóticos caiu em cima de Doug Myers, esmagou-o...

Gant estava pasma.

Este "hangar" fora uma estação polar.

Uma estação polar montada no maior segredo para construir algum tipo de avião — um avião que usava plutônio, notou Gant. Mas, aparentemente, essa estação estivera na superfície — ou melhor, enterrada logo abaixo da superfície, como a Wilkes — até ser assolada por um terremoto que a sugou para o subsolo.

Gant foi para a última página do diário.

17 de março de 1980

Sou o último sobrevivente. Todos os meus colegas estão mortos. Faz quase três meses desde o terremoto, e sei que ninguém vem. Minha mão esquerda está ulcerada pelo gelo e com gangrena. Não sinto mais os pés.

Não posso continuar. Vou ficar nu e me deitar no gelo. Só deve demorar alguns minutos. Se alguém ler isto no futuro, saiba que meu nome era Simon Wayne Daniels. Fui especialista em eletrônica de aviação da Entertech Ltd. Minha mulher, Lily, mora em Palmdale, mas não sei se ela vai estar lá quando você ler isto. Por favor, encontre-a e diga que eu a amava, e que lamento não ter podido dizer para onde fui.

Está frio demais.

Gant olhou o corpo nu no chão, aos seus pés.

Simon Wayne Daniels.

Sentiu uma pontada de tristeza por ele. Tinha morrido aqui, sozinho. Enterrado vivo nessa tumba gelada.

E de repente a voz de Santa Cruz explodiu no capacete dela, despedaçando seus pensamentos.

— *Montana! Gata! Venham cá! Venham para cá agora! Tenho visual dos mergulhadores inimigos! Repito! Os mergulhadores inimigos vão entrar na caverna!*

A equipe de mergulhadores do SAS subiu pelo túnel subaquático com a ajuda de trenós submarinos. Eram oito e graças aos trenós de duas duas hélices, moviam-se rapidamente na água. Todos estavam vestidos de preto.

— Base. Aqui é Equipe de Mergulho. Câmbio — disse o líder dos mergulhadores em seu comunicador do capacete.

— *Equipe de Mergulho, aqui é a base* — respondeu a voz de Barnaby. — Informe.

— Base, agora são 19:56. Tempo de mergulho desde que saímos do sino é de cinqüenta e quatro minutos. Temos visual da superfície. Estamos chegando à caverna.

— *Equipe de Mergulho, tenham cuidado. Temos informação de que há quatro elementos hostis dentro da caverna, esperando vocês. Repito, há quatro agentes hostis dentro da caverna esperando vocês. Usem ação apropriada.*

— Entendido, base. Usaremos. Equipe de Mergulho, câmbio e desligo.

Gant e Montana chegaram correndo à caverna principal.

Pararam ao lado de Santa Cruz, que estava cuidando das MP-5 montadas em tripés. Ele apontou para o lago.

Várias sombras negras e sinistras podiam ser vistas subindo através da água límpida e azul-clara.

Os três fuzileiros assumiram posição atrás de várias pedras, com as MP-5 nas mãos. Montana mandou Sarah Hensleigh ficar atrás, abaixada.

— *Não sejam impacientes* — disse Montana pelo interfone do capacete. — *Esperem que eles cheguem à superfície. Não adianta atirar na água.*

— Saquei — disse Gant enquanto via a primeira sombra subir pela água em direção à superfície.

Um mergulhador. Num trenó subaquático.

Chegou cada vez mais perto, subindo e subindo, até que, estranhamente, parou logo abaixo da superfície.

Gant franziu a testa.

O mergulhador simplesmente havia parado ali, cerca de trinta centímetros abaixo da superfície.

O que ele estava fazendo...

E de repente a mão do mergulhador saltou fora d'água e Gant viu instantaneamente o objeto na mão dele.

— Carga de nitrogênio! — gritou Gant. — Busquem cobertura!

O mergulhador lançou a carga de nitrogênio, que quicou no piso duro e gelado da caverna. Gant e os outros fuzileiros se abaixaram atrás de suas pedras.

A carga de nitrogênio explodiu.

O nitrogênio líquido superfrio bateu em tudo que estava à vista. A gosma azulada se chocou contra as pedras onde os fuzileiros estavam escondidos, espirrou nas paredes da caverna. Parte dela chegou a acertar a grande aeronave preta parada no meio da caverna enorme. Era a distração perfeita.

Porque, nem bem a carga de nitrogênio explodiu, o primeiro comando do SAS estava saindo da água com a arma encostada no ombro e o dedo apertando o gatilho.

O sino de mergulho estava quase na superfície. Continuava sua lenta subida.

Um comandante irado, agindo sob a influência da fúria ou da frustração, quase certamente fará com que sua unidade seja morta.

As palavras de Trevor Barnaby ecoavam na cabeça de Shane Schofield, que as ignorou.

Depois de ter visto Barnaby lançar Book Riley como alimento às baleias-assassinas, sua raiva havia ficado intensa. Queria matar Barnaby. Queria arrancar o coração dele e servi-lo a ele numa...

Schofield desamarrou o cabo enrolado na cintura e tirou as duas volumosas roupas de mergulho. Depois pegou sua MP-5 e pôs um pente. Se não matasse Barnaby, pelo menos levaria o maior número deles possível.

Enquanto preparava a arma, viu uma pequena mala Samsonite numa das prateleiras do sino de mergulho. Abriu-a. E viu uma fileira de cargas de nitrogênio, azuis, num interior almofadado, como ovos numa caixa de ovos.

Os homens do SAS devem ter deixado aqui quando foram para a caverna, pensou Schofield enquanto agarrava uma das cargas e colocava no bolso.

Olhou para fora. Parecia que as baleias-assassinas haviam sumido por enquanto. Por um breve instante, imaginou para onde teriam ido.

— O que está fazendo? — perguntou Renshaw.

— Você vai ver. — Schofield andou em volta da piscina circular na base do sino de mergulho.

— Vai *lá fora*? — Renshaw estava incrédulo. — Vai me deixar *aqui*?

— Você vai ficar bem. — Schofield jogou sua pistola Águia do Deserto para Renshaw. — Se eles vierem pegá-lo, use isto.

Renshaw pegou a arma. Schofield nem notou. Simplesmente virou-se e, sem sequer um segundo olhar para o outro, pulou do deque de metal do sino de mergulho.

A água estava quase congelando, mas Schofield não se importava.

Segurou o sino de mergulho e subiu por um de seus tubos exteriores, chegando ao teto esférico.

Agora estavam quase na estação.

E assim que chegassem, pensou, assim que rompessem a superfície, ele soltaria a rajada mais devastadora que o SAS já vira — e em primeiro lugar contra Trevor Barnaby.

O sino de mergulho subia pela água, em direção à superfície.

A qualquer segundo agora, pensou Schofield enquanto segurava sua MP-5.

A qualquer segundo...

O sino de mergulho rompeu ruidosamente a superfície.

E ali, em cima dele, segurando-se no cabo, pingando água, estava o tenente Shane Schofield, com sua MP-5 levantada.

Mas não disparou.

Ficou branco.

Todo o deque E estava com pelo menos vinte soldados do SAS enfileirados. Mantinham-se num círculo em volta da piscina, rodeando o sino de mergulho.

E todos estavam com as armas apontadas para Shane Schofield.

Barnaby saiu do túnel sul, sorrindo. Schofield se virou e o viu e, ao fazer isso xingou-se, xingou sua raiva, xingou sua impulsividade, porque agora sabia que, no calor do momento, na pura fúria que sentira ao seguir a morte de Book, tinha cometido o maior erro de sua vida.

Shane Schofield jogou sua MP-5 no deque. Ela bateu com ruído no metal. Os comandos do SAS pegaram o sino de mergulho com um gancho comprido e o puxaram pela água, na direção do deque.

A mente de Schofield estava trabalhando de novo, e com clareza cristalina. No momento em que rompera a superfície e tinha visto os soldados do SAS com as armas apontadas, seus sentidos voltaram com força total.

Esperava tremendamente que Renshaw ficasse escondido dentro do sino.

Pulou do sino de mergulho e bateu com ruído no deque E. Soltou um leve suspiro de alívio quando os comandos do SAS soltaram o sino e o deixaram flutuar de volta ao centro da piscina. Não tinham visto Renshaw.

Então dois enormes comandos do SAS agarraram Schofield violentamente, prenderam seus braços às costas e puseram um par de algemas em seus pulsos. Outro soldado do SAS o revistou totalmente e pegou a carga de nitrogênio no bolso. Também tirou seu Maghook.

Trevor Barnaby se aproximou.

— E então, Espantalho? Finalmente nos encontramos. É bom vê-lo de novo.

Schofield ficou quieto. Notou que Barnaby estava usando um traje de mergulho preto.

Ele está planejando mandar outra equipe à caverna, pensou Schofield, *com ele próprio incluído.*

— Você esteve nos observando do sino de mergulho, não foi? — disse Barnaby, rindo. — Mas também estávamos observando *você*. — Barnaby sorriu enquanto indicava uma pequena unidade cinzenta montada na borda da piscina. Parecia algum tipo de câmera, apontada para a água.

— Nunca se deve deixar *nenhum* flanco desguarnecido — disse Barnaby. — Você, especialmente, deveria saber.

Schofield permaneceu quieto.

Barnaby começou a andar de um lado para o outro.

— Sabe, quando me disseram que você estava comandando a força protetora americana na missão, eu esperava que tivéssemos chance de nos encontrar. Mas então, quando cheguei, *você* deu no pé. — Barnaby parou de andar. — E então ouvi dizer que você foi visto voando de um penhasco num *hovercraft* e subitamente tive certeza de que não iríamos nos encontrar.

Schofield ficou quieto.

— Mas agora, bem — Barnaby balançou a cabeça. — Fico feliz porque estava errado. Que prazer vê-lo de novo! É uma pena termos de nos encontrar nestas circunstâncias.

— Por quê? — perguntou Schofield, falando pela primeira vez.

— Porque significa que um de nós tem de morrer.

— Meus pêsames à sua família.

— Ah-há! Tremenda luta. Gosto disso. É disso que sempre gostei em você, Espantalho. Você *luta*. Pode não ser o maior comandante estratégico do mundo, mas é um filho-da-puta determinado. Se não capta alguma coisa imediatamente, abaixa-se e aprende. E quando se pega no contrapé, nunca desiste. Não se pode *comprar* esse tipo de coragem hoje em dia.

Schofield ficou quieto.

— Anime-se, Espantalho. Para dizer a verdade, você *nunca* poderia ter ganhado esta cruzada. Desde o início você foi prejudicado. Seus próprios homens não foram leais.

Barnaby se virou para olhar Cobra Kaplan do outro lado da piscina. Schofield também se virou para olhar.

— Você gostaria de matá-lo, não é? — perguntou Barnaby, encarando Cobra.

Schofield ficou quieto.

Barnaby se virou, os olhos se estreitando.

— Você o *mataria*, não é?

Schofield permaneceu em silêncio.

Barnaby pareceu pensar em alguma coisa durante um momento. Quando se virou para encarar Schofield, tinha um brilho nos olhos.

— Sabe de uma coisa? — falou. — Vou lhe dar a chance de fazer exatamente isso. Uma chance esportiva, claro, mas mesmo assim uma chance.

— O que quer dizer?

— Bem, como vou matar vocês dois de qualquer modo, acho que poderia deixar por conta de vocês dois decidir quem vai ser dado de comer aos leões e quem vai morrer de pé.

Schofield franziu a testa durante um segundo, sem entender, depois olhou de volta para a piscina. Viu a alta barbatana dorsal de uma baleia-assassina cortar a água em sua direção.

Elas estavam de volta.

— Soltem-no do poste — gritou Barnaby aos soldados do SAS que estavam vigiando Cobra. — Senhores, para a sala de perfuração.

Com as mãos firmemente algemadas às costas, Schofield foi guiado pelo túnel sul do deque E. Enquanto passava pelo depósito lançou um olhar rápido para dentro.

O depósito estava vazio.

Mãe havia sumido.

Mas Barnaby não tinha dito nada sobre Mãe...

Não a haviam encontrado.

Os homens do SAS marcharam com Schofield pelo corredor comprido e estreito e o empurraram na sala de perfuração. Schofield cambaleou para dentro e girou.

Cobra foi empurrado na sala alguns segundos depois. Suas algemas tinham sido retiradas.

Schofield olhou a sala de perfuração ao redor. No centro estava o grande aparato de perfuração de núcleos. Parecia um poço de petróleo em miniatura, com um grande eixo cilíndrico suspenso no meio de uma estrutura preta e esquelética. O eixo, supôs Schofield, fazia parte da máquina que perfurava o gelo e obtinha os núcleos.

Mas do outro lado da máquina de perfuração de núcleos Schofield viu outra coisa.

Um corpo.

Caído no chão.

Era o corpo embolado e sujo de sangue de Jean Petard, intocado desde que Petard fora despedaçado pela chuva de estilhaços de suas próprias minas Claymore há várias hor...

— Senhores — disse Barnaby subitamente, junto à porta. Era a única saída da sala. — Os senhores vão lutar pelo privilégio de viver. Voltarei em cinco minutos. Quando retornar espero que um dos dois esteja morto. Se, depois desse tempo, *os dois* ainda estiverem vivos, eu mesmo atirarei em ambos. Se, por outro lado, um dos dois estiver morto, o vencedor poderá viver por um curto período e morrer de modo mais nobre. Alguma pergunta?

— E quanto a essas algemas? — perguntou Schofield. — Suas mãos ainda estavam algemadas às costas. As de Cobra estavam livres.

— O que é que tem? — perguntou Barnaby. — Mais alguma pergunta?

Não havia.

— Então façam como quiserem — disse Barnaby antes de sair da sala e trancar a porta.

Schofield se virou imediatamente para Cobra.

— Certo, escute, nós temos de deduzir um modo de...

Cobra se chocou violentamente contra Schofield.

Schofield foi levantado do chão e bateu com força estonteante na parede atrás. Dobrou-se ao meio, ofegou tentando respirar e ergueu os olhos bem a tempo de ver a palma da mão aberta de Cobra vindo para o seu rosto. Abaixou-se depressa e a mão de Cobra acertou a parede.

A mente de Schofield entrou em velocidade máxima. Cobra tinha acabado de vir para ele com um movimento padrão de combate corpo-a-corpo: um golpe de mão aberta destinado a mandar o nariz do outro para dentro do cérebro, matando-o de uma vez.

Cobra estava decidido a matá-lo.

Em cinco minutos.

Os dois ainda estavam próximos, por isso Schofield ergueu o joelho com força e acertou Cobra na virilha. Em seguida, saltou para longe da parede. Assim que estava longe de Cobra e da parede, levantou-se depressa e passou as mãos algemadas para a frente — por baixo dos pés — de modo que agora estavam na frente do corpo.

Cobra veio para ele com um jorro de chutes e socos. Schofield aparou cada golpe com as mãos algemadas, os dois se separaram e começaram a circular um diante do outro como um par de grandes felinos.

A mente de Schofield disparava. Cobra ia querer jogá-lo no chão. Enquanto permanecesse de pé estaria bem, porque mesmo com as mãos algemadas poderia aparar qualquer golpe dado por Cobra. Mas se os dois caíssem tudo estaria acabado. Cobra o dominaria num instante.

Preciso ficar longe do chão...

Preciso ficar longe do chão...

Os dois fuzileiros se circulavam mutuamente — de cada lado do negro aparato de perfuração no centro da sala.

De repente, Cobra agarrou um pedaço de aço no chão e o girou com força na direção de Schofield. Este se abaixou tarde demais e levou um golpe de raspão na lateral da cabeça. Viu estrelas por um instante e perdeu o equilíbrio.

Num segundo Cobra estava em cima dele, lançando-se pela sala, abalroando-o e jogando-o contra a parede.

As costas de Schofield bateram num interruptor elétrico na parede e instantaneamente, do outro lado da sala, o eixo vertical da máquina de perfuração zumbiu subitamente e começou a girar depressa. Emitia um som agudo, rotativo, como o de uma serra elétrica.

Cobra jogou Schofield no chão.

Não!

Schofield bateu com força no piso e rolou imediatamente...

...e se viu cara a cara com Jean Petard.

Ou, pelo menos, com o que restava do rosto de Petard depois de ter sido despedaçado pela explosão das minas Claymore.

E nesse momento — nesse momento fugaz — Schofield captou um vislumbre de algo dentro da jaqueta de Petard.

Uma balestra.

Estendeu desesperadamente as mãos algemadas para a balestra. Conseguiu envolvê-las no cabo, conseguiu segurá-lo e...

...nesse momento Cobra se chocou contra ele e os dois deslizaram pelo chão batendo com força na perfuratriz no centro da sala. O som do eixo giratório rugia em seus ouvidos.

Schofield estava caído de costas no chão. Cobra se ajoelhou em cima dele.

E, num instante súbito, Schofield viu que ainda estava com a balestra nas mãos. Piscou. Devia tê-la agarrado quando Cobra se chocou contra ele.

Foi então que Cobra acertou Schofield com um soco pulverizador.

Schofield ouviu o nariz estalar e viu o sangue explodir do rosto. A cabeça bateu no chão. Com força.

O mundo girou e, por um instante fugaz, Schofield apagou. De repente, sentiu uma onda de pânico — se apagasse totalmente seria o fim. Cobra iria matá-lo ali mesmo.

Abriu os olhos de novo, e a primeira coisa que viu foi o eixo giratório da perfuratriz, a um metro acima de sua cabeça!

Estava bem em cima dele!

Viu a ponta do cilindro giratório — a borda com dentes afiados — a borda destinada a cortar o gelo sólido.

E de repente viu Cobra se mover na frente do eixo, o rosto contorcido de fúria, e viu o punho dele descer para seu rosto.

Tentou levantar as mãos para se defender, mas elas ainda estavam algemadas juntas, presas embaixo do corpo de Cobra. Schofield não conseguia erguê-las...

O soco acertou.

O mundo virou um borrão. Schofield lutou desesperadamente para enxergar através da névoa.

Viu Cobra recuar a mão de novo, preparando-se para o que, sem dúvida, seria o golpe final.

E então viu algo à direita.

O interruptor na parede que tinha ligado a perfuratriz. Viu três grandes botões vermelhos no painel do interruptor.

Preto, vermelho e verde.

E então, com uma clareza espantosa, as palavras no botão preto subitamente entraram em foco.

"BAIXAR PERFURATRIZ."

Olhou para Cobra, viu o eixo girando rapidamente logo acima da cabeça dele.

De jeito nenhum Schofield podia atirar em Cobra com a balestra, mas se pudesse inclinar as mãos ligeiramente, talvez pudesse...

— Cobra, sabe de uma coisa?

— *O quê?*

— Jamais gostei de você.

E com isso Schofield levantou ligeiramente as mãos algemadas, apontou a balestra para o grande botão preto na parede e disparou.

A flecha atravessou a distância num milésimo de segundo e...

...acertou o grande botão preto bem no centro — *grudando-o* à parede atrás — no instante em que Schofield virava a cabeça para longe da perfuratriz, e o eixo, girando a uma velocidade fenomenal, baixou contra a nuca de Cobra.

Schofield ouviu o estalo enjoativo de ossos se partindo enquanto todo o corpo de Cobra era empurrado violentamente para baixo — a cabeça na frente — pelo peso do eixo, e de súbito, grotescamente, a broca — com o zumbido agudo enchendo a sala — *atravessou* a cabeça de Cobra e um jorro de gosma densa, vermelha e cinza, se derramou de seu crânio. E com um *crac!* final a broca saiu do outro lado da cabeça de Cobra e continuou descendo para o buraco de gelo embaixo.

Ainda meio atordoado pela luta, Schofield se ajoelhou. Virou-se de costas para a visão medonha do corpo de Cobra preso embaixo da perfuratriz suja de sangue, e rapidamente enfiou a balestra no bolso da coxa. Depois girou e começou depressa a olhar em volta, procurando algum tipo de arma que pudesse usar...

Seus olhos pousaram instantaneamente no corpo de Jean Petard, caído no chão ali perto.

Ainda ofegando, arrastou-se até lá e se ajoelhou ao lado. Começou a revistar os bolsos do francês morto.

Depois de alguns segundos tirou uma granada de um dos bolsos de Petard. Estava escrito nela: M8A3-STN.

Schofield soube instantaneamente o que era.

Uma granada de atordoamento. Uma ofuscante.

Como a que os comandos franceses tinham usado mais cedo. Enfiou a granada de atordoamento no bolso do peito.

A porta da sala de perfuração se abriu violentamente. Schofield tombou no mesmo instante no chão, tentou parecer cansado, ferido.

Os comandos do SAS entraram na sala com as armas erguidas. Trevor Barnaby estava parado atrás deles.

Barnaby se encolheu ao ver o corpo de Cobra caído no chão, de rosto para baixo, com a cabeça embaixo do grande aparato de perfuração — com um enorme buraco vermelho bem no meio.

— Ah, Espantalho — disse Barnaby. — Precisava fazer *isso* com ele?

Schofield ainda estava ofegando. Tinha pequenos pingos de sangue em todo o rosto. Não disse nada.

Barnaby balançou a cabeça. Quase parecia desapontado porque Schofield não fora morto por Cobra.

— Tirem-no daqui — disse Barnaby em voz baixa para os dois homens do SAS que estavam atrás dele. — Sr. Nero.

— Sim, senhor.

— Amarre-o.

Na caverna estava acontecendo outra batalha.

Nem bem o primeiro mergulhador do SAS saiu da água, um segundo estava parado na parte rasa atrás dele.

O primeiro comando saltou disparando com tudo. O segundo veio atrás, espadanando na água que ia até os joelhos, com a arma levantada, quando de repente — *uuump!* — foi puxado violentamente sob a superfície.

O primeiro comando — em terra seca e sem perceber o destino do colega tombado — virou-se para a direita e mirou contra Montana, no instante em que Gant saía de trás de sua pedra e o derrubava pela esquerda.

Gant se virou, viu outros comandos do SAS chegando à superfície com seus trenós subaquáticos.

E de repente outra coisa atraiu seu olhar.

Movimento.

Um grande objeto preto simplesmente deslizou para fora de um dos grandes buracos de três metros de diâmetro na face do penhasco, acima do lago, e mergulhou suavemente na água.

O queixo de Gant caiu.

Era algum tipo de animal.

Mas era *gigantesco*. Parecia... parecia uma *foca*. Uma foca enorme.

Nesse momento outra foca enorme saiu de um segundo buraco na parede. E depois outra. E outra. Simplesmente deslizavam para fora dos buracos e se jogavam no lago, chovendo sobre a equipe de mergulhadores do SAS, vindo de todos os lados.

Gant simplesmente ficou olhando, boquiaberta.

Agora o lago era uma confusão de espuma, a água totalmente agitada. De repente, outro mergulhador do SAS afundou, substituído por um jorro de seu próprio sangue. E, abruptamente, o homem ao seu lado caiu na água quando uma das focas enormes o atacou por trás, fazendo-o afundar. Gant viu as costas do animal, brilhando molhadas, subirem acima d'água por um instante antes de submergirem sobre o soldado inglês.

Dois mergulhadores do SAS conseguiram chegar em terra. Mas as focas simplesmente o seguiram para fora d'água. Um mergulhador estava de quatro, tentando abrir caminho pelo gelo, procurando desesperadamente se afastar da beira d'água, quando uma gigantesca foca de sete toneladas se lançou para fora do lago, atrás dele.

A enorme criatura pousou no gelo a apenas sessenta centímetros do sujeito, e a terra tremeu sob seu peso. Então a foca bamboleou para a frente e fechou as mandíbulas em volta das pernas do homem do SAS. Ossos foram esmagados. O sujeito gritou.

E antes mesmo que ele soubesse o que estava acontecendo, a grande foca começou a comê-lo.

Grosseiramente, com mordidas enormes que tiravam pedaços. O som agudo da carne sendo arrancada dos ossos preencheu a caverna.

Gant ficou olhando a cena num espanto silencioso.

Os homens do SAS estavam gritando. As focas latiam. Várias começaram a comer as vítimas *ainda vivas.*

Gant só ficou olhando. Elas eram enormes. Pelo menos do tamanho das baleias-assassinas. E tinham focinhos redondos, bulbosos, que ela vira uma vez num livro.

Elefantes-marinhos.

Notou que havia duas menores no grupo. Esses dois animais menores tinham dentes curiosos — caninos inferiores estranhos e alongados que subiam do maxilar inferior e passavam *acima* dos lábios superiores, como duas presas invertidas. As focas maiores não tinham essas presas.

Gant tentou se lembrar de tudo que sabia sobre os elefantes-marinhos. Como as baleias-assassinas, os elefantes-marinhos viviam em grandes grupos compostos de um macho dominante, conhecido como touro ou senhor da praia, e um harém de oito ou nove fêmeas, ou vacas, que eram menores do que o touro.

Sentiu um arrepio ao ver o sexo de uma das grandes focas diante dela.

Essas eram as fêmeas do grupo.

Duas focas menores que ela viu eram os filhotes. Filhotes *machos*, notou Gant.

Imaginou onde o touro estaria. Certamente seria maior do que aquelas fêmeas. Mas se as fêmeas eram tão grandes, que tamanho ele teria?

Mais perguntas atravessavam sua mente.

Por que eles atacavam? Os elefantes-marinhos, Gant sabia, podiam ser excepcionalmente agressivos, especialmente quando seu território estava sob ameaça.

E por que agora? Por que Gant e sua equipe tinham podido passar em segurança pelo túnel de gelo há apenas algumas horas, enquanto o SAS sofrera um ataque tão violento?

Do lago veio um grito súbito, final, seguido por um som de coisa batendo na água, e Gant olhou de trás de sua pedra.

Houve um silêncio longo e frio. O único som era o das ondas batendo na beira do lago.

Todos os mergulhadores do SAS estavam mortos. A maioria das focas estavam dentro da caverna, curvadas sobre os espólios de sua vitória — os corpos dos comandos mortos. Foi então que Gant ouviu um estalo nauseante e se virou, para ver que os elefantes-marinhos tinham começado a se alimentar em massa.

Esta batalha estava realmente encerrada.

Schofield estava de pé no deque da piscina da Estação Polar Wilkes, com as mãos algemadas à frente do corpo. Um dos comandos do SAS estava ocupado amarrando o arpéu do Maghook de Book em volta de seus tornozelos. Schofield olhou à esquerda e viu a alta barbatana preta de uma baleia-assassina atravessar a água vermelha e turva da piscina.

— Equipe de mergulho, informe — disse um operador de rádio em sua unidade portátil ali perto. — Repito. Equipe de mergulho, câmbio.

— Alguma notícia? — perguntou Barnaby.

— Não há resposta, senhor. A última coisa que disseram foi que iam sair à superfície da caverna.

Barnaby olhou para Schofield.

— Continue tentando — falou ao operador de rádio. Depois se virou para Schofield. — Seus homens naquela caverna devem ter travado uma tremenda luta.

— Eles fazem isso — disse Schofield.

— Então? Algum último pedido por parte do condenado? Uma venda para os olhos? Cigarro? Um gole de conhaque?

A princípio Schofield não disse nada, simplesmente olhou os pulsos algemados.

E então viu.

De repente levantou os olhos.

— Um cigarro — disse rapidamente, engolindo em seco. — Por favor.

— Sr. Nero. Um cigarro para o tenente.

Nero se adiantou e ofereceu um maço de cigarros. Schofield pegou um com as mãos algemadas e o levou à boca. Nero o acendeu. Schofield tragou fundo e esperou intensamente que ninguém visse seu rosto ficar verde. Nunca havia fumado na vida.

— Certo — disse Barnaby. — Já chega. Senhores, levantem-no. Espantalho, foi um prazer conhecê-lo.

Schofield estava pendurado de cabeça para baixo sobre a piscina. As plaquetas de identificação estavam penduradas do queixo, brilhando prateadas à luz branca artificial da estação. A água abaixo dele era manchada de um feio tom de vermelho.

O sangue de Book.

Olhou para cima, para o sino de mergulho no centro da piscina, e viu o rosto de Renshaw numa das escotilhas — um único olho aterrorizado espiando-o.

Simplesmente ficou ali pendurado, um metro acima da água hedionda e vermelha. Levou calmamente o cigarro aos lábios e tragou de novo.

Os soldados do SAS deviam ter achado que era um inútil ato de bravata — mas enquanto o cigarro pendia da boca de Schofield eles não viram o que ele estava fazendo com as mãos.

Barnaby prestou continência.

— A Grã-Bretanha é que manda, Espantalho.

— Foda-se a Grã-Bretanha — respondeu Schofield.

— Sr. Nero — disse Barnaby. — Abaixe-o.

Perto da escada, Nero apertou um botão no lançador do Maghook. O lançador em si ainda estava preso entre dois degraus da escada, e a corda estava esticada por cima da ponte retrátil no deque C, criando o mesmo mecanismo de polia que fora usado para baixar Book na água.

A corda do Maghook começou a se desenrolar.

Schofield começou a baixar na água.

Suas mãos ainda estavam algemadas à frente do corpo. Ele segurou o cigarro entre os dedos da mão direita. Sua cabeça entrou primeiro na água vermelha. Então os ombros. Depois o peito, a barriga, os cotovelos...

Mas nesse momento, assim que os pulsos de Schofield estavam para afundar, ele rapidamente girou o cigarro nos dedos e o apontou para o cordão detonador de magnésio que agora ele havia enrolado na corrente das algemas.

Schofield vira o cordão detonador quando estava de pé no deque, há apenas alguns instantes. Tinha-se esquecido de que havia amarrado um pedaço no pulso, quando estava na Little America IV. Quando os homens do SAS o haviam revistado e tirado todas as armas, também não tinham notado.

A ponta acesa do cigarro tocou o cordão detonador uma fração de segundo antes de os pulsos de Schofield desaparecerem abaixo da superfície.

O cordão detonador se acendeu instantaneamente, no momento em que os pulsos de Schofield desapareceram na água vermelha e turva.

Queimou num branco brilhante, mesmo embaixo d'água, e cortou a corrente das algemas como uma faca atravessando manteiga. De repente, as mãos de Schofield se separaram, livres.

Nesse momento um par de mandíbulas passou pela névoa vermelha em volta de sua cabeça, e ele viu o olho enorme de uma baleia-assassina encarando-o. De repente, ela desapareceu outra vez na névoa.

O coração de Schofield estava disparado. Não podia ver nada. A água ao redor era impenetrável. Não passava de uma densa nuvem vermelha.

E, de repente, uma série de estalos esquisitos começaram a ecoar em volta.

Clic-clic.

Clic-clic.

Schofield franziu a testa. O que era aquilo? As baleias?

E então percebeu.

Sonar.

Merda.

As baleias-assassinas estavam usando estalos de sonar para encontrá-lo na água turva. Muitas baleias usavam sonar — cachalotes, baleias azuis, assassinas. O princípio era simples: a baleia fazia um *clic* alto com a língua. O *clic* viajava pela água, ricocheteava em qualquer objeto imerso e voltava à baleia — revelando a localização do objeto. As unidades de sonar nos submarinos operavam a partir do mesmo princípio.

Schofield procurava desesperadamente na névoa vermelha ao redor — procurava as baleias — quando de repente uma delas explodiu para fora da névoa e veio em sua direção.

Schofield gritou debaixo d'água, mas a baleia passou por ele, roçando violentamente contra a lateral de seu corpo.

Foi então que se lembrou do que Renshaw tinha dito antes sobre o comportamento de caça das baleias-assassinas.

Elas passam por você para estabelecer a propriedade.

Depois comem você.

Schofield dobrou a cintura verticalmente e rompeu a superfície. Ouviu os comandos do SAS no deque aplaudirem. Ignorou-os, engoliu o ar e mergulhou de novo.

Não tinha muito tempo. A baleia-assassina que havia reivindicado sua posse voltaria a qualquer segundo.

Estalos altos ecoaram na água vermelha ao redor.

E de repente um pensamento o assaltou.

Sonar...

Merda, pensou, tateando nos bolsos. Ainda estou com ela?

Estava.

Tirou do bolso a bombinha de asma de Kirsty Hensleigh. Apertou o botão de liberação e um curto fio de bolhas saiu da bombinha.

Certo, preciso de um peso.

Preciso de alguma coisa para pesá-la...

Viu-as instantaneamente.

Depressa tirou do pescoço as plaquetas de identificação de aço e enrolou o cordão delas no botão de liberação da bombinha, para mantê-lo abaixado.

Um jorro contínuo de bolhas gordas começou a sair da bomba.

Schofield sentiu a água ao redor balançar e oscilar. Em algum lugar no vermelho opaco da piscina aquela baleia estava voltando para pegá-lo.

Soltou rapidamente a bombinha de asma, agora com o peso das plaquetas de metal.

A bomba afundou instantaneamente, deixando uma trilha de bolhas gordas subindo pela água. Depois de um segundo a bombinha afundou na névoa vermelha e Schofield a perdeu de vista.

Um instante depois, a baleia-assassina saltou fora da névoa, vindo direto para ele, as mandíbulas escancaradas.

Schofield simplesmente ficou olhando para a enorme fera preta e branca e rezou para ter se lembrado direito.

Mas a baleia simplesmente continuava se aproximando. Vinha depressa — numa velocidade arrepiante — e logo Schofield podia ver apenas os dentes, a língua, as mandíbulas se fechando e então...

Sem aviso, a baleia-assassina fez uma curva fechada na água e partiu para baixo, caçando a bombinha de asma e sua trilha de bolhas. Schofield respirou aliviado.

Num canto escuro da mente pensou nos sistemas de detecção de sonar. Apesar de dizerem que o sonar se reflete num *objeto* na água, isso não é totalmente verdadeiro. O sonar se reflete na microscópica camada de *ar* que há *entre* um objeto na água e a água propriamente dita.

Assim, quando Schofield afundou a bombinha de asma — soltando atrás uma trilha de belas e gordas bolhas — tinha, pelo menos para a baleia-assassina que usava sonar, criado todo um novo alvo. A baleia devia ter detectado o jorro de bolhas com seus estalos e presumido que era *Schofield* tentando escapar. E por isso tinha ido atrás.

Schofield não pensou mais nisso.

Agora tinha outras coisas para fazer.

Enfiou a mão no bolso do peito e tirou a granada de atordoamento de Jean Petard. Puxou o pino, contou até três, fez uma rápida flexão abdominal na água e chegou à superfície. Então jogou a granada verticalmente no ar e se deixou cair de volta na água, fechando os olhos com força.

Um metro e oitenta acima da superfície da piscina a granada de atordoamento chegou ao zênite de seu arco e pairou no ar por uma fração de segundo.

E explodiu.

Trevor Barnaby viu a granada sair da água. Levou um segundo a mais para perceber o que era, mas aí já era tarde demais.

Junto com cada um de seus homens fez a coisa mais natural do mundo ao ver um objeto estranho sair da água.

Olhou para ele.

A granada de atordoamento explodiu como uma lâmpada enorme, ofuscando todos. Os homens do SAS no deque E se encolheram ao mesmo tempo, enquanto uma galáxia de estrelas e sóis nascia dentro de seus olhos.

Schofield fez outra flexão na água. Só que desta vez, quando chegou à superfície, estava com a balestra de Petard na mão, recarregada e pronta para disparar.

Apontou rapidamente e atirou.

A seta da balestra atravessou a extensão do deque E e encontrou o alvo. Bateu no lançador do Maghook que estava enfiado entre os degraus da escada.

O lançador saltou de onde estava, livre da escada, e balançou na direção da piscina. Quando estivera preso entre os degraus, o cabo do Maghook ficava esticado num ângulo de 45º. Agora que fora liberado da escada — e como Schofield estava flutuando na água e, portanto, sem colocar qualquer peso na outra extremidade — o lançador balançou como um pêndulo, por cima da piscina, até bater na mão de Schofield, que esperava.

Certo!

Schofield olhou para a ponte do deque C. Agora o cabo do Maghook estava esticado por cima da ponte como o cabo de uma talha — um trecho subindo paralelo à parte do cabo que *descia.*

Schofield segurou o lançador com força enquanto apertava o botão preto no cabo. Instantaneamente sentiu-se voando para fora da água ensangüentada enquanto o mecanismo de enrolamento o puxava em direção à ponte do deque C, o cabo correndo rapidamente por cima da ponte, usando-a como se fosse uma talha.

Schofield chegou à ponte e se alçou para ela no momento em que os primeiros homens do SAS lá embaixo, no deque E, pegavam as metralhadoras.

Nem olhou para eles. Já estava correndo pela ponte quando começaram a disparar.

Schofield subiu de dois em dois degraus a escada para o deque B.

Quando chegou ao que restava da passarela do deque B recarregou a balestra. Depois correu para o túnel leste e foi em direção aos alojamentos. Tinha de achar Kirsty e, de algum modo, descobrir um modo de sair dali.

De repente, um comando do SAS dobrou a esquina diante dele. Schofield levantou a balestra e disparou. A cabeça do comando saltou para trás quando a seta se alojou em sua testa e seus pés escorregaram.

Schofield foi rapidamente até o corpo e se agachou ao lado.

O comando do SAS tinha uma MP-5, uma pistola Glock-7 e duas granadas azuis que Schofield reconheceu como cargas de nitrogênio. Pegou tudo. Além disso, o homem do SAS tinha um rádio com fone de ouvido e microfone. Schofield pegou-o também, pôs na cabeça e correu pelo túnel.

Kirsty. Kirsty.

Onde a estariam mantendo? Não sabia. Presumia que em algum lugar do deque B, mas só porque os alojamentos eram ali.

Entrou no túnel externo do deque B a tempo de ver dois comandos do SAS correndo em sua direção. Eles levantaram as metralhadoras no instante em que Schofield erguia suas *duas* armas e as disparava simultaneamente. Os dois homens do SAS caíram num instante. Schofield não perdeu o passo enquanto pulava por cima dos corpos.

Movia-se rapidamente pelo corredor circular, olhando à esquerda e à direita.

De repente uma porta à esquerda se abriu e outro comando do SAS apareceu com a arma levantada. Conseguiu dar um tiro antes que a arma de Schofield disparasse e o mandasse voando de volta para a sala de onde tinha vindo.

Schofield entrou atrás dele. Era a sala comunitária.

Viu Kirsty imediatamente. Também viu mais dois comandos que estavam empurrando a menina para a porta.

Entrou cautelosamente na sala comunitária, com as duas armas erguidas.

Quando Kirsty viu Schofield entrar na sala comunitária com as duas armas levantadas, pensou ter visto um fantasma.

Ele estava medonho.

Estava totalmente encharcado e com o nariz partido. O rosto queimado e a armadura toda arrebentada.

Um dos soldados do SAS atrás de Kirsty parou ao ver Schofield entrar. Segurou Kirsty na frente do corpo, encostou a arma na cabeça dela e a usou como escudo.

— Eu mato ela, meu chapa — disse o comando calmamente. — Juro por Deus, porra, eu pinto as paredes desta sala com os miolos dela.

— Kirsty — disse Schofield enquanto levantava calmamente a pistola para a testa do homem do SAS, ao mesmo tempo em que apontava a MP-5 para o cérebro do outro comando.

— Sim — disse Kirsty debilmente.

Schofield falou com suavidade:

— Feche os olhos, querida.

Kirsty fechou os olhos e o mundo ficou negro.

E de repente ela ouviu um duplo *buuum! buuum!* de armas sendo disparadas e não sabia de quem eram as armas, e de repente estava caindo para trás, ainda segura pelo homem do SAS que a havia agarrado para usar como escudo. Eles bateram no chão com força e Kirsty sentiu o aperto do comando do SAS se afrouxar.

Abriu os olhos.

Os dois soldados ingleses estavam caídos no chão ao lado dela. Kirsty viu os pés dos homens, a cintura, o peito...

— Não olhe para eles, querida — disse Schofield indo para ela. — Você não vai querer ver isso.

Kirsty se virou e olhou para Schofield. Ele pegou-a no colo. Então Kirsty enterrou a cabeça em seu peitoral de kevlar e chorou.

— Venha, está na hora de sair daqui — disse Schofield com suavidade.

Em seguida, recarregou rapidamente as armas, segurou a mão de Kirsty e os dois saíram da sala comunitária.

Correram pelo curvo túnel externo, indo para a passagem de leste. Viraram a esquina.

E de repente Schofield parou.

Montado na parede à esquerda viu um grande compartimento preto. Escrito nele estavam as palavras: CAIXA DE FUSÍVEIS.

A caixa de fusíveis, pensou. Devia ser onde os franceses tinham apagado as luzes antes...

Teve uma idéia.

Girou onde estava e viu a porta do laboratório de biotoxinas atrás. Ao lado viu uma porta onde estava escrito "DESPENSA".

Sim.

Abriu a porta da despensa. Dentro viu esfregões, baldes e velhas prateleiras cheias de produtos de limpeza. Rapidamente estendeu a mão e pegou uma garrafa plástica de amônia numa das prateleiras.

Saiu da despensa e correu até a caixa de fusíveis. Abriu a porta e viu uma série de fios, rodas e unidades de força.

Kirsty estava parada mais adiante no túnel leste, olhando para o poço central da estação.

— *Depressa* — sussurrou ela. — Eles estão vindo!

Schofield escutou vozes pelo fone de ouvido recém-conseguido.

— *...Hopkins, informe...*

— *...indo atrás da garota...*

— *...equipe de perímetro, volte à estação imediatamente. Temos um problema aqui...*

Na caixa de fusíveis Schofield encontrou rapidamente o fio que estava procurando. Puxou a capa e expôs o cobre. Depois fez um buraco na garrafa plástica de amônia batendo com o cabo da arma, e a posicionou acima do cabo exposto. Gotas de amônia começaram a pingar lentamente da garrafa, *em cima do fio exposto.*

As gotas batiam ritmicamente no fio.

Ping-ping. Ping-ping.

Nesse momento, no ritmo das gotas de amônia que batiam no fio exposto, cada fonte de luz no túnel — na verdade cada lâmpada da estação — começou a piscar, como um estroboscópio. Liga. Desliga. Liga. Desliga.

À luz piscante do túnel, Schofield pegou a mão de Kirsty e partiu para o poço central. Assim que chegaram à passarela subiram correndo a escada mais próxima até o deque A.

Schofield caminhou pela passarela do deque A, em direção à entrada principal. Ao seu redor a estação piscava em preto-e-branco. Escuridão, luz, escuridão, luz.

Se ao menos pudesse chegar aos *hovercrafts* ingleses, pensou, talvez pudesse se livrar e voltar à McMurdo.

Havia movimento em algum lugar. Gritos ecoavam pela estação enquanto as sombras dos comandos do SAS corriam pelas passarelas à luz que piscava, procurando Schofield.

Schofield viu que alguns comandos britânicos tinham tentado colocar óculos de visão noturna.

Mas agora a visão noturna seria inútil. Com as luzes da estação piscando, qualquer um que usasse óculos de visão noturna ficaria ofuscado a cada vez que as luzes se *acendessem* — o que acontecia a cada dois segundos.

Schofield chegou à passagem para a entrada principal no instante em que um soldado do SAS saía correndo dali para a passarela. O homem do SAS trombou com Schofield, que quase foi lançado por cima do corrimão da passarela.

O sujeito do SAS caiu no chão, ajoelhou-se, levantou a arma para disparar mas Schofield soltou um chute poderoso que acertou-lhe o queixo e o lançou de volta na passarela.

Já ia passar por cima do corpo do soldado caído quando de repente viu uma grande bolsa preta pendurada no ombro do sujeito. Agarrou-a e abriu.

Havia duas latas prateadas dentro da bolsa. Duas latas prateadas com faixas verdes pintadas ao redor.

Cargas de tritonal 80/20.

Franziu a testa.

Tinha imaginado antes por que os ingleses trariam cargas de tritonal para a Estação Polar Wilkes. O tritonal era um explosivo muito poderoso, geralmente usado para demolição. Por que Barnaby iria querer isso aqui?

Schofield tirou a bolsa do ombro do sujeito inconsciente.

Mas, ao fazer isso, ouviu gritos vindo do corredor da entrada. Depois escutou passos e em seguida os estalos das travas de segurança das MP-5.

Os comandos do SAS do lado de fora, a equipe de perímetro...

Estavam voltando para dentro!

— Kirsty! Abaixe-se! — gritou Schofield. Em seguida, girou rapidamente e levantou suas duas armas no instante em que o primeiro comando do SAS veio correndo pela entrada principal da estação.

O primeiro homem caiu numa chuva de sangue e balas.

O segundo e o terceiro aprenderam com o erro dele e entraram na estação disparando.

— Volte para dentro! — gritou Schofield para Kirsty. — Não podemos ir por aqui!

Schofield deslizou pela escada mais próxima com Kirsty às costas.

Chegaram ao deque B. Uma bala ricocheteou na escada de aço, ao lado dos olhos dele.

Schofield ouviu mais vozes por seu fone de ouvido inglês:

— *...onde ele foi, porra...*

— *...levou a garota! Matou Maurice, Hoddle e Hopkins...*

— *...vi no deque A...*

E então escutou a voz de Barnaby:

— *Nero! As luzes! Ou acenda ou apague! Encontre a porra da caixa de fusíveis!*

A estação estava num caos, um caos absoluto. Não havia luz constante, só o piscar contínuo, terrível.

Schofield viu sombras do outro lado do deque B.

Não posso ir para lá.

Olhou pelo poço central e, num instante fugaz, seus olhos pousaram na ponte retrátil do deque C.

A ponte do deque C...

Rapidamente fez um inventário de suas coisas.

Uma pistola Glock. Uma MP-5. Nenhuma das duas bastaria para dominar vinte comandos do SAS.

Ainda tinha a bolsa roubada do homem que viera de fora. Havia duas cargas de tritonal na sacola. Além disso, tinha duas cargas de nitrogênio que retirara do primeiro comando do SAS que havia matado depois de sair voando da água.

— Certo — falou, olhando para a estreita ponte retrátil no deque abaixo. — Está na hora de acabar com isso.

À luz fantasmagórica e piscante da estação, Schofield e Kirsty pisaram na ponte retrátil do deque C.

Se alguém os tivesse notado, veria-os andar direto até o meio da ponte; veria Schofield se apoiar num dos joelhos e fazer algo com a ponte durante vários minutos.

E então, quando terminou, a pessoa teria visto Schofield simplesmente se agachar ao lado de Kirsty e esperar.

Alguns minutos depois, os ingleses acharam a caixa de fusíveis, o pisca-pisca terminou e as luzes da estação se acenderam de novo. Todo o espaço luzia branco sob as fortes luzes fluorescentes.

O pessoal do SAS não demorou muito para ver Schofield e Kirsty.

Schofield se levantou na ponte enquanto o resto da unidade do SAS — cerca de vinte homens — adotava posições na passarela do deque C, rodeando-o. Era uma visão estranha, Schofield e Kirsty no meio do poço, parados no centro da ponte retrátil, enquanto o SAS assumia posição na passarela circular em volta.

Os homens do SAS ergueram as armas...

... no instante em que Schofield levantava uma das cargas de tritonal acima da cabeça.

A boa estratégia é como magia. Faça seu inimigo olhar para uma das mãos enquanto você está fazendo algo com a outra...

— *Não atirem* — disse a voz de Barnaby no fone de ouvido de Schofield. — *Não atirem.*

Schofield viu Barnaby pisar no deque da piscina quinze metros abaixo, sozinho. Todo o pelotão do SAS, exceto Barnaby, estava no deque C, rodeando-o.

Schofield olhou para a piscina ao lado de Barnaby. As baleias-assassinas não estavam à vista. Bom.

— Armei a carga de tritonal! — gritou Schofield. — E meu dedo está segurando o botão de "ARMAR"! O temporizador está marcado para dois segundos! Se atirarem em mim, largo a carga e todos nós morremos!

Schofield estava de pé, com as pernas separadas, no meio da ponte retrátil. Kirsty estava ajoelhada aos seus pés, aninhada embaixo dele. Schofield esperava que os homens do SAS não vissem suas mãos tremendo. Esperava que não vissem que os cordões de suas botas estavam faltando.

— E se atirarem na garota — disse ele, vendo um dos comandos baixar a mira para Kirsty —, *com certeza* vou largar a carga.

Enquanto falava, Schofield lançou um olhar preocupado para a alcova na passarela.

— *Se eles recolhessem a ponte...*

Barnaby gritou para Schofield:

— Tenente, isto é muito desagradável. Você matou nada menos do que seis dos meus homens. Não tenha dúvida, nós *vamos* matá-lo.

— Quero sair daqui em segurança.

— Não terá isso — respondeu Barnaby.

— Então todos vamos explodir.

Barnaby balançou a cabeça.

— Tenente Schofield, isto não é o seu estilo. Você sacrificaria sua vida, sei disso. Porque *conheço* você. Mas também sei que jamais poderia sacrificar a menina.

Schofield sentiu o sangue gelar.

Barnaby estava certo. Ele jamais mataria Kirsty. Barnaby estava pagando para ver. Schofield olhou de novo para a alcova na passarela. A alcova que abrigava os controles da ponte.

Nero o viu olhando.

Schofield observou atentamente enquanto Nero desviava o olhar para a alcova e depois voltava a encará-lo.

— *Aqui é o Nero* — Schofield escutou a voz de Nero sussurrar pelo fone de ouvido. — *O elemento está olhando para os controles da ponte. Parece bastante nervoso com isso.*

Faça seu inimigo olhar para uma das mãos...

A voz de Barnaby:

— *A ponte. Ele não quer que a gente abra a ponte. Sr. Nero, recolha a ponte.*

— *Sim, senhor.*

Então Schofield viu Nero andar lentamente para a alcova e estender a mão para o botão que recolhia a ponte. Fez questão de ficar olhando para Nero o tempo todo: para que isso funcionasse era necessário que os ingleses *pensassem* que ele estava preocupado com a hipótese de recolherem a ponte...

— *Watson* — disse a voz de Barnaby.

— *Sim, senhor.*

— *Quando a ponte se abrir, mate-o. Mate-o com um tiro na cabeça.*

— *Sim, senhor.*

— *Houghton. Mate a garota.*

— *Sim, senhor.*

Schofield sentiu os joelhos começando a tremer. Isso seria difícil. Muito, muito difícil.

...enquanto você está fazendo algo com a outra...

— Está preparada? — perguntou a Kirsty.

— Hã-hã.

Na alcova, Nero apertou o grande botão retangular onde estava escrito “PONTE”.

Houve um alto estalo metálico vindo de algum lugar nas paredes da alcova, e de repente a ponte embaixo dos pés de Schofield estremeceu enquanto se separava no centro e começava a se retrair.

Assim que a ponte começou a se retrair, dois soldados do SAS dispararam contra Schofield e Kirsty, mas eles já haviam caído fora das vistas e as balas passaram zumbindo acima da cabeça dos dois.

Schofield e Kirsty despencaram pelo poço.

Caíram rápido.

Cada vez mais, até baterem na piscina no fundo da estação.

Tinha acontecido tão rápido que os homens do SAS no deque C não souberam o que estava acontecendo.

Não importava.

Porque foi então que as duas cargas de nitrogênio que Schofield havia amarrado às extremidades retráteis da ponte explodiram subitamente.

O *modo* como Schofield havia amarrado as cargas de nitrogênio é que provocou o resultado.

Tinha amarrado cada carga de nitrogênio *de um* lado da *junção* entre as plataformas que se estendiam para formar a ponte.

Mas o que também tinha feito foi amarrar os *pinos* de cada carga de nitrogênio à plataforma *oposta*, de modo que, quando a ponte se separasse, a retração das duas plataformas puxaria os *dois* pinos das granadas. O que precisava, entretanto, era de que o SAS recolhesse a ponte.

E até o momento em que elas explodiram, os soldados do SAS não viram as cargas de nitrogênio. Tinham se ocupado demais olhando Schofield, primeiro enquanto ele segurava a carga de tritonal (desarmada) acima da cabeça, e depois quando ele e Kirsty caíram na piscina.

Faça seu inimigo olhar para uma das mãos enquanto você está fazendo algo com a outra.

Quando se chocou contra a água gelada, Schofield quase sorriu. Trevor Barnaby havia lhe ensinado isso.

As duas cargas de nitrogênio na ponte explodiram.

O nitrogênio líquido supergelado espirrou em todas as direções no deque C, batendo em cada comando do SAS que estava na passarela ao redor.

Os resultados foram horríveis.

As cargas de nitrogênio não se parecem com nenhuma outra granada — pelo simples fato de que não precisam *penetrar* na pele das vítimas para matá-las.

A teoria por trás de sua eficácia baseia-se nas qualidades especiais da *água* — a água é a única substância natural na terra que se *expande* quando é resfriada. Quando um corpo humano é acertado por um jorro de nitrogênio líquido super-resfriado, o corpo fica muito frio, depressa demais. As células do sangue congelam instantaneamente e, *sendo feitas de cerca de 70% de água*, começam a se *expandir* depressa. Resultado: hemorragia total no corpo.

E quando cada célula sangüínea no corpo humano explode, a visão é horrível.

Os homens do SAS no deque C estavam com o rosto exposto — e foi ali que o nitrogênio líquido os acertou. Por isso foi nos rostos que o nitrogênio líquido super-resfriado causou o efeito mais devastador. Os vasos sangüíneos por baixo da pele facial — veias, artérias, capilares — começaram a se romper de imediato, e, *espontaneamente*, começaram a explodir.

Lesões pretas logo surgiram no rosto de todos, enquanto os vasos sangüíneos explodiam embaixo da pele. Os olhos se encheram de sangue e os soldados não podiam mais enxergar. Sangue explodiu dos poros da pele.

Os comandos do SAS caíram de joelhos, gritando.

Mas não gritariam por muito tempo. A morte cerebral ocorreria nos próximos trinta segundos, enquanto os vasos sangüíneos do cérebro congelavam e também começavam a sofrer hemorragia.

Todos logo estariam mortos, e até lá seria uma agonia a cada segundo.

No deque E, Trevor Barnaby simplesmente olhava a cena no alto.

Toda a sua unidade fora derrubada pela explosão das duas cargas de nitrogênio. De fato, quase todo o interior da estação estava coberto pela gosma azul. Corrimãos começaram a estalar enquanto o nitrogênio os congelava. Até o cabo que sustentava o sino de mergulho estava coberto por uma camada de gelo — e também começou a estalar enquanto o nitrogênio líquido super-resfriado o fazia se contrair numa taxa alarmante. Até as escotilhas do sino na piscina estavam cobertas com a gosma azul.

Barnaby não podia acreditar.

Schofield tinha acabado de matar vinte de seus homens com apenas uma pedra...

E agora só restava ele.

Sua mente disparou.

Certo. Pense. Qual é o objetivo? O objetivo é a espaçonave. Preciso controlar a espaçonave. Como controlo a espaçonave? Espere...

Tenho homens lá embaixo com ela.

Chegar à caverna.

Os olhos de Barnaby pousaram no sino de mergulho.

Sim...

Nesse momento, do outro lado do sino de mergulho, Barnaby viu Schofield e a menina romperem a fina camada de gelo que havia se formado na superfície da piscina ao receber o borrifo de nitrogênio líquido; viu-os nadando para o outro lado do deque.

Ignorou-os. Simplesmente pegou um tanque de mergulho no chão ao lado e pulou na piscina, indo para o sino.

Schofield tirou Kirsty da água e a colocou no deque.

— Você está bem? — perguntou ele.

— Estou molhada de novo — respondeu Kirsty azedamente.

— Eu também — disse Schofield enquanto girava e via Trevor Barnaby nadando frenético para o sino de mergulho.

Ergueu o olhar para a estação acima. Estava silenciosa. Não restavam mais comandos do SAS. Agora era apenas Barnaby. E quem Barnaby já havia mandado para a caverna.

— Arranje um cobertor e fique quente — disse a Kirsty. — E não suba até eu voltar.

— Aonde você vai?

— Atrás *dele*. — Schofield apontou para Barnaby.

Trevor Barnaby emergiu dentro do sino de mergulho, onde foi recebido pelo cano da pistola automática Águia do Deserto calibre 45, de Schofield.

James Renshaw segurava a pistola com as duas mãos, apontando-a para a cabeça de Barnaby. Estava segurando a arma com tanta força que os nós dos dedos iam ficando brancos.

— Não se mova, *porra* — disse Renshaw.

Barnaby simplesmente olhou para o homenzinho parado dentro do sino de mergulho. O sujeitinho estava usando um equipamento de mergulho antigo, e estava claramente nervoso. Barnaby olhou para a arma na mão de Renshaw e riu.

Depois tirou sua própria arma da água.

Renshaw puxou o gatilho de sua Águia do Deserto.

Clic!

— Hein? — disse Renshaw.

— Primeiro você tem de pôr uma bala na câmara — disse Barnaby enquanto levantava sua pistola contra Renshaw.

Renshaw viu o que vinha e, com um grito curto, pulou ao lado de Barnaby — com equipamento de mergulho e tudo — e desapareceu embaixo d'água.

Barnaby subiu no sino de mergulho e foi direto para os controles. Não perdeu tempo. Abriu os tanques de lastro imediatamente. O sino começou a descer.

No deque E, Schofield viu os tanques de lastro se abrindo.

Merda, ele já está descendo, pensou enquanto parava perto de uma das escadas. Tinha planejado subir para os controles do guincho no deque C e de lá parar o sino...

E nesse momento veio um ruído monstruoso de algum lugar acima.

Plaf-tuannng!

Schofield levantou a cabeça bem a tempo de ver o cabo que sustentava o sino de mergulho — congelado pelo nitrogênio líquido — se contrair e estalar pela última vez.

O cabo congelado estalou.

O sino de mergulho submergiu.

Schofield ficou branco. Em seguida correu.

Correu o máximo que pôde. Em direção à piscina. Porque agora esta seria a *última* viagem do sino de mergulho ao túnel subaquático, e esse era o único modo de chegar à caverna. E se Barnaby chegasse lá e os fuzileiros já estivessem mortos, os ingleses teriam a espaçonave e a batalha estaria perdida. E Schofield chegara longe demais para perder tudo agora...

Chegou correndo à beira do deque e saltou no ar, no instante em que o sino de mergulho desaparecia sob a superfície.

Depois de penetrar na água, disparou para baixo.

E nadou. Com força. Com braçadas poderosas, perseguindo o sino de mergulho que descia.

Agora livre do cabo do guincho, o sino começou a afundar depressa e Schofield teve de usar toda a força para alcançá-lo. Chegou perto, estendeu a mão e... agarrou o tubo que rodeava o exterior do sino.

Dentro do sino de mergulho, Barnaby colocou sua arma no coldre e pegou a unidade de detonação.

Verificou a hora: 20:37.

Depois ajustou o temporizador na unidade. Deu-se duas horas, tempo suficiente para chegar à caverna subterrânea. Era crucial que estivesse lá embaixo quando o círculo de cargas de tritonal ao redor da Estação Polar Wilkes explodisse.

Então pegou no bolso seu transmissor do Sistema de Posicionamento Global Navistar e apertou o botão de "TRANSMITIR".

Sorriu enquanto recolocava o transmissor de GPS no bolso. Apesar da perda dos homens na estação, seu plano — seu plano *original* — ainda estava nos trilhos.

Quando as dezoito cargas de tritonal explodissem, a Estação Polar Wilkes flutuaria para o mar num *iceberg* recém-formado. Então, graças ao receptor de GPS de Barnaby, as forças de resgate britânicas — e somente as forças de resgate britânicas — saberiam *exatamente* onde encontrar o *iceberg*, a estação, o próprio Barnaby e, mais importante de tudo, a espaçonave.

O sino de mergulho caía pela água — *depressa* — com Shane Schofield agarrado ao tubo em cima.

Lentamente, com uma das mãos avançando diante da outra, Schofield desceu pela lateral do sino de mergulho. O grande sino se sacudia e oscilava enquanto descia pela água, mas Schofield se segurou.

E então, finalmente, chegou à base do sino e entrou embaixo.

Schofield irrompeu dentro do sino de mergulho.

Viu Barnaby imediatamente, viu a unidade de detonação na mão dele.

Barnaby girou e sacou sua arma, mas Schofield já estava se lançando para fora da água. Seu punho acertou o de Barnaby. A mão de Barnaby se abriu num reflexo e a arma voou, batendo ruidosamente no deque.

Os pés de Schofield encontraram o deque do sino de mergulho no instante em que Barnaby se chocava contra ele. Os dois bateram na parede curva. Schofield tentou chutar Barnaby para longe, mas ele era um lutador muito hábil. Esmagou-o contra a parede e soltou um chute poderoso. Sua bota com biqueira de aço acertou o rosto de Schofield, que cambaleou para trás e sentiu o rosto se chocar contra o vidro frio de uma das escotilhas do sino de mergulho.

Nesse momento — e apenas por uma fração de segundo — Schofield viu o vidro da escotilha; viu uma fina rachadura se formar bem diante de seus olhos.

Não teve tempo de pensar nisso. Barnaby chutou-o de novo. E de novo. E de novo. Schofield caiu no chão.

— Você nunca desiste, não é? — disse Barnaby enquanto mandava a bota contra ele. — Você nunca desiste.

— Esta estação é minha — disse Schofield com os dentes trincados.

Outro chute. A biqueira de aço acertou a costela que Schofield havia quebrado durante a luta com os comandos do SAS no *hovercraft*. Schofield rugiu de agonia.

— Não é mais sua estação, Espantalho.

Barnaby chutou-o de novo, mas desta vez Schofield rolou para fora do caminho e a bota acertou a parede de aço do sino de mergulho.

Schofield continuou rolando até se encostar na borda de metal da piscina na base do sino.

E de repente viu.

O lançador de arpão.

O lançador de arpão que ele havia tirado da Little America IV. Estava ali caído no deque, bem diante de seus olhos.

Desequilibrado, estendeu a mão para o lançador no instante em que Barnaby pulou no deque diante dele e soltou um brutal chute de lado.

O chute acertou e Schofield caiu do deque — com lançador de arpão e tudo — na pequena piscina na base do sino de mergulho, e de repente se viu do *lado de fora* do sino!

O sino disparou passando por ele. Schofield estendeu a mão e agarrou um tubo na lateral, e subitamente foi puxado para baixo.

Continuou segurando o lançador de arpão enquanto enrolava uma das pernas no tubo exterior do sino. Só podia imaginar a que profundidade estariam.

Trinta metros? Sessenta?

Espiou por uma das pequenas escotilhas redondas. Essa escotilha também tinha uma fina rachadura branca.

Viu a rachadura e subitamente percebeu o que era. O nitrogênio líquido que havia espirrado no sino estava *contraindo* o vidro da escotilha, *enfraquecendo-o*, fazendo-o estalar.

Viu Barnaby dentro do sino, viu-o parado no pequeno deque de metal, prestando continência para Schofield, balançando a unidade de detonação para ele, como se tudo estivesse acabado.

Mas não estava.

Schofield olhou Barnaby através da escotilha.

E então, enquanto olhava Barnaby de fora do sino, Schofield fez uma coisa estranha, e num instante o sorriso desapareceu do rosto de Barnaby.

Schofield tinha levantado o lançador de arpão...

...e apontado para a escotilha rachada.

Barnaby viu um segundo tarde demais, e Schofield percebeu o general inglês dar um passo no sino e gritar "*Não!*" no momento em que o fuzileiro apertou o gatilho do lançador e o arpão *atravessou* direto o vidro rachado da escotilha do sino de mergulho.

O resultado foi instantâneo.

O arpão atravessou o vidro rachado, furando a atmosfera de alta pressão do sino. Com a integridade do sino de mergulho perdida, o imenso peso do oceano que o pressionava de todos os lados subitamente ficou avassalador.

O sino implodiu.

Suas paredes esféricas se dobraram numa velocidade fenomenal enquanto a pressão gigantesca do oceano o esmagava como se fosse um copo de papel. Trevor Barnaby — o general-de-brigada Trevor J. Barnaby, do

SAS de Sua Majestade — foi esmagado até a morte num único instante pulverizador.

Shane Schofield ficou parado na água, olhando os restos do sino afundando na escuridão.

Barnaby estava morto. Todos os homens do SAS estavam mortos.

Ele tinha a estação de volta.

E então teve outro pensamento e uma onda de pânico o varreu. Ainda estava trinta metros abaixo da superfície. Jamais poderia segurar o fôlego por tempo suficiente para voltar.

Ah, meu Deus, não.

Não...

Nesse momento, viu uma mão aparecer diante de seu rosto e quase pulou fora da própria pele, porque pensou que deveria ser Barnaby, que de algum modo lograra escapar do sino de mergulho um segundo antes de...

Mas não era Trevor Barnaby.

Era James Renshaw.

Pairando na água acima de Schofield, respirando com seu equipamento de mergulho de trinta anos.

Estava oferecendo o bocal.

Eram 21:00 quando Schofield pisou de novo no deque E.

Eram 21:40 quando tinha revistado a estação de cima a baixo, procurando algum comando do SAS que ainda pudesse estar vivo. Não havia nenhum. Pegou várias armas enquanto andava — uma MP, duas cargas de nitrogênio. Também pegou sua Águia do Deserto de volta com Renshaw.

Procurou Mãe, mas não havia sinal dela.

Nenhum sinal.

Até olhou dentro do monta-carga que corria entre os diversos deques, mas ela também não estava lá.

Não estava em lugar nenhum.

Sentou-se na beira da piscina do deque E, exausto. Fazia mais de 24 horas desde que tinha dormido pela última vez, e estava começando a sentir a falta de sono.

Ao seu lado, o equipamento de mergulho de Renshaw, apanhado na Little America IV, estava caído no deque, pingando. Ainda tinha o comprido cabo de aço amarrado — o cabo que se estendia pela água, passando debaixo da banquisa e indo pelo mar até a estação abandonada no *iceberg*, a cerca de um quilômetro e meio do litoral. Schofield balançou a cabeça enquanto olhava o equipamento antigo. Atrás dele estava um dos trenós subaquáticos da equipe inglesa — uma unidade esguia, ultramoderna. O oposto exato do equipamento primitivo da Little America.

Renshaw estava lá em cima, em seu quarto no deque B, pegando bandagens, tesoura e desinfetante para usar nos ferimentos de Schofield.

Kirsty estava parada no deque atrás de Schofield, olhando-o preocupada. Schofield respirou fundo e fechou os olhos. Depois segurou o nariz e — *craaac* — o nariz quebrado voltou ao lugar.

Kirsty se encolheu.

— Isso não dói?

Schofield fez uma careta e assentiu.

— Muito.

Nesse momento, houve um espadanar alto e Schofield girou bem a tempo de ver Wendy sair da água e pousar no deque de metal. Ela veio bamboleando e Schofield lhe deu um tapinha na cabeça. Wendy rolou imediatamente de costas, pedindo que ele lhe fizesse carinho na barriga. Schofield obedeceu. Atrás dele, Kirsty sorriu.

Schofield olhou o relógio.

21:44.

Pensou nas falhas na explosão solar.

Abby tinha dito que as falhas na explosão passariam acima da estação às 19:30 e às 22:00.

Bem, ele tinha perdido a das 19:30.

Mas ainda faltavam dezesseis minutos até que a última falha passasse sobre a estação às dez. Tentaria usar o rádio e contatar a McMurdo.

Suspirou e se virou. Tinha algumas coisas a fazer antes disso.

Viu um capacete de fuzileiro no deque. Achou que era o de Cobra. Estendeu a mão, pegou-o e colocou na cabeça.

Então posicionou o microfone diante da boca.

— Fuzileiros, aqui é o Espantalho. Montana, Gata, Santa Cruz. Estão ouvindo?

A princípio não houve resposta, e de repente Schofield escutou:

— *Espantalho? É você?*

Era Gant.

— *Onde você está?* — perguntou ela.

— Na estação.

— *E o SAS?*

— Matei todos. Peguei minha estação de volta. E vocês? Vi que Barnaby mandou uma equipe aí para baixo.

— *Tivemos uma ajudinha, mas cuidamos deles sem nenhuma perda. Todo mundo está inteiro. Espantalho, nós temos muito o que conversar.*

Na caverna de gelo, Libby Gant olhava de trás da fissura horizontal.

Depois da curta batalha com a equipe de mergulho britânica, ela e os outros haviam se retirado para a fissura, não para fugir dos comandos ingleses — que estavam todos mortos — mas para se afastar dos gigantescos elefantes-marinhos que tinham começado a rondar a caverna depois de se refestelarem com os soldados do SAS. Neste momento, percebeu Gant, as focas estavam reunidas em volta da grande aeronave preta, como excursionistas ao redor de uma fogueira de acampamento.

— *Como o quê?* — disse a voz de Schofield.

— Como uma espaçonave que não é uma espaçonave.

— Conte — disse Schofield, cauteloso.

Gant contou rapidamente sobre o que havia descoberto. Sobre a "espaçonave" em si e o teclado na fuselagem, sobre o hangar, o diário e o terremoto que havia mandado toda a estação para o fundo da terra. Parecia algum tipo de projeto militar altamente secreto — a construção secreta, por parte da Força Aérea dos EUA, de algum tipo de avião de ataque especial. Gant também mencionou a referência ao núcleo de plutônio dentro do avião.

Em seguida, contou sobre os elefantes-marinhos e os corpos dentro da caverna, e como os elefantes-marinhos tinham matado os soldados do SAS enquanto emergiam da água. Segundo Gant, a malignidade dos animais era chocante.

Schofield ouviu tudo em silêncio.

Depois contou a Gant sobre o elefante-marinho que tinha visto antes, no monitor do quarto de Renshaw; falou dos caninos de tamanho anormal que se projetavam do maxilar inferior, como duas presas invertidas. Enquanto falava, uma imagem se formou em sua mente — uma imagem da baleia-assassina morta que viram chegar à superfície antes; o animal estava com dois compridos rasgos por toda a extensão da barriga.

— Também vimos umas duas focas com dentes assim — disse Gant.

— Mas eram menores. Machos jovens. O que você viu devia ser o touro. Mas pelo que está dizendo, só os machos têm caninos inferiores grandes.

Schofield parou ao ouvir isso.

— É.

E nesse momento alguma coisa estalou na sua cabeça. Algo sobre o motivo de só os elefantes-marinhos machos terem dentes inferiores de tamanho anormal.

Se a espaçonave realmente possuía um núcleo de plutônio, podia-se apostar que o núcleo estava lentamente emitindo radiação passiva. Não era um vazamento. Apenas radiação passiva, ambiente, que ocorria com *qualquer* equipamento nuclear. Se os elefantes-marinhos tinham estabelecido uma colônia perto da nave, com o tempo a radiação passiva do plutônio podia ter provocado um efeito nos elefantes-marinhos machos.

Lembrou-se de ter visto o infame Relatório Rodriguez sobre a radiação passiva perto de uma antiga instalação de armas nucleares no deserto do Novo México. Nas cidades próximas foram encontradas taxas incomumente altas de anormalidade genética. Também descobriram que havia um número muito maior de anormalidades entre os homens do que entre as mulheres. Dedos alongados eram uma mutação comum. Dentes alongados eram outra. *Dentes.* Os autores do relatório tinham associado a maior incidência de anormalidades genéticas nos homens à testosterona, o hormônio masculino.

Talvez fosse isso que estivesse acontecendo ali, pensou Schofield.

E de repente teve outro pensamento. Mais perturbador.

— Gant, quando a equipe do SAS chegou à caverna?

— Não sei bem, por volta das oito horas, acho.

— E quando *vocês* chegaram à caverna?

— Saímos do sino de mergulho às 14:10. Depois levamos cerca de duas horas para subir pelo túnel. Por isso eu diria que por volta das três horas.

Oito horas. Três horas.

Imaginou quando a equipe original de mergulhadores da Estação Polar Wilkes teria ido para a caverna. Havia alguma coisa aí, alguma coisa que ele ainda não conseguia identificar com exatidão. Mas talvez essa coisa pudesse explicar...

Olhou o relógio.

21:50.

Merda, hora de ir.

— Gant, escute, tenho de ir. Há uma janela na explosão solar que vai passar sobre a estação em dez minutos, e preciso usá-la. Se você e os outros estiverem em segurança aí embaixo, façam-me um favor e dêem uma olhada por esse hangar. Descubram tudo que puderem sobre o avião, certo?

— *Pode apostar que sim.*

Schofield desligou. Mas nem bem tinha feito isso e escutou uma voz vindo do alto da estação.

— *Tenente!*

Levantou a cabeça. Era Renshaw. Estava no deque B.

— *Ei!* Tenente! — gritou Renshaw.

— O que é?

— Acho melhor o senhor ver isso!

Schofield e Kirsty entraram no quarto de Renshaw através do buraco quadrado na porta.

O cientista estava parado junto ao computador.

— Está ligado o dia inteiro — disse Renshaw, mas só olhei agora. Dizia que eu tinha correspondência nova, por isso liguei o programa de e-mail e olhei. Chegou às 18:32, e é de um cara no Novo México chamado Andrew Wilcox.

— O que tem a ver comigo? — perguntou Schofield. Ele nem conhecia alguém chamado Andrew Wilcox.

— Bom, o negócio é esse, tenente. A mensagem é endereçada ao senhor.

Schofield franziu a testa.

Renshaw acenou de cabeça para a tela. Havia uma espécie de lista, com uma mensagem escrita acima.

Schofield leu a mensagem. Depois de um momento, seu queixo caiu. O e-mail dizia:

ESPANTALHO

AQUI É O FALCÃO. AVISO:

CUIDADO COM SUA LOCALIZAÇÃO.

O DEPARTAMENTO DO PESSOAL DO CFUSA LISTOU VOCÊ COMO MORTO.
A EQUIPE SECUNDÁRIA ESTÁ INDO PARA SUA LOCALIZAÇÃO.

SUSPEITO DE QUE SUA MISSÃO FOI ESCOLHIDA PARA TÉRMINO PELO GCI.
TEMO QUE ESTA SEGUNDA UNIDADE SERÁ HOSTIL AOS SEUS INTERESSES. ODIARIA QUE TIVESSE O MESMO DESTINO QUE EU TIVE NO PERU.

COM ISSO EM MENTE, VEJA A SEGUINTE LISTA DE CONHECIDOS INFORMANTES DO GCI. MINHA UNIDADE NO PERU TINHA SIDO INFILTRADA HÁ MUITO TEMPO! A SUA TAMBÉM DEVE ESTAR.

TRANSMISSÃO Nº 767-9808-09001
REF. Nº KOS-4622
ASSUNTO: O SEGUINTE PESSOAL, EM ORDEM ALFABÉTICA, ESTÁ AUTORIZADO A RECEBER TRANSMISSÕES SEGURAS.

NOME	LOCAL	ÁREA/PATENTE
ADAMS, WALTER K.	LVMRE LAB	FÍSICA NUCL
ATKINS, SAMANTHA, E.	GSTETNR	INFORMÁTICA
BAILEY, KEITH H.	BRKLY	ENG AERONÁUT
BARNES, SEAN M.	SEALS MAR	CAP CORVETA
BROOKES, ARLIN F.	RNGRS EX	CPTN
CARVER, ELIZABETH R.	COLUMBIA	SOFTWARE
CHRISTIE, MARGARET V.	HRVRD	QUÍM INDUS
DAWSON, RICHARD K.	MCROSFT	SOFTWARE
DELANEY, MARK M.	IBM	HARDWARE
DOUGLAS, KENNETH A.	CRAY	HARDWARE
DOWD, ROGER F.	CFUSA	CABO
EDWARDS, STEPHEN R.	BOEING	ENG AERONÁUT
FAULKNER, DAVID G.	JPL	ENG AERONÁUT
FROST, KAREN S.	USC	ENG GENÉT
GIANNI, ENRICO R.	LCKHEED	ENG AERONÁUT
GRANGER, RAYMOND K.	RANGERS	SARGT
HARRIS, TERENCE X.	YALE	FÍSICA NUCL
JOHNSON, NORMA E.U.	ARIZ	BIOTOXINAS
KAPLAN, SCOT M.	CFEUA	SGT ARTIL
KASCYNSKI, THERESA E.	3M CORP	FSFTOS
KEMPER, PAULENE J.	JHNS HPKNS	DERMTOLOG
KOZLOWSKI, CHARLES R.	CFUSA	SGT ASSIST
LAMB, MARK I.	ARMALTE	BALÍSTICA
LAWSON, JANE R.	U.TEX	INSETICIDAS
LEE, MORGAN T.	CFUSA	SGT
MAKIN, DENISE E.	U.CLRDO	AGNT QUÍM
McDONALD, SIMON K.	LVRMRE LAB	FÍSICA NUCL
NORTON, PAUL G.	PRNCTN	QUÍM AMINOÁCD
OLIVER, JENNIFER F.	SLCN STRS	SOFTWARE
PARKES, SARAH T.	USC	PALEONTOL
REICHART, JOHN R.	CFUSA	SARG
RIGGS, WAYLON J.	CCA CLA	CIEN LÍQUDS
TURNER, JENNIFER C.	UCLA	ENG GENÉT
WILLIAMS, VICTORIA D.	U WSHGTN	GEOFÍSICA
YATES, JOHN F.	USAF	COMAND

P.S., ESPANTALHO, SE E QUANDO VOCÊ VOLTAR AOS ESTADOS UNIDOS, LIGUE PARA UM HOMEM CHAMADO PETER CAMERON, NO WASHINGTON POST EM D.C., ELE SABERÁ ONDE ME ENCONTRAR.

BOA CAÇADA
FALCÃO

Schofield ficou olhando o e-mail por um momento, atordoado.

"Falcão" era o codinome de Andrew Trent.

Andrew Trent que — pelo que lhe disseram — morrera num "acidente" durante uma operação no Peru em 1997.

Andrew Trent estava *vivo*...

Renshaw imprimiu uma cópia do e-mail e entregou a Schofield, que examinou a mensagem de novo, aparvalhado.

De algum modo, Trent havia descoberto que Schofield estava na Antártida. Também tinha descoberto que uma equipe secundária estava a caminho da Wilkes. Porém o mais perturbador de tudo é que ele havia descoberto que o Corpo de Fuzileiros Navais dos Estados Unidos já havia listado Schofield como oficialmente morto.

E assim Trent havia mandado esse e-mail com uma lista de conhecidos informantes do GCI, para o caso de Schofield ter algum traidor em sua unidade.

Olhou a hora do e-mail. 19:32. Devia ter sido transmitido por satélite durante a falha das 19:30 na explosão solar.

Examinou a lista. Dois nomes se destacaram:

KAPLAN, SCOT M.   CFEUA   SGT ARTIL

Cobra. Como se Schofield precisasse saber que Cobra era traidor. E depois:

KOZLOWSKI, CHARLES R.   CFUSA   SGT ASSIST

Ah, meu Deus, pensou Schofield.

Chuck Kozlowski. O sargento-assistente do corpo de fuzileiros, o praça de maior posto no corpo era membro do GCI.

E então viu outro nome que o fez congelar de horror.

LEE, MORGAN T.   CFUSA   SGT

— Ah, não — disse em voz alta.

— O quê? — perguntou Renshaw. — O que foi?

Montana, pensou Schofield. O verdadeiro nome de Montana era Morgan Lee. Morgan T. Lee.

Ergueu os olhos horrorizado.

Montana era do GCI.

No hangar, Gant e os outros estavam procurando informações sobre o avião preto.

Numa pequena oficina, Santa Cruz examinava algumas plantas. Sarah Hensleigh estava sentada a uma mesa atrás dele, com um lápis e um papel.

— Belo nome — disse Cruz, rompendo o silêncio.

— O quê? — perguntou Sarah.

— O nome do avião. Aqui diz que ele foi chamado de "Silhueta". Nada mau.

Sarah assentiu.

— Hmmm.

— Alguma sorte com aquele código? — perguntou Santa Cruz.

— Acho que estou chegando mais perto. O número que recebemos, 24157817 parece ser uma série de números primos: 2, 41, 5, 7, até chegar ao 817. Mas 817 é divisível por 19 e 43, que também são números primos. Mas, afinal de contas, 817 poderia ser dois números, 81 e 7, ou talvez até três números. Esta é a parte difícil, deduzir quantos números 24157817 deve representar.

Santa Cruz sorriu.

— Melhor a senhora do que eu, madame.

— Obrigada.

Nesse momento, Montana chegou à oficina.

— Dra. Hensleigh? — disse ele.

— Sim.

— Gata mandou dizer que talvez a senhora gostasse de olhar uma coisa que ela descobriu no escritório. Disse que era uma espécie de livro de códigos.

— *Certo.* — Hensleigh se levantou e saiu da oficina.

Montana e Santa Cruz estavam sozinhos.

Santa Cruz voltou a examinar o esquema da aeronave.

— Sabe, senhor — disse Santa Cruz —, este avião é outra coisa. Tem uma fonte de energia turboélice com capacidade de supercruzeiro. E tem oito pequenos retrojatos na barriga, para decolagem e pouso vertical. Mas o estranho é que as *duas* fontes de energia funcionam com combustível comum de jato.

— E daí? — perguntou Montana.

— E daí... o que o núcleo de plutônio faz? — perguntou Santa Cruz, virando-se para Montana.

Antes que Montana pudesse responder, Santa Cruz se virou de novo para a planta. Em seguida, pegou algumas anotações à mão que estavam embaixo.

— Mas acho que deduzi — disse Santa Cruz. — Estive falando antes com Gata sobre isso. Essas anotações que encontrei dizem que os engenheiros deste hangar estavam trabalhando em algum tipo de mecanismo de invisibilidade gerado eletronicamente para o Silhueta, algum tipo de campo eletromagnético que rodeava o avião. Mas para gerar esse campo eletromagnético eles precisavam de uma *porrada* de energia, algo nas vizinhanças de 2,71 gigawatts. Mas a única coisa capaz de gerar essa quantidade de energia é uma reação nuclear controlada. Daí o plutônio — acrescentou Santa Cruz consigo mesmo, satisfeito.

Não notou Montana se aproximando depressa.

— Vou lhe dizer — continuou Santa Cruz. — Esta foi uma missão que se fodeu seriamente. Espaçonaves, tropas francesas, tropas inglesas, bases secretas, núcleos de plutônio, traidores do GCI. Porra. É simplesmente...

A faca de Montana entrou no ouvido de Santa Cruz. Cravou-se com força e penetrou no cérebro num instante.

Os olhos do jovem soldado se arregalaram, depois ele caiu para a frente e bateu de cara na mesa. Morto.

Montana extraiu a faca ensangüentada do crânio de Santa Cruz e se virou...

...e viu Libby Gant parada na porta da oficina, com um maço de papéis nas mãos, olhando-o num horror apoplético.

Schofield ligou o microfone do capacete.

— Gant! Gant! Responda!

Não houve resposta.

Ele olhou para o relógio.

21:58.

Merda. A brecha na explosão solar chegaria dentro de dois minutos.

— Gant, não sei se você está me ouvindo, mas, se puder, preste atenção. *Montana é do GCI!* Repito, *Montana é do GCI!* Não vire as costas para ele! Neutralize-o se for necessário. Repito, neutralize-o se for necessário. Tenho de desligar.

E com isso Schofield correu escada acima e foi para a sala de rádio.

Gant corria pelo enorme hangar com Montana perseguindo-a. Passou rapidamente por uma parede de gelo no instante em que uma fileira de buracos de bala irrompeu nela.

Tirou sua MP-5 do ombro enquanto passava a toda pela porta que levava de volta à fissura e à caverna principal. Disparava loucamente para trás. Depois mergulhou na fissura horizontal e rolou por ela no momento em que Montana aparecia na porta, atrás, e soltava mais uma rajada de metralhadora.

Outra fileira de balas atravessou a parede de gelo em volta de Gant, só que desta vez a fileira de balas atravessou o meio de seu corpo.

Duas balas se alojaram na placa do peitoral. Uma abriu um buraco vermelho no lado do corpo.

Gant conteve um grito enquanto rolava pela fissura, segurando a lateral da cintura. Trincou os dentes, viu o fio de sangue escorrer entre os dedos. A dor era insuportável.

Enquanto rolava para a caverna principal, viu os elefantes-marinhos perto da espaçonave e, de fato, nem bem saiu da fissura, viu um dos animais levantar a cabeça e olhar em sua direção.

Era o macho. O grande touro com suas temíveis presas inferiores. Devia ter voltado em algum momento na última meia hora, pensou Gant.

O macho latiu para ela. Depois começou a mover o corpo enorme em sua direção, com as volumosas camadas de gordura ondulando a cada passo bamboleante.

O ferimento de bala na lateral de seu corpo queimava.

Arrastou-se de costas para longe da fissura, mantendo um olho no elefante-marinho que se aproximava e o outro na fissura. Uma pequena trilha de sangue manchava o gelo atrás, indicando seu caminho.

Montana emergiu da fissura horizontal, a arma na frente.

Gant não estava à vista.

Montana viu a trilha de sangue no chão, indo para a direita, dando a volta e passando para trás de uma grande pedra de gelo.

Seguiu a trilha de sangue. Rapidamente contornou a pedra e soltou uma rajada de metralhadora. Não acertou nada. Gant não estava ali. Sua MP-5 estava caída no chão atrás do pedregulho.

Montana girou.

Onde diabos ela estava?

Gant viu Montana voltar de trás do pedregulho de gelo e vê-la.

Agora estava sentada no chão diante da fissura horizontal, agarrando o lado do corpo com as duas mãos. Tinha sido necessária toda a sua força — e as duas mãos — para ficar de pé e correr de volta para o lado esquerdo da fissura sem derramar mais sangue, antes que Montana tivesse saído do buraco. Na verdade, pretendera voltar pela fissura, mas só conseguira chegar até ali.

Montana sorriu e andou lentamente. Parou diante dela, de costas para a parte principal da caverna.

— Você é um completo filho-da-puta, e sabe disso — disse Gant.

Montana deu de ombros.

— Nem é uma porra de uma espaçonave alienígena, e mesmo assim você está nos matando — disse Gant, olhando para a caverna atrás de Montana.

— Não é mais por causa da nave, Gant. É o que você sabe sobre o GCI. É por isso que não pode voltar.

Gant olhou Montana bem no olho.

— Faça o pior que puder.

Montana levantou a arma para disparar, mas nesse momento um rugido de gelar o sangue ecoou na caverna.

Montana girou bem a tempo de ver o grande elefante-marinho disparar em sua direção, rugindo alto. O chão tremia a cada passo estrondeante.

Gant aproveitou a oportunidade e rolou rápido de volta pela fissura horizontal atrás dela. Caiu desajeitadamente no chão do túnel.

O grande elefante-marinho corria pela caverna a uma velocidade incrível, cobrindo em segundos a distância entre a nave e a fissura.

Montana levantou sua arma e disparou.

Mas o animal era grande demais, estava perto demais.

De dentro do túnel, Gant levantou a cabeça e viu a silhueta de Montana do outro lado da parede de gelo translúcido, acima.

E de repente — *uump!* — viu o corpo de Montana ser jogado contra o outro lado da parede translúcida. Uma grotesca explosão de sangue em forma de estrela saltou do corpo de Montana enquanto o grande animal o atirava contra a parede, com força trovejante.

Devagar, lentamente, Gant ficou de pé e olhou pela fissura horizontal.

Viu o elefante-marinho extrair as presas do corpo de Montana. Os dentes compridos e ensangüentados saíram do traje de mergulho e Montana simplesmente caiu no chão. O elefante-marinho ergueu-se em triunfo acima do corpo tombado de barriga para cima.

E de repente Gant ouviu Montana gemer.

Ele ainda estava vivo.

Agonizante, mas — sim — definitivamente vivo.

Então Gant viu a grande foca se curvar sobre Montana e arrancar um grande naco de carne de suas costelas.

Schofield entrou na sala de rádio do deque A exatamente às dez horas. Renshaw e Kirsty vieram atrás. Schofield sentou-se diante do console de rádio e ligou o microfone.

— Atenção, McMurdo. Atenção, McMurdo. Aqui é o Espantalho. Estão ouvindo?

Não houve resposta.

Schofield repetiu a mensagem.

Sem resposta.

E de repente:

— *Espantalho, aqui é Romeu, estou escutando você. Informe.*

Romeu, pensou Schofield. "Romeu" era o codinome do capitão Harley Roach, oficial-comandante da Unidade Cinco de Reconhecimento dos Fuzileiros Navais. Schofield tinha se encontrado com Romeu Roach em algumas ocasiões. Ele era seis anos mais velho do que Schofield, um bom soldado, e uma lenda com as mulheres — daí seu codinome, Romeu.

E mais, era um *fuzileiro*. Schofield sorriu. Estava com um fuzileiro na linha.

— Romeu — disse Schofield, com o alívio cobrindo-o. — A situação é a seguinte: estamos no controle do objetivo. Repito, estamos no controle do objetivo. Houve pesadas baixas, mas o objetivo é nosso. — O objetivo, claro, era a Estação Polar Wilkes. Schofield suspirou. — E você, Romeu, onde está?

— *Espantalho, no momento estamos em* hovercrafts, *num padrão de sustentação a aproximadamente um quilômetro e meio do objetivo.*

A cabeça de Schofield se ergueu bruscamente.

Um quilômetro e meio...

Mas isso era bem ali na porta da frente...

— *...e temos ordens de ficar aqui até outras instruções. Temos instruções rígidas de não entrar na estação.*

Schofield não podia acreditar.

Havia fuzileiros do lado de fora da Estação Polar Wilkes, bem do lado de fora da Estação Polar Wilkes. A apenas um quilômetro e meio. A primeira coisa que Schofield quis saber era...

— Romeu, há quanto tempo estão aí?

— *Ah... uns trinta e oito minutos, Espantalho.*

Trinta e oito minutos, pensou Schofield, incrédulo. Um esquadrão de reconhecimento dos fuzileiros estivera com o rabo sentado do lado de fora da Wilkes durante a última meia hora.

De repente, uma voz chegou pelo interfone de Schofield — *não* pelos alto-falantes do rádio. Era Romeu.

— *Espantalho, preciso falar particularmente com você.*

Schofield desligou o rádio da estação e falou ao microfone do capacete. Romeu estava usando o canal de circuito fechado dos fuzileiros.

— Romeu, que *porra* você está fazendo? — Schofield não podia acreditar. Enquanto estivera dentro da estação em batalha com Trevor Barnaby, toda uma unidade de fuzileiros tinha chegado à estação Wilkes e ficara esperando do lado de fora.

— *Espantalho, aqui fora está uma porra de um circo. Fuzileiros, Boinas Verdes. Diabos, há todo um pelotão de Rangers do exército patrulhando o perímetro de um quilômetro e meio. O Comando Nacional e o Estado-Maior mandaram cada unidade que puderam encontrar para cobrir a estação. Mas o negócio é que, quando chegamos aqui, eles ordenaram esperar até que uma equipe de SEALs da marinha chegasse. Espantalho, as ordens são muito claras: se algum dos meus homens se mover na direção da estação antes da chegada dessa equipe de SEALs eles serão mortos a tiros.*

Schofield ficou pasmo. Por um momento, não disse nada.

De repente, a situação ficou clara.

Estava exatamente na mesma posição em que Andrew Trent estivera no Peru. Tinha entrado na estação primeiro. Tinha encontrado alguma coisa dentro. E agora estavam mandando uma equipe de SEALs — a unidade especial mais implacável e mais mortal dos Estados Unidos — para dentro da estação.

Uma linha do *e-mail* de Andrew Trent saltou de súbito na cabeça de Schofield:

O Departamento do Pessoal do CFEUA listou você como morto.

Schofield engoliu em seco enquanto o horror daquilo o golpeava.

Estavam mandando os SEALs.

Estavam mandando os SEALs para matá-lo.

SÉTIMA INCURSÃO

Terça-feira, 16 de junho, 22:00

— Romeu, escute — disse Schofield rapidamente. — O GCI infiltrou homens na minha unidade. Um dos meus homens começou a matar meus feridos. A equipe do SEAL que estão mandando vem para cá me matar. Você tem de fazer alguma coisa.

Schofield sentiu um arrepio descer pela coluna quando percebeu que estava dizendo a Romeu exatamente a mesma coisa que Andrew Trent lhe dissera do lado de fora daquele templo no Peru.

— *O que você quer que eu faça?*

— Diga a eles que não há nada aqui. Diga que não há espaçonave enterrada no gelo. Diga que é apenas um antigo projeto secreto da Força Aérea que foi deixado aqui por algum motivo.

— *Ah, Espantalho, não tenho informações sobre o que há dentro da estação. Não sei nada sobre espaçonaves enterradas no gelo nem projetos secretos da Força Aérea.*

— Bem, é disso que se trata, Romeu. Escute. Combati pára-quedistas franceses por esta estação. Lutei contra Trevor Barnaby e um pelotão de comandos do SAS por esta estação. *Não quero* ser morto por um punhado de meus compatriotas psicopatas depois de tudo que passei, está ouvindo?

— *Só espere um segundo, Espantalho.*

Houve silêncio do outro lado da linha.

Depois de um minuto Romeu falou:

— *Espantalho, acabei de consultar o capitão dos Rangers do exército, um cara chamado Brookes, Arlin Brookes, e ele disse que vai atirar em qualquer dos meus homens que tente entrar na estação antes da chegada da equipe de SEALs.*

Schofield pegou sua lista impressa do e-mail de Andrew Trent, a lista de informantes do GCI.

Seus olhos pousaram na anotação:

BROOKES, ARLIN F. RNGRS CPTN

Filho-da-puta, pensou Schofield. Era o *mesmo* cara com quem tinha encontrado no templo no Peru. Arlin F. Brookes, um escroto do GCI.

— *Certo, Espantalho* — disse Romeu. — *Escute. Talvez eu não possa entrar, mas vou lhe dizer uma coisa que fiquei sabendo há trinta minutos. O* Wasp *está navegando a umas 300 milhas náuticas da costa, no mar aberto. Depois de chegarmos aqui, recebi um chamado de Jack Walsh no* Wasp. *Há uns trinta minutos uma patrulha de quatro Harriers dos fuzileiros derrubou um avião-tanque VC-10 inglês a umas 250 milhas náuticas do litoral, depois que o avião-tanque tentou fugir.*

Schofield ficou quieto.

Sabia o que Romeu queria dizer.

Os aviões-tanques existem apenas por um motivo: abastecer aviões de *ataque* em missões de longa distância.

Se um avião-tanque inglês fora derrubado a 250 milhas da costa, podia-se apostar que em algum lugar ali havia *outro* avião inglês, um avião de ataque — bombardeiro ou caça — que estivera se abastecendo com o avião-tanque. E provavelmente tinha ordens de...

Ah, não, pensou Schofield, percebendo. *Era o apagador de Barnaby.*

Como o apagador da equipe francesa, esse caça inglês provavelmente tinha ordens de disparar contra a Estação Polar Wilkes se Trevor Barnaby não se comunicasse depois de um certo tempo.

— A *Força Aérea foi chamada* — disse Romeu. — *Está varrendo o ar acima do oceano com aviões AWAC e caças F-22. Procuram um caça inglês desgarrado e têm ordens de atirar à primeira vista.*

Schofield caiu de volta na cadeira.

Franziu a testa e coçou-a. O mundo estava se fechando ao redor.

Estava numa armadilha. Totalmente. Os SEALs chegariam logo — quer soubessem ou não que havia algo a ganhar com esta estação. E mesmo que Schofield conseguisse escapar deles depois de invadirem a estação, permanecia a possibilidade de a Wilkes ser destruída por um míssil ar-terra disparado por um caça britânico no mar.

Mas havia *uma* opção, pensou Schofield.

Sair e se render a Romeu antes da chegada dos SEALs. Pelo menos assim ficariam vivos. E se Schofield tivesse aprendido alguma coisa nesse dia inteiro, era que, se a gente fica viva, ainda tem chance.

Ligou o microfone do capacete.

— Romeu, escute.

— *Ah, merda, Espantalho, eles estão aqui.*

— O quê?

— *Os SEALs. Estão aqui. Acabaram de deixar que eles passassem pelo perímetro externo. Quatro* hovercrafts. *Estão indo agora para o complexo da estação.*

A um quilômetro e meio da Estação Polar Wilkes uma armada de *hovercrafts* formava uma comprida linha ininterrupta. Estavam arrumados num semicírculo no lado de terra, todos virados para dentro — apontando para a estação.

Mas, nesse momento, quatro *hovercrafts* azul-marinho romperam a linha e deslizaram pela planície de gelo em direção à Wilkes. Passaram pelas construções externas do complexo, sem pressa aparente.

Eram *hovercrafts* dos SEALs.

Dentro do *hovercraft* líder, o comandante dos SEALs ligou o rádio.

— Controle aéreo, aqui é a equipe SEAL, informe — disse ele. — Confirmo instruções anteriores. *Não vamos* entrar na estação até termos certeza de que vocês pegaram o bicho-papão.

— *Equipe SEAL, aqui é o controle aéreo. Aguardem* — disse uma voz pelo rádio. — *Estamos esperando um relatório dos nossos pássaros agora mesmo.*

Nesse mesmo instante, a 242 milhas náuticas da Estação Polar Wilkes, seis caças F-22 da força aérea dos Estados Unidos passavam a toda velocidade sobre o oceano Glacial Antártico.

O F-22 é o caça aéreo mais avançado do mundo, herdeiro do trono do antigo F-15 Eagle. Mas mesmo que se pareça um pouco com o velho F-15, o F-22 tem uma coisa que o F-15 jamais teve — tecnologia *stealth*, invisível ao radar.

No F-22 que ia na frente, o líder do esquadrão estava escutando o rádio de seu capacete. Quando a voz do outro lado terminou de falar, o líder disse:

— Obrigado, grande pássaro, estou vendo.

Em sua tela de computador, o líder do esquadrão viu um pequeno ponto piscando e indo para o oeste. Uma legenda na tela dizia:

ALVO ENCONTRADO: 103 mn ONO

AERONAVE DESIGNADA: E-2000

Um E-2000, notou o líder do esquadrão. O Eurofighter 2000. Um pequeno caça bimotor, altamente manobrável, o E-2000 era um projeto conjunto das forças aéreas da Inglaterra, Alemanha, Espanha e Itália.

Na tela do líder do esquadrão o ponto parecia estar voando casualmente, sem fazer a mínima idéia dos caças invisíveis, 160 quilômetros atrás.

— Certo, pessoal, o alvo foi identificado — disse o piloto do F-22. — Repito, o alvo foi identificado. Está na hora de dançar.

Dentro da Estação Polar Wilkes, Shane Schofield não sabia que diabo fazer.

Sabia que não podia se render aos SEALs. Os SEALs certamente eram do GCI. Se o pegassem iriam matá-lo.

Pensou em ir para a caverna e se esconder lá embaixo — e se necessário cobrar resgate pela espaçonave — mas então percebeu que não era mais possível descer à caverna, já que o sino de mergulho fora destruído.

Levou Kirsty e Renshaw para fora da sala de rádio no deque A, descendo a escada para os deques inferiores.

— O que está acontecendo? — perguntou Renshaw.

— A gente acaba de se ferrar. — A mente de Schofield estava disparando. A única opção agora era se esconder em algum lugar dentro da estação e ficar firme até que os SEALs e todo mundo tivessem ido embora...

E depois, o que você vai fazer? perguntou-se Schofield. *Andar até em casa?*

Se ficar vivo ainda terá chance.

Deslizou escada abaixo e olhou para a piscina no deque E.

E viu uma coisa.

Viu Wendy, deitada no deque, cochilando feliz.

Wendy, pensou.

Alguma coisa com relação a Wendy...

O líder do esquadrão de F-22 falou ao microfone do capacete:

— Grande Pássaro, aqui é o Líder Azul. Mantendo modo invisível. O alvo estimado estará ao alcance dos mísseis em... vinte minutos.

De repente, Schofield percebeu.

Girou para encarar Kirsty.

— Kirsty, quanto tempo Wendy consegue prender o fôlego?

Kirsty deu de ombros.

— A maioria das focas machos pode prender o fôlego por cerca de uma hora. Mas Wendy é menina, e muito menor, por isso pode prender o fôlego por uns quarenta minutos.

— Quarenta minutos... — disse Schofield, fazendo os cálculos na cabeça.

— O que está pensando? — perguntou Renshaw.

— Nós levamos aproximadamente duas horas para ir da estação à caverna, certo? Uma hora para *descer* os novecentos metros no sino de mergulho e depois cerca de mais uma hora para *subir* o túnel de gelo.

— É, então... — disse Renshaw.

Schofield se virou para encará-lo.

— Quando Gant e os outros estavam se aproximando da caverna de gelo, Gant disse uma coisa estranhíssima. Disse que tinham uma visita. Wendy. Gant disse que Wendy estava nadando com eles enquanto subiam pelo túnel de gelo.

— Hã-hã.

— Então, mesmo que Wendy pudesse nadar duas vezes mais rápido do que nós, se nadasse todo o caminho para baixo e depois subisse pelo túnel de gelo, *ficaria sem fôlego antes de chegar à caverna.*

Renshaw ficou quieto. Schofield continuou:

— Quero dizer, seria suicídio ela não voltar depois de ter nadado por *vinte minutos*, porque teria de saber que podia voltar a uma fonte de ar...

Schofield olhou de Renshaw para Kirsty.

— Há outro caminho para aquele túnel de gelo — falou. — Um atalho.

— *Equipe SEAL, aqui é o Líder Azul. Estamos nos aproximando do alvo. O alvo estimado estará ao alcance dos mísseis em quinze minutos* — disse a voz do líder do esquadrão pelo rádio do *hovercraft* da equipe SEAL.

Os SEALs estavam sentados rigidamente em seus lugares na cabine. Nenhum traço de emoção atravessava qualquer dos rostos.

Agora no deque E, Schofield jogou no piso os tanques de respiração de baixa audibilidade. Kirsty já estava vestindo um traje de mergulho termoelétrico. Era tão grande para ela que a menina teve de enrolar as mangas e os tornozelos para caber. Renshaw — já vestido com seu traje de neoprene — simplesmente foi direto para o equipamento ARBA.

— Aqui, engulam isso — disse Schofield enquanto entregava uma cápsula azul a cada um deles. Eram cápsulas de antinitrogênio N-67D. Os mesmos comprimidos que Schofield tinha dado a Gant e aos outros quando haviam descido à caverna. Todos engoliram rapidamente as pílulas.

Schofield tirou o macacão e colocou o colete à prova de balas e o cinto da arma por cima do traje de mergulho. Enquanto examinava os bolsos do macacão achou, dentre outras coisas, uma carga de nitrogênio e o medalhão de prata de Sarah Hensleigh. Transferiu os dois itens para bolsos do traje de mergulho. Depois começou a colocar rapidamente um dos tanques de respiração.

Havia três tanques no total, todos com quatro horas de mistura saturada de hélio e oxigênio: 98% de hélio e 2% de oxigênio. Eram os tanques auxiliares que ele tinha mandado Gant preparar antes de ela descer para a caverna.

Enquanto Schofield colocava seu equipamento ARBA, Renshaw ajudou Kirsty a colocar o dela.

Schofield terminou de pôr seus tanques primeiro. Quando estava pronto, começou imediatamente a revistar o deque procurando alguma coisa pesada — alguma coisa *muito* pesada —, já que precisariam de um bom peso para descer com rapidez.

Achou o que estava procurando.

Um pedaço da passarela do deque B havia caído no deque E quando o deque B havia se incendiado. O pedaço da passarela de metal tinha cerca de três metros e era feito de aço sólido. Tinha até mesmo um pedaço do corrimão ainda preso.

Quando Renshaw também estava pronto, Schofield pediu que ele o ajudasse a arrastar o metal até a beira da piscina. O grande pedaço da passarela guinchou alto quando era arrastado pelo deque.

Enquanto trabalhavam, Wendy bamboleava ao lado, como um cachorro implorando para passear.

— Wendy vem com a gente? — perguntou Kirsty.

— Espero que sim — disse Schofield. — Espero que ela mostre o caminho.

Diante disso, Kirsty saltou de pé e correu até a parede ao lado da piscina. Pegou uma guia num gancho e prendeu na cintura de Wendy.

— O que é isso? — perguntou Schofield.

— Não se preocupe. Vai ajudar.

— Ótimo. Apenas fique perto — disse Schofield enquanto ele e Renshaw posicionavam o pedaço de passarela na beira do deque, de modo a estar pronto para cair.

— Certo — disse Schofield. — Todo mundo na água.

Os três pularam na água e nadaram de volta por baixo do pedaço de passarela. Wendy saltou alegremente atrás deles.

— Certo, segurem a passarela — disse a voz de Schofield pelos fones de ouvido subaquáticos.

Todos seguraram o pedaço de passarela. Pareciam um grupo de nadadores olímpicos preparando-se para uma disputa de nado de costas.

Schofield pôs a mão por cima da de Kirsty, para garantir que ela não largasse a passarela enquanto estivesse afundando.

— Certo, sr. Renshaw — disse Schofield. — *Puxe!*

Nesse momento, Schofield e Renshaw fizeram força puxando a passarela, e de repente o pesado pedaço de metal tombou pela borda do deque e caiu espirrando água para todo lado.

A passarela de metal afundou rapidamente.

As três pequenas figuras de Schofield, Renshaw e Kirsty se agarravam a ela com força. Todos estavam apontados para baixo, com os pés balançando acima. Wendy nadava rapidamente atrás deles.

Schofield olhou o marcador de profundidade no pulso.

Três metros.

Seis metros.

Nove metros.

Desciam depressa através do magnífico mundo subaquático.

Enquanto caíam, Schofield tentou ficar de olho na parede de gelo à esquerda. Procurava um buraco, procurava a entrada para o atalho que levava ao túnel subaquático.

Chegaram aos trinta metros. Sem os comprimidos, o nitrogênio em seu sangue já os teria matado.

Sessenta metros.

Noventa metros.

Caíam pela água. Estava ficando mais escura, mais difícil de enxergar.

Cento e dez metros, cento e cinqüenta.

Estavam descendo depressa demais.

Duzentos, duzentos e cinqüenta.

Duzentos e oit...

E, de repente, Schofield viu.

— Certo, soltem! — gritou.

Os outros largaram imediatamente a passarela de metal. Pairaram na água enquanto a passarela desaparecia na escuridão embaixo.

Schofield nadou até a parede de gelo.

Um grande buraco redondo fora escavado nela. Parecia uma espécie de túnel, um túnel que descia para a escuridão total.

Wendy nadou ao lado de Schofield e desapareceu no túnel escuro. Apareceu de novo alguns segundos depois.

Schofield hesitou.

Renshaw devia ter visto a dúvida nos olhos dele.

— Que opção nós temos? — perguntou.

— Certo — disse Schofield, pegando sua lanterna. Ligou-a. Depois bateu os pés e nadou para dentro do túnel.

O túnel era estreito e serpenteava numa descida íngreme. Schofield nadava na frente com Kirsty atrás e Renshaw fechando o grupo. Como nadavam para baixo, iam depressa. Simplesmente deixavam os pesos de chumbo nos cintos os puxarem.

Schofield nadava cautelosamente. Ali era silencioso, como um túmulo.

E de repente Wendy passou rapidamente por ele, vindo de trás, e disparou pelo túnel.

Schofield olhou seu medidor de profundidade.

Tinham chegado a trezentos metros.

O tempo de mergulho era de vinte minutos.

— Grande Pássaro, aqui é Líder Azul. Agora o alvo está ao alcance dos mísseis. O alvo está ao alcance dos mísseis. Preparando para lançar mísseis AMRAAM.

— *Pode disparar quando estiver pronto, Líder Azul.*

— Obrigado, Grande Pássaro. Certo, pessoal. Tenho trava de míssil. Compartimento de míssil aberto. O alvo parece não saber de nossa presença. Certo. Aqui é o Líder Azul, Raposa Um... disparar!

O líder do esquadrão apertou seu disparador.

Nesse momento, um comprido e esguio míssil AIM-120 AMRAAM deslizou para fora do compartimento de mísseis do F-22 e saltou em direção à presa.

O caça britânico viu o míssil imediatamente nas telas.

O maior problema das aeronaves invisíveis é que, ainda que a aeronave em si possa ser invisível ao radar, qualquer míssil pendurado em suas asas não será. Daí, todas as aeronaves *stealth* como o F-22, o F-117A e o bombardeiro invisível B-2A levam seus mísseis no interior.

Mas, infelizmente, assim que o míssil é disparado ele será visto instantaneamente pelo radar. O que significava que no momento em que o F-22 lançou seu míssil AMRAAM contra o E-2000 além do horizonte, o avião inglês o viu nas telas.

O piloto inglês se deu um minuto, no máximo.

— General Barnaby! General Barnaby! Informe!

Não houve resposta.

O que era estranho, porque o general-de-brigada Barnaby sabia que esta hora — entre as 22:00 e as 22:25 — era a hora designada para contato, uma das únicas duas vezes em que uma brecha na explosão solar permitiria comunicação pelo rádio. Barnaby fizera contato às 19:30, outra hora designada para contato.

O piloto inglês tentou uma freqüência secundária. Ainda não teve sorte. Tentou falar com Nero, o segundo em comando depois de Barnaby.

Sem sorte.

— General Barnaby! Aqui é o Zagueiro. *Estou sob ataque! Repito, estou sob ataque!* Se não responder nos próximos trinta segundos terei de presumir que está morto, e segundo suas ordens não terei escolha além de disparar contra a estação.

O piloto inglês olhou para sua luz de míssil — estava piscando. Já havia ajustado as coordenadas da Estação Polar Wilkes no computador de orientação de seu míssil de cruzeiro AGM-88/HLN.

As letras que designavam o míssil diziam tudo.

"AGM" significava míssil ar-terra; "H" era de alta velocidade; e "L" de longo alcance. Mas "N" tinha um significado especial.

Significava *nuclear*.

Trinta segundos se passaram. Ainda sem notícia de Barnaby.

— General Barnaby! Aqui é o Zagueiro! Estou lançando o apagador... *agora!* — O piloto inglês apertou seu botão de disparo e uma fração de segundo depois o míssil de cruzeiro com ogiva nuclear, preso na parte de trás de sua asa, se desligou do avião.

O míssil tinha acabado de se afastar, e apenas dois segundos depois —

no momento em que o piloto inglês estendia a mão para a alavanca de ejeção — o míssil AMRAAM americano bateu na traseira do E-2000, explodindo-o junto com o piloto.

Os pilotos americanos viram a luminosa explosão laranja no horizonte noturno, viram o ponto luminoso desaparecer da tela de radar.

Dois deles aplaudiram.

O líder do esquadrão sorriu enquanto olhava a bola de fogo laranja no horizonte.

— Equipe SEAL, aqui é o Líder Azul. O bicho-papão foi eliminado. Repito, o bicho-papão foi eliminado. Estão livres para entrar na estação. Vocês estão livres para entrar na estação.

Dentro do *hovercraft* SEAL, a voz do líder do esquadrão ecoou pelo alto-falante:

— *Vocês estão livres para entrar na estação. Vocês estão livres para entrar na estação.*

— Obrigado, Líder Azul — disse o comandante dos SEALs. — Todas as unidades, atenção. A equipe SEAL está passando para canais de circuito fechado, para o ataque à estação.

Ele desligou o rádio e se virou para seus homens.

— Certo, pessoal. Vamos foder com alguém.

Sobre o oceano Glacial Antártico o líder do esquadrão de F-22 continuou a olhar pela cobertura transparente da aeronave para os restos do E-2000 inglês. Finas chamas alaranjadas desciam lentamente para a terra, como fogos de artifício baratos.

Consumido como estava pela visão, o líder do esquadrão não notou um novo ponto *menor* aparecer em sua tela de radar — um ponto indo para o sul, na direção da Antártida — até se passarem quase trinta segundos.

— Que diabo é isso? — perguntou ele.

— *Ah, meu Deus* — disse alguém. — *Ele deve ter disparado um míssil antes de ser acertado!*

O líder do esquadrão tentou falar de novo com a equipe do SEAL, mas dessa vez não foi possível. Eles já haviam passado para os canais de circuito fechado, para o ataque à Estação Polar Wilkes.

A porta principal da estação explodiu para dentro e a equipe SEAL invadiu com as armas chamejando.

Era uma perfeita entrada segundo o manual. O único problema era que a estação estava vazia.

Schofield olhou seu medidor de profundidade: 448 metros.

Continuou em frente e, alguns minutos depois, emergiu do túnel estreito e se viu dentro de um túnel maior, com paredes de gelo.

Soube instantaneamente onde se encontrava, mesmo nunca tendo estado ali antes.

Do lado mais distante do túnel de gelo viu uma série de buracos redondos, de três metros, escavados nas paredes. Sarah Hensleigh tinha falado sobre eles. E Gant também os havia mencionado, quando se aproximava da caverna. As tocas dos elefantes-marinhos. Ele estava no túnel subaquático que levava à caverna da espaçonave.

Soltou um suspiro de alívio. *Sim!*

Schofield e os outros nadaram para o túnel de gelo. Foram rapidamente para cima, observando com certo nervosismo os buracos nas paredes de gelo em volta.

Ainda que a visão dos buracos nas paredes o deixasse inquieto, Schofield tinha uma boa certeza de que os elefantes-marinhos não iriam atacá-los. Tinha uma teoria a respeito. Até agora o único grupo de mergulhadores a se aproximar da caverna subaquática sem ser incomodado tinha sido o de Gant — e todos estavam usando tanques ARBA, equipamento de respiração de baixa audibilidade. Os outros grupos que haviam descido — os cientistas da Wilkes e os ingleses — não usavam algo assim. E foram atacados. Pelo modo como Schofield deduzia, os elefantes-marinhos não tinham podido *ouvir* Gant e sua equipe se aproximando da caverna. Por isso não atacaram.

Nesse momento, vislumbrou a superfície e seus pensamentos sobre os elefantes-marinhos foram esquecidos.

Olhou o marcador de profundidade: 454 metros.

Então consultou o relógio. Tinham levado dezoito minutos para chegar. Muito rápido.

E, de repente, um assobio baixo atravessou a água.

Schofield escutou e ficou tenso. Viu Kirsty segurando Wendy ao lado dele. Wendy também tinha sentido aquilo.

De repente, um segundo assobio respondeu ao primeiro e Schofield sentiu o coração apertar.

As focas sabiam que eles estavam ali...

— Vão! — disse Schofield a Renshaw e Kirsty. — Vão!

Schofield e Renshaw começaram a dar braçadas rápidas, indo para a superfície. Kirsty simplesmente bateu no flanco de Wendy e esta saltou para a frente pela água.

Schofield olhou a superfície acima. Parecia linda, vítrea, calma. Como uma lisa lente de vidro.

Os assobios em volta ficaram mais intensos, e de repente Schofield escutou um latido áspero atravessar o espectro subaquático. Girou na água, olhou em volta e levantou a cabeça para ver de novo a superfície parecida com uma lente.

Nesse momento, a lente se despedaçou.

Elefantes-marinhos mergulhavam na água vindos de todos os lados. Outros saíam rugindo dos buracos submersos nas paredes, vindo para Schofield e os demais. Seus gritos, latidos e assobios preenchiam a água.

Wendy disparou para a superfície, com Kirsty agarrada à guia. Era como um passeio de montanha-russa enquanto Wendy se desviava, oscilava e se virava para se desviar dos dentes dos elefantes-marinhos que partiam para ela e Kirsty, vindos de todos os lados.

De repente, Wendy viu uma brecha e vislumbrou a superfície. Com Kirsty agarrada à guia, partiu para lá.

Elefantes-marinhos saltavam e tentavam mordê-los de todos os lados, mas Wendy era rápida demais. Bateu na superfície e explodiu para fora d'água.

Kirsty bateu no piso sólido de gelo da caverna com um baque alto. Olhou para cima e viu Wendy afastando-se depressa da beira do lago. Kirsty saltou de pé no instante em que a terra tremia atrás dela.

Virou-se. Um dos elefantes-marinhos tinha se lançado para fora d'água atrás dela, e agora estava bamboleando pelo piso da caverna, perseguindo-a!

Kirsty correu, então tropeçou e caiu.

O elefante-marinho continuou a atacar. Kirsty estava no piso da caverna, totalmente exposta...

...e de repente, *bum!*, o rosto do elefante-marinho explodiu em sangue e o enorme animal se esparramou de cabeça no chão.

O elefante-marinho tombou, revelando, atrás dele, Schofield boiando no lago dez metros atrás, com a pistola estendida. *Tinha acabado de atirar na nuca do elefante-marinho.* Kirsty quase desmaiou.

Renshaw emergiu do outro lado do lago e se viu perto da margem, quando de repente sentiu uma dor aguda no tornozelo direito e *uump!*, foi puxado para baixo.

Sob a água, Renshaw olhou para baixo e viu que um dos elefantes-marinhos estava com a boca em volta de seu pé direito. Aquele animal parecia menor do que os outros, e tinha aquelas características presas inferiores que ele vira antes no macho maior.

Renshaw usou o pé livre para chutar o focinho da foca pequena. O bicho guinchou de dor, soltando-o, e Renshaw nadou de novo para a superfície.

Irrompeu da água e viu a beira do lago bem à frente. Então segurou a rocha mais próxima e saiu da água no momento em que uma foca maior vinha atrás dele e por pouco não arrancou seus pés com uma mordida.

Schofield nadava feito louco para a beira do lago.

Enquanto nadava, captou rápidos vislumbres da caverna ao redor — Kirsty de um lado do lago, Renshaw do outro. E então viu a nave, a grande nave preta, parada como uma enorme e silenciosa ave de rapina no meio da enorme caverna subterrânea.

E de repente as mandíbulas abertas do grande macho saíram da água diante dele, obliterando sua visão da grande aeronave preta.

O elefante-marinho já estava se movendo rápido e *mergulhou* contra Schofield a uma velocidade fenomenal. Schofield ofegou ao sentir o ar sendo arrancado dos pulmões e afundou.

O bicho havia se chocado contra seu peito com as compridas presas inferiores. Geralmente, supôs Schofield, isso bastaria para matar qualquer vítima, já que as presas da grande foca rasgariam o peito da vítima.

Mas não com Schofield. Ele ainda estava usando o colete à prova de balas por cima do traje de mergulho, e as presas do animal haviam se alojado na placa de kevlar.

O elefante-marinho o impulsionou para baixo pela água, empurrando seu peito. Schofield lutou, mas não adiantava. Devido à placa do peitoral, estava praticamente *empalado* nas presas do bicho.

Afundou cada vez mais, na extremidade do focinho da foca gigante. Bolhas saíam da enorme boca do animal, que expelia vastas quantidades de ar devido ao esforço.

Schofield precisava fazer alguma coisa. Enfiou a mão no bolso procurando o que houvesse ali.

Pegou uma carga de nitrogênio inglesa, olhou-a por um segundo.

Ah, que diabo, pensou.

Rapidamente, puxou o pino da carga de nitrogênio e enfiou a granada nas mandíbulas abertas do grande elefante-marinho.

Depois arrancou-se das mandíbulas do animal e a foca disparou passando por ele na água. Rapidamente percebeu que o havia perdido, e nesse momento começou a se virar.

Foi então que a carga de nitrogênio explodiu.

A cabeça da foca estourou. Depois *implodiu*. E a seguir aconteceu a coisa mais chocante de todas.

Uma onda de *gelo* saltou do corpo da foca morta.

A princípio Schofield não sabia o que era, e depois percebeu subitamente. Era o nitrogênio líquido da carga expandindo-se, *congelando* a água.

A parede de gelo disparou na direção de Schofield, expandindo-se constantemente, como uma formação de gelo viva, respirando, *crescendo* pela água.

Schofield olhou, apavorado. Se aquilo o envolvesse, ele estaria morto num instante.

Saia daqui!

E, de repente, sentiu algo cutucar seu ombro e se virou.

Era Wendy!

Agarrou a guia de Wendy, que imediatamente nadou a toda velocidade.

A parede de gelo perseguiu-o, expandindo-se pela água a uma velocidade absurda, crescendo numa taxa exponencial.

Outro elefante-marinho veio por trás deles, visualizando uma refeição fácil, mas a parede de gelo pegou-o e o envolveu com sua massa em expansão, engolindo-o inteiro, imobilizando-o em sua barriga gélida.

Wendy nadou para a superfície, habilmente evitando qualquer elefante-marinho que tentasse atravessar sua rota.

Viu a superfície e arrastou Schofield para lá.

Atrás deles a parede de gelo tinha perdido o ímpeto. O nitrogênio da carga parou de se expandir, a parede de gelo tombou atrás.

Wendy saltou da água, com Schofield agarrado à guia. Os dois bateram no piso de gelo da caverna com um ruído desajeitado, e Schofield se pegou deitado de barriga. Rolou de costas...

...e viu outro elefante-marinho saltar da água e vir correndo para ele!

Rolou. O elefante-marinho bateu no chão bem ao seu lado. Schofield saltou de pé, girou e procurou os outros.

— *Tenente! Aqui! Aqui!* — gritou a voz de Sarah Hensleigh.

Schofield girou e viu Sarah Hensleigh acenando de dentro de um pequeno buraco horizontal na parede, a uns cinqüenta metros de distância.

Renshaw, Kirsty — e também Wendy — já estavam correndo para a fissura horizontal. Schofield partiu atrás deles. Enquanto corria pela caverna, viu Kirsty rolar pelo buraco horizontal, depois viu Wendy ir atrás, e em seguida Renshaw.

De repente, um jorro de estática atravessou sua consciência e uma voz gritou alto em seu ouvido:

— *...está aí? Espantalho, você está aí? Por favor, responda!* — Era Romeu.

— O que é, Romeu?

— *Meu Deus! Onde você esteve? Estive à sua procura pelos últimos dez minutos.*

— Andei ocupado. O que é?

— *Saia da estação. Saia da estação agora.*

— Não posso fazer isso, Romeu — disse Schofield enquanto corria.

— *Espantalho, você não entende. A Força Aérea acaba de fazer contato. Um grupo de F-22 derrubou um caça britânico a umas 250 milhas náuticas daqui, mas o bicho-papão disparou antes de ser acertado.* — Romeu fez uma pausa. — *Espantalho, o míssil está indo direto para a Estação Polar Wilkes. As emissões de radiação captadas por satélite indicam que é nuclear.*

Schofield sentiu um arrepio descer pela coluna enquanto corria. Chegou à fissura na parede e pulou no chão, estilo beisebol, deslizando pela fissura horizontal.

— Quanto tempo? — perguntou enquanto caía no pequeno túnel. Ignorou os outros de pé ao redor.

— *Trezentos e noventa quilômetros a seiscentos e quarenta quilômetros por hora. Isso lhe dá trinta e sete minutos até a detonação. Mas isso foi há nove minutos, Espantalho. Estive tentando falar com você, mas você não respondeu. Só tem vinte e oito minutos até que uma bomba atômica acerte essa estação. Vinte e oito minutos.*

— Bem... — disse Schofield, consultando o relógio.

— *Espantalho. Sinto muito, mas não posso ficar aqui. Preciso colocar meus homens numa distância segura. Sinto muito, mas agora você está por conta própria, meu chapa.*

Schofield olhou o relógio.

Eram 22:32.

Vinte e oito minutos. O míssil nuclear acertaria a Estação Polar Wilkes às 23 horas.

Olhou para o grupo ao redor. Sarah Hensleigh, Renshaw, Kirsty e Wendy. E Gant. Só então percebeu que Gant também estava no túnel, sentada no chão de gelo. Viu a feia mancha vermelha na lateral do corpo e correu até ela.

— Montana? — perguntou ele.

Gant assentiu.

— Onde ele está?

— Morto. As focas o pegaram. Mas ele matou Santa Cruz e me feriu.

— Você está bem?

— Não. — Gant se encolheu.

Foi então que Schofield viu o ferimento. Era na lateral da barriga. A bala devia ter passado pela presilha no lado do colete. Não era um ferimento bom — um tiro na barriga era um modo lento e doloroso de morrer.

— Fique firme. Vamos tirar você daqui...

Começou a mover Gant, mas, ao fazer isso, ela esbarrou em sua perna e fez cair algo do bolso do tornozelo.

Era um medalhão de prata.

O medalhão de prata de Sarah Hensleigh. O medalhão que dera a Schofield antes de descer para a caverna.

O medalhão caiu virado para baixo no chão gelado e, num instante fugaz, Schofield viu as palavras gravadas no verso:

Para nossa filha
Sarah Therese Parkes
Em seu vigésimo primeiro aniversário

Schofield se imobilizou ao ver a gravação. Rapidamente puxou a cópia impressa do e-mail de Andrew Trent.

Examinou a lista de informantes do GCI.

E achou.

PARKES, SARAH T. USC PALEONTOL

Schofield ergueu a cabeça rapidamente e olhou Sarah Hensleigh.

— Qual é o seu nome de solteira, Sarah? — perguntou.

Clic-clic.

Schofield ouviu o som da arma sendo engatilhada antes de vê-la emergir das costas de Sarah.

Sarah Hensleigh segurou a pistola com o braço esticado, apontada para a cabeça de Schofield. Com a outra mão pegou o comunicador do capacete de Santa Cruz atrás do corpo e ajustou o canal no prendedor do cinto. Falou ao microfone:

— Equipe SEAL, aqui é Hensleigh. Câmbio.

Não houve resposta. Hensleigh franziu a testa.

— Equipe SEAL, aqui é Hensleigh. Câmbio.

— Não há ninguém lá em cima, Sarah — disse Schofield, aninhando Gant nos braços. Há um míssil de cruzeiro vindo para cá, e é nuclear, Sarah. Aqueles SEALs foram embora há muito tempo. Temos de sair daqui também.

De repente, Schofield escutou uma voz no fone de ouvido de Sarah.

— *Hensleigh, aqui é o comandante Riggs, do SEAL. Informe.*

Schofield se retesou e olhou o relógio.

22:35. Faltavam 25 minutos.

Não tinha como saber que os SEALs na estação haviam mudado para um canal de circuito fechado para lançar o ataque contra a Wilkes. Não tinha como saber que eles não faziam idéia do míssil nuclear vindo para a estação.

— Comandante SEAL — disse Hensleigh. — Estou com o comandante dos fuzileiros aqui comigo na caverna. Tenho-o sob prisão forçada.

— *Já vamos descer aí, Hensleigh. Você tem autoridade para matá-lo, se for necessário. Equipe SEAL desligando.*

— Sarah, o que está fazendo? — perguntou Renshaw.

— Cale a boca — disse ela, girando a arma de modo que o cano frio tocasse o nariz de Renshaw. — Vão para lá. — E sinalizou para Renshaw e Kirsty irem para o lado de Schofield, no túnel. Schofield notou que Sarah Hensleigh segurava a pistola com confiança e autoridade. Já havia usado armas.

— De onde você é, Sarah? — perguntou Schofield. — Exército ou marinha?

Sarah o encarou um momento. Depois disse:

— Exército.

— Que seção?

— Fui do CDC em Atlanta durante um tempo. Depois fiz trabalho para a Divisão de Armas Químicas. E depois, imagine só, senti uma ânsia de dar aulas.

— Você já era do GCI antes de ir ensinar na universidade?

— Antes. Muito antes. Diabos, tenente, o GCI me *mandou* para ensinar na USC. Eles pediram que eu desse baixa do exército, me deram pensão vitalícia e me mandaram para a universidade.

— Por quê?

— Queriam saber o que estava acontecendo lá. Em particular queriam saber sobre a pesquisa de núcleos de gelo, queriam saber sobre os gases químicos que pessoas como Brian Hensleigh estavam descobrindo enterrados no gelo. Gases de ambientes altamente tóxicos que desapareceram há centenas de milhões de anos. Variantes de monóxido de carbono, moléculas de gás cloro *puro*. O GCI queria saber sobre isso, eles podem arranjar utilidade para esse tipo de coisa. Por isso, entrei no campo e acabei conhecendo Brian Hensleigh.

— Você se casou com ele para conseguir *informações*? — perguntou Renshaw.

No canto do túnel, Kirsty observava essa conversa com um interesse quase atordoado.

— Consegui o que queria — disse Sarah. — Brian também.

— Você o matou? — perguntou Renshaw. — O acidente de carro?

— Não. Não matei. O GCI não estava envolvido nisso. Foi exatamente o que foi, um acidente. Pode chamar como quiser, destino, sei lá. Simplesmente aconteceu.

— Você matou Bernie Olson? — perguntou Schofield rapidamente.

Sarah parou antes de responder.

— Sim. Matei.

— Ah, sua *vaca escrota* — disse Renshaw.

— Bernie Olson era mentiroso e ladrão. Ia publicar as descobertas de Renshaw antes de Renshaw. Eu realmente não me incomodava com isso. Mas *depois*, quando Renshaw encontrou algo *metálico* a quatrocentos e cinqüenta metros de profundidade, Olson me disse que ia publicar *isso* também. E eu simplesmente não podia permitir. Não sem que o GCI soubesse antes.

— Não sem que o GCI soubesse antes — repetiu Schofield, amargo.

— Nosso serviço é saber tudo primeiro.

— Portanto você o matou — disse Schofield. — Com veneno de serpente marinha. E fez parecer que Renshaw é que tinha feito isso.

Sarah Hensleigh olhou para Renshaw.

— Sinto muito, James, mas você era um alvo fácil demais. Você e Bernie brigavam o tempo todo. E quando brigaram naquela noite foi uma oportunidade boa demais para perder.

Schofield olhou o relógio.

— Sarah, escute. Sei que você não acredita, mas temos de sair daqui. Há um míssil nuclear...

— Não há míssil — reagiu Sarah rispidamente. — Se houvesse, os SEALs não estariam lá.

Schofield olhou para o relógio de novo.

22:36.

Merda, pensou. Era frustrante demais. Estavam presos ali, à mercê de

Sarah Hensleigh. E ela simplesmente iria esperar até que a bomba atômica chegasse e matasse todos.

Foi nesse momento que seu relógio marcou 22:37.

Schofield não sabia das dezoito cargas de tritonal 80/20 que Trevor Barnaby tinha disposto num semicírculo em volta da Estação Polar Wilkes com a intenção de criar um *iceberg*.

Não sabia que há exatamente duas horas — às 20:37 — quando Barnaby estava sozinho dentro do sino de mergulho, ele havia ajustado um temporizador para detonar as cargas de tritonal dali a duas horas.

As dezoito cargas de tritonal detonaram ao mesmo tempo, e a explosão foi absolutamente devastadora.

Gêiseres de neve com cem metros de altura saltaram no ar. Um gemido ensurdecedor ecoou pela paisagem enquanto um profundo abismo semicircular se formava na banquisa. E de repente, com um estalo alto e maligno, a parte da banquisa que continha a Estação Polar Wilkes e tudo que estava abaixo — três quilômetros cúbicos de gelo — subitamente tombaram e começaram a cair no mar.

No túnel de gelo da caverna o mundo se inclinou loucamente. Pedaços de gelo choveram sobre todo mundo dentro do túnel. O estrondo coletivo das dezoito cargas de tritonal soou como um enorme trovão.

A princípio Schofield pensou que era o míssil nuclear. Pensou que Romeu tinha cometido um erro terrível e que a bomba havia chegado meia hora antes do esperado. Mas então percebeu que tinha de ser outra coisa — se fosse a bomba nuclear todos já estariam mortos.

O túnel se sacudiu subitamente e Sarah Hensleigh se desequilibrou. Renshaw aproveitou a oportunidade e mergulhou, chocando-se contra ela. Os dois caíram com força no gelo, mas Hensleigh jogou Renshaw para longe.

Schofield ainda estava segurando Gant. Colocou-a no chão e fez menção de se levantar, mas Sarah girou e apontou a arma direto para o seu rosto.

— Sinto muito, tenente. Eu meio que gostava de você — disse ela.

Apesar da cacofonia de sons ao redor, o ruído da arma disparando dentro do pequeno túnel de gelo foi ensurdecedor.

Schofield viu o peito de Sarah Hensleigh explodir com sangue. Depois viu os olhos dela se arregalarem e os joelhos se dobrarem enquanto caía no chão, morta.

A Águia do Deserto de Schofield ainda estava fumegando quando Gant a colocou de volta no coldre da sua coxa. Ele não tivera chance de sacá-la, mas Gant, junto aos seus joelhos, sim.

Kirsty apenas olhava a cena, boquiaberta. Schofield correu até ela.

— Meu Deus, você está bem — disse ele. — Sua mãe...

— Ela não era minha mãe — respondeu Kirsty em voz baixa.

— Será que a gente pode falar disso mais tarde? Dentro de uns vinte e dois minutos este lugar vai virar vapor d'água.

Kirsty assentiu.

— Sr. Renshaw — disse Schofield, olhando as paredes que estremeciam ao redor. — O que está acontecendo?

— Não sei...

Nesse momento, todo o túnel se sacudiu de repente e caiu cerca de vinte centímetros.

— Parece que a banquisa foi deslocada do continente — disse Renshaw. — Está virando um *iceberg*.

— Um *iceberg*... — murmurou Schofield, com a mente girando. De repente sua cabeça se levantou e ele olhou para Renshaw. — Aqueles elefantes-marinhos ainda estão na caverna?

Renshaw olhou pela fenda.

— Não. Foram embora.

Schofield atravessou o túnel, pegou Gant no colo e a levou para a fenda.

— Achei que isso poderia acontecer. Matei o macho dominante. Os outros provavelmente o estão procurando agora.

— Como vamos sair daqui? — perguntou Renshaw.

Schofield levantou Gant até a fenda e a empurrou. Em seguida, se virou para encarar Renshaw, com os olhos brilhando.

— Voando.

O grande caça preto se erguia magnífico no meio da caverna subterrânea — com o nariz pontudo inclinado para baixo e as esguias asas pretas estendidas e baixas. Grandes pedaços de gelo choviam do alto teto da caverna e explodiam contra a fuselagem.

Schofield e os outros dispararam pelo piso trêmulo da caverna e se abrigaram embaixo da barriga do grande avião preto.

Enquanto Schofield a segurava no colo, Gant lhe mostrou o teclado com a tela de código.

O código luzia em verde.

24157817 _

TECLE O CÓDIGO AUTORIZADO

— Alguém deduziu o código? — perguntou Schofield.

— Hensleigh estava trabalhando nele, mas não creio que tenha descoberto.

— Então não sabemos o código — disse Schofield.

— Não, não sabemos — respondeu Gant.

— Fantástico.

Nesse momento, Kirsty parou ao lado de Schofield e olhou a tela.

— Ei — disse ela. — É um número de Fibonacci.

— O quê? — perguntaram Schofield e Renshaw ao mesmo tempo.

Kirsty deu de ombros, sem jeito.

— 24157817. É um número de Fibonacci.

— O que é um número de Fibonacci? — perguntou Schofield.

— Os números de Fibonacci são uma espécie de seqüência. É uma seqüência em que cada número é a soma dos dois anteriores. — Ela viu as expressões espantadas em volta. — Meu pai me mostrou como é. Alguém tem uma caneta e um pedaço de papel?

Gant tinha no bolso o diário que havia encontrado antes. Renshaw tinha uma caneta. A princípio pingou água colorida com tinta, mas depois funcionou. Kirsty começou a rabiscar alguns números no diário.

— A seqüência é assim: 0, 1, 1, 2, 3, 5, 8, 13 e assim por diante. Você simplesmente soma os dois primeiros números para chegar ao terceiro. Depois soma o *segundo* e o *terceiro* para obter o *quarto*. Se me derem um minuto... — Kirsty começou a rabiscar freneticamente.

Schofield olhou o relógio.

22:40.

Faltavam vinte minutos.

Enquanto Kirsty rabiscava no diário, Renshaw disse a Schofield:

— Tenente, exatamente como planeja sair daqui voando?

— Por ali — respondeu Schofield distraidamente, apontando para o lago do outro lado da caverna.

— *O quê?*

Mas Schofield não ouvia. Estava ocupado olhando o diário enquanto Kirsty escrevia.

Depois de dois minutos ela estava com cinco fileiras de números. Schofield se perguntou quanto tempo isso iria demorar. Olhou os números enquanto ela anotava:

0, 1, 1, 2, 3, 5, 8, 13, 21, 34, 55, 89, 144, 233, 377,
610, 987, 1.597, 2.584, 4.181, 6.765, 10.946,
17.711, 28.657, 46.368, 75.025, 121.393, 196.418,
317.811, 514.229, 832.040, 1.346.269, 3.524.578,
5.702.887, 9.227.465, 14.930.352, 24.157.817

— Veja só — disse Kirsty. — Aí está o seu número, 24.157.817.

— Puta merda — exclamou Schofield. — Certo, então. Quais são os outros dois números da seqüência?

Kirsty rabiscou mais um pouco.

39.088.169, 63.245.986

— É isso. — Kirsty mostrou o diário a Schofield.

Schofield o pegou e olhou. Dezesseis dígitos. Dezesseis espaços em branco para preencher. Incrível. Apertou as teclas.

A tela soltou *bips*.

24157817 3 9 0 8 8 1 6 9 6 3 2 4 5 9 8 6
CÓDIGO ACEITO. ABRINDO SILHUETA

De dentro da grande aeronave preta veio um estrondo sinistro, e de repente Schofield viu uma escada estreita se desdobrar lentamente da barriga negra do avião.

Deu um beijo na testa de Kirsty.

— Nunca imaginei que a matemática iria salvar minha vida. Venham.

E com isso Schofield e os outros entraram na grande aeronave preta.

Chegaram a uma espécie de depósito de mísseis. Schofield viu seis mísseis presos em dois suportes triangulares, três mísseis em cada suporte.

Levou Gant atravessando o depósito de mísseis e a colocou no chão enquanto Renshaw e Kirsty entravam na barriga da aeronave. Wendy subiu bamboleando desajeitadamente atrás deles. Assim que a pequena foca estava em segurança, Renshaw puxou a escada.

Schofield se adiantou, entrando na cabine.

— Fale comigo, Gant!

Gant gritou, com a dor evidente na voz.

— Eles o chamaram de "Silhueta". Tem algum tipo de função de invisibilidade que não pudemos deduzir. Algo a ver com o plutônio.

Schofield entrou na cabine.

— *Uau!*

A cabine era incrível — futurística — especialmente para um avião construído em 1979. Havia dois lugares: um na frente à direita e o outro — a cadeira do operador de radar/artilheiro — atrás à esquerda. O ângulo íngreme da cabine — ela apontava fortemente para baixo — significava que o piloto no banco da frente ficava *abaixo* do artilheiro no banco de trás.

Schofield subiu no banco do piloto no instante em que — *bang!* — um enorme pedaço de gelo explodiu contra o exterior da cabine.

Olhou o console à frente: quatro telas de computador, manche padrão, botões, mostradores e indicadores em toda parte. Parecia um incrível quebra-cabeça de alta tecnologia. Schofield sentiu um pânico súbito. Jamais conseguiria deduzir como pilotar esse avião.

Mas quando olhou o console mais atentamente começou a ver que na verdade *não era* tão diferente dos consoles dos Harriers que ele havia pilotado na Bósnia. Afinal de contas, era um avião feito pelo homem — por que seria diferente?

Achou o botão de ignição e apertou.

Nada aconteceu.

Alimentação de combustível, pensou. *Tenho de bombear o combustível.*

Procurou o botão do afogador. Achou e apertou. Depois apertou a ignição de novo.

Nada acon...

VRRRUUUUUM!

As duas turbinas dos motores a jato do Silhueta rugiram e Schofield sentiu o sangue correr. O som dos motores sendo ligados não se parecia com nada que ele já escutara.

Acelerou os motores. Tinha de esquentar o avião depressa.

Tempo, pensou.

22:45.

Faltando quinze minutos.

Continuou acelerando os motores. Em geral essa rotina de aquecimento demoraria mais de vinte minutos. Ele se deu dez.

Meu Deus, ia ser por pouco.

Enquanto acelerava o motor, seções inteiras das paredes de gelo da caverna começaram a desmoronar em volta do grande avião preto. Depois de cinco minutos acelerando, Schofield procurou o interruptor de partida vertical.

— Gant! Onde fica o empuxo vetorial? — Nos modernos caças capazes de decolagem e pouso vertical como o Harrier, a decolagem vertical é alcançada através de jatos direcionáveis, "vetoriais".

— Não tem — gritou Gant do depósito de mísseis. — Em vez disso, ele tem jatos de retrodisparo! Procure o botão que liga os retros!

Schofield procurou. Mas enquanto fazia isso encontrou outro botão. Estava marcado: "MODO CAMUFLAGEM". Franziu a testa.

Que diabo...

E de repente viu o botão que estava procurando: "RETROS".

Apertou-o.

O Silhueta respondeu imediatamente e começou a subir. Mas parou abruptamente, com um tremor. Houve um ruído alto vindo de trás.

— Hein? — disse Schofield.

Olhou pela parte de trás da cabine e viu que as duas barbatanas de cauda do Silhueta ainda estavam firmemente engastadas no gelo.

Achou o botão onde estava escrito "JATO TRASEIRO". Apertou-o.

Imediatamente, um jato incandescente de puro calor irrompeu da traseira do Silhueta e começou a *derreter* o gelo que mantinha o avião cativo.

O gelo se derreteu depressa e as barbatanas de cauda logo ficaram livres.

Schofield olhou o relógio.

22:53.

Toda a caverna se sacudiu para baixo outra vez.

Anda, agora, não vá por enquanto. Só preciso de mais dois minutos. Só mais dois minutos...

Continuou esquentando o motor. Olhou o relógio que passou para 22:54. Depois 22:55.

Certo, o tempo acabou. É hora de ir.

Apertou de novo o botão onde estava escrito "RETROS" e os oito retrojatos embaixo do grande avião preto, acionados ao mesmo tempo, dispararam compridos e brancos sopros de gás.

Desta vez o Silhueta se elevou do chão gelado e começou a pairar dentro da enorme caverna subterrânea. A caverna ao redor trovejava e estremecia. Pedaços de gelo caíam do teto e batiam nas costas do grande avião preto.

Caos. Caos absoluto.

22:56.

Schofield olhou pela cobertura de vidro fumê. Toda a caverna estava se inclinando loucamente. Era quase como se a banquisa estivesse saltando para a frente, *movendo-se* para o oceano...

Ele está caindo do continente, pensou Schofield.

— O que você está fazendo? — gritou Renshaw do depósito de mísseis.

— Esperando ele virar!

De repente, Schofield escutou Gant gemer de dor.

— *Renshaw!* Ajude-a! Dê um jeito nesse ferimento! *Kirsty!* Venha cá! Preciso de você!

Kirsty entrou na cabine e subiu no banco de trás, que ficava mais alto.

— O que quer que eu faça?

— Está vendo aquela alavanca ali, a que tem o gatilho?

Kirsty viu uma alavanca de controle à sua frente.

— Estou.

— Puxe aquele gatilho para mim, por favor.

Kirsty puxou o gatilho.

Assim que fez isso, dois ofuscantes pulsos de luz saltaram das asas do grande caça preto.

As duas balas traçantes bateram na parede de gelo diante do Silhueta e explodiram em duas nuvens brancas. Quando as nuvens se dissiparam, Schofield viu um grande buraco na parede de gelo.

— Belo tiro, colega — disse ele.

Schofield puxou sua alavanca para trás e o Silhueta subiu mais alto no meio da caverna que ia desmoronando.

— Certo, pessoal, segurem-se, esse negócio vai acontecer a qualquer segundo. Kirsty, quando eu mandar, quero que você aperte esse gatilho e fique apertando, certo?

— Certo.

Schofield espiou pela cúpula, vendo o teto que desmoronava, olhou o lago através do qual todos tinham entrado na caverna — a água no lago estava se sacudindo loucamente, batendo nas paredes de gelo.

E nesse momento a coisa aconteceu. Toda a caverna simplesmente *caiu* — direto — e depois se inclinou dramaticamente. Nesse instante Schofield soube que a plataforma que continha a Estação Polar Wilkes tinha se soltado por completo do continente.

Tinha se transformado num *iceberg.*

Espere, falou consigo mesmo. *Espere...*

E então, abruptamente, toda a caverna se inclinou de novo.

Só que desta vez a inclinação foi muito mais dramática. Desta vez toda a caverna girou 180 graus, *em volta* do Silhueta que pairava!

O iceberg *tinha virado de cabeça para baixo!*

De súbito, uma torrente de água jorrou de um enorme buraco no "teto" da caverna — o buraco que há apenas alguns instantes fora a boca do túnel subaquático que subia até a caverna.

O túnel de gelo não levava mais às profundezas do oceano. Agora levava *para cima*. Agora levava à superfície.

Schofield manobrou o Silhueta para evitar a cascata de água que jorrava do túnel de gelo. Depois de uns bons vinte segundos, o jorro diminuiu e ele puxou a alavanca. O Silhueta reagiu balançando para trás e apontando para o enorme buraco no teto.

— Certo, Kirsty, *agora!*

Kirsty apertou o gatilho.

Imediatamente, as asas do Silhueta cuspiram uma rajada devastadora. A onda implacável de balas desapareceu dentro do buraco no teto e acertou qualquer relevo que ousasse se projetar das paredes do túnel de gelo.

Nesse momento, Schofield ligou os jatos e o Silhueta disparou dentro do túnel, no instante em que, atrás dele, o teto da enorme caverna desmoronava espetacularmente.

As armas nas asas do Silhueta disparavam, arrebentando qualquer imperfeição no túnel de gelo enquanto o grande avião preto voava para cima, pelo que já fora o túnel subaquático.

Schofield guiou o esguio avião preto pelo túnel, passando através de sopros de nuvem branca, rolando a aeronave de lado quando o túnel se estreitava, rezando a Deus para que as balas traçantes estivessem limpando o caminho.

O Silhueta subia cada vez mais, arrebentando o túnel à frente. Explosões estrondeavam ao redor do grande avião preto. O som das armas montadas nas asas era ensurdecedor.

E, de repente, o túnel atrás do Silhueta começou a desmoronar num ritmo fenomenal.

Bum! Bum! Bum!

Enormes pedaços de gelo começaram a chover do teto do túnel atrás do avião que subia a toda velocidade. O Silhueta subia arrebentando as paredes à frente e ao mesmo tempo indo mais depressa do que o desmoronamento atrás.

Através da cúpula da cabine a coisa parecia uma espécie de corrida em *videogame*. O túnel passava por Schofield a uma velocidade fenomenal, e ocasionalmente o mundo virava de cabeça para baixo enquanto ele girava o grande avião para evitar pedaços de gelo que caíam.

Observava as rajadas de balas traçantes dizimando as paredes do túnel à frente, alargando-o, alisando-o, e de repente — *vuuum!* — as paredes do túnel desapareceram e, num único instante glorioso, Schofield viu o céu se abrir à frente.

O Silhueta irrompeu do *iceberg* e voou para o céu límpido.

O avião saltou no ar, quase na vertical, e Schofield olhou por cima do ombro, vendo que a banquisa que abrigara a Estação Polar Wilkes realmente não era mais uma plataforma de gelo. Agora era um *iceberg*.

Um *iceberg* absolutamente *enorme*.

Tinha virado de cabeça para baixo, e Schofield viu a barriga erodida do que já fora a banquisa — as finas estalactites; os picos brilhando molhados — subindo como espiras acima do novo *iceberg*. Também viu o buraco irregular pelo qual o Silhueta havia escapado.

E então um movimento súbito atraiu seu olhar: um fino objeto branco vindo a toda velocidade sobre o oceano, em direção ao *iceberg* recém-formado.

O míssil.

Enquanto o Silhueta rugia no céu, Schofield olhou num silêncio espantado o míssil com ogiva nuclear se chocando contra o *iceberg* e se *enterrando* nele. Houve um atraso de cerca de três segundos...

E a ogiva explodiu.

Armagedon.

O clarão incandescente da explosão nuclear — diretamente abaixo do Silhueta que disparava para o céu — foi absolutamente ofuscante.

Sólidos penhascos de gelo viraram pó instantaneamente, enquanto cada lado do *iceberg* que continha a Estação Polar Wilkes e a caverna subterrânea explodiam com a onda de choque.

A onda de choque disparou abaixo d'água, vaporizando tudo em seu caminho, criando ondas enormes que se expandiam do litoral, *sacudindo* os enormes *icebergs* diante dos penhascos como se fossem brinquedos de banheira. Para dizer a verdade, não foi uma grande explosão nuclear — três quilotons com um raio de explosão de meio quilômetro. Mas, afinal de contas, não existe isso de pequena explosão nuclear.

Mas ainda não estava acabado.

De repente, um monstruoso cogumelo preto começou a se formar, saltando para cima numa velocidade incrível, *perseguindo* o Silhueta que disparava para o alto.

Schofield seguiu na vertical, tentando ser mais rápido do que a enorme nuvem em forma de cogumelo. A nuvem subia velozmente. O Silhueta gritava no céu, os motores rugindo, e, no instante em que começou a engolfá-lo, a nuvem-cogumelo chegou ao ponto máximo e o Silhueta se afastou para a segurança.

Schofield fez uma curva fechada com o avião e foi para o mar.

O Silhueta disparava sobre o oceano, indo para o norte. Estava escuro, era o crepúsculo eterno. A gigantesca nuvem-cogumelo tinha acabado de sumir atrás do horizonte a sul do grande avião preto.

Schofield encontrou o piloto automático, ligou-o e voltou para o depósito de mísseis, para ver Gant.

— Como ela está? — perguntou a Renshaw. Gant estava deitada no piso do depósito, tremendamente pálida. A pele estava úmida, os olhos fechados.

— Ela perdeu muito sangue — disse Renshaw. — Temos de levá-la a um hospital depressa.

Nesse momento, os olhos de Gant se abriram.

— Nós vencemos? — perguntou.

Schofield e Renshaw olharam para ela. Schofield sorriu.

— Sim, Libby, vencemos. Como está se sentindo?

— Péssima. — Ela recostou a cabeça e fechou os olhos de novo.

Schofield suspirou. Para onde poderia levá-la? Um navio seria a melhor opção, mas qual...

O *Wasp*. Romeu tinha dito que o USS *Wasp* estava em algum lugar por ali. Era o navio de Jack Walsh. Um navio dos *fuzileiros*. Seria seguro.

Já ia voltar correndo à cabine quando de repente viu o diário se projetando do bolso de Gant.

Pegou-o e foi para a cabine.

Assim que estava sentado no banco do piloto, ligou o rádio do Silhueta.

— USS *Wasp*. USS *Wasp*. Aqui é o Espantalho. Repito, aqui é o Espantalho. Está ouvindo?

Não houve resposta.

Schofield tentou de novo. Não houve resposta. Olhou para o diário em suas mãos. Tinha algumas folhas soltas dentro. Gant devia ter encontrado alguns documentos e posto no diário.

Schofield pegou uma das folhas soltas. Ela dizia:

PARÂMETROS DE PROJETO PARA O SILHUETA B-7A

A diretoria deseja uma aeronave de ataque com total invisibilidade eletrônica e convencional, capacidade de DPVC através de um sistema de empuxo retrógrado e capacidade de lançamento múltiplo de mísseis AAV de médio a longo alcance (200mn) ar-ar/ar-terra como foi expressado na proposta feita pela General Aeronautics Inc e Entertech Ltd em resposta à licitação Nº 456-771-7A datada de 2 de janeiro de 1977.

Schofield traduziu o jargão: "DPVC" era Decolagem e Pouso Vertical Curto; "AAV" era Além do Alcance Visual, o que significava mísseis que podiam ser disparados contra alvos — e supostamente acertar esses alvos — numa distância extrema. "Invisibilidade eletrônica" significava invisibilidade ao radar, ou *stealth*. Mas que diabo era invisibilidade *convencional*?

Passou para a próxima folha. Parecia uma página da proposta da Entertech Ltd. Dizia:

A REVOLUÇÃO DA ENTERTECH

O Silhueta B-7A se beneficia da experiência da Entertech Ltd no campo das contramedidas eletrônicas. A invisibilidade ao radar — ou "*stealth*" — é alcançada de vários modos: com tinta que absorve o radar, mínimos cortes que refletem radar ou uma fuselagem em ângulos, como foi feito com o caça invisível F-117A. Mas a invisibilidade convencional é mais difícil, e até agora continuava inalcançável. Até agora.

A Entertech Ltd desenvolveu um sistema onde um campo eletromagnético é criado ao redor de uma determinada aeronave, criando a invisibilidade convencional. O campo eletromagnético distorce a estrutura molecular do ar ao redor da aeronave, criando uma refração artificial da luz que torna essa aeronave totalmente invisível ao radar e mesmo...

O queixo de Schofield caiu. Seus olhos examinaram as linhas adiante e ele achou a palavra que estava procurando:

Nós o chamamos de dispositivo de camuflagem...

Meu Deus, pensou Schofield.

Um dispositivo de camuflagem.

Um sistema que tornava uma aeronave não apenas invisível ao radar, mas também ao olho nu. Cada aviador sabia que, mesmo sendo invisível ao radar inimigo, nunca era possível evitar que alguém o visse diretamente. Um bombardeiro *stealth* de um bilhão de dólares pode ser *visto* por um observador na janela de um avião a sessenta quilômetros de distância.

A mente de Schofield zumbia. Isso era revolucionário. Um dispositivo de camuflagem que distorcia o ar, criando uma refração artificial da luz em volta do avião, tornando-o invisível a olho nu. A loucura é que talvez pudesse funcionar.

Schofield sabia sobre refração. Ela é mais comumente observada quando a gente olha para um aquário. A luz do lado de fora bate na água — que tem *densidade* maior do que a do ar acima. A densidade maior da água faz com que a luz se *refrate* em ângulo, distorcendo o tamanho e a posição do peixe dentro do aquário.

Mas isso era refração do ar, pensou Schofield. *Isso é alterar artificialmente a densidade do ar com o uso de eletricidade.*

Tinha de haver um truque. E havia.

O plutônio.

Esse novo sistema revolucionário — o sistema que podia alterar a densidade de refração do ar — era *nuclear.*

Schofield procurou o parágrafo relevante, e achou. Como seria de esperar de alguém que tentasse vencer uma concorrência do governo, as palavras eram usadas com cuidado:

> Deve-se avaliar que o sistema de camuflagem do Silhueta exige uma quantidade enorme de energia autogerada. Segundo testes feitos pela Entertech Ltd e a General Aeronautics Inc, para romper a estrutura molecular e eletromagnética do ar ambiente em volta de uma aeronave é necessário um total de 2,71 gigawatts de energia eletromagnética. A única fonte conhecida para tal quantidade de energia é uma reação nuclear controlada.

Schofield pousou a documentação e tentou o rádio de novo.

— USS *Wasp*. USS *Wasp*. Aqui é o Espantalho. Repito, USS *Wasp*, aqui é o Espantalho. Por favor, res...

— *Aeronave não-identificada usando o nome Espantalho, aqui é o caça da Força Aérea dos Estados Unidos, Líder Azul. Identifique-se* — disse de súbito uma voz pelo rádio da cabine.

Schofield olhou a tela de radar. Agora estava a quase duzentas milhas náuticas do litoral da Antártida, em segurança sobre o mar. Em sua tela de radar não viu nada.

Droga, pensou. *Quem quer que seja, está atuando com* stealth.

— Líder Azul — disse Schofield — aqui é o tenente Shane Schofield, do Corpo de Fuzileiros dos Estados Unidos. Estou voando com um caça-bombardeiro protótipo da Força Aérea, sem identificação. Não pretendo fazer mal.

Schofield olhou para a esquerda, através da cúpula.

Viu seis pontos minúsculos no horizonte.

— *Aeronave não-identificada. Você deve seguir sob escolta até o porta-aviões* Enterprise, *da marinha dos Estados Unidos, onde será interrogado.*

— Líder Azul, não desejo ser levado sob escolta...

— *Então dispararemos contra você, aeronave não-identificada.*

Schofield mordeu a língua.

— Líder Azul, identifique-se.

— *O quê?*

— Qual é o seu nome, Líder Azul?

— *Sou o comandante John F. Yates, da Força Aérea dos Estados Unidos, e quero que se renda imediatamente para a formação de escolta!*

Yates, pensou Schofield, pegando outro papel no bolso. Ali estava.

YATES, JOHN F.	USAF	CMDTE

— O que é isso? Uma convenção do GCI? — disse Schofield consigo mesmo.

Nesse momento, seis F-22 assumiram posição em volta do avião de Schofield. Dois na frente. Dois dos lados. Dois atrás. Todos mantinham distância, aproximadamente duzentos metros. Sua presença jamais foi registrada no radar de Schofield, mesmo que ele pudesse vê-los.

De repente, um zumbido agudo veio pelos alto-falantes da cabine.

Os F-22 estavam com mira de mísseis fixada nele.

— Quais são suas intenções, comandante Yates? — perguntou Schofield.

— *Nossa intenção é levá-lo de volta ao porta-aviões* Enterprise, *dos Estados Unidos, e interrogá-lo.*

— Pretendem disparar contra mim?

— *Não vamos tornar isto mais difícil do que já é.*

— Vocês pretendem disparar contra mim?

— *Adeus, Espantalho.*

Ah, porra!

Eles iam disparar. Schofield olhou freneticamente a cabine ao redor, procurando algo para...

Seus olhos pousaram num botão no console.

"MODO CAMUFLAGEM".

Que diabo, você não tem nada a perder...

Apertou o botão de camuflagem no instante em que, duzentos metros atrás, o líder dos F-22 lançava um de seus mísseis.

O que aconteceu em seguida foi simplesmente incrível.

O comandante John Yates — o Líder Azul — olhava pela cobertura de seu F-22. No opaco crepúsculo laranja sobre o oceano viu a aeronave preta pairando no ar à frente, viu o brilho vermelho dos jatos de cauda.

Depois viu a trilha de vapor de seu míssil afastando-se da asa e indo para os jatos do caça preto.

Enquanto o míssil corria para os jatos do caça preto, uma névoa tremeluzente baixou de súbito sobre a aeronave. A visão foi absolutamente espantosa. Parecia uma névoa de calor, ondulando — do tipo que fica sobre uma estrada num dia quente de verão — e simplesmente baixou sobre o caça preto como se alguém estivesse puxando uma cortina sobre ele.

De repente, o avião preto sumiu.

O míssil de Yates pirou.

Com o alvo inicial perdido, o míssil começou imediatamente a procurar outro.

Achou um dos F-22 voado na frente do Silhueta de Schofield. O míssil penetrou na cauda do F-22 e o caça explodiu num laranja luminoso no céu crepuscular.

Yates estava perplexo. Vozes gritavam em seus fones de ouvido.

— *...simplesmente desapareceu...*

— *...a porra sumiu!...*

Yates verificou suas telas. O caça preto não aparecia no radar. Procurou com os olhos o avião desconhecido. Não conseguia vê-lo, não conseguia vê-lo em lugar nenhum...

E então viu.

Ou pelo menos *pensou* ter visto.

Sobre o horizonte laranja Yates viu um trecho de ar tremeluzindo. Parecia uma lente de vidro torta, uma lente que tivesse sobreposta ao horizonte chapado, fazendo com que um pequeno trecho desse horizonte ondulasse continuamente.

Yates não conseguia acreditar em seus olhos.

Dentro do Silhueta, Schofield já estava apertando interruptores.

O míssil havia errado, e ele podia ouvir os comentários dos pilotos dos F-22 pelo rádio. Os F-22 não podiam vê-lo. Estava na hora de contra-atacar.

— Renshaw! Traga Gant para cá! Wendy também!

Renshaw trouxe Gant para a frente, para a parte de trás da cabine. Wendy bamboleou até a cabine, atrás dele.

— Feche a porta da cabine — disse Schofield.

Renshaw fechou a porta. Agora estavam separados do depósito de mísseis na barriga do Silhueta.

Schofield apertou um último interruptor e viu uma luz vermelha de alerta na tela de seu computador.

"MÍSSEIS ARMADOS. FIXANDO ALVO..."

A tela começou a piscar.

"ALVOS FIXOS. PRONTO PARA DISPARAR."

Schofield apertou o botão junto ao polegar.

Nesse momento, o depósito de mísseis do Silhueta se abriu e os dois suportes começaram a girar.

Um depois do outro, cinco mísseis tombaram pelas portas do depósito e foram para o céu. Schofield ficou olhando-os se afastar dele e começar a procurar os alvos como cães de caça.

O primeiro F-22 explodiu numa bola de fogo gigante. Quando irrompeu em chamas, os outros pilotos gritaram ao mesmo tempo.

— *...míssil apareceu na porra do céu!*

— *...não estou vendo em lugar nenhum...*

— *...o sacana está usando algum tipo de camuflagem...*

Dois pilotos dos F-22 desligaram os motores, mas não adiantou.

Mais mísseis dispararam do trecho de ar ondulante que era o Silhueta. Três acertaram alvos imediatamente, explodindo-os em pedacinhos.

O piloto do sexto e último F-22 tentou fugir. Conseguiu se afastar um quilômetro e meio antes que o míssil que o estava perseguindo — o último a cair dos suportes rotativos dentro do Silhueta — batesse em sua cauda e o mandasse para o inferno.

Dentro do Silhueta, Schofield soltou um suspiro de alívio.

Enquanto se virava para o norte, ligou o rádio de novo.

— USS *Wasp*. Câmbio. USS *Wasp*. Por favor. Câmbio.

Depois de várias tentativas finalmente veio uma resposta.

— *Aeronave não-identificada, aqui é o* Wasp. *Identifique-se.*

Schofield deu seu nome e número de serviço.

A pessoa do outro lado verificou e disse em seguida:

— *Tenente Schofield, é bom ter notícias suas. O convés de vôo foi liberado. O senhor tem autorização para pousar. Estou enviando as coordenadas agora.*

O Silhueta voou pela noite.

O USS *Wasp*, o navio que funcionava como um porta-aviões para o corpo de fuzileiros, estava a cerca de oitenta milhas náuticas de Schofield. Ele demoraria cerca de quinze minutos para ir até lá.

À luz verde fosforescente dos mostradores, Schofield olhava o horizonte laranja. Tinha desligado o dispositivo de camuflagem e estava deixando o avião no piloto automático por um tempo.

As 24 horas anteriores saltaram por sua mente.

Os franceses. Os ingleses. O GCI. Seus próprios homens que tinham morrido numa missão que jamais estava destinada ao sucesso. Rostos passaram por sua mente. Hollywood. Samurai. Book. Mãe. Soldados que tinham morrido para que seu país pudesse colocar as mãos cobiçosas numa tecnologia extraterrestre que nunca existiu.

Uma profunda tristeza o dominou.

Inclinou-se à frente e começou a mexer em alguns botões. A tela à sua frente se iluminou:

MÍSSIL ARMADO. CAPTANDO ALVO...

Schofield apertou rapidamente outro interruptor.

"CAPTAÇÃO DE ALVO MANUAL SELECIONADA."

Schofield manobrou o seletor de alvo na tela até achar o que estava procurando. Apertou o botão "SELECIONAR" em sua alavanca.

Várias outras telas de opção apareceram e Schofield escolheu calmamente as que queria.

Então, apertou o disparador do polegar.

Nesse momento, o sexto e último míssil dentro do depósito girou no suporte e caiu no céu. Seus jatos foram ligados e o míssil disparou para longe, subindo no céu profundo e escuro.

O USS *Wasp* estava parado no meio do oceano Glacial Antártico. Era um navio grande. Com 844 pés, tinha o tamanho de dois campos de futebol e meio. A enorme superestrutura de cinco andares no meio — o centro de operação conhecido como "ilha" — dava para o convés de vôo. Num dia normal, o convés de vôo estaria cheio de helicópteros, Harriers, aeronaves armadas e pessoas, mas não hoje.

Hoje, o convés de vôo estava deserto. Não havia qualquer movimento nele, nem aeronaves, nem pessoas.

Parecia uma cidade fantasma.

O Silhueta diminuiu a velocidade perfeitamente no ar acima do convés antideslizante do *Wasp*, com os retrofoguetes disparando finos jatos de gás para o convés abaixo. O sinistro caça preto pousou suavemente no convés de vôo, perto da popa do navio.

Schofield espiou pela cobertura da cabine.

O convés de vôo à sua frente estava fantasmagoricamente vazio. Schofield suspirou. Tinha esperado isso.

— Certo, pessoal, vamos sair daqui — falou.

Renshaw e Kirsty saíram da cabine. Wendy foi com eles. Schofield disse que cuidaria de Gant.

Mas, antes de sair da cabine, puxou uma comprida lata prateada de dentro da sacola que havia pendurado no ombro.

Marcou o temporizador da carga de tritonal para dez minutos, depois deixou no banco do piloto. Em seguida, pegou Gant e a levou para fora da cabine, para o depósito de mísseis. Depois, carregou-a escada abaixo, saindo do Silhueta.

*

O convés de vôo estava deserto.

No crepúsculo laranja, Schofield e o grupo de sobreviventes estava diante do sinistro avião preto. O grande Silhueta, com o nariz apontado para baixo e as asas rebaixadas, parecia uma gigantesca ave de rapina, parado ali no deserto convés de vôo do *Wasp* no frio crepúsculo da Antártida.

Schofield levou os outros pelo convés deserto, em direção à superestrutura de cinco andares no meio do navio. Era uma visão estranha — Schofield com Gant nos braços, Renshaw e Kirsty, e por fim, bamboleando pelo convés atrás deles, olhando espantada para a enorme embarcação de metal ao redor, Wendy.

Enquanto se aproximavam da ilha, uma porta se abriu na base da enorme estrutura e uma luz branca surgiu dentro.

De repente, a sombra de um homem apareceu à porta, silhuetada diante da luz. Schofield chegou mais perto e reconheceu o dono da sombra, reconheceu as feições marcadas de um homem que ele conhecia muito bem.

Era Jack Walsh.

O capitão do *Wasp*. O homem que, há três anos, tinha desafiado a Casa Branca e mandado uma equipe de seus fuzileiros à Bósnia para resgatar Shane Schofield.

Walsh sorriu para Schofield, com os olhos azuis brilhando.

— Você andou deslocando um bocado de narizes hoje, Espantalho — disse Walsh em tom afável. — Há um monte de gente falando de você.

Schofield franziu a testa. Tinha esperado uma recepção mais calorosa por parte de Walsh.

— Por que limpou o convés, senhor? — perguntou.

— Eu não... — começou Walsh, interrompendo-se quando outro homem passou por ele subitamente, de modo grosseiro, saiu no convés de vôo e simplesmente parou na frente de Schofield.

Schofield nunca o vira. O sujeito tinha cabelo branco muito bem penteado, bigode branco e um tronco largo como um barril. E usava uniforme azul. Marinha. A quantidade de medalhas no bolso do peito era espantosa. Schofield achou que deveriam ser pelo menos sessenta.

— Então este é o Espantalho — disse o homem, olhando-o de cima a baixo. Schofield apenas ficou ali parado, no convés de vôo, segurando Gant nos braços.

— Espantalho — disse Jack Walsh tenso —, este é o contra-almirante Thomas Clayton, representante da marinha no Estado-Maior. Ele assumiu o comando do *Wasp* há cerca de quatro horas.

Schofield suspirou por dentro.

Um *almirante* do Estado-Maior. *Meu Deus.*

Se o que tinha ouvido sobre o GCI era correto, o Estado-Maior era sua cabeça, seu cérebro. Schofield estava olhando para um dos *cabeças* do GCI.

— *Muito bem!* — gritou o almirante Clayton para alguém que estava parado à porta atrás de Walsh. — *Venham aqui!*

Nesse momento, um jorro de homens — todos vestidos de macacão azul — saiu pela porta diante de Schofield e foi pelo convés na direção do Silhueta.

O almirante Clayton se virou para Schofield.

— Parece que esta missão não vai ser uma completa perda de tempo, afinal de contas. Ouvimos os comentários sobre sua luta com os F-22. Um dispositivo de camuflagem, hein? Quem imaginaria?

Schofield olhou para o deque, viu os homens de macacão azul indo em bando para o Silhueta. Dois deles subiram a escada e entraram no grande avião preto.

— Capitão Walsh — disse Schofield, indicando Gant. — Esta fuzileira precisa de cuidados médicos.

Walsh assentiu.

— Vamos levá-la à enfermaria. Taifeiro!

Um taifeiro apareceu, pegou Gant com Schofield e a levou para dentro.

Schofield se virou para Kirsty e Renshaw.

— Vão com ela. Levem Wendy também. — Kirsty e Renshaw obedeceram e entraram na ilha. Wendy bamboleou pela porta atrás deles. Schofield fez menção de segui-los, mas ao fazer isso veio um grito do Silhueta.

— *Almirante!* — gritou um dos homens de macacão azul, embaixo do nariz pontudo do Silhueta.

— O que é? — perguntou o almirante Clayton, indo até o avião.

O homem levantou a carga de tritonal 80/20 que Schofield tinha deixado dentro da cabine. Clayton a viu. Não pareceu nem um pouco perturbado com a presença dela.

O almirante Clayton se virou para Schofield, a cinqüenta metros de distância.

— Tentando destruir a prova, tenente?

O almirante pegou a carga com o homem, virou a tampa pressurizada e calmamente apertou o botão de "DESARMAR".

Clayton sorriu para Schofield.

— Realmente, Espantalho — gritou ele. — Você terá de fazer melhor do que isso para me vencer.

Schofield apenas encarou Clayton, parado perto do Silhueta.

— Sinto muito pelo convés, senhor — disse Schofield em voz baixa.

Atrás dele, Jack Walsh falou:

— O quê?

— Eu disse: sinto muito pelo convés, senhor.

Nesse momento, houve um som agudo e súbito, parecendo um gemido. E antes que alguém soubesse o que estava acontecendo, o gemido virou um grito e, como um raio mandado pelo próprio Deus, o sexto e último míssil do Silhueta desceu do céu e se chocou contra o avião, a quase trezentos quilômetros por hora.

O grande caça preto se despedaçou num instante, explodiu em mil pedaços. Cada homem dentro ou perto dele foi morto imediatamente. Três tanques de combustível do grande avião preto explodiram em seguida, provocando uma bola de fogo vermelha, feita de fogo líquido, que saltou da aeronave destruída. A bola de fogo correu pelo convés e engolfou o almirante Clayton. Era tão quente que arrancou a pele de seu rosto.

O almirante Thomas Clayton estava morto antes de tombar no chão.

Shane Schofield estava parado no passadiço do *Wasp* que navegava pelo oceano Glacial Antártico, ao sol da manhã. Tomou um gole de café numa caneca onde havia as palavras "CANECA DO CAPITÃO". O café estava quente.

Jack Walsh entrou no passadiço e lhe ofereceu um novo par de óculos prateados, anticlarão. Schofield pegou-os e colocou no rosto.

Fazia três horas desde que o Silhueta fora destruído por um de seus próprios mísseis.

Gant fora levada à enfermaria, onde seu estado piorou. A perda de sangue fora séria. Tinha entrado em coma há meia hora.

Renshaw e Kirsty estavam no camarote de Walsh, dormindo a sono solto. Wendy brincava numa piscina de preparação para mergulhos abaixo do convés.

O próprio Schofield tinha tomado um banho quente e vestido um conjunto de moletom. Um médico havia cuidado de seus ferimentos e da costela quebrada. Disse que Schofield precisaria de mais tratamento quando voltasse para casa, mas com alguns analgésicos estaria bem por enquanto. Quando o médico terminou, Schofield havia retornado para perto da cama de Gant. Só subiu para o passadiço quando Walsh mandou chamá-lo.

Quando chegou lá, Walsh lhe disse que o *Wasp* acabara de receber um comunicado da estação McMurdo. Aparentemente, um *hovercraft* dos fuzileiros, em péssimo estado, tinha acabado de chegar à McMurdo. Nele havia cinco pessoas — um fuzileiro e quatro cientistas — afirmando que tinham vindo da Estalção Polar Wilkes.

Schofield balançou a cabeça e sorriu. Ricochete havia conseguido chegar à McMurdo.

Foi então que Walsh exigiu uma narrativa dos acontecimentos das últimas 24 horas. Schofield contou tudo — sobre os franceses e os ingleses, o GCI e o Silhueta. Até contou sobre a ajuda que recebera de um fuzileiro morto chamado Andrew Trent.

Quando terminou de contar a história, Walsh simplesmente ficou parado um momento, num silêncio pasmo. Schofield tomou outro gole de sua caneca e olhou para a popa, através das janelas panorâmicas inclinadas do passadiço. Viu o enorme buraco na popa do convés de vôo, onde o míssil tinha acertado o Silhueta. Pedaços de metal retorcido se projetavam do buraco, com fios e cabos pendendo frouxos.

Claro, Walsh havia aceitado o pedido de desculpas de Schofield pelos danos ao convés. Ele não gostava mesmo do almirante Clayton. O escroto havia assumido o comando do seu navio, e nenhum capitão aprecia isso. E quando ficou sabendo das experiências de Schofield com o GCI na Estação Wilkes, Walsh não teve pena de Clayton e de seus homens.

Enquanto estava parado olhando para o buraco no convés de vôo, Schofield começou a pensar de novo na missão, em particular nos fuzileiros que tinha perdido, nos *amigos* que perdera nessa cruzada idiota.

— Ah, capitão — disse um jovem guarda-marinha. Walsh e Schofield se viraram ao mesmo tempo. O guarda-marinha estava sentado a uma mesa iluminada dentro da sala de comunicações, anexa ao passadiço. — Estou captando uma coisa muito estranha...

— O que é? — perguntou Walsh. Ele e Schofield se aproximaram.

— Parece ser algum tipo de sinal de comunicador de GPS, vindo de perto do litoral da Antártida. Está emitindo um sinal de código válido dos fuzileiros.

Schofield olhou para a mesa iluminada diante do guarda-marinha. Nela havia um mapa gerado por computador. No litoral da Antártida — perto da costa — havia um pequeno ponto vermelho piscando, com um número vermelho piscando ao lado: 05.

Schofield franziu a testa. Lembrou-se de ter ligado seu comunicador do Sistema de Posicionamento Global Navistar quando ele e Renshaw estavam no *iceberg*. O código de seu comunicador era "01", já que era o comandante da unidade. Cobra era 02, Book 03. Os números cresciam na ordem inversa dos postos.

Schofield tentou se lembrar de quem era o “05”.

— Puta merda! — falou, percebendo. — É Mãe!

O *Wasp* navegava para o sol nascente.

Assim que Schofield percebeu quem o sinal de GPS representava, Jack Walsh havia se comunicado com a McMurdo. Os fuzileiros de lá — fuzileiros de confiança — mandaram um barco de patrulha ao longo da costa para pegar Mãe.

Um dia inteiro depois, enquanto o *Wasp* entrava no oceano Pacífico, Schofield recebeu uma comunicação do barco-patrulha. Tinham encontrado Mãe, num *iceberg* perto do litoral destruído. Aparentemente a tripulação do barco-patrulha — todos vestidos com roupas estanques, contra radiação — a encontrara numa espécie de estação antiga, uma estação *enterrada num* iceberg.

O comandante do barco-patrulha disse que Mãe estava sofrendo de séria hipotermia e doença de radiação por causa do míssil nuclear, e que iam sedá-la.

Foi então que Schofield escutou uma voz do outro lado da linha. Uma voz de mulher gritando loucamente:

— É ele? É o Espantalho?

Mãe entrou na linha.

Depois de algumas amenidades obscenas, ela contou a Schofield como tinha se escondido dentro do poço do monta-carga, e como havia ficado inconsciente. Depois disse que tinha acordado com o som dos tiros dos SEALs da marinha entrando na Estação Polar Wilkes. Minutos depois, ouvira todas as palavras da conversa de Schofield com Romeu, e ficou sabendo do míssil com ogiva nuclear indo para a Wilkes.

Por isso se arrastou para fora do poço do monta-carga — enquanto os SEALs ainda estavam na estação — e foi para o deque da piscina, pegando no caminho dois sacos de soro no depósito. Quando chegou ao deque da piscina viu o equipamento de mergulho de Renshaw, de trinta anos atrás, caído no piso, *com um cabo amarrado.*

Um cabo de aço que a levou — com a ajuda do último trenó subaquático dos ingleses — até a Little America IV, a um quilômetro e meio do litoral.

Schofield ficou pasmo. Deu os parabéns a Mãe e se despediu, disse que iria vê-la de volta em Pearl Harbor. E enquanto do outro lado levavam Mãe para ser sedada, Schofield a ouviu gritar:

— *E eu me lembro de que você me beijou! Seu gostosão!*

Schofield apenas riu.

Cinco dias depois, o USS *Wasp* entrou em Pearl Harbor, no Havaí.

Um amontoado de câmeras de TV estava esperando no cais. Dois dias antes um avião *charter* voando sobre o sul do Pacífico tinha visto o *Wasp* e os danos no convés de vôo. Um dos pilotos tinha gravado os danos com uma câmera de vídeo. Os noticiários haviam transmitido as imagens e agora estavam ansiosos para descobrir o que acontecera com o grande navio.

No topo da passarela de embarque, Schofield ficou olhando enquanto dois marinheiros levavam Gant para fora do navio, de maca. Ainda estava em coma. Estava sendo levada para o hospital militar ali perto.

Renshaw e Kirsty se encontraram com Schofield no topo da passarela.

— Olá — disse Schofield.

— Oi — respondeu Kirsty. Ela estava segurando a mão de Renshaw.

Renshaw fez uma má imitação de Marlon Brando:

— Quem iria imaginar? Eu sou o Poderoso Chefão.

Schofield riu.

Kirsty girou.

— Diga, onde está...

Nesse momento, Wendy saiu por uma porta ali perto. Bamboleou direto até Schofield e começou a focinhar sua mão. Da ponta do focinho à cauda, a foca estava pingando.

— Ela... é... gostou um pouco da piscina de preparativos de mergulho do navio — disse Renshaw.

— É o que estou vendo — concordou Schofield, enquanto dava um tapinha atrás das orelhas de Wendy. A foca se envaideceu, depois se deitou no convés e rolou de costas. Schofield balançou a cabeça enquanto se abaixava e lhe dava um tapinha rápido na barriga.

— O capitão falou que ela podia ficar aqui enquanto a gente procura um lugar para ela viver — disse Kirsty.

— Bom — respondeu Schofield. — Acho que é o mínimo que podemos fazer. — Em seguida, deu um último tapinha em Wendy e a pequena foca saltou de pé e se afastou rapidamente, voltando para baixo, para a sua piscina predileta.

Schofield se levantou de novo e se virou para Renshaw.

— Sr. Renshaw, tenho uma pergunta.

— O que é?

— A que horas o pessoal da sua estação mergulhou para a caverna?

— A que *horas*?

— É, a hora. Foi de dia ou de noite?

— Ah. De noite, acho. Acho que foi por volta das nove horas.

Schofield começou a assentir sozinho.

— Por quê? — perguntou Renshaw.

— Acho que sei por que os elefantes-marinhos nos atacaram.

— Por quê?

— Lembra-se de que eu disse que o único grupo de mergulhadores que se aproximou da caverna sem ser incomodado foi o de Gant?

— Lembro.

— E eu disse que foi porque o grupo tinha usado equipamento de respiração de baixa audibilidade.

— É. Nós também usamos. E pelo que me lembro os elefantes-marinhos nos atacaram do mesmo jeito.

Schofield deu um sorriso torto.

— É, eu sei. Mas acho que sei por quê. Nós mergulhamos à noite.

— À noite?

— É. E o seu pessoal também, e os homens de Barnaby. O seu pessoal mergulhou às nove da noite. O de Barnaby por volta das oito. Mas a equipe de Gant desceu às duas da tarde. Foi a única equipe a ir para a caverna *durante o dia*.

Renshaw percebeu o que Schofield estava dizendo.

— Você acha que aqueles elefantes-marinhos têm ciclo diurno?

— Acho que é uma boa possibilidade.

Renshaw assentiu devagar. Era bastante comum que os animais extremamente agressivos ou venenosos atuassem no que é conhecido como um ciclo diurno. Um ciclo diurno é essencialmente um ciclo passivo-agressivo de doze horas — o animal é passivo durante o dia e agressivo à noite.

— Fico feliz por você ter deduzido isso — disse Renshaw. — Vou ter em mente na próxima vez em que tropeçar num covil de elefantes-marinhos afetados por radiação que queiram defender seu território.

Schofield sorriu. Os três desceram a passarela. Embaixo foram recebidos por um sargento dos fuzileiros, de meia-idade.

— Tenente Schofield. — O sargento prestou continência. — Há um carro esperando-o, senhor.

— Sargento, não vou a lugar nenhum a não ser ao hospital, para ver como está a cabo Gant. Se alguém quiser que eu vá a outro lugar, pode desistir.

— Por mim, tudo bem. — O sargento sorriu. — Minhas ordens são para levar o senhor, o sr. Renshaw e a srta. Hensleigh aonde quiserem.

Schofield assentiu, olhou para Renshaw e Kirsty. Eles deram de ombros.

— Parece bom para mim — disse Schofield. — Vá na frente.

O sargento guiou-os até um Buick azul-marinho com janelas escuras, de vidro fumê. Abriu a porta do carro e Schofield entrou.

Havia um homem no banco de trás quando Schofield se sentou.

Schofield se imobilizou ao ver a arma na mão do sujeito.

— Sente-se, Espantalho — disse o major Charles "Chuck" Kozlowski enquanto Schofield ocupava o banco de trás do Buick. Renshaw e Kirsty entraram em seguida. Kirsty ofegou ao ver a arma de Kozlowski.

Kozlowski era um homem baixo, com rosto barbeado e sobrancelhas grossas e pretas. Estava usando um uniforme cáqui, de fuzileiro.

O sargento se sentou no banco do motorista e ligou o carro.

— Sinto muitíssimo, Espantalho — disse o oficial não-comissionado de maior posto no corpo de fuzileiros. — Mas você e seus amigos aqui representam uma ponta solta que não pode ter permissão de aparecer.

— E que ponta solta é essa? — perguntou Schofield, exasperado.

— Vocês sabem sobre o GCI.

— Eu contei a Jack Walsh sobre o GCI. Vocês vão matá-lo também?

— Talvez não imediatamente. Mas com o tempo, sim. Você, por outro lado, representa uma ameaça mais imediata. Não queremos que vá procurar a imprensa, não é? Sem dúvida eles vão descobrir o que aconteceu na Estação Polar Wilkes, mas a mídia vai engolir o que o GCI contar, e não o que você contar.

— Como você pode matar seus próprios homens? — perguntou Schofield.

— Você ainda não entendeu, não é, Espantalho?

— Não *entendo* como você pode matar seus próprios homens e achar que está fazendo um favor ao país.

— Meu Deus, Espantalho, *você nem deveria estar lá, para início de conversa.*

Isso fez Schofield parar.

— O quê?

— Pense bem. Como você chegou à Estação Polar Wilkes antes de todo mundo?

Schofield pensou em tudo, desde o início. Ele estivera no *Shreveport*, em Sydney. O resto da frota tinha voltado a Pearl Harbor, mas o *Shreveport* havia ficado lá para reparos. Foi então que o pedido de socorro chegou.

— Isso mesmo — disse Kozlowski, lendo os pensamentos de Schofield. — Vocês estavam em Sydney para fazer reparos quando o *Shreveport* recebeu o pedido de socorro da Wilkes. E depois algum *civil* idiota mandou você para lá imediatamente.

Schofield se lembrou da voz do subsecretário de Defesa chegando pelos alto-falantes da sala de informes a bordo do *Shreveport*, instruindo-o a ir à Wilkes e proteger a espaçonave.

— Espantalho, o Grupo de Convergência de Inteligência não se propõe a matar unidades americanas. Ele existe para *proteger* os americanos...

— De quê? Da verdade? — retrucou Schofield.

— Poderíamos ter tido uma unidade de Rangers do exército *cheia* de homens do GCI naquela estação seis horas depois de você chegar. Eles poderiam ter tomado a estação, *mesmo se* os franceses já estivessem lá, sustentado-a, e nenhum soldado americano seria morto.

Kozlowski balançou a cabeça.

— Mas, não, por acaso você estava na área. Por isso colocamos homens do GCI em unidades como a sua, exatamente para esta eventualidade. Num mundo perfeito o GCI chegaria primeiro todas as vezes. Mas se o GCI não chega antes, nós nos certificamos de que as unidades de reconhecimento como a sua sejam constituídas de modo adequado para garantir que qualquer informação encontrada no local *fique* no local. Em nome da segurança nacional, claro.

— Vocês matam os seus compatriotas — disse Schofield.

— Espantalho, isso não precisava acontecer. Vocês só estavam no lugar errado na hora errada. No mínimo chegaram à Estação Wilkes rápido demais. Se tudo isso tivesse sido feito do modo certo, eu não teria de matá-lo agora.

O Buick chegou ao posto da guarda, na cerca externa do cais. Uma cancela estava fechada diante dele. O motorista baixou a janela e teve uma curta conversa com o guarda da cancela.

E de repente a porta ao lado de Kozlowski foi aberta por fora e um policial naval armado apareceu, com a arma apontada para a cabeça dele.

— Senhor, por favor saia do carro.

O rosto de Kozlowski ficou sombrio.

— Filho, você tem *alguma* idéia de com quem está falando?

— Não, ele não tem — disse uma voz de fora do carro. — Mas eu tenho — completou Jack Walsh enquanto aparecia junto à porta aberta.

Schofield, Kirsty e Renshaw saíram do carro totalmente confusos. O Buick azul-marinho foi rodeado por um enxame de policiais navais, todos com as armas apontadas.

Schofield se virou para Walsh.

— O que está acontecendo? Como você soube?

Walsh assentiu por cima do ombro de Schofield.

— Parece que você tem um anjo da guarda.

Schofield girou, procurou um rosto familiar em meio à multidão. A princípio não percebeu nenhum que conhecesse.

E de repente viu. Mas não era um rosto que ele esperasse ver.

Ali, parado dez metros atrás do círculo de policiais navais que rodeavam o Buick, com as mãos nos bolsos, estava Andrew Trent.

Enquanto Kozlowski e seu motorista eram levados algemados, Schofield foi até Trent.

Parado com Trent estavam um homem e uma mulher que Schofield nunca vira. Eles se apresentaram como Pete e Alison Cameron. Eram repórteres do *Washington Post*.

Schofield perguntou a Trent o que havia acontecido. Como a polícia naval — apoiada por Jack Walsh — soube que tinha de parar o carro de Kozlowski?

Trent explicou. Há dois dias tinha visto pela TV o vídeo amador do convés de vôo danificado do *Wasp*. Trent sabia reconhecer um dano causado por míssil. Depois, quando soube que o *Wasp* estava voltando a Pearl Harbor — "vindo de um exercício no *oceano Glacial Antártico*" — pulou num avião para o Havaí.

O casal Cameron tinha vindo com ele. Porque, se por acaso Shane Schofield ou *algum* sobrevivente da Estação Polar Wilkes estivesse a bordo do *Wasp*, essa seria a reportagem — e o furo — de toda uma vida. Outros repórteres viram um convés de vôo danificado. Os Cameron viram a possibilidade de informações privilegiadas sobre a história da Estação Polar Wilkes.

Mas quando chegaram ao cais em Pearl, Trent tinha visto Chuck Kozlowski parado perto de um Buick azul-marinho, esperando o *Wasp* atracar.

Trent sentiu um arrepio súbito. Por que Kozlowski estaria aqui? Será que o GCI tinha ganhado — como no Peru — e Kozlowski tinha vindo dar os parabéns aos traidores? Ou estaria aqui por algum outro motivo? Porque se Schofield havia *sobrevivido*, o GCI certamente quereria eliminá-lo.

E assim Trent e os dois repórteres tinham observado e esperado. E então, quando viram Schofield sair do navio e ser escoltado ao Buick de Kozlowski, Trent chamou a única pessoa em quem podia pensar e que poderia enfrentar Kozlowski — e que faria isso.

Jack Walsh.

— Quem imaginaria? — disse Walsh, aproximando-se. — Aqui estava eu, no passadiço de meu barco danificado, pensando na vida, quando meu técnico de comunicações veio correndo e disse que havia um cara na linha externa dizendo que precisava falar comigo. Disse que era uma emergência relativa ao tenente Schofield. *Disse que o nome dele era Andrew Trent.* — Walsh sorriu. — Achei que deveria atender.

Schofield apenas balançou a cabeça, espantado.

— Você passou por muita coisa — disse Trent, pondo o braço nos ombros de Schofield.

— Você precisa falar — respondeu Schofield. — Eu gostaria de ouvir sobre o Peru, uma hora dessas.

— Vai ouvir, Shane, vai. Mas primeiro tenho uma proposta. O que acha de sair na primeira página do *Washington Post*?

Schofield apenas sorriu.

Em 23 de junho — dois dias depois de Schofield e o *Wasp* atracarem em Pearl Harbor — o *Washington Post* publicou uma matéria de primeira página contendo uma foto de Shane Schofield e Andrew Trent segurando um exemplar do *Post* da véspera. Abaixo da foto havia cópias de seus atestados de óbito oficiais do Corpo de Fuzileiros Navais dos Estados Unidos. O atestado de Schofield tinha três dias. O de Trent tinha mais de um ano.

A manchete dizia:

SEGUNDO OS MILITARES AMERICANOS ESTES DOIS HOMENS ESTÃO OFICIALMENTE MORTOS.

A matéria sobre os acontecimentos na Estação Polar Wilkes — ocupando três páginas — foi escrita por Peter e Alison Cameron.

Matérias posteriores sobre o ocorrido na estação falavam sobre o GCI e a infiltração sistemática em unidades militares de elite, universidades e corporações particulares. *Flashes* espocaram em todo o país nas seis semanas seguintes enquanto membros do GCI eram expurgados de vários regimentos, instituições e empresas, e acusados de espionagem.

Mas nenhuma menção foi feita em *nenhuma* das matérias de jornais ou TV sobre a presença de tropas francesas ou britânicas na Estação Polar Wilkes.

A boataria foi farta nos tablóides sobre que outros países tinham mandado tropas à Estação Polar. Iraque. China. Até o Brasil mereceu uma citação.

Em alguns locais afirmou-se que o *Washington Post* sabia exatamente quem mais tinha mandado pessoas para lá. Um jornal rival chegou ao ponto de dizer que o próprio presidente fizera uma visita de surpresa a

Katharine Graham — a legendária proprietária do *Post* — e pedira, em nome das relações diplomáticas dos Estados Unidos, para não publicar o nome dos países que estiveram presentes na Estação Polar Wilkes. Este boato jamais foi confirmado.

Mas o *Post* nunca mencionou a Grã-Bretanha ou a França.

Noticiou que aconteceu uma batalha na Antártida, mas afirmou peremptoriamente que não sabia a identidade da força ou das forças inimigas. Cada artigo que aparecia no *Post* simplesmente dizia que o conflito fora contra "inimigos desconhecidos".

De qualquer modo, a história sobre a Estação Polar Wilkes foi publicada durante seis semanas inteiras antes de ser esquecida.

Alguns dias depois da volta do *Wasp*, a conferência da Otan em Washington foi encerrada.

Todas as matérias dos jornais e da TV mostraram os rostos sorridentes dos delegados americano, britânico e francês parados na escadaria do Capitólio, apertando as mãos diante das bandeiras entrelaçadas, sorrindo para as câmeras e proclamando que a aliança da Otan continuaria por mais vinte anos.

O representante francês, *monsieur* Pierre Dufresne, teria dito: "Este é o tratado mais forte da terra." Quando lhe perguntaram de onde esta força emanava, Dufresne disse: "Nossa *amizade genuína* é nossa ligação."

Num quarto particular do Hospital Naval de Pearl Harbor, Libby Gant estava na cama com os olhos fechados. Um suave raio de sol atravessava a janela e se dobrava sobre os lençóis. Gant ainda estava em coma.

— Libby? Libby? — disse uma voz de mulher, invadindo sua consciência.

Lentamente os olhos de Gant se abriram, e ela viu sua irmã, Denise, de pé ao lado.

Denise sorriu.

— E aí, como vai, dorminhoca?

Gant lutou para abrir os olhos. Quando conseguiu, disse apenas:

— Oi.

Denise deu-lhe um sorriso torto.

— Você tem visita.

— O quê?

Denise inclinou a cabeça para a esquerda. Gant olhou para lá e viu Schofield, sentado frouxo na poltrona de visitas, perto da janela, dormindo a sono solto.

Tinha um par de óculos prateados Oakley empoleirado na cabeça. Os olhos — e as duas cicatrizes que os atravessavam — estavam ali para todo o mundo ver.

Denise sussurrou:

— Ele está aí desde que teve a costela consertada. Não queria deixar você enquanto não acordasse. Deu uma entrevista ao *Washington Post* e disse ao resto deles para voltar depois de você acordar.

Gant apenas olhou para Schofield dormindo sob a janela. E sorriu.

EPÍLOGO

Perto da ilha Santa Inés, Chile
30 de novembro

Era uma ilha pequena, uma das muitas centenas ao sul do estreito de Magalhães, embaixo do Chile, embaixo da América do Sul, embaixo do mundo.

A apenas oitocentos quilômetros ao sul da ilha ficam as ilhas Shetland do Sul e a Antártida. A pequena ilha era a mais próxima da Antártida sem estar de fato lá.

O nome do menino era José, e ele morava numa pequena aldeia de pescadores na costa ocidental. A aldeia ficava na extremidade da baía que as velhas chamavam de *La Bahía de la Águila Plata*, "a baía da águia de prata".

As histórias locais diziam que há muitos anos um grande pássaro prateado com rabo de fogo voou para o mar perto da baía. Segundo as mulheres, o pássaro tinha ofendido a Deus com sua velocidade e sua beleza, por isso Deus o havia incendiado e lançado no mar.

José não acreditava nessas histórias. Agora estava com dez anos, e para ele era apenas mais uma história de fantasmas que as velhas contavam para amedrontar as criancinhas.

Hoje era dia de mergulho, e José planejava mergulhar para pegar ostras, e talvez vendê-las ao pai para ter algum dinheirinho.

O menino mergulhou no mar e nadou para baixo. A esta hora da tarde as correntes do oceano vinham para a ilha. José esperava que elas trouxessem ostras.

Chegou ao fundo e rapidamente achou a primeira ostra do dia, mas também achou outra coisa.

Um pequeno pedaço de plástico.

Pegou o pedaço de plástico e voltou à tona. Quando rompeu a superfície olhou o estranho objeto na mão. Era retangular e bem pequeno. Estava bastante desbotado, mas José conseguiu ler o nome gravado.

NIEMEYER.

José franziu a testa para a plaqueta de identificação. Depois jogou fora o pedaço de plástico sem valor e voltou a procurar ostras.

Este livro foi composto na tipologia AGaramond,
em corpo 11,5/15, e impresso em papel
off-set 90g/m^2, no Sistema Cameron da Divisão
Gráfica da Distribuidora Record.